Christian Handel

Schattengold – Ach, wie gut, dass niemand weiß …

Zu diesem Buch

»Ein Kitzeln an der Wange weckte mich. Verschlafen versuchte ich, das, was mich berührte, mit dem Handrücken wegzuwischen. Als die Erkenntnis einsickerte, dass vermutlich ein Insekt über mein Gesicht krabbelte, riss ich die Augen auf und schoss mit dem Oberkörper hoch. Doch es war kein Käfer, der mich geweckt hatte.

Sämtliche Luft entwich aus meinen Lungenflügeln, mein ganzer Körper erstarrte. Über mich gebeugt stand das Wesen aus dem Wald, der Spinnenmann. Groß und hager, die knochigen Gliedmaßen an den Gelenken seltsam verdreht, als sei er ein zum Leben erwachter Baum. Seine Augen leuchteten gespenstisch.

Erinnerst du dich, flüsterte das Wesen, ohne seine Lippen zu bewegen. Ich war mir nicht sicher, ob ich seine Stimme mit den Ohren oder nur in meinem Kopf hörte. *Farah ...?*«

Christian Handel wurde in der Schneewittchen-Stadt Lohr am Main geboren, die im sagenumwobenen Spessart liegt. Inzwischen lebt er allerdings in Berlin und ist selbst davon überrascht, wie sehr er sich als Landpflanze im Großstadtdschungel wohlfühlt. Er begeistert sich für Stoffe über starke Frauen, märchenhafte Motive und queere Themen.

Christian Handel

Schatten gold

Ach, wie gut, dass niemand weiß …

Roman

PIPER

Entdecke die Welt der Piper Fantasy:

Piper Fantasy.de

Wenn Ihnen dieser Roman gefallen hat, schreiben Sie uns unter Nennung des Titels »Schattengold – Ach, wie gut, dass niemand weiß …« an *empfehlungen@piper.de*, und wir empfehlen Ihnen gerne vergleichbare Bücher.

Unser Versprechen für mehr Nachhaltigkeit
Klimaneutrales Produkt
FSC®-zertifiziertes Papier
Hergestellt in Deutschland

FSC
www.fsc.org
MIX
Papier aus verantwortungsvollen Quellen
FSC® C014496

Originalausgabe
ISBN 978-3-492-70637-7

Umschlaggestaltung: zero-media.net, München
Umschlagabbildung: CSA-Archive/getty images und FinePic®, München
Satz: Satz für Satz, Wangen im Allgäu
Gesetzt aus der Dolly Pro
Druck und Bindung: GGP Media GmbH, Pößneck
Printed in Germany

Für Julia,
die Fee, die mich in den Märchenwald begleitet
und mir dort wunderbare Plätze gezeigt hat.
Und die mir geholfen hat,
sicher wieder herauszukommen.

Teil 1

Gold

I

Schatten auf dem Wasser

Der Geist meiner Mutter lebte an einem kleinen Weiher mitten im Firnwald, direkt an der Grenze zum Feenreich. Im Schutz der Trauerweiden, die das Wasser am nördlichen Ufer säumten, hatte mein Vater sie vor vielen Jahren bestattet. Seither war er kein einziges Mal hierher zurückgekehrt.

Berit hatte mir den Weg gezeigt, widerwillig zunächst, weil das Betreten des Firnwalds verboten war. Erst nach langem Betteln und Flehen, nach vielen Tränen und nach der Drohung, ich würde mich auf eigene Faust auf die Suche machen, hatte ich sie überzeugen können, mich zu dem versteckt gelegenen Seerosenweiher zu führen. Im Gegenzug hatte ich versprechen müssen, vorsichtig zu sein, nie zu lange zu bleiben und niemals nachts den Weiher zu besuchen, denn das war die Zeit der Feen. Und nichts, was die Wälder durchstreifte, kein Wolf, kein Wildschwein und kein Bär, war so gefährlich wie ein Feenwesen – egal, ob es sich dabei um einen Angehörigen des Dunklen Volkes handelte oder des Lichten. Niemals hatte ich bisher eines dieser Versprechen gebrochen.

Berit kümmerte sich seit dem Tod meiner Mutter um mich, sie hatte mir beigebracht, wie man kochte, stickte und nähte und welche Pilze, Beeren und Kräuter genießbar waren. Sie hatte mir Geschichten erzählt, mich gelehrt, wie man sich vor Feenwesen schützte, und meine Tränen getrocknet, wenn ich wieder einmal vor Vater aus der Mühle geflüchtet war.

Ich liebte Berit, die schon meine Mutter großgezogen hatte,

doch ich fragte mich oft, wie mein Leben wohl verlaufen wäre, wenn Mutter nicht so früh von uns gegangen wäre. Ich vermisste eine Frau, an die ich mich kaum erinnern konnte. Einzig ihr eigentümlicher Geruch nach süßem Geißblatt und würzigherbem Wacholder hatte sich in mein Gedächtnis eingebrannt. Vielleicht zogen mich deshalb der kleine Seerosenweiher und das alte Grab magisch an. Hier fühlte ich mich meiner Mutter nah, vor allem in den frühsommerlichen Abendstunden, wenn der Wind die Blüten des Weißdorns wie Schneeflocken über das Wasser wirbelte und die purpurfarbenen Geißblattblüten ihren schweren Geruch verströmten.

Wenn ich dann die Augen schloss und mein Gesicht dem Abendhimmel entgegenstreckte, fühlte es sich so an, als würde sie mir sanft mit den Fingerkuppen über die Wangen streicheln. Dann erlaubte ich es mir, für eine Weile nicht an die Arbeit in der Mühle zu denken, an die Trunksucht meines Vaters oder an die Sorgen, die ich mir um meinen kleinen Bruder Thomas machte. Diese Zeit gehörte nur mir, Farah, und wenn ich dann trotz Berits Warnungen heimlich davon träumte, einem vom Lichten Volk zu begegnen, was machte das schon?

Und schließlich waren da noch die kleinen Goldmünzen, von denen ich je eine am Tag vor jedem Neumond fand – auf dem flechtenüberwucherten Stein in der Nähe von Mutters Grab.

Dutzende dieser schimmernden Münzen hatte ich in den letzten Jahren dort aufgelesen und ich hütete diesen kleinen Schatz wie meinen Augapfel. Ich erzählte niemandem davon. Berit hätte mich geschimpft und gewarnt, dass er sicher das Geschenk eines Feenwesens war und ich eines Tages den Preis dafür würde zahlen müssen. Thomas hätte mich dazu überredet, die Münzen zusammen mit ein paar Vorräten in einen Lederbeutel zu packen und mit ihm zu verschwinden. Und unser Vater hätte das Geld sicher im Wirtshaus versoffen.

Ich wusste nicht, was ich mit den Münzen machen sollte, aber ich war mir sicher, dass ich sie eines Tages brauchen würde. Vor den Feen und ihren undurchsichtigen Spielen hatte ich keine Angst. Ich glaubte nicht, dass die goldglänzenden Geldstücke von einer dieser Kreaturen stammten – sondern von meiner Mutter, die auch all die Jahre nach ihrem Tod noch ihre schützende Hand über mich hielt.

Wie recht ich damit hatte. Und wie schrecklich ich mich doch gleichzeitig irrte.

»Heute ist ein guter Tag«, erzählte ich Mutter, als ich mich unter den tief hängenden Ästen der Trauerweide auf einem weichen Kissen aus Moos niederließ. Ich berührte vorsichtig den Boden, unter dem sie beerdigt lag. Seltsamerweise wuchs nur Gras an dieser Stelle, kein anderes Pflänzchen, und das, obwohl um die Grabstätte herum zahlreiche Blumen wucherten: Schwertlilien und Schneerauten, Rittersporn und Sonnenhut. Zwischen den Weidenwurzeln streckten Ringelblumen ihre leuchtenden Köpfchen aus der Erde. Mutter brauchte keine Schnittblumen, die ohnehin bald welk würden. Stattdessen brachte ich ihr Neuigkeiten.

»Gestern habe ich den ersten Kopfsalat des Jahres geerntet. Mira hat uns endlich das Geld für den Wollschal vorbeigebracht, den ich ihr im letzten Herbst verkauft habe. Und Vater und Thomas haben sich heute noch kein einziges Mal gestritten.«

Bisher zumindest. Die Sonne stand noch hoch und in den zurückliegenden Wochen war kaum ein Tag vergangen, an dem mein Vater und mein Bruder nicht aneinandergeraten waren. Mit Vater umzugehen war nicht leicht, aber ich musste zugeben, dass Thomas in der letzten Zeit ebenso verantwortlich war für das angespannte Verhältnis zwischen den beiden. Mein sonst so friedliebender Bruder fuhr bei der geringsten Kleinigkeit aus der Haut.

»Ich wünschte, Vater wüsste, weshalb Thomas das Herz so schwer ist«, gestand ich Mutter leise. »Aber es liegt an ihm, sein Geheimnis zu teilen, nicht an mir.«

Der Duft von Wacholder und – obwohl es dafür eigentlich

noch zu früh am Tag war – Geißblattblüten stieg mir in die Nase. Ich blickte hinüber zu dem Vorhang aus Weidenzweigen, die sanft in einer unsichtbaren Brise hin- und herschwangen. Doch die geheimnisvolle Nebelgestalt, die manchmal im Schatten der Bäume auftauchte, zeigte sich nicht. Einzig Mutters Duft hüllte mich ein wie ein schützender Schleier.

Ich lächelte und berührte das silberne Medaillon mit ihrem Bild, das ich an einer Kette um den Hals trug. Das Schmuckstück und der Ring an meinem Finger hatten ihr gehört, und neben meinen Erinnerungen waren sie alles, was mir von ihr geblieben war. Warum sich ihr Geist manchmal zeigte, meist jedoch unsichtbar blieb, wusste ich nicht. Sie sprach auch nie mit mir, sondern lauschte nur meinen Sorgen und Nöten und hütete meine Geheimnisse, die großen und die kleinen. Auch Thomas' Geheimnis hatte ich ihr flüsternd anvertraut. Weil es niemanden gab, mit dem ich sonst darüber reden konnte, ich hatte es ihm versprochen. Doch eines Tages war die Last für mich zu groß geworden, um sie allein zu tragen.

Meine tote Mutter war eine gute Zuhörerin.

»Er wird darüber hinwegkommen.« Wie mit den Zacken eines Kamms fuhr ich mit den Fingern durch das kräftig grün leuchtende Gras. »Mit der Zeit.« Jedenfalls hoffte ich das. »Er wird jemanden finden, der ihn aufrichtig liebt, nicht wahr?«

Die Blätter in den Baumkronen begannen miteinander zu wispern. Falls sie mir allerdings etwas sagen wollten, so verstand ich ihre Sprache nicht.

Das war vielleicht auch gar nicht nötig. Meine Hände kribbelten vor Aufregung, als ich den Leinenbeutel, den ich über der Schulter trug, fester an mich drückte.

Schafgarbe und Bilsenkraut? Berit hatte mich mit hochgezogener Augenbraue skeptisch gemustert, als ich sie gestern um die Pflanzen gebeten hatten. *Du wirst doch keine Dummheiten machen?*

Nein, hatte ich ihr versichert und sie daran erinnert, dass sie sich auf mich verlassen konnte.

Mit einem Zungenschnalzen hatte sie mir die getrockneten Pflanzen schließlich ausgehändigt. *Du bist alt genug, um deine eigenen Entscheidungen zu treffen*, hatte sie gesagt und ich sie daraufhin fest umarmt, dankbar dafür, dass sie mir half – und keine weiteren Fragen stellte.

»Die Schafgarbe und das Bilsenkraut sind nicht für mich«, erklärte ich Mutter. »Sie sind für Thomas.«

Jedenfalls redete ich mir das ein. *Mir* war die Liebe egal. Ich konnte der Mühle ohnehin nicht den Rücken kehren und schon gar nicht Vater. Er würde niemals ohne mich zurechtkommen und mir machte es nichts aus, unverheiratet zu bleiben. Berit war das beste Beispiel dafür, dass ein Leben ohne Mann nicht das schlechteste Los war, das einen treffen konnte.

Entschlossen rappelte ich mich auf, richtete Kleid und Stoffbeutel und teilte die Weidenzweige mit den Händen, um zwischen ihnen hindurch zurück auf die Lichtung zu schlüpfen. Es war Zeit für einen kleinen Zauber.

Der Stein mit der Münze befand sich auf halber Strecke zwischen den Bäumen und dem Wasser. Es handelte sich um einen flachen Block aus hellgrauem Schiefer, der zum Großteil von senfgelben Flechten bedeckt war. Sie klammerten sich so verzweifelt an ihn, dass ich immer, wenn mein Blick auf sie fiel, das Gefühl hatte, sie würden den Stein vor meinen Augen zu sich ins Erdreich ziehen. Genau in seiner Mitte, an einer Stelle, die völlig frei von Schmutz und Flechten war, lag auch heute eine kleine Münze. Sie war winzig, kaum größer als der Nagel meines Ringfingers, und wenn das Sonnenlicht auf sie fiel, strahlte sie wie ein königlicher Schatz.

»Danke, Mama«, flüsterte ich und drehte den Kopf, um eine Kusshand zurück zu ihrem Grab zu werfen. Dann steckte ich die Münze in eine der Taschen meines Kleides, die von den Falten des Stoffes verborgen wurden, und trat ans Ufer. Die wenigen Stellen des Weihers, die nicht von einem üppigen Seerosenteppich vereinnahmt wurden, glitzerten in der Sonne.

Über dem Wasser, von Blütenkelch zu Blütenkelch, schwirrten Libellen und die Luft war erfüllt vom süßen Blumenduft, dem Gezwitscher der Waldvögel und dem geschäftigen Rascheln in den Büschen und Bäumen um mich herum.

Mit jedem Atemzug fiel der Druck auf meinen Schultern etwas mehr ab, fast wie der Mehlstaub, den ich mir vor meinem Aufbruch aus der Schürze geschüttelt hatte.

Unzählige Stunden hatte ich bereits auf dieser Lichtung verbracht, sommers wie winters. Manchmal las ich in einem Buch, manchmal beobachtete ich die Tiere oder das Spiel der Sonnenstrahlen auf dem Wasser. Und manchmal verhielt ich mich ganz still, so als sei ich eine Statue, um nach Feenwesen Ausschau zu halten. Berit gegenüber hätte ich das niemals zugegeben. Ebenso wenig wie ich vorhatte, ihr zu erzählen, was ich heute plante.

Ich kniete mich an eine Stelle, an der keine Rohrkolben und Sträucher, sondern nur Gräser und orangerote Flammenblumen das Ufer bewuchsen. Der Weiher war nicht tief. Kleine Fische huschten darin umher, und im Schilf zu meiner Rechten hörte ich Frösche quaken. Im Licht der späten Nachmittagssonne und aufgrund der vielen Pflanzen, die auf seinem Grund wuchsen, wirkte das Wasser goldgrün. Selbst meine blonden Haare bekamen in der Spiegelung auf der Oberfläche einen Stich, als sei ich kein Mensch, sondern eine Wasserfee. Kurz lächelte ich. In den Seerosenteppich in der Mitte des Weihers kam Bewegung. Ihre fleischigen Blätter rieben raschelnd aneinander, ein Frosch, der es sich auf einem besonders großen Exemplar gemütlich gemacht hatte, sprang hektisch davon. Auch die Libellen stiegen mit surrenden Flügeln in die Luft auf. Mein Körper spannte sich an. Etwas Gelbes blitzte zwischen den Pflanzen auf, dann stieß der Kopf einer Natter aus den Seerosen hervor. Erschrocken stolperte ich einen Schritt zurück. Die gekielten Schuppen des Tieres glitzerten. Mit wendigen Bewegungen schlängelte es sich blitzschnell über die Teichoberfläche und verschwand am gegenüberliegenden Ufer. Ich entspannte mich und schmunzelte über mich selbst. Keine Nixe zwischen den Seerosen also. Und die meisten Ringelnattern im Firnwald waren nicht giftig. Diese hier war harmlos gewesen.

Vorsichtig griff nach den Dingen, die ich eigens für den Zauber mitgebracht hatte: die getrockneten Pflanzen, aber auch einen Kanten Brot, Holundersaft und ein graues Stück Leinen, das bis vor Kurzem zu einem Hemd meines Bruders gehört hatte. Ich hatte es an mich genommen, um einen Riss zu nähen, zu meinem Bedauern allerdings festgestellt, dass ich es bereits zu oft geflickt hatte. Es war besser gewesen, die Nahtstellen aufzutrennen und Teile des Stoffes für ein neues Hemd zu verwenden. Ein Stück jedoch, das vom vielen Tragen ganz dünn geworden war, hatte ich aussortiert. Es lag nun in meiner Hand, nicht größer als ein Gebetbuch. Mit blaugrau gefärbtem Faden hatte ich seine Ränder sorgfältig vernäht, damit sie nicht ausfransten. Für meine Zwecke war es bestens geeignet.

Zunächst legte ich es jedoch zur Seite und zerrieb sowohl die Schafgarbe als auch das Bilsenkraut zwischen meinen Handflächen. In kleinen Krümeln ließ ich sie in den Weiher regnen, anschließend warf ich ein paar Brotkrumen hinterher. Zuletzt entkorkte ich das Gefäß mit dem Holundersirup, griff nach dem Stofftuch und träufelte einige Tropfen darauf.

Über zwei Jahre hatte Thomas das Hemd getragen, von dem der Fetzen in meiner Hand stammte. Der Stoff war mit ihm verbunden. Als würde ich eine Tischdecke ausbreiten, ließ ich ihn den Kräuterbröseln hinterher auf die Wasseroberfläche segeln. Ein, zwei Herzschläge lang schwamm er darauf, dann färbte er sich dunkelgrau und begann, gemächlich im goldgrünen Nass zu versinken.

Es war so weit.

Meine Haut prickelte vor Anspannung, als ich mich vorbeugte und auf die Wasseroberfläche hauchte.

»Zeigt es mir«, flüsterte ich. »Zeigt mir den Menschen, der das Herz meines Bruders zu heilen vermag.«

Ich hatte Thomas nicht verraten, was ich heute vorhatte. Er war am Boden zerstört, seit Alois, der Schuster, uns erzählt hatte, dass die schöne Gerhild vom Eichenhof noch vor dem Herbst seinen Neffen Martin heiraten würde. Thomas war der Kornsack aus den Händen geglitten, doch Vater hatte nicht begriffen, was ihn so erschreckte. Er hatte ihn nur angeherrscht, besser aufzupassen. Und Thomas hatte gehorcht, mühsam gegen die Tränen ankämpfend, die in ihm aufzusteigen drohten. Er hatte mir so leidgetan. Auch für mich war die Vermählung von Martin und Gerhild eine Neuigkeit gewesen. Sie hatte mich jedoch weniger aus der Fassung gebracht als Thomas. Beide – sowohl Martin als auch Gerhild – galten als gute Partien. *Geld kommt zu Geld*, pflegte Vater zu sagen, und er musste es wissen, denn wir hatten meist keines.

»Du hast dir doch keine Hoffnungen gemacht?«, fragte ich Thomas leise am Abend, als er mir beim Abspülen half.

»Nein«, hatte mein Bruder knapp geantwortet.

Ich wusste, dass das eine Lüge war. Vielleicht hatte Thomas es besser gewusst, aber er *hatte* gehofft, das sah ich ihm an. Er *hatte* gehofft, dass Martin sich gegen seine Familie und gegen Gerhild entscheiden würde und stattdessen für den Jungen, mit dem er seit dem vergangenen Winter heimlich Küsse austauschte. Aber dazu fehlte Martin offensichtlich der Mut, und den fand er schon gar nicht für einen armen Schlucker, wie es ein Mitglied unserer Müllersfamilie war.

»Alles wird gut«, hatte ich Thomas vor dem Zubettgehen versprochen. »Du wirst einen anderen finden. Einen, der es ernst mit dir meint, dem das Getuschel der Nachbarn egal ist.«

Mein Bruder hatte mich lange angeschaut. »Und wer soll das sein? Wie viele Jungen gibt es in unserem Dorf, die so sind wie ich, was glaubst du?«

»Ich …«

»Lass gut sein, Farah. Es ist, wie es ist. Wie kann ich Martin Vorwürfe machen, wenn ich es selbst nicht über mich bringe, jemandem von meinem Geheimnis zu erzählen?« Dann hatte sich ein trauriges Lächeln auf seine Züge gestohlen. »Außer dir natürlich.«

Wir hatten einander fest umarmt und endlich hatte mein kleiner Bruder ein bisschen geweint, ganz so wie in unserer Kindheit, wenn er sich das Knie aufgeschlagen oder allzu sehr erschreckt hatte. Ich war glücklich darüber, dass er mir vertraute. Ich hingegen brachte es bis heute nicht über mich, ihm von Mutters Grab und ihrem Geist zu erzählen. Ich wusste, dass ich das Gesetz brach, wenn ich den Firnwald betrat, und ich wollte nicht, dass Thomas sich in ebensolche Gefahr begab. Mein Leben lang hatte ich ihn beschützt, ich wünschte mir nur, dass er glücklich wurde, und deshalb war ich dazu bereit, mich an einem Zauber zu versuchen.

Ich hoffte so sehr, im goldenen Wasser des Weihers einen Blick auf etwas zu erhaschen, was ihm seine Zuversicht zurückgeben würde. Falls es misslang, musste ich ihm ja nichts von dem Ritual verraten.

»Zeigt mir den Menschen, der das Herz meines Bruders zu heilen vermag«, bat ich noch einmal und hoffte, dass die guten Geister des Waldes meine Bitte erhörten.

Wind kam auf und das Wispern der Baumkronen schwoll zu einem Rauschen an. Mit angehaltenem Atem beobachtete ich, wie mein Spiegelbild auf der Wasseroberfläche zunächst verschwamm und sich dann neu zusammensetzte.

Nur, dass mir nun nicht mehr mein eigenes Gesicht entgegenblickte, sondern das eines jungen Mannes; nein, die Gesichter zweier Männer.

Einer von ihnen war noch ein halber Junge. Er sah fremd aus. Selbst im grünstichigen Wasser erkannte ich, dass seine Haut dunkel war, viel brauner, als dass dafür ein Sommer im Freien verantwortlich sein konnte.

Er stammt nicht von hier, dachte ich. Der Junge hatte fein geschnittene Züge und wunderschöne Wimpern, so dicht, wie ich mir die meinen auch wünschte. Er erinnerte entfernt an meine Freundin Giulietta, deren Mutter aus Zestásia stammte und die ihrer Tochter die dunkelbraune Haut vererbt hatte. Als sich die Lippen des Jungen zu einem Grinsen verzogen, begann sein ganzes Gesicht zu strahlen. Wie alt mochte er sein? Sechzehn Jahre? Siebzehn?

War er es, der das gebrochene Herz meines Bruders heilen konnte?

Doch die andere Person im Wasser war nicht mein Bruder, sie war auch kein Junge mehr, sondern ein Mann. Er besaß helle Haut, blasser noch als die meine. Ich schätzte ihn auf Anfang zwanzig. Das Haar trug er ungewöhnlich kurz und die Hälfte seines Gesichts bedeckte ein dichter Bart. Doch seine Augen blickten freundlich. Gleichzeitig lag eine Autorität in ihnen, die mich beeindruckte. Als ich mich tiefer beugte, um mehr zu erkennen, fiel ein Weidenblatt direkt vor mir in den Weiher. Die winzigen Wellenbewegungen, die es auslöste, genügten, um das Bild verschwimmen zu lassen.

»Nein!«

Ich hatte nur diese eine Chance, einen Blick in die Zukunft zu werfen. Doch das, was mir das Spiegelbild im Wasser gezeigt hatte, war nicht genug gewesen.

Die Oberfläche des Weihers beruhigte sich. Rund um das schwimmende Weidenblatt baute sich die Vision wieder auf, den guten Geistern des Waldes sei Dank!

Die verschwommenen Farbflecke, die das Wasser reflektierte, setzten sich erneut zu einem Gesicht zusammen. Schon konnte ich ein eisblaues Auge erkennen. Mein Nacken begann zu prickeln und die Härchen auf meinen Armen richteten sich auf. Der Hautton im Wasser … das war nicht richtig. Und die Züge des Gesichts, das sich zusammensetzte, es war keines der beiden, die sich mir zuvor offenbart hatten.

Sie gehörten gar keinem Menschen!

Mein Atem beschleunigte sich, als ich das Zerrbild dabei beobachtete, wie sich seine Konturen mehr und mehr in die Länge zogen, bis sie kaum noch etwas Natürliches an sich hatten.

Dieses Gesicht, durchfuhr es mich siedend heiß, *gehört einem Feenwesen.*

Und sicher keinem Angehörigen des Lichten Volkes.

Die Augen saßen tief in den Höhlen, der haarlose Schädel glänzte wie der Rücken eines Insekts.

Warum zeigte mir der Zauber *dieses* Gesicht?

Was war mit den beiden jungen Männern, deren Ebenbilder vorher auf den Wellen geschaukelt hatten? Sicher würde Thomas sich nicht ...

Um diesen Einfall nicht zu Ende zu denken, griff ich nach vorne. Ich wollte das Wasser aufwirbeln und das Abbild des Monsters vertreiben, das jetzt, wo ich mich weit über das Ufer beugte, mit meinem eigenen Spiegelbild in einer grotesken Metamorphose verschmolz. Das Prickeln in meinem Nacken wurde stärker. Als meine Finger die Oberfläche des Weihers berührten, knackte es direkt hinter mir, als sei jemand auf einen Zweig getreten.

Gänsehaut überzog meinen ganzen Körper. War ein Tier durch die Weißdornsträucher auf die Lichtung gestolpert und hatte sich angeschlichen? Ich wünschte es mir so sehr. Unendlich langsam, um den oder das, was hinter mir stand, nicht zu erschrecken, tastete ich mit den Fingern nach meinem Kräutermesser. Ich trug es immer bei mir, wenn ich den Wald betrat, es war mit einer Schlaufe am Gürtel befestigt.

Bitte, sei einfach ein Reh, flehte ich in Gedanken.

Da vollendete sich das Bild. Auf dem spiegelnden Wasser sah ich meine Lippen, fest zusammengepresst, meine Augen, viel zu weit aufgerissen – und eine albtraumartige Fratze mit blauschwarzer Haut, die mir über die Schulter blickte.

Eine Eisenfaust griff nach meinem Herzen und presste es zusammen. Ich wusste nicht, was ich sonst tun sollte, also schrie ich. Ich schrie, als seien Dämonen hinter mir her. Und vielleicht waren sie das auch.

Wie aus weiter Ferne hörte ich die Vögel in den Ästen über mir aufsteigen und in meinen Schrei miteinstimmen.

»Ruhe!«, befahl eine fremde Stimme – die Stimme des Monsters. Sie erinnerte an das Kratzen von Fingernägeln über Stein, vermischt mit dem Rascheln welken Laubes. Das Kreischen der Vögel verstummte; der Wald um mich herum hielt den Atem an. Meine Hand fand das Messer. Meine Finger zitterten jedoch so stark, dass ich es nicht vom Gürtel bekam. Erst nach zwei weiteren Herzschlägen begriff ich, dass auch ich verstummt war.

Trotzdem erfüllte mich unbändige Angst und ich fuhr zu dem Wesen herum. All die Warnungen von Berit fielen mir wieder ein.

Hüte dich vor den Feen.

Lass nicht zu, dass sie dich verzaubern.

Eine einzige Berührung von ihnen kann dich drei Dutzend Jahre deines Lebens kosten.

O ja, Berit hatte mich gewarnt.

Schütze dich mit einem Kranz aus Johanniskraut vor ihnen.

Oder mit Bernsteinwachs. Und ich hatte mir noch nicht einmal ein rotes Band in meine Haare gebunden. Entschlossen umfasste ich den Holzgriff des Messers fester, da endlich löste es sich und glitt in meine Hand.

In den alten Geschichten glichen die Angehörigen des Lichten Volkes wunderschönen Prinzen und Prinzessinnen. Sie trugen Kleider aus Spinnenseide oder Blütenblättern und Schmuck aus Tau und Sternenlicht. In einigen Erzählungen waren sie winzig klein und ritten auf Libellen oder Kröten. Ihre Waffen schnitzten sie aus Holzspänen oder schmiedeten sie aus Golddraht.

Hatte ich mein eigenes Unglück über mich gebracht, als ich mir wieder und wieder gewünscht hatte, ich möge ihnen eines Tages begegnen?

Nie hatte ich mich danach gesehnt, einem vom Dunklen Volk über den Weg zu laufen! Das Lichte Volk galt schon als unberechenbar. Sein boshafter Widerpart, so erzählten sich die Dorffrauen, war so verschlagen und grausam, wie er hässlich war.

Und jetzt stand mir eines dieser Wesen gegenüber.

Sein Kopf war so hager, dass es aussah, als hätte man pergamentdünnes, dunkelblaues Leder mit aller Kraft auf einen Totenschädel gespannt. Die Kreatur beobachtete mich aus unergründlichen Augen, in denen ein eisiges Feuer glomm. Ihre gefletschten Zähne waren die eines Raubtiers. Sie leuchteten schneeweiß im dunkelblauen Gesicht.

Das war es jedoch nicht, was mich mehr als alles andere schreckte. Es war der Unterleib der Kreatur, bei deren Anblick sich mir der Magen umdrehte.

Die Beine waren so spindeldürr, dass sie eigentlich unter dem Gewicht des gewaltigen Rumpfes hätten zusammenbrechen müssen – wären es nur zwei und nicht sechs, die ihn trugen. Vom Kopf über Schultern und Arme bis hin zum Bauch ähnelte das Wesen einem Menschen. Von der Hüfte an abwärts besaß es jedoch einen bierfassgroßen Spinnenleib.

Ist es gekommen, um mich zu fressen?

Aber es stand nur da und beobachtete mich mit seinen Eisaugen.

»Was suchst du hier?«, zwang ich mich schließlich zu fragen und umklammerte das Messer in der einen, das Medaillon meiner Mutter wie einen Talisman mit der anderen Hand.

Lass dich niemals auf einen Handel mit den Feen ein, klang mir Berits Stimme im Ohr. *Der Preis, den sie für ihre Hilfe verlangen, ist immer zu hoch.*

»Du willst wissen, was die Zukunft bringt«, antwortete mir die Kreatur mit ihrer schabenden Stimme.

»Jetzt nicht mehr.« Ich wollte nur noch, dass das Ding vor mir verschwand. Der Spinnenmann schüttelte den Kopf. Sehnen bewegten sich unter seiner Haut und knackten. Das schreckliche Geräusch verursachte mir eine solche Übelkeit, dass ich mich übergeben wollte.

»Du hast Bilsenkraut und Schafgarbe ins Wasser gestreut. Das sind keine Kinderspiele.« Schwankend kam das Wesen näher. Vielleicht lag das daran, dass er nicht acht Beine wie eine richtige Spinne besaß, sondern nur sechs. Sechs knöchrige Gliedmaßen, die es auf mich zutrugen.

Ich jedoch konnte nicht weiter zurückweichen, ohne im Weiher zu landen.

Mehr Mut vortäuschend, als ich wirklich verspürte, hob ich das Messer. »Bleib, wo du bist!«

Meine Hand zitterte.

Als der Blick des Spinnenmanns auf die eiserne Klinge fiel, stieß er ein wütendes Zischen aus. Da verlor ich die Beherrschung. Ich schrie noch einmal, laut und deutlich, nur ein einziges Wort: »Mutter!«

Der Geruch von Geißblatt und Wacholder wallte auf, schnell und stark. Nebelfetzen stiegen aus der Blütenpracht empor. Sie ballten sich zusammen. Wie eine Wolkenfront, nur eine Handbreit über dem Boden schwebend, rollten sie auf die Kreatur zu.

Diese warf sich herum und krabbelte auf ihren Spinnenbeinen über das Gras davon, dem schützenden Wald entgegen. Dabei beugte sie den Oberkörper nach vorne und nutzte zum Vorankommen zusätzlich zu den Beinen auch noch Hände und Arme. Die Bewegungen des Wesens ließen mich an eine Marionette denken, deren Fäden sich miteinander verknotet hatten und deren Glieder nun wild hin- und herschaukelten. Trotzdem kam es mit unglaublicher Geschwindigkeit voran. Noch ehe der Nebel mich erreichte, hatte es sich zwischen den Hecken hindurchgeschoben, die die Lichtung wie einen Kranz umgaben, und war im Wald verschwunden.

Mir klopfte das Herz bis zum Hals. Hektisch suchte ich das Dickicht mit Blicken ab, darauf gefasst, dass das Feenmonster sogleich an einer anderen Stelle wieder durchs Unterholz brechen und sich auf mich stürzen würde.

Doch nichts geschah.

Was war das gerade für eine Kreatur gewesen? Hatte ich sie mit meinem Zauber beschworen?

Was hatte sie von mir gewollt?

Noch während ich versuchte, meine Nerven zu beruhigen, verflüchtigte sich der Nebel, ebenso wie der Wacholderduft.

Mit tränenden Augen blickte ich mich um. Dies hier war fast mein ganzes Leben lang meine Zuflucht gewesen, mein geheimes Refugium, in dem ich mich sicher gefühlt hatte, allen Verboten zum Trotz. In dem meine tote Mutter mir nahe war und ich meine Trauer, das Leid und den Schmerz der richtigen Welt hinter mir lassen konnte.

Ja, Berit hatte mich gewarnt, dass die Grenze zum Feenreich nur wenige Schritte hinter den Dornenhecken lag. Als kleines Mädchen hatte ich mich sogar ein paar Schritte hineingewagt, doch nie war ich einer Fee begegnet.

Gerade wünschte ich, das wäre auch mein restliches Leben lang so geblieben. Das spinnenartige Feenwesen hatte den Frieden und die Schönheit meiner Lichtung besudelt. Es hatte aus meinem sicheren Versteck einen gefährlichen Ort gemacht. Ich ertrug es nicht, auch nur einen Augenblick länger zu bleiben.

Mit zitternden Händen schulterte ich den Stoffbeutel und verließ die Lichtung, zunächst raschen Schrittes, dann immer schneller. In mir kämpften Schmerz und Angst mit der Hoffnung, mich durch meine Flucht in Sicherheit zu bringen. Das Messer mit der Eisenklinge behielt ich die ganze Zeit über fest in der Hand.

2

Die Weisfrau

So!« Es klapperte, als Berit einen Holzbecher mit dampfender Flüssigkeit vor mir abstellte. »Jetzt trinkst du erst mal, dann erzählst du mir, was passiert ist.«

Sie klang, als duldete sie keine Widerrede. Tatsächlich half mir der frische Kräuterduft, der mir mit gewohnter Schärfe in die Nase stieg, mich zu entspannen. Zögernd löste ich den verkrampften Griff meiner Hand und legte das Messer beiseite, das ich bisher nicht loszulassen gewagt hatte.

Fast den ganzen Weg vom Seerosenweiher bis zu Berit war ich gerannt. Ich hatte gesehen, wie das Monster sich zurückzog, und doch bei jedem Knacken im Unterholz befürchtet, es sei mir auf den Fersen. Ich hatte mir eingebildet, seinen heißen Atem in Nacken zu spüren, und war auf einem Weg, den ich so gut kannte, dass ich ihn bei Nacht und Nebel hätte gehen können, über Wurzeln gestolpert und gestürzt, hatte mich schluchzend wieder aufgerappelt und war einfach weitergerannt. *Nur nicht nach hinten blicken*, hatte ich mich beschworen, bis ich an den Rand des Firnwalds gekommen war.

Dort hatte es mich meine ganze Willenskraft gekostet, nicht einfach zwischen den Bäumen hindurch ins Freie zu brechen, sondern mich versteckt an den Brombeerhecken entlang bis zu der kleinen Senke zu schleichen, in der ich unbeobachtet auf den Hügelpfad treten konnte, der am Firnwald vorbeiführte. Nicht auszudenken, wenn mich dabei jemand entdeckt hätte. Meine Familie hatte bereits genug Ärger.

Mit klopfendem Herzen war ich dem Hügelpfad bis zum Königsforst gefolgt, dessen Betreten nicht verboten war und zu dem auch der kleine Birkenhain gehörte, in dem Berits Hüttchen stand.

Jetzt blickte ich auf die violetten Blüten, die zwischen den Minzblättern in dem Sud schwammen, den sie für mich aufgegossen hatte. »Was ist das?«, fragte ich misstrauisch.

»Etwas, das dir helfen wird, dich zu beruhigen.«

In großen Schlucken trank ich von dem Gebräu, achtete nicht auf seine Hitze, die mir beinahe den Mund verbrannte.

»Mein Herz klopft immer noch wie verrückt«, sagte ich, nachdem ich den Rest des Suds hinuntergekippt hatte.

»Geduld«, mahnte Berit, füllte meinen Becher jedoch noch einmal zur Hälfte. »Und trink langsam.«

Ihre Eule Agatha beobachtete aus müden Augen von ihrem Platz an der gegenüberliegenden Wand, wie ich den Becher an die Lippen führte. Berit hatte sie im vergangenen Herbst aufgenommen, um sich um ihren verletzten Flügel zu kümmern. Die Eule hatte es sich in dem verlassenen Krähennest, das auf dem Regalbrett stand, gemütlich gemacht und war einfach geblieben. Für gewöhnlich flog sie in der Abenddämmerung aus und kam am Morgen zurück. In Neumondnächten ließ Berit sie jedoch nicht aus dem Hüttchen. Ebenso wenig wie das Eichhörnchen, dessen Bein sie geschient hatte, oder den Waschbären, der erst vor ein paar Tagen bei ihr eingezogen war, sich jedoch bereits wie zu Hause fühlte. Er wuselte unter dem Tisch zwischen Berit und mir hin und her und saugte gierig jeden Brotkrümel auf, der zu Boden fiel.

Tiere liebten Berit und Berit liebte Tiere. Sie kümmerte sich um ihre kleinen und großen Verletzungen und hatte im Verlauf der Jahre bereits die ungewöhnlichsten Haustiere besessen. Die Waldbewohner vertrauten ihr instinktiv und ich konnte es ihnen gut nachfühlen. Am liebsten wäre ich mit meiner ganzen Geschichte sofort herausgeplatzt, doch ich wusste nicht, wie ich anfangen sollte. Und jetzt, auf meinem angestammten

Platz in Berits behaglicher Hütte, war ich mir nicht einmal mehr sicher, ob ich mir das, was im Firnwald geschehen war, vielleicht nur eingebildet hatte.

Berit musterte mich die ganze Zeit aufmerksam mit ihren grünen Katzenaugen. Schließlich streifte ihr Blick mein kleines Kräutermesser. Ohne ein Wort stand sie auf und griff über sich nach einem Büschel Lavendel. Kreuz und quer durch das Innere ihrer Wohnstube hatte sie Seile gespannt. An ihnen hingen die unterschiedlichsten Wildblumen- und Kräutersträuße zum Trocknen. Berit benutzte sie nicht nur zum Aufgießen, sondern auch, um Salben und Tinkturen daraus herzustellen, um sie zu Färbemitteln zu verarbeiten oder zum Würzen ihrer Speisen. Niemand im Dorf kannte sich so gut in der Pflanzenkunde aus wie sie. Seit Jahren nahm sie sich bereits Zeit, mir etliches beizubringen, darunter auch einige kleinere und größere Zauber und Beschwörungen. Und doch besaß ich nur einen Bruchteil ihres Wissens.

Gespannt beobachtete ich, wie sie den Lavendel in kleine Häufchen aufteilte und diese auf unterschiedlichen Stoffstückchen ausbreitete. Anschließend nahm sie sich einen Fetzen nach dem anderen vor, faltete das Leinen und nähte es mit schnellen Nadelstichen zu Säckchen zusammen.

Als sie das dritte Gebilde zur Hand nahm, hatte ich endlich genug Mut gesammelt, um ihr zu gestehen, was geschehen war.

»Ich glaube, ich bin einem Feenwesen begegnet.«

Sie sog scharf die Luft ein und unterbrach ihre Arbeit, um mich anzusehen, nickte dann und konzentrierte sich wieder auf ihre Näharbeit, als sei nichts geschehen.

»Am Seerosenteich«, fuhr ich fort. »Ich bin sicher, dass ich es mir nicht bloß eingebildet habe. Ich fürchte, es war ein Angehöriger des Dunklen Volkes.«

Ich beschrieb ihr das Spinnenmonster und erzählte, was sich am Nachmittag zugetragen hatte. Dabei ließ ich nichts aus. Ich gestand ihr sogar, dass ich einen Blick in die Zukunft hatte riskieren wollen – nur weshalb, darüber sprach ich nicht.

»Bilsenkraut und Schafgarbe«, sagte sie endlich. »Ich wusste es in dem Moment, als du darum gebeten hast.«

»Warum hast du mir dann geholfen?«

»Weil wir alle unsere eigenen Erfahrungen sammeln müssen.«

So war Berit. Es war ihr wichtiger, für mich und meinen Bruder da zu sein und unsere Wunden zu versorgen, als uns davor zu bewahren, sie uns gar nicht erst zuzuziehen.

»Glaubst du mir?«, fragte ich, beide Hände um den Becher geschlungen und die Blüten beobachtend, die auf dem restlichen Wasser schwammen. Ich fühlte mich klein und dumm.

Sie schnaubte. »Ich wünschte, ich könnte glauben, du hättest dir das alles nur eingebildet.«

»Aber?«

Sie griff nach meiner Hand. »Glaubst du, im Dorf hängen sie getrocknete Johanniskrautkränze nur zum Spaß auf oder weil sie so hübsch sind? Glaubst du, sie verbarrikadieren ihre Häuser aus Spaß in jeder Neumondnacht?«

Ich zog die Schultern ein.

»Die Krone hat das Betreten des Firnwalds nicht umsonst verboten.«

»Du gehst doch selbst hinein zum Kräutersammeln«, verteidigte ich mich.

Berit deutete auf meine blonden Locken. »Aber ich vergesse nicht, mir ein rotes Band ins Haar zu flechten, um mich zu schützen. Und ich gehe auch nicht, um mit Bilsenkraut und Schafgarbe einen dummen Zauber zu weben. Magie ist kein Spiel, Farah. Ich dachte, so viel hättest du bei mir gelernt.«

Ich spürte, wie meine Wangen heiß wurden. »Das habe ich auch.«

»So? Warum machst du dann so einen Unsinn?«

Ich senkte den Kopf. Darauf konnte ich schlecht antworten, wenn ich Thomas nicht verraten wollte.

Ächzend stand Berit auf. »Du und deine Geheimnisse«, murmelte sie. »Ihr bringt mich noch ins Grab.«

Ihre Worte verletzten mich. Auch in der Mühle hingen getrocknete Johanniskrautkränze vor den Fenstern und Türen und ich tropfte regelmäßig das Wachs von Bernsteinkerzen auf unsere Schwellen in der Hoffnung, es würde die Monster auf Abstand halten, die im Schutz der Dunkelheit nach unseren Seelen gierten. Die Verrückte, die Leichtsinnige war Berit, die in einer kleinen Holzhütte so nah am Territorium der Feenwesen lebte, durch nichts vor ihnen geschützt als durch ein paar Wände aus Brettern und Lehm und ein paar Gebinden aus Kräutern. *Das* würde sie eines Tages ins Grab bringen. Nicht die Dinge, die ich für mich behielt.

»Glaubst du«, fragte ich kleinlaut, »es wird mir folgen? Das Feenwesen vom Weiher.«

Berit blieb mitten im Raum stehen, sie hatte mir den Rücken zugewandt und drehte sich nicht um. »Ich hoffe nicht.« Ihre Stimme klang seltsam angespannt, und das sorgte dafür, dass mein Herz trotz der eineinhalb Tassen Kräutersud zu rasen begann.

Ich spürte, wie sich etwas Weiches an meinen Knöcheln rieb: der Waschbär. Doch selbst sein warmes Fell konnte mich nicht beruhigen.

Berit schüttelte die Starre ab und ging hinüber zu dem schief zusammengezimmerten Regal, das neben ihrem Herd stand. »Auf alle Fälle solltest du eure Schutzsiegel erneuern«, bestimmte sie, während sie darin herumhantierte.

Meine Finger umklammerten den Becher fester. *Leichter gesagt als getan*, dachte ich und sah den winzigen Wachsstummel vor mir, der von unserer letzten Bernsteinkerze übrig war.

»Und keine Ausflüge mehr an den Seerosenweiher«, fuhr sie fort und ich starrte auf ihren Hinterkopf.

»Zumindest nicht allein«, lenkte sie ein, weil sie genau wusste, was in mir gerade vorging. »Und nicht so kurz vor Neumond.«

Ich liebte den Firnwald. Mutter lag dort begraben. Um Zeit zu schinden, trank ich den Becher aus.

»Ich verspreche dir, nicht ohne Schutz an den Weiher zu gehen«, antwortete ich schließlich. »Und ich werde meine Socken verkehrt herum tragen.« Man sagte, das würde Feenwesen so sehr irritieren, dass sie darüber vergaßen, einen anzugreifen.

Berit kniff die Augenbrauen zusammen und der Waschbär stieß ein Keckern aus, das ein bisschen so klang, als würde er mich auslachen.

»Was glaubst du«, fragte ich schnell, um sie abzulenken, »warum ich dieses Feenwesen sehen konnte? In seiner Gestalt meine ich.«

Außer in Neumondnächten verbargen die Angehörigen des Lichten und Dunklen Volkes ihr wahres Aussehen vor den Augen der Menschen. In den alten Liedern hieß es, sie nähmen das Äußere von Menschen oder Tieren an, bevorzugt die Gestalt von Füchsen oder Eulen, ehe sie sich einem der unsrigen zeigten. Nachdenklich warf ich Agatha in ihrem Krähennest einen Blick zu.

Natürlich gab es auch Geschichten von Menschen, die durch einen Pilzring in ihr geheimes Reich stolperten und die Feen in ihrer wahren Pracht erblickten. Viele dieser Erzählungen endeten für die Sterblichen nicht gut. Angeblich konnte man aus Kräutern und Blumen eine Salbe herstellen, die es einem erlaubte, Feenwesen zu sehen. Welche Pflanzen man dafür allerdings brauchte, wusste wohl niemand. Manchmal fragte ich mich, ob Berit das Rezept kannte. Als ich das als kleines Mädchen von ihr wissen wollte, hatte sie gelacht und gesagt, sie sei eine Heilerin und keine Zauberin. Erst jetzt, als ich wieder daran dachte, wurde mir bewusst, dass sie meine Frage nicht wirklich beantwortet hatte.

Und dann war da noch dieser seltsame Schmuck, den sie zwischen ihren Kleidern in ihrer Truhe verborgen hielt. Er war rund wie eine Münze, etwas kleiner als mein Handteller und aus glatt geschliffenem grauen Stein. Er war so flach, dass man ihn vermutlich wunderbar dazu hätte benutzen können, um ihn über das Wasser springen zu lassen – wäre da nicht das ebenfalls runde Loch in seiner Mitte gewesen.

Wer dort hindurchblickt, sieht Feen auch dann, wenn sie unsichtbar sind, und kann ihren geheimen Pfaden folgen, erinnerte ich mich an Berits Worte. Damals hatte der Stein an einer starken Schnur um ihren Hals gehangen. Thomas hatte auf ihrem Schoß gesessen und damit gespielt. Wann hatte sie aufgehört, ihn zu tragen?

»Hast du das Johanniskrautgebinde noch, das ich dir letzten Herbst gegeben habe?«

Ich nickte. »Es hängt direkt über der Tür in der Wohnstube.« Vater beäugte es stets mit seltsamen Blicken. Bisher hatte er mich jedoch nicht aufgefordert, es zu entfernen. Auch er fürchtete die Macht des Dunklen Volkes.

»Gut.« Berit kam mit einem Beutel aus grobem Leinen zurück und legte ihn vor mich auf den Tisch. Mit geschickten Fingern entknotete sie das Stoffband.

»Bernsteinkerzen?«, entfuhr es mir.

Zwei Stück lagen darin, eine jede so lang wie mein Unterarm und so dick wie ein Flaschenhals. Ihr goldgelbes Wachs duftete intensiver als gewöhnliche Bienenwachskerzen, besaß jedoch gleichzeitig eine scharfe Note.

»Mach schon«, forderte Berit mich auf. »Nimm eine.«

Ich starrte sie an.

Berit verschränkte die Arme und hob eine Braue. »Was denn? Hast du geglaubt, ich würde dich ohne Schutz nach Hause gehen lassen?«

Ich öffnete den Mund und schloss ihn wieder. Bernsteinkerzen waren teuer, und obwohl Berit ihr Auskommen hatte, konnte sie es sich sicher nicht leisten, eine solche einfach so zu verschenken. Angeblich gab es kaum etwas, das Feenwesen besser auf Abstand hielt als ihr Licht und ihr Wachs.

»Das kann ich nicht annehmen.«

»Unsinn.« Berit setzte sich. »Ich habe deiner Mutter versprochen, auf euch aufzupassen, und genau das mache ich auch.«

Sie schob einige Lavendelsäckchen über die Tischplatte. »Und die hier nimmst du auch mit. Jeweils eines für Thomas, für Wendelin und für dich. Legt sie unter eure Kopfkissen.«

Ich lächelte sie dankbar an. »Schützen die auch vor Feenzauber?«

»Nein. Aber sie duften gut, helfen beim Einschlafen und halten Ungeziefer fern.«

»Und Männer?« Ich zwinkerte ihr zu.

Berits Mundwinkel zuckten. »Wenn da Lavendel helfen würde, hätte ich dir schon längst welchen in deine Kleider genäht.«

»Du? Genäht? Die Kleider, die dabei herauskommen, würden vermutlich genügen, um die Burschen auf Abstand zu halten.«

Diesmal waren es Berits Augenbrauen, die zuckten, nicht ihr Mund. »Werd bloß nicht frech. Ich habe vielleicht nicht deine goldenen Hände ...«

»Nun fang du nicht auch noch damit an«, unterbrach ich genervt. Ich hasste es, wenn die Leute im Dorf meine Hände so bezeichneten, weil sie von meiner Nähkunst und meinen Handarbeiten so beeindruckt waren.

»Du hast damit angefangen.« Berit griff nach meiner Hand und zog mich hoch. »Und jetzt ab mit dir nach Hause, mein Mädchen. Es dämmert bald.«

Wir umarmten uns. Dabei schloss ich die Augen und saugte den Duft nach dem Rosenwasser ein, mit dem sie ihr Haar benetzte. Sofort war ich wieder ein kleines Mädchen. Obwohl sie nicht so alt aussah, war Berit so etwas wie meine Großmutter. Sie hatte meine Mutter aufgezogen, nachdem deren Mutter verstorben war. »Na komm«, sagte sie jetzt und löste sich aus meinen Armen. »Du drückst mich ja so fest, als hättest du Angst, mich nie wieder zu sehen.«

Ich grinste sie an. »Ich komme übermorgen zu Besuch und bringe dir deinen Anteil vom Markt.«

Berit war zwar eine hervorragende Kräuterfrau und Köchin,

hasste es jedoch, ihre Waren auf dem Markt im Dorf feilzubieten. Weil mir das wiederum nichts ausmachte, waren wir schon vor Jahren übereingekommen, dass ich ihre Marmeladen und Kräuterteemischungen dort verkaufte, als kleine Gegenleistung für all das Gute, was sie Thomas, Vater und mir widerfahren ließ. Ich griff nach dem schweren Stoffbeutel, in dem sich ihre Tiegel und Tinkturen befanden und den sie in der Nähe der Hüttentür zurechtgestellt hatte.

»Vergiss die Kerze nicht«, sagte sie und steckte den bernsteinfarbenen Stab in den Beutel mit den Lavendelsäckchen, den ich bereits um die Schulter trug.

Was würde ich nur ohne sie machen? Ich war dankbar für ihren Rat und ihre Gaben, mit beidem war sie schon immer großzügig gewesen. Die Bernsteinwachstropfen auf unseren Fenstersimsen waren bereits so alt, dass sie kaum mehr zu erkennen waren. Berits Geschenk würde helfen, uns und die Mühle besser zu schützen.

Was allerdings den Lavendel anging, so bezweifelte ich, dass es irgendetwas gab, das mich heute Nacht würde einschlafen lassen.

Die Sonne küsste bereits die Spitze der Hügel, als ich den Birkenhain hinter mir ließ. Berit hatte gut daran getan, mich nach Hause zu schicken. Vermutlich hatte Vater das Tagwerk in der Mühle bereits für beendet erklärt und fluchte jetzt, weil im Herd kein Feuer brannte und ich das Abendessen noch nicht gerichtet hatte. Nachdenklich warf ich einen Blick zurück in das Dämmerlicht zwischen den Buchen und Fichten des Königsforsts. Hätte ich doch wenigstens ein paar Beeren gesammelt oder Wurzeln. Dafür war es jetzt zu spät. Ich streckte den Rücken durch und folgte dem Trampelpfad den Hügel hinunter. Unsere alte Wassermühle stand in einem kleinen Tal, eingekesselt von mehreren Hügeln, zwischen denen sich ein glucksender Bachlauf wand wie eine Schlange. Der Silberbach war gerade breit genug, um das Rad in Bewegung zu setzen, welches die Mühle antrieb. Hörte ich ihr vertrautes Klappern? Ich spitzte die Ohren und hielt die Luft an, doch ich war zu weit entfernt, um mir sicher sein zu können.

Ich beschleunigte meine Schritte. Wir hatten noch Brot und Eier in der Vorratskammer. Speck war zwar keiner mehr da, aber mit dem Salat, den ich aus dem Garten geerntet hatte, und dem restlichen Eintopf von gestern sollte es mir gelingen, uns recht schnell etwas zuzubereiten. Und morgen war schließlich wieder Markttag. Wenn ich ein paar Handarbeiten verkaufte, hatten wir genug Geld, um beim Eichenhof-Bauern Eier und etwas Speck zu kaufen und vielleicht sogar noch etwas zurückzulegen.

Als ich den Hügel halb umrundet hatte und freie Sicht auf die Mühle bekam, erstarrte ich. Besuch stand im Hof: berittene Mannen, gekleidet in den Farben der Krone, Rot und Gold.

Was wollten sie hier? Heute war kein Zahltag. Die Steuereintreiber waren erst vor ein paar Wochen bei uns gewesen. Und dann tauchten sie auch noch in der Abenddämmerung auf, und das direkt vor Neumond? Ich beschirmte die Augen und sah Vater im Eingang zur Mahlkammer stehen. Wild ruderten seine Arme durch die Luft. Ich war zu weit weg, um seinen Gesichtsausdruck zu erkennen, doch seine ruckartigen Gesten verrieten überdeutlich, dass er sich aufregte. Thomas entdeckte ich nirgends.

Ich raffte meinen Rock und nahm die Beine in die Hand. Aufgebrachte Stimmen hallten von der Mühle zu mir. Sie übertönten das Rauschen des Baches. Doch schon nach wenigen Schritten wurde mir klar, dass ich nicht schnell genug sein würde. Der Anführer der Berittenen gab das Zeichen zum Aufbruch. Die Steuereintreiber wendeten ihre Pferde, während Vater sich die Kappe vom Kopf riss und sie ins aufgewühlte Erdreich warf. Dann drehte er sich um und verschwand nach drinnen, noch ehe die Reiter den Hof verlassen hatten.

Ich wusste, dass es eigentlich keinen Sinn ergab, jetzt noch wie von einer Hornisse gestochen den Weg entlangzustürmen, doch ich tat es trotzdem. Das Blut rauschte in meinen Ohren und Berits Bündel schlugen mir im Rhythmus meiner Schritte schwer gegen die Seite.

An der Stelle, an der der Trampelpfad auf den Feldweg traf, der ins Dorf führte, wäre ich beinah unter die Pferde gekommen. Durch die Sträucher am Wegesrand hatte ich keine Sicht mehr auf die Reiter gehabt und angenommen, sie seien bereits an dieser Stelle vorbei. Gerade noch rechtzeitig bremste ich meinen Schwung ab, indem ich nach den Ästen eines Haselstrauchs griff und mich daran festklammerte.

Eine Armeslänge vor mir wirbelten Hufe durch die Luft, mein eigener Schwung riss mich zurück und ich stürzte mit meinem vollen Körpergewicht in die Hecken am Wegrand. Pferde wieherten und Männer fluchten.

»Pass doch auf!«, herrschte mich einer von ihnen an, während ich strampelnd versuchte, mich aus dem Gewirr der Äste zu befreien. Dem Säenden Gott sei Dank besaßen die Sträucher keine Dornen. Meine Füße fuhren allerdings durch die Luft, ohne den Boden zu erreichen, und ich bot gewiss einen äußerst lächerlichen Anblick.

»Geht es Euch gut?«, fragte der Reiter ungehalten. Es war derjenige, mit dem Vater sich unterhalten hatte, anscheinend der Anführer der Gruppe.

»Entschuldigt«, presste ich hervor, weil das von mir erwartet wurde. »Ich habe Euch nicht gesehen.«

Ich sammelte meine Kräfte, um mich mit einem Ruck aus meiner misslichen Lage zu befreien, doch alles, was ich erreichte, war, dass mir Schmerz durch den Kopf schoss, weil ich zu fest an meinen Haaren zog, die diese vermaledeite Hecke nicht kampflos aufgeben wollte.

Das Scharren von Hufen und das Geklimper von Zaumzeug erklang und aus den Augenwinkeln sah ich, dass einer der Steuereintreiber aus dem Sattel stieg.

»Haltet still«, sagte er, währen der auf mich zukam. »Ich helfe Euch.«

Seine Stimme klang warm und tief, und als er sich über mich beugte, erstarrte ich. Sein Gesicht! Das dunkle, kurz geschnittene Haar, der gepflegte Bart, die leuchtenden Augen. Es war der Mann aus dem Wasser. Ungläubig beobachtete ich, wie er sich mit geschickten Fingern daranmachte, meine Haarsträhnen und das Astwerk zu entwirren. Dabei kam er mir ganz nah. So nah, dass ich bereits fürchtete, er könne durch sein dunkelrotes Wams hindurch das schnelle Klopfen meines Herzens spüren.

Er hatte geschickte Finger, das musste ich ihm lassen. In Windeseile hatte er die Knoten gelöst, die mich im Buschwerk festhielten, als hätte er das schon tausendmal gemacht.

»Erlaubt Ihr?«, fragte er, und während ich noch überlegte, was er meinte, beugte er sich noch weiter über mich, sodass der samtweiche Stoff seines Kragens über mein Kinn strich. Ich hörte ihn schnuppern.

»Ist das Lavendel?«, fragte er.

»Ja«, antwortete ich, plötzlich froh darüber, dass Berits getrocknete Kräutersäckchen Männer *nicht* vertrieben.

Farah, mahnte ich mich in Gedanken. *Es ist ein Steuereintreiber. Und überhaupt: Die Vision im See war nicht für dich bestimmt.*

Der Mann aus dem See wich zurück und ich bedauerte es im gleichen Maß, wie ich erleichtert darüber war. Galant streckte er mir seine Hand entgegen. »Darf ich bitten.«

Mit glühenden Ohren griff ich danach und er zog mich aus den Sträuchern zurück auf den Weg. Jetzt, wo ich vor ihm stand, merkte ich, dass er einen halben Kopf größer war als ich.

»Dachte ich's mir doch«, sagte er.

»Was?«, fragte ich, ehe ich mir auf die Zunge beißen konnte.

»Dass Ihr ausgesprochen hübsch seid.« Er zwinkerte mir zu und ich bückte mich rasch nach meinen Bündeln, damit er nicht sah, wie mir die Röte ins Gesicht stieg.

»Und ausgesprochen ungeschickt«, mischte sich sein Anführer ein. »Was ist in den Bündeln? Wo kommst du gerade her?«

»Ich bin die Tochter des Müllers«, sagte ich freundlich und bemühte mich sehr, ihn nicht merken zu lassen, wie sehr mich sein herablassender Tonfall ärgerte. »Ich komme gerade aus dem Wald, habe Kräuter gesammelt.«

»Doch nicht im Firnwald, hoffe ich?«, sagte der Fremde aus dem Wasser und zwinkerte mir zu.

»Aber nein«, antwortete ich etwas zu laut. »Im Königsforst! Ich habe noch eine Freundin besucht. Ein paar Gläser Eingemachtes ...«

Klappernd schlugen die Behältnisse in Berits Beutel zusammen, als ich ihn wie zum Beweis hochhob.

Der Anführer musterte mich grimmig, mein Retter hingegen schmunzelte. »Und ich dachte schon, du seist eine Lichte Fee. Die sollen sich dieser Tage ja viel hier herumtreiben.«

»Nur des Nachts«, antwortete ich und spürte meinen Atem schneller gehen. Wir blickten uns an, und ich musste mich beherrschen, um nicht in seinen Augen zu versinken.

»Und Nacht ist es bald, wenn wir uns nicht beeilen«, stellte der Anführer klar. »Wir sollten weiterreiten. Und du ...« Ich drehte mich zu ihm um, als er mich ansprach. Im Gegensatz zu den freundlichen Augen seines Retters funkelten die seinen empört. »Pass das nächste Mal etwas besser auf, wenn du den Hügel herabstürmst.«

Ich verbeugte mich.

Mein Retter stieg zurück auf sein Pferd und nickte mir zu. »Gebt Acht beim Kräutersammeln«, riet er mir, als kenne er mein Geheimnis. Dann ritt er mit seinem Begleiter davon.

Vertrautes Klappern drang an mein Ohr. Vater hatte die Mühle trotz der späten Stunde noch einmal in Betrieb genommen. Ich seufzte und machte mich auf den Heimweg. Als ich mich ein letztes Mal umdrehte, um den Reitern hinterherzublicken, sah ich, dass sich auch der Mann aus der Vision umgewandt hatte. Wie von selbst verlangsamten sich meine Schritte, doch da verschwand er auch schon hinter der nächsten Biegung.

Wieso hatte ich ihn im Seerosenweiher gesehen? Ausgerechnet an dem Tag, an dem er zur Mühle gekommen war? Sah ich nur, was ich sehen wollte? Bildete ich mir die Ähnlichkeit zwischen seinem Gesicht und dem im Wasser nur ein? Ich musste zugeben, er gefiel mir. Doch wenn die Geister des Waldes die Wahrheit zeigten, war er für meinen Bruder bestimmt.

3

Feensiegel

Als ich auf unseren Vorhof stolperte, trat Thomas um die Ecke. In beiden Händen hielt er Eimer, über deren Rand Wasser schwappte.

»Da bist du ja«, begrüßte er mich erleichtert und stellte seine Last ab.

Ich eilte zu ihm und griff nach einem der Eimer. »Sei so gut, trag du den anderen noch bis ins Haus«, bat ich. »In meinem Bündel sind ein halbes Dutzend Gläser von Berit für den Markt.«

Thomas verdrehte die Augen, tat mir jedoch den Gefallen.

»Was ist passiert?«, fragte ich, als wir die Eimer vor dem schmalen Tisch abstellten, an dem ich unser Essen zubereitete.

»Thomas«, drängte ich, weil er keine Anstalten machte, mir zu antworten. Er seufzte, drehte sich um und strich sich eine schweißdunkle Strähne aus dem Gesicht. Er sah erschöpft aus, Vater musste ihn ordentlich angetrieben haben. Und ich hatte mich nach dem Mittagessen davongestohlen, statt ihnen zu helfen.

»Sie sagen, die Königin erhöht die Steuern«, gab er schließlich Auskunft.

Mein Magen krampfte sich zusammen, obwohl ich so etwas bereits befürchtet hatte.

Er begann, in der Stube auf und ab zu gehen. »Das kann sie doch nicht tun, oder? Nicht schon wieder.«

Ich legte die Umhängetasche auf den Schemel neben dem Spinnrad. »Sie ist die Königin«, sagte ich, um einen ruhigen Ton bemüht.

»Aber, Farah, meine Lehre!«

»Ich weiß, Thomas.«

»Es wird so schon schwer genug, bis zum nächsten Frühjahr das Geld dafür zusammenzuhaben, auch ohne dass wir noch mehr Steuern zahlen müssen.«

»Ich weiß.«

»Und wir essen jetzt schon kaum was anderes als Brot. Jeden Tag Brot. Oder Gemüseeintopf. Ich bin es so satt!«

»Ich weiß, Thomas«, wiederholte ich stoisch und lehnte mich mit dem Gesäß gegen die Tischplatte. Mein Bruder lief weiterhin rastlos hin und her.

»Und das Geld vom Markt brauchen wir für eine neue Ziege.«

»Ich weiß.«

Im letzten Winter war die alte Sally gestorben. Sie hatte kaum noch Milch gegeben, aber es hatte mich trotzdem getroffen. Die Ziege war wie ein Familienmitglied für uns gewesen.

Thomas trat auf mich zu und sah mich hoffnungsvoll an. »Die neuen Bänder, die du bestickt hast. Sie sind wunderschön. Meinst du, morgen auf dem Markt verdienst du genug, damit wir die Steuern zahlen können?«

Ich schüttelte den Kopf. So begehrt meine Handarbeiten auch waren. Die meisten Leute im Dorf hatten ähnliche Sorgen wie wir. Nie im Leben würde ich an einem einzigen Markttag genug verdienen, um unsere Steuern zu bezahlen.

»Aber was, wenn du morgen …«

»Es reicht nicht«, unterbrach ich ihn schärfer als beabsichtigt.

Wir starrten uns an. Überdeutlich war ich mir der Münze bewusst, die ich am Weiher eingesteckt hatte. War es an der Zeit, mit ihm über meinen Schatz zu sprechen? Doch wie sollte ich ihm oder Vater erklären, woher ich die Münzen hatte? Von den Steuereintreibern ganz zu schweigen.

Thomas' Schultern sackten nach unten. »Was machen wir jetzt nur?«

Als ich versuchte, einzuatmen, kam mir mein Brustkorb ganz eng vor. »Ich weiß es nicht, Thomas. Ich weiß nur, dass du jetzt rüber in die Mahlkammer musst. Vater braucht dich. Alles andere lösen wir später. Irgendwie.«

Ich drückte seine Hände fest, ehe er ging. Im Türrahmen drehte er sich noch einmal um und lächelte schwach. »*Kommt Zeit, kommt Rat.* Das sagst du doch immer, nicht wahr?«

Ich nickte und wünschte, ich hätte mich so selbstsicher gefühlt, wie ich mich für meinen kleinen Bruder gab. Hätten wir mehr Wolle oder Stoff besessen, hätte ich noch ein paar Tücher, Schürzen oder Hemden nähen können, um sie zu verkaufen. Vielleicht, wenn ich eines der Goldstücke dafür verwendete? Um Wolle zu kaufen?

Verstohlen schob ich meine Hand in die Tasche und tastete nach der Geistermünze. Nein, irgendetwas sagte mir, dass ich niemandem von dem Schatz erzählen durfte.

Ich verstaute den Beutel mit Berits Waren in unserer Vorratskammer und versteckte die Goldmünze bei den anderen in meinem Zimmer. Anschließend überprüfte ich das Haushaltsgeld, das wir in einem Tonkrug zwischen dem Thymian und der Minze auf dem Fensterbrett aufbewahrten. Eine Handvoll abgegriffener Geldstücke lag auf dem Boden des dunkelbraun glasierten Gefäßes – so wenig wie befürchtet. Unschlüssig blickte ich zwischen meiner Handarbeitsecke und der Wohnungstür hin und her. Sollte ich Vater und Thomas helfen oder lieber versuchen, noch etwas Garn für den Markt zu spinnen?

Durch die Wand, die an den Mühlturm grenzte, drang ein dumpfes Poltern gefolgt von einem gedämpften Fluch von Thomas. Nur einen Herzschlag später erschall Vaters wütende Stimme. Damit war die Entscheidung gefallen. Ich band mir eine alte Latzschürze um, drehte meine Haare ein und zog ein

Kopftuch auf, um sie vor Mehlstaub zu schützen. Dann ging ich hinüber.

Thomas saß auf einer der unteren Treppenstufen und rieb sich das Knie. Ein Sack Getreide lag neben ihm. Das grobe Leinen war, dem Säenden Gott sei Dank, nicht gerissen. Das Korn war bereits gereinigt, hätte es sich jetzt auf dem schmutzigen Boden verteilt, wäre die ganze Plackerei umsonst gewesen.

»Bist du gestürzt?«, fragte ich Thomas und setzte mich neben ihn.

»Nur gestolpert«, winkte er ab. »Geht gleich wieder.«

»Wie lange dauert das denn noch?«, rief Vater aus der obersten Mühlkammer zu uns herunter.

»Gleich!«, brüllte Thomas zurück. Seine Finger zuckten, als müsse er sich beherrschen, sie nicht zu Fäusten zu ballen. Ich klopfte ihm auf den Schenkel. »Ich geh schon.«

»Farah, nein.« Thomas versuchte, nach meinem Arm zu greifen, aber ich war schneller. Ich bückte mich nach dem Sack und hievte ihn auf meinen Rücken.

»Der ist zu schwer für dich«, sagte er, machte jedoch keine Anstalten, aufzustehen.

»Deswegen muss er trotzdem hoch.«

Betreten senkte er den Kopf.

Ich seufzte. »Geh ins Haus und setz Wasser auf. Und kümmere dich um die Wunde.«

Ich wartete nicht ab, was er antwortete, sondern rückte die schwere Last auf meinem Rücken zurecht und stieg an ihm vorbei nach oben. Nach dem zweiten Treppenabsatz schien der Sack mit Blei gefüllt zu sein, beim dritten konnte ich ihn kaum noch halten. Dann endlich erreichte ich das Dachstübchen. Ächzend ließ ich ihn neben dem Korntrichter auf den Boden krachen. Schweiß lief mir übers Gesicht. Erleichtert stemmte ich die Hände in die Hüfte und drückte den Rücken durch.

In diesem Moment drehte sich Vater um. »Du?« Er deutete auf den Kornsack. »Der ist doch viel zu schwer für dich. Wo ist der Faulpelz denn jetzt schon wieder?«

»Er ist gestürzt und hat sich das Knie aufgestoßen.«

Vater verdrehte die Augen. »Und jetzt soll ich die ganze Arbeit hier allein machen, oder wie?«

»Ich bin doch da«, beruhigte ich ihn. Oder versuchte es zumindest.

»Und wer kocht das Abendessen?«

»Thomas.«

Ungehalten brummend kam Vater auf mich zu und bückte sich nach dem Sack. Mit flinken Fingern löste er die Schnur, die ihn verschloss, und drückte sie mir in die Hand.

Ich steckte sie in meine Schürzentasche, während er nach dem Korn griff.

»Warte, ich helfe dir.«

»Geht schon«, behauptete er, doch ich achtete nicht darauf.

Gemeinsam kippten wir die Gerste in die trichterförmige Schütte, von wo aus sie ihren Weg durch den Mühlenturm bis hinunter zu den Mahlsteinen fand. Das Poltern der Mühlgänge ließ die Dielen unter meinen Füßen vibrieren.

Ich war gerade dabei, den Leinensack zusammenzufalten, als ich eine silberne Reflexion aus den Augenwinkeln wahrnahm. Eine glitzernde Gestalt huschte über die Kante der Schütte. Sie sah aus, als bestünde sie aus flüssigem Glas. Wie eine Eidechse bewegte sie sich auf vier Stummelbeinchen vorwärts, ihr langer Schwanz wippte bei jedem Schritt von einer zur anderen Seite. Es war einer der kleinen Wasserkobolde, die im Silberbach lebten. Sie waren zu allerhand Schabernack aufgelegt, aber harmlos im Vergleich zu den Lichten oder Dunklen Feen aus den Wäldern. Sie verließen ihr natürliches Element selten. Alle paar Monate fand einer von ihnen allerdings seinen Weg in die Mühle, rutschte den Mühlgang hinunter und verkeilte sich dort im schlimmsten Fall. Denn je länger sie sich an der Luft bewegten, desto fester wurde ihr Körper.

Auch dieser hier machte sich gerade daran, in den Mühlgang zu springen. Vaters Hand zuckte nach vorne und packte ihm am Genick.

Sofort begann der kleine Kobold zu zetern und sich zu winden. Als ihm das nichts nutzte, holte er tief Luft, blies die Backen auf und spie Vater einen dünnen Strahl Wasser mitten ins Gesicht.

Ich musste mir die Hand auf den Mund schlagen, um das Lachen zu unterdrücken. Vater schritt mit finsterer Miene zum offenen Fenster, holte aus und warf den Winzling nach draußen. Ich eilte hinzu und konnte gerade noch sehen, wie der Kobold unweit des Mühlrads in den Bach platschte. Sein fester Körper löste sich sofort auf.

»Lass dich nicht von einem Karpfen fressen«, rief ich ihm hinterher, obwohl ich nicht wusste, ob Wasserkobolde überhaupt auf dem Speiseplan von Fischen standen.

»Elende Plagegeister«, fluchte Vater. Zweifellos hatte er sich schon den Mühlgang reparieren sehen.

»Ist doch nichts passiert«, sagte ich sanft und ging zurück zum Sack. »Berit hat mir eine Bernsteinkerze geschenkt. Nach dem Abendessen erneuere ich die Feensiegel. Dann sind wir vor den kleinen Wasserratten wieder sicher.«

Vater schnappte sich Kehrblech und Handbesen, um die herabgefallenen Gerstenkörner zusammenzufegen. »Warst du den ganzen Nachmittag bei Berit?«

Ich spürte, wie ich errötete, und senkte den Kopf. »Sie hat mir Lavendelsäckchen für uns mitgegeben.«

»Bring ihr einen Beutel von dem guten Mehl mit, wenn du das nächste Mal zu ihr gehst.«

»Sie würde sich sicher freuen, wenn du sie selbst besuchst«, schlug ich vor.

Seine Miene verdüsterte sich. »Keine Zeit. Du siehst ja, was hier los ist.«

Er erhob sich und schüttete die zusammengekehrten Körner in einen bereitstehenden Eimer.

»Die Männer der Königin waren da«, sagte ich vorsichtig.

Vater warf Schippe und Besen zu Boden, sodass es schepperte. »Das waren sie.«

»Was wollten sie?«

»Was schon? Geld natürlich. Wird Zeit, dass Prinz Magnus endlich gekrönt wird.«

Ich verdrehte die Augen. »Und du glaubst, dann wird es besser?«

»Sein Vater war jedenfalls kein solcher Gierschlund wie diese Hexe.«

»Vater!«, zischte ich entsetzt. »Wenn uns jemand hört.«

»Ist doch war«, maulte er. »Wir arbeiten uns den Buckel krumm, und sie? Hockt auf Burg Giebelstein und presst uns den letzten Heller aus der Tasche.«

»Es heißt, sie brauche das Geld für neue Bernsteinkerzen.«

»Wer sagt das?«, blaffte er mich an.

»Giulietta hat gehört ...«

»Weibergeschwätz!«

Verärgert schob ich das Kinn vor. »Geht es darum? Stört es dich, das Firnland von einer Frau regiert wird?«

»Ich habe nichts gegen Frauen, Farah«, behauptete er und ich verkniff mir den bissigen Kommentar, dass er sich nach dem Tod meiner Mutter kaum einmal mit einer unterhalten hatte, sah man von Berit und mir ab.

Vielleicht erwiderte ich deshalb betont spitzt: »Aus welchem Holz unser künftiger Herrscher geschnitzt ist, muss sich erst noch herausstellen. Momentan tut er doch nichts anderes, als durch die Lande zu reiten und Prinzessinnen den Kopf zu verdrehen.«

»Inzwischen ist er ja wieder in Giebelstein«, teilte mir Vater mit. »Prinz Magnus ist jetzt alt genug und kann den Thron besteigen.«

Ich seufzte. Seit jeher musste ein Herrscher sein fünfundzwanzigstes Lebensjahr vollendet haben, ehe er die Krone von Firnland auf den Kopf gesetzt bekam. Es galt jedoch noch eine zweite Bedingung zu erfüllen:

»Zuvor muss er auch noch heiraten«, erinnerte ich Vater.

»Und an einem Ehegelübde scheint der Prinz nicht interessiert zu sein.«

»Und woher weißt du das so genau? Auch von Giulietta? Hat sie das vom Prinzen persönlich?«

»Jeder weiß das«, erwiderte ich trotzig. Ich wollte mich nicht schon wieder mit Vater streiten. Schon gar nicht wegen einer Königin, die zum zweiten Mal innerhalb kürzester Zeit die Steuern erhöhte. Selbst wenn sie es aus hehren Gründen tat.

»Wir sollten froh sein, dass Königin Iolanthe sich nach dem Tod des Königs bereit erklärt hat, die Regierungsgeschäfte zu übernehmen, bis der Kronprinz alt genug ist«, sagte ich trotzdem. »Sonst wäre das Land längst an Zestásia gefallen.«

Das waren unsere südlichen Nachbarn.

Vater trat zum Fenster und blickte in die Ferne. Ich wusste, er machte sich Sorgen, und ich überlegte, ob ich zu ihm gehen sollte, entschied mich jedoch dagegen. Vielleicht war es besser, nach dem Abendessen mit ihm zu sprechen. Also straffte ich die Schultern und machte mich auf den Weg nach unten. Auf der zweiten Stufe bleib ich noch einmal stehen und drehte mich um. »Vater?«

»Farah?«

»Du wirst doch nicht noch einmal versuchen, das Mehl zu strecken, nicht wahr?«

Trotz des Gegenlichts konnte ich sehen, wie sich ein Schatten auf seine Züge legte. Uns beiden war noch lebhaft in Erinnerung, was geschehen war, als er das das letzte Mal gewagt hatte. Fast hatte es ihn die Mühle gekostet, und auch die rechte Hand. Beides war ihm nur geblieben, weil sich die Leute im Dorf für ihn eingesetzt hatten. Und weil der alte König ein weiches Herz besessen hatte. Königin Iolanthe oder ihr Stiefsohn würden sicher nicht Gnade vor Recht ergehen lassen. Nicht, wenn man Vater ein zweites Mal erwischte.

»Nein«, antwortete er endlich, doch nun konnte *er mir* nicht in die Augen sehen.

Nach dem Abendessen entzündete ich unseren Bernsteinkerzenstummel, um in der Mühle die Feensiegel zu erneuern. Jetzt, da ich von Berit eine neue hatte, konnte ich den kläglichen Rest Wachs bedenkenlos aufbrauchen. Ich begann oben in der Schüttkammer. Das Antriebsrad drehte sich inzwischen nicht mehr und statt klappernder Geschäftigkeit war Stille eingekehrt. Dreizehn honigfarbene Tropfen ließ ich auf das verwitterte Fensterbrett fallen.

Die Kerzen wurden aus dem Wachs der Bernsteinbienen gewonnen, die weit im Süden lebten. Die Händler mussten die Kerzen für viel Geld aus Zestásia importieren. Doch nichts wirkte so gut gegen Feenwesen wie ihr Wachs.

Manche glaubten, die Bienen seien der Grund, weshalb sich die Feenwesen gen Norden zurückzogen. In Winström im Westen gab es Gerüchten zufolge nur noch vereinzelt welche und aus Zestásia im Süden waren sie inzwischen ganz verschwunden. Nur noch in unseren nördlichen Wäldern fühlten sich das Lichte und das Dunkle Volk heimisch.

Ein paar Jahre vor meiner Geburt hatte der Kronrat sich beraten, ob man den Versuch wagen sollte, die Bernsteinbienen auch bei uns anzusiedeln. Diese Überlegung war schließlich nicht nur verworfen, sondern sogar ausdrücklich verboten worden. Zwar fürchteten wir die Feenwesen in unseren Wäldern und die Gefahr, die von ihnen ausging. Doch wir Firnländer wussten auch, dass ihre Anwesenheit unser Land fruchtbar machte und, zumindest den Sagen zufolge, vor feindlichen Armeen schützte.

Das hieß allerdings nicht, dass ich mich bei der Vorstellung wohlfühlte, Feenwesen könnten jederzeit unser Heim betreten und unseren Verstand oder gar unser Leben stehlen. Gänsehaut überzog meinen ganzen Körper, als ich an das furchtbare Spinnenmonster dachte.

Sorgfältig achtete ich darauf, jede Türschwelle und jede Fensteröffnung im Mühlturm mit dreizehn Wachstropfen zu schützen. Als ich in die Wohnstube zurückkehrte, war das

Feuer im Kamin fast heruntergebrannt und Thomas und Vater nicht da. Ich trat ans Fenster, schob die Kräutertöpfe beiseite und machte mich daran, auch den Sims des Stubenfensters zu beträufeln, als mein Blick auf das Tongefäß mit unserem Haushaltsgeld fiel. Der Deckel lag daneben, obwohl ich ihn vorhin wieder aufgelegt hatte. Ein ungutes Gefühl ergriff von mir Besitz. Mit klopfendem Herzen drückte ich den Kerzenstummel in einen Ständer und griff nach dem Tongefäß. Es lag viel zu leicht in meiner Hand. Die paar Münzen, die vorhin noch auf dem braunen Boden des Gefäßes gelegen hatten, waren verschwunden.

»O nein.«

Beunruhigt warf ich einen Blick nach draußen. Die Sonne war inzwischen hinter den Horizont getaucht und der Himmel hatte die Farbe dunkler Veilchen angenommen. Sterne entdeckte ich allerdings noch keine. Und der Mond würde heute Nacht ohnehin nicht scheinen.

»Thomas! Wo ist Vater?«, rief ich laut, ohne mich vom Fenster abzuwenden.

Hinter mir öffnete sich eine Tür und Schritte kamen auf mich zu.

»Ist er nicht hier?«, fragte mein Bruder. »Mist«, entfuhr es ihm, als er neben mir zum Stehen kam. Sein Blick war auf die leere Tondose gefallen.

»Du glaubst also auch …?«

Er nickte grimmig. »Er ist in den Dorfkrug. Verdammt, ich habe nicht aufgepasst, Farah.«

»Es ist nicht deine Schuld«, unterbrach ich ihn, stellte den Tonbehälter auf seinen Platz, griff nach der Bernsteinkerze und pustete sie aus. Dann hob ich ein rotes Band aus meinem Nähkörbchen und band mir einen Zopf.

»Was hast du vor?«, fragte Thomas misstrauisch.

»Was schon? Ihn holen.«

Seine Augen weiteten sich. »Bist du verrückt. Es ist schon dunkel draußen.«

»Das sehe ich.«

»Er war so wütend, als die Männer der Königin heute da waren. Wahrscheinlich muss er nur seinen Frust ertränken.«

»Nicht wütend«, korrigierte ich ihn. »Verzweifelt.«

Wahrscheinlich traf beides zu. Und jetzt war er losgezogen, um das alles zu vergessen, indem er sich im Dorfkrug besoff. Falls er über Nacht dortblieb, würde das ein noch größeres Loch in unsere Haushaltskasse reißen als ohnehin schon. Und falls er mitten in der Nacht beschloss, nach Hause zurückzukehren, bestand die Gefahr, dass er einem vom Dunklen Volk über den Weg lief. In beiden Fällen würden unsere Probleme nur größer werden.

Fröstelnd erinnerte ich mich wieder an den monströsen Spinnenmann, der mir im Wald begegnet war. Mit zitternder Hand griff ich nach den Streichhölzern und holte unsere kleine Laterne aus dem Schrank. Ich bestückte sie mit dem Stummel der alten Bernsteinkerze, in der Hoffnung, dass sie ausreichen würde, uns zu schützen.

»Farah.«

Ohne auf Thomas zu achten, steckte ich auch die neue Bernsteinkerze ein, die wir von Berit geschenkt bekommen hatten. Dann kletterte ich nach oben in mein Zimmer und holte mein Schultertuch und einige meiner Goldmünzen.

»Ich gehe jetzt«, sagte ich zu Thomas, als ich reisefertig in der Tür stand. »Kommst du mit?«

Der Blick meines Bruders flog zum Fenster, dann zurück zu mir. Ängstlich schüttelte er den Kopf.

Auch mir war nicht wohl bei dem Gedanken, mich in einer Neumondnacht ins Freie zu begeben. Doch plötzlich fühlte ich mich ganz ruhig.

»Bestimmt schläft er im Dorfkrug«, versuchte Thomas, mich zu überzeugen.

»Und was, wenn nicht?«

Als ich nach der Türklinke griff, suchte ich ein letztes Mal seinen Blick, doch er senkte den Kopf.

Enttäuscht biss ich die Zähne zusammen und drehte mich um.

»Warte«, hörte ich ihn rufen, als ich bereits die Eingangstür hinter mir zuzog.

»Lass mich nur schnell das Feuer löschen und ein rotes Band holen!«, bat er. »Ich komme mit.«

4

Der Dorfkrug

In den Neumondnächten, so sagt man, wagt sich das Dunkle Volk aus den Wäldern hervor und stiehlt die Seelen der Menschen. Wer sich in dieser Zeit auf die offene Flur traut oder vergisst, die eigenen vier Wände durch Johanniskraut und Bernsteinkerzen zu schützen, verliert seinen Verstand, vielleicht sogar sein Leben.

Im Dorf erzählte man sich zahlreiche Schauergeschichten von Unglücklichen, die in Neumondnächten unter freiem Himmel gewandelt waren und es bitter bereuten.

Trotzdem eilten Thomas und ich mit der flackernden Laterne in der Hand durch die Dunkelheit. Immer wieder blickte er sich nach allen Seiten um.

»Die Jungs haben erzählt, beim letzten Neumond sei einer aus dem Dunklen Volk ins Dorf gekommen«, berichtete er mit zitternder Stimme, als wir am Silberbach entlanggingen. »Soll völlig verdrehte Gliedmaßen gehabt haben und schaurige Augen und …«

»Thomas«, unterbrach ich ihn. »Das kann ich jetzt nicht gebrauchen.«

Er nickte, ergriff aber nach ein paar Schritten erneut das Wort. »Hast du von dem fahrenden Händler gehört, der am Saum des Firnwalds sein Lager aufgeschlagen hat? Einfach so verschwunden ist er. Zurückgeblieben sind nur sein Wagen und der Esel. Und Martin sagt …«

»Die Geschichte ist uralt«, fuhr ich dazwischen. »Die hat

man mir schon erzählt, als ich noch ganz klein war. Und warum du dich überhaupt noch mit Martin unterhältst, jetzt, wo er bald heiratet, das verstehe, wer will.«

»Ist schon Monate her, dass er mir das erzählt hat«, verteidigte sich Thomas, doch mein Einwurf erzielte Wirkung. Er verstummte und konzentrierte sich aufs Gehen.

Als irgendwo hinter uns ein Knacken ertönte, war ich es, die zusammenzuckte. Das Geräusch der schnalzenden Sehnen, das erklungen war, als das Feenwesen heute Mittag beim See seinen Kopf gedreht hatte, echote in meinem Kopf, und als könnte mich das schützen, berührte ich das Medaillon mit Mutters Bild. Ein Messer hätte mir jetzt sicher mehr genutzt als Mutters Kette und ihr Ring. Vielleicht das schöne lange, das ich zum Fleischschneiden benutzte. Ich hätte es noch am Wetzstein schärfen können. Aber wir waren ohne es aus dem Haus gegangen, nur geschützt durch eine Kerze und rote Bänder. Als wir endlich die ersten Häuser erreichten, atmeten sowohl Thomas als auch ich erleichtert auf.

Der Dorfkrug stand in der Mitte von Waldhausen, direkt gegenüber der Kirche des Säenden Gottes. Anders als die meisten Häuser hier war es nicht einstöckig, sondern dreistöckig. Im Erdgeschoss befanden sich die Stallungen für die Schafe und Platz für die Reittiere der Gäste. Darüber lagen Gaststube, Wirtschaftsräume und die Zimmer meiner Freundin Giulietta und ihrer Eltern, denen das Wirtshaus gehörte. Im zweiten Stock standen Gästezimmer für die wenigen Reisenden bereit, die uns hier, am Ende der Welt, besuchten.

»Überlass das Reden mir«, bat ich Thomas, als wir den Dorfkrug erreichten. Ich drückte ihm die Laterne in die Hand. »Willst du lieber draußen warten?«

»Nein.« Seine Antwort kam schnell wie der Bolzen einer Armbrust. »Du weißt, wie er ist, wenn er getrunken hat.«

Eben, dachte ich, doch statt es auszusprechen, richtete ich mein Haar und meine Kleidung und hob den Kopf. Selbstbewusster, als ich mich fühlte, stieg ich die Außentreppe hinauf.

Waldhausen war ein kleiner Ort und entsprechend beschaulich fiel auch die Gaststube des Dorfkrugs aus: Wer eintrat, fand sich Auge in Auge mit einem ausgestopften Hirschkopf wieder, darunter stand ein Kohleofen, der im Winter für angenehme Wärme sorgte. Fünf Tische aus poliertem Holz waren im Raum verteilt.

Nur an zweien davon saßen an diesem Abend Gäste. In der Fensternische saßen Martin und der Eichenhof-Bauer. Thomas neben mir versteifte sich. Martin blickte nur kurz auf, als wir die Gaststube betraten, drehte dann aber den Kopf weg und stürzte sich in das Gespräch mit seinem künftigen Schwiegervater. Ich strich mit meinem Handrücken über den meines Bruders und nickte zu dem Tisch, der direkt vor dem Ausschank stand.

Neben Vater hockte dort Thaddäus, der Dorfschmied. Ich musste mich beherrschen, um nicht die Augen zu verdrehen. Thaddäus war ein Aufschneider und – schlimmer noch: Er fing gerne Streit an. Ich wusste, dass Vater ihn nicht sonderlich mochte. Dennoch saßen sie jetzt einträchtig beisammen und tranken Bier.

»Wendelin, du bekommst Besuch«, sagte der Schmied und schlug Vater auf die Schulter. Dessen Miene verfinsterte sich. Er knallte seinen Krug auf den Tisch. Bier schwappte über den Rand und lief ihm über die Finger, doch ehe er uns schimpfen konnte, kam Giulietta ihm dazwischen.

»Farah, Thomas«, rief sie und lief uns entgegen. »Mit euch habe ich heute nicht mehr gerechnet.« In den Händen hielt sie je eine schmale Vase mit Feenblumen. Offenbar war sie gerade dabei gewesen, diese auf den Tischen zu verteilen.

»Wir sind gekommen, um Vater abzuholen«, sagte ich.

»Er hat gerade ein neues Bier bekommen.«

Ich unterdrückte ein Stöhnen.

Giulietta stellte die Vasen auf einen Tisch. »Nun setzt euch erst mal. Ich mache euch einen Tee.«

»Wir können nicht zahlen.«

»Der geht aufs Haus.« Giulietta rückte einen Stuhl zurück. »Na, kommt schon.«

Thomas und ich wechselten einen Blick und setzten uns. Giulietta nahm auf dem Stuhl gegenüber Platz. Sie war so alt wie ich und meine beste Freundin.

»Hast du die Haare noch kürzer geschnitten?«, fragte Thomas sie. Giulietta strahlte ihn an und ihre Zähne leuchteten wie Schnee in ihrem Gesicht. »Hübsch, nicht?«

»Du siehst damit fast aus wie ein Junge.«

Ich kannte keine Frau und kein Mädchen, das die Haare so kurz trug wie Giulietta. Sie waren so kurz, dass sie immer wirkte, als säße ihr der Schalk im Nacken. Thomas hatte allerdings unrecht: Giulietta sah auch mit dieser Frisur ganz und gar nicht wie ein Junge aus. Dass sie weniger Verehrer als ich hatte, lag einzig daran, dass ein paar Burschen sich schwer damit taten, dass ihre Mutter aus Zestásia stammte und sie von ihr die dunkle Haut und das schwarze Haar geerbt hatte.

»Ich wusste gar nicht, dass sie schon blühen«, sagte ich und deutete auf die Feenblumen.

Trotz unserer Angst vor dem Dunklen Volk liebten wir alle diese Pflanzen. Sie wuchsen am Rand der Sumpfwiesen, die östlich des Dorfes lagen, dufteten kaum und sahen aus wie langstielige Margeriten. Statt weißer Blütenblätter besaßen sie himmelblaue und ihr Stempel war nicht gelb, sondern dunkel wie Tinte. In der Nacht begannen die Blätter von innen heraus zu leuchten und verströmten einen türkisfarbenen Schein. Das war der Grund, warum wir sie Feenblumen nannten.

Giulietta schob die Vase zurecht. »Sie sind früh dran dieses Jahr. Großmutter glaubt, das verheißt nichts Gutes.«

Mein Bruder beugte sich über den Tisch und senkte die Stimme. »Ist es wahr, dass sich beim letzten Neumond ein Feenwesen direkt bis ins Dorf getraut hat?«

»Thomas«, mahnte ich ihn, aber Giulietta nickte bereits.

»Die Frau des Schusters schwört, ihr Neffe habe in der Nähe

des Silberbachs in der Dämmerung ein seltsames Geschöpf gesehen. Mit unmöglich langen Gliedern und …«

»Wir sind gerade den Bach entlanggegangen«, unterbrach ich sie. »Da war nichts.«

Unter dem Tisch ballte ich die Hände auf dem Schoß zusammen, damit niemand sah, dass sie zu zittern begonnen hatten. Ein seltsames Wesen mit langen Gliedern? Ob es auch den Unterleib einer Spinne besessen hatte?

Giulietta nickte verständnisvoll. »Falscher Zeitpunkt, um über Feenwesen zu plaudern, hm? Ihr habt noch einen langen Weg heim – und das bei Neumond.« Sie dachte einen Moment nach und lächelte dann. »Hört zu, ich habe einen Vorschlag: Jetzt gibt es erst mal einen Tee und dann richte ich euch ein Zimmer her. Ihr könnt über Nacht bleiben. Einverstanden?« Sie zwinkerte Thomas zu, der begeistert nickte. Mir hingegen wurde schlecht.

Eine Nacht im Gasthof würde uns alles kosten, was wir noch hatten. Vielleicht sogar mehr.

Deshalb stand ich entschlossen auf. »Danke, das ist nicht nötig. Wir haben eine Bernsteinkerze dabei.«

Giulietta widersprach nicht. Sie kannte mich und unsere Situation gut genug, um zu wissen, dass ich nicht nachgeben würde. Nicht konnte. Ich berührte sie kurz am Oberarm. »Wir sehen uns morgen früh auf dem Markt, ja?«

»Morgen nicht. Adil ist zu Besuch.«

»Der Vetter deiner Mutter? Aus Zestásia?«

Giulietta nickte. »Er ist mit dem Tross des Thronprinzen gekommen und dient nun der Königin als Page.«

»Wie kam er denn zu dieser Ehre?«, fragte Thomas.

»Seine Mutter ist wohl eine Verwandte der Königin, die nach Zestásia eingeheiratet hat.«

Seine Augen weiteten sich. »Bist du etwa auch mit der Königin verwandt?

Giulietta lachte. »Wir nicht. Wir sind der andere Teil von Adils Familie. Der bürgerliche. Und damit er den nicht vergisst, habe ich ihn auch vorhin in die Küche geschickt, damit er das Gemüse für den Eintopf morgen schnippelt.«

Ich schielte hinüber zum leeren Schanktresen, vor dem Vater und Thaddäus saßen. »Wo sind eigentlich deine Eltern?«

Giuliettas Gesicht verdüsterte sich. »Bei Großmutter. Sie ist schon wieder gestürzt.«

»O nein, wenn ihr irgendetwas von Berit braucht …«

»Wird man hier heute Abend auch noch bedient?«, schnitt mir Thaddäus' kräftige Stimme das Wort ab.

Giulietta verdrehte die Augen. »Falls ich was brauche, melde ich mich«, flüsterte sie mir zu. »Ich muss mich jetzt um die Gäste kümmern.«

»Ein Bier«, verlangte der Schmied ungehalten, als sie an ihm vorbei hinter den Tresen trat.

Wenn wir Vater nach Hause bekommen wollten, musste ich jetzt einschreiten, ehe sein Glas ein weiteres Mal gefüllt wurde.

»Was wollt ihr?«, fragte er abweisend, als wir zu ihm traten. Versöhnlich legte ich ihm die Hand auf die Schulter. »Es ist spät, Vater, lass uns nach Hause gehen.«

Er schüttelte meinen Griff ab. »Mein Bier ist noch nicht leer.«

»Es ist Neumond …«

»Schön ist sie ja, deine Tochter«, mischte sich Thaddäus ein und musterte mich spöttisch. »Aber wie sie sich anständig verhält, hat sie noch nicht gelernt. Die wird dir noch Ärger machen.«

»Sie ist ein gutes Kind«, widersprach Vater schwach, immerhin. Er griff nach seinem Bier und trank einen großen Schluck.

»Ich mache dir keine Vorwürfe«, versicherte Thaddäus mit einer Stimme, die vor Überheblichkeit troff. »Du hast halt keine Frau im Haus, die ihr beigebracht hat, was Anstand ist. Es heißt, sie verbringt zu viel Zeit mit der alten Kräuterhexe im Wald.«

Ich öffnete empört den Mund, aber Thomas war schneller.

»Berit ist keine Hexe«, protestierte er wütend.

»Still, Thomas«, fuhr Vater ihn an.

Die Miene meines Bruders versteinerte, Thaddäus hingegen lehnte sich in seinem Stuhl zurück und verschränkte die Arme. »Die einen sagen so, die anderen so.« Er genoss die Situation sichtlich. »Ist nicht gut, wenn ein Weib allein im Wald lebt und dort sonst was treibt. Solltest dir langsam einen Schwiegersohn suchen, Wendelin, bevor es dein Mädchen der Alten gleichtut.«

Am liebsten hätte ich mir einen der Zinnkrüge vom Tisch geschnappt und den Inhalt über seine selbstherrliche Visage gegossen. Stattdessen fragte ich: »Wie geht es deiner Frau, Schmied? Ich habe gehört, sie ist wieder guter Hoffnung?«

Lisbeth war Thaddäus' zweite Frau, die drei Schwangerschaften, die sie bereits durchgestanden hatte, waren allesamt schwer verlaufen, und ich wusste, dass Berit ihr empfohlen hatte, es kein weiteres Mal zu wagen. Trotzdem erwartete sie das Wochenbett noch vor den ersten Herbststürmen.

Thaddäus streckte sich und tätschelte meine Hand. »Fragst du das, weil du hoffst, dass ihr Platz bald frei wird?«

Stille kehrte in der Gaststube ein. Niemand sagte etwas und Vater senkte nur betreten den Blick. Ich selbst war so schockiert, dass ich noch nicht einmal auf die Idee kam, meine Hand wegzuziehen. Ich konnte ihn nur anstarren.

Er grinste anzüglich. »Es heißt, du hast schon so manchem Jungen im Dorf ...«

»Thaddäus!«, protestierte Vater endlich. Ich riss meine Hand los und im gleichen Moment trat Thomas nach vorne und versetzte dem Schmied einen saftigen Kinnhaken.

»Nicht hier drin!«, hörten wir Giulietta noch rufen, doch da stürzte sich Thaddäus bereits auf meinen Bruder. Oder wollte es, denn Thomas wich aus. Wie ein Kaninchen rannte er im Zickzack durch den Schankraum, Thaddäus verfolgte ihn, wütend knurrend. Vater stand schwankend auf und lief ungelenk hinter den beiden her. Ich selbst war wie erstarrt.

»Lasst das!«, befahl Giulietta verzweifelt.

»Thaddäus«, herrschte der Eichenhof-Bauer den Schmied an, doch auch das nützte nichts.

Als Thaddäus erneut ausholte, um Thomas zu schlagen, tauchte dieser zwar unter dessen Arm durch, der Schmied erwischte ihn jedoch am Kragen. Brutal schleuderte er meinen Bruder gegen die Wand. Mit einem Satz war er bei ihm und presste seinen Unterarm an Thomas' Kehle.

»Sofort aufhören«, schnitt eine fremde Stimme durch den Raum. In der Tür, die vom Schankraum in die Küche führte, stand ein junger Mann. Er trug helle Kleidung, die auf den ersten Blick schlicht wirkte, deren feine Machart und edler Stoff die Einfachheit jedoch Lügen strafte. Auffälliger als seine kostbare Gewandung war allerdings seine Hautfarbe, die sogar noch eine Spur dunkler war als die von Giulietta oder ihrer Mutter. Das musste Adil sein.

Mehr noch: Er war der zweite Mann aus meiner Vision. Alle musterten ihn.

Auch Thaddäus. »Und wenn nicht?«, fragte er, die Stimme vom Bier viel zu laut. Er pinnte meinen Bruder noch immer an die Wand.

»Dann seid Ihr hier nicht mehr willkommen«, sagte Adil gefährlich leise.

Thaddäus lachte nur. »*Du* hast hier gar nichts zu sagen.«

Er drehte sich zu Thomas um und seine Muskeln spannten sich unter dem Hemd so stark an, dass ich bereits glaubte, die Nähte würden reißen. Dann packte er meinen Bruder mit beiden Händen an der Kehle und hob ihn hoch. Thomas' Gesicht lief rot an, seine Füße zuckten hilflos in der Luft und er ruderte mit den Armen.

Das war genug, um mich aus meiner Starre zu lösen. Ich rannte auf die beiden zu und sah, dass auch die anderen sich mir anschlossen. Doch wir kamen alle zu spät. In seinem Versuch, sich zu retten, griff Thomas nach dem Geweih des Hirschkopfes und zog daran: Er fiel mit einem gewaltigen Rums zu Boden. Gemeinsam mit Thomas und dem Schmied. Mit einem hässlichen Knacken brach das mächtige Geweih des Hirsches entzwei.

Ich zog Thomas unter dem Schädel hervor und half ihm auf die Füße. Er war rot im Gesicht und rang um Luft. Der Eichenhof-Bauer versuchte, Thaddäus zu helfen, doch der schüttelte den Griff ab.

»Das wird teuer«, rief Giulietta aufgewühlt.

Mein Magen zog sich zusammen. Die schwarzen Kunstaugen des Hirsches blickten mich anklagend an.

Thaddäus schnaubte nur, griff in seine Tasche und warf einige Silbermünzen auf den Boden.

Giulietta bedachte ihn mit wütenden Blicken, kniete sich jedoch hin und sammelte sie auf.

»Bist du in Ordnung?«, fragte Adil und berührte Thomas sanft an der Schulter.

Mein Bruder nickte schwach.

»Hier, setz dich erst mal«, schlug Giuliettas Verwandter vor und half mir, Thomas zu einem Stuhl zu führen, auf dem er zu Atmen kommen konnte. »Ich bringe dir einen Becher Wasser«, sagte Adil und verschwand in der Küche.

Ich ging vor Thomas in die Hocke und streichelte sein Knie. Vater stand hilflos daneben und blickte beschämt zu Boden.

»Das ist gerade einmal die Hälfte dessen, was das Geweih Wert ist«, hörte ich Giuliettas wütende Stimme.

Ich sah, dass Thaddäus wieder auf seinem Platz saß. »Ja. Meine Hälfte.«

»Du wirst für den ganzen Schaden aufkommen«, erklärte sie fest. »Du bist für all das hier verantwortlich!«

»Ich?« Thaddäus tat überrascht. Er drehte sich auf seinem Stuhl um und blickte hinüber zum Eichenhof-Bauern. »Du hast doch alles gesehen. Wer hat zuerst zugeschlagen?«

Der Bauer kratzte sich verlegen am Nacken. »Der Junge.«

Thaddäus hob Vaters Bierkrug, prostete erst dem Eichenhof-Bauern, dann Giulietta zu und trank. Mein Magen war so eng, dass ich fürchtete, ohnmächtig zu werden. Hilflos blickte ich zu Vater. Die paar Münzen, die er eingesteckt hatte, würden niemals reichen.

»Was guckst du so belämmert, Junge«, spottete Thaddäus. »Kannst du nicht zahlen?«

Adil ersparte uns eine Antwort, da er mit einem Becher Wasser zurückkam und ihn Thomas in die Hand drückte.

»Danke«, murmelte dieser.

Adil tätschelte ihm beruhigend die Schulter.

Thaddäus aber gab keine Ruhe: »Wenn ihr nicht zahlen könnt, Wendelin, schick ab morgen deine Tochter zu mir. Bis Lisbeth das Kind geboren hat, kann sich dein Mädchen um die Hühner und Schweine kümmern. Und um alles andere. Vielleicht findet sie ja sogar mit ihren goldenen Händen in meinem Stall einen Schatz.«

Mein Blut verwandelte sich in Eiswasser. »Um die Schweine in der Schmiede muss sich deine Frau schon selbst kümmern«, sagte ich kalt und trat an den Tresen. »Ich kann zahlen.«

Giulietta sah mich mitleidig an. Am letzten Markttag hatte sie ihr Mittagessen mit mir geteilt, damit ich das Geld zurücklegen konnte, das ich verdiente. Sie wusste, wir sparten auf eine Ziege.

Entschlossen griff ich in die verborgene Tasche meiner Schürze, fischte mehrere Goldstücke daraus hervor und schob sie verstohlen über den Tresen.

Als ich die Finger von ihnen löste, schnappte sie nach Luft.

»Das sollte genügen, nicht wahr?«, fragte ich schnell.

»Farah ...«, flüsterte sie, griff nach einer der Münzen und hob sie hoch. Das Licht der Öllampe über unseren Köpfen fiel darauf und brachte das Goldstück zum Schimmern.

Mir wurde abwechselnd heiß und kalt. Ich musste mich nicht umdrehen, um zu wissen, dass uns jetzt alle im Schankraum anstarrten. Mir kam es vor, als könne ich ihre Gedanken hören.

Ist das Gold, fragten sie sich.

Woher hat ein Müllersmädchen einen solchen Schatz?

Verkauft sie auf dem Markt wirklich nur ihre Näharbeiten?
Was tut sie eigentlich genau mit ihren goldenen Händen?

Meine Ohren begannen zu glühen. Gern hätte ich mir eingeredet, dass ich mir all diese Vorwürfe nur einbildete, doch ich hatte die Gerüchte bereits mehr als einmal vernommen. Auch Thomas hatte die Leute über mich reden hören. Er war elf gewesen, als er weinend aus dem Dorf zur Mühle gerannt war und mir davon erzählt hatte.

Es war so ungerecht! Ich führte ein anständiges Leben, gab niemandem einen Grund zur Klage, lebte zurückgezogen in der Mühle, und trotzdem hielt das die Leute nicht auf, abends am Lagerfeuer die hässlichsten Vermutungen anzustellen. Manchmal fragte ich mich, ob ich solchen Spott leichter ertragen würde, wenn ich ihn verdient hätte. Was interessierten sie sich überhaupt dafür, ob und mit wem ich über die Maifeuer sprang oder im Heuschober verschwand?

»Stimmt es also doch«, ätzte Thaddäus und schlug mit der flachen Hand auf die Tischplatte. »Ist das der Grund, weshalb du deiner Tochter keinen ehrbaren Ehemann suchst?«

Endlich war es Vater, der die Hände zu Fäusten ballte und sich auf Thaddäus stürzen wollte, doch der Eichenhof-Bauer hielt ihn zurück.

»Passt auf, was Ihr sagt, Mann«, warnte Adil den Schmied. »Manch einer hat sich für weniger vor dem Gericht der Königin eingefunden.«

»Meine Weste ist rein!«, behauptete Thaddäus und musterte den jungen Mann, als sei er eine Schmeißfliege. »Habe etwa ich den Firnwald betreten? Oder etwas gestohlen? Mehl gestreckt?«

»Du elender …«, begann Vater, doch der Eichenhof-Bauer ließ ihn nicht los.

»Verleumdung«, erklärte Adil ungerührt. »Ein Tatbestand, dem die Königin nicht gnädig gegenübersteht.«

Thaddäus schnaubte, als nähme er die Drohung nicht ernst. »Unsere *Königin* ist sie die längste Zeit gewesen«, gab er sich großspurig. »Sobald sich Prinz Magnus krönen lässt, kann sie sich in irgendeinem Loch im Süden verkriechen.«

Die Gerüchte, dass Königin Iolanthe sich danach sehnte, die Regierungsgeschäfte an ihren Stiefsohn abzugeben, hielten sich hartnäckig. Auf dem Markt erzählte man sich, sie wolle zu Verwandten nach Zestásia reisen und Firnland für immer vergessen. Noch ein Grund, warum die Firnländer sie verachteten. Sie stammte ursprünglich aus einem grenznahen Herzogtum und war als Hofdame nach Burg Giebelstein gekommen. Dort hatte sie die Aufmerksamkeit des alten Königs auf sich gezogen, der sie nach dem Tod seiner ersten Gemahlin zur Frau genommen hatte. Dass sie nach *seinem* Tod den Thron übernommen hatte, nahmen ihr Männer wie Thaddäus deshalb gleich doppelt übel. Er schien es kaum erwarten zu können, dass sie ihre Macht verlor und sich andernorts ein neues Zuhause suchte.

»Du schweigst jetzt besser!«, forderte Giulietta ihn auf. Anschließend wandte sie sich an Adil, dessen dunkle Augen vor Wut sprühten. »Du darfst ihn nicht ernst nehmen. Der Alkohol spricht aus ihm.«

Adils Nasenflügel blähten sich. »Er sollte lernen, seine Zunge zu beherrschen. Wenn er sie nicht verlieren will.«

Ich wünschte mich zurück in meine Dachkammer in der Mühle, eingekuschelt unter meinen Laken liegend.

»Ihr solltet jetzt aufbrechen«, flüsterte Giulietta mir zu und reichte mir eine der Feenblumen. »Alles andere besprechen wir später.«

Ich nickte ihr dankbar zu. Thomas gab Adil sichtlich bedauernd den Becher zurück und half mir, Vater zwischen uns einzukeilen. Gemeinsam verließen wir den Dorfkrug.

Inzwischen war es tiefste Nacht. Ich knüpfte ein rotes Band um Vaters Oberarm, das ich in weiser Voraussicht mitgebracht hatte.

»Seid ihr jetzt zufrieden?«, murrte er.

»Sag besser nichts«, fuhr ich ihn an. Zorn brodelte in mir. Drei glänzende Goldstücke hatten mich seine nutzlosen Ausflüge zu seinen Saufkumpanen gekostet. Drei Goldstücke und zweifellos Gerüchte, weshalb ich diese besaß. Die Klatschbasen würden sich morgen auf dem Markt das Maul über mich zerreißen, denn gerade Thaddäus würde keine Chance ungenutzt lassen, über das, was gerade geschehen war, zu tratschen. Was allerdings nur dann eine Rolle spielte, wenn wir die bevorstehende Heimreise überlebten.

»Pass auf, dass die Laterne nicht ausgeht«, sagte ich harscher als beabsichtigt zu Thomas.

»Keine Angst«, versicherte er.

Schwankend ließen wir die letzten Hütten hinter uns; schwankend deshalb, weil Vaters Gang alles andere als sicher war.

»Farah ...«, begann er, doch ich schnitt ihm das Wort ab:

»Still! Oder willst du, dass uns das Dunkle Volk findet?«

Er behielt für sich, was immer er auch gerade hatte sagen wollen. Seite an Seite stolperten wir durch die Nacht.

Ausgerechnet jetzt erinnerte ich mich an die junge Annie vom Lindenhof. Vor zwei Jahren hatte das Feenvolk sie erwischt. Jedenfalls erzählte man sich das. Was das Mädchen in einer Neumondnacht draußen zu suchen gehabt hatte, wusste niemand. Sie war erst fünfzehn Jahre alt gewesen, ein Jahr jünger als Thomas jetzt, und viele Waldhausener gaben ihren Eltern die Schuld, weil die ihre einzige Tochter nicht in ihrem Zimmer eingeschlossen hatten. Berit hingegen glaubte, Annie sei von zu Hause ausgerissen und gen Süden geflohen, weil sie es bei ihrer Familie nicht mehr ausgehalten hatte.

Was davon der Wahrheit entsprach, konnte ich nicht sagen. Berit zeigte ohnehin zu wenig Furcht vor dem Feenvolk. Dass sie nicht einmal in einer Nacht wie dieser ihr Häuschen im Wald verließ, um bei uns in der Mühle zu schlafen, sprach Bände. Dass ein junges Mädchen die Gefahren einer Neumondnacht auf sich nahm, um anderen Schrecken zu entfliehen, konnte ich mir allerdings gut vorstellen. Ich selbst hätte bis vor ein paar Stunden noch behauptet, kein Mensch mit einem Funken Verstand würde das wagen. Nun eilte ich selbst mit meiner Familie durch die pechschwarze Flur. Die Bernsteinkerze flackerte gefährlich in der Laterne. Ihre Flamme vermochte kaum, den Weg vor unseren Füßen zu erhellen. Trotz der warmen Jahreszeit und meines Schultertuches ließ mich der Wind, der vom Wald herwehte, frösteln. Vater stolperte über einen Stein und stürzte. Thomas und ich konnten ihn gerade noch stützen. Er fluchte wütend.

»Wir könnten jetzt alle schön in Betten im Dorfkrug liegen«, maulte er.

Ich biss mir auf die Innenseite der Wange, um dem Drang zu widerstehen, ihm Vorwürfe zu machen. Was hätte das zu dieser Zeit und an diesem Ort gebracht? Im Schneckentempo folgten wir der Uferstraße parallel zum Bachlauf.

»Aber nein«, fuhr Vater fort. »Meine Frau Tochter und der liebe Herr Sohn ...«

»Sei endlich ruhig«, zischte Thomas. »Oder ich schwöre dir beim Säenden Gott und den Geistern des Waldes, dass wir dich hier stehen lassen. Dann kannst du allein zusehen, wie du nach Hause findest. Oder zum Dorfkrug.«

Thomas meinte das natürlich nicht ernst. Wir hatten nicht den ganzen Weg durch die Neumondnacht auf uns genommen, nur um Vater am Wegesrand stehen zu lassen. Doch ich verstand, dass mein Bruder Frust abbauen musste. Ich hoffte nur, er hatte nicht vor, weiterzuzetern, bis wir bei der Mühle waren. Denn dann würde uns bestimmt irgendein Feenwesen entdecken. Die silberhaarigen Birkenweiber mit ihrer geschuppten Haut zum Beispiel, die unvorsichtige Menschen mit vergifteten Pfeilen jagten. So hieß es zumindest.

Zu meiner Erleichterung fügte Thomas nichts mehr hinzu und auch Vater blieb stumm. Schweigend stolperten wir durch die Dunkelheit. Angespannt versuchte ich, über das Schnaufen meiner Begleiter und das Schlurfen unserer Schritte etwas zu hören. Aber außer dem Gurgeln des Baches konnte ich kaum Geräusche ausmachen. Unsere Füße fanden ihren Weg nur deshalb, weil sie ihn bereits unzählige Male gegangen waren. Ich ließ mich einlullen von der Finsternis, dem Rhythmus unserer Bewegungen und dem Duft der Nachtviolen, die am Wegesrand blühten. Das war mein Fehler. Denn dass die Feen uns längst aufgespürt hatten und zum Angriff rüsteten, merkte ich erst, als es bereits zu spät war.

5

Feenangriff

Wasser platschte, als sei ein Stein in einen Brunnen gefallen. Dann folgte ein Geräusch, das in mir das Bild von Fäusten heraufbeschwor, die auf Schlamm einschlagen. Überwältigender Gestank rollte über uns hinweg, wie von totem Fisch, der im Sommer zu lange in einem ausgetrockneten Tümpel gelegen hat. Ich musste würgen. Im Schein der Bernsteinkerze konnte ich erkennen, dass sich eine hagere Gestalt aus dem Silberbach ans Ufer zog. Ihr Atem ging rasselnd, als sei sie lungenkrank. Sie bewegte sich ungelenk, die langen Beine knackten, als sie sich aufrichtete. Der Körper des Feenwesens bestand wie der des Kobolds, den wir am Korntrichter gefangen hatten, aus Wasser. Das Sternenlicht verfing sich darin wie in trübem Glas. An den Rücken der Kreatur krallten sich winzige Schatten, die knurrend die Zähne fletschten.

Gemächlich torkelte das Wesen auf uns zu. Seine Augen waren schmale Schlitze, die auch im Dunkeln wie schwarze Juwelen glänzten. Die Haare klebten der Kreatur in langen Strähnen am Kopf und fielen ihr von dort über die hängenden Brüste bis hinunter zur Hüfte. Schleim tropfte von ihnen zu Boden. Wo er ins Gras fiel, stieg Rauch auf.

Vater, Thomas und ich standen da wie erstarrt und beobachteten, wie es oder *sie* näher wankte.

Ausgerechnet Vater war es, der seine Stimme wiederfand.

»Fort!«, schleuderte er der Kreatur entgegen. »Fort!«

»Komm nicht näher!«, schrie auch Thomas und fummelte

rasch die Bernsteinkerze aus dem Sack hervor. Er riss die Laterne auf und entzündete die Kerze am Stummel, dann schwang er herum und hielt sie wie einen Schutzschild vor sich. Die Flamme schoss in die Höhe. Ihr goldenes Feuer riss die Nacht um uns herum in Fetzen.

Die Schatten auf dem Rücken der Kreatur zischten empört. Die Wasserfrau selbst stieß einen gutturalen Schrei aus und hob einen ihrer Arme vors Gesicht. Im Vergleich zum Spinnenmann hatte sie, dem Säenden Gott sei Dank, nur zwei. Statt in Händen endeten ihre dürren Glieder allerdings in scherenartigen Klauen, die an die Greifzangen von Flusskrebsen erinnerten. In rascher Folge ließ sie sie auf- und zuschnappen, die Ränder der Schalen gezackt und so scharf wie das frisch geschliffene Beil eines Henkers.

Hastig zog ich Vater einige Schritt zurück. Wenn ich gehofft hatte, die Bernsteinkerze würde die Feenwesen in die Flucht schlagen, so hatte ich mich getäuscht. Einige der winzigen Gestalten sprangen nun von den Schultern ihrer Herrin und verschwanden im hohen Gras. Am Wackeln der Halme konnten wir erkennen, dass sie direkt auf uns zukrochen.

Auch die Wasserfrau setzte sich in Bewegung.

»So hell«, zischte sie gurgelnd und streckte ihre Scherenhände nach mir aus.

»Die Blüte!«, rief Thomas. »Wirf sie weg.«

Ich starrte auf meine Hand, auf Giuliettas Feenblume und ihren türkisfarbenen Schein. War es das, was die Wasserfrau wollte? Wenn ich sie fortwarf, würde sie nur ein paar Handbreit entfernt zu Boden segeln, kaum weit genug, damit wir entkommen konnten. Ehe ich es mir anders überlegte, rannte ich von Vater und Thomas weg.

»Farah!«, hörte ich meinen Bruder hinter mir rufen.

»Sarina!«, stimmte Vater mit ein. Der Alkohol und der Schrecken mussten ihn so sehr benebelt haben, dass er mich irrtümlich für meine Mutter hielt. Aus den Augenwinkeln sah ich, wie er mir hinterherwankte. Was sollte das denn? Wollte er mich retten? Aber ich ... Es knackte direkt neben mir und ich schlug einen Hacken. Noch in der Bewegung ließ ich die Feenblume fallen und sprang. Etwas streifte mein Gesicht – ich stieß einen Schrei aus. Doch bevor ich sah, um was es sich gehandelt hatte, war es wieder verschwunden. Im Laufen hob ich die Hand an die Wange. Sie fühlte sich unverletzt an, doch was hieß das schon? Feen waren heimtückisch, sie konnten Lebenszeit stehlen, ohne dass man es merkte.

Als ich über die Schulter sah, erkannte ich, dass die Feenfrau versucht hatte, mir zu folgen. Und ausgerechnet mein Vater hatte sie aufgehalten! Beide lagen im Gras und rappelten sich gerade wieder auf. Die Kobolde mit den blitzenden Zahnreihen stürzten sich auf Vater.

Thomas stand erstarrt daneben.

»Hilf ihm!«, brüllte ich und machte auf dem Absatz kehrt. Über unseren Köpfen erklang der Schrei einer Eule. Dann stürzte sich ein Schatten aus dem Himmel auf die Feenfrau.

Aus dem hohen Gras tauchte eine weitere Gestalt auf und warf sich auf die Kobolde. Der Schein der Bernsteinkerze beleuchtete graues Fell und ein dunkles Gesicht mit spitzer Schnauze. Berits Waschbär!

Und ihre Eule, Agatha!

»Hilf Vater!«, rief ich Thomas noch einmal zu und schlug einen Haken, um der Wasserfee auszuweichen, die mir entgegenkam. Als ich zurückblickte, sah ich, wie sie ihre Arme durch die Luft peitschen ließ, um Agatha abzuwehren, die tatsächlich mit ausgefahrenen Krallen auf sie einhieb. Die Eule wich den schnappenden Scherenhänden des Feenwesens geschickt aus, schlug mit den Flügeln und brachte sich in Sicherheit.

Thomas vertrieb mit der knisternden Bernsteinflamme die Schattenkobolde von Vater. Der Kerze wurde immer kürzer, sie brannte so lichterloh, dass das Wachs praktisch in Thomas' Händen zerrann. Der Waschbär kam ihm zu Hilfe. Er packte eine der Kreaturen mit der Schnauze am Genick und schüttelte sie wild hin und her, ehe er sie durch die Luft fliegen ließ. Das kleine Monster schrie wie am Spieß, klatschte auf den Boden und zerfloss zu einer Pfütze, nur, um sich kurz darauf zu einem neuen Körper zusammenzusetzen. Thomas blendete ihn mit der Kerze, der Kobold fauchte verängstigt und verschwand im Gras.

»Licht!«, brüllte die Wasserfrau, doch zu meinem Entsetzen wollte sie nicht die Feenblume, sondern mich, Vater und Thomas.

»Rennt«, rief ich ihnen zu.

»Vater ist zu schwach«, antwortete Thomas verzweifelt.

Hoch über uns in der Luft stieß Agatha einen weiteren Schrei aus.

»Sarina«, stöhnte Vater, als ich ihn unter den Achseln packte und hochzerrte. Aus den Augenwinkeln sah ich, wie der Waschbär sich in einem weiteren Kobold verbiss.

Die Feenfrau hatte uns fast erreicht. Ihr furchtbar fauliger Gestank raubte mir den Atem. Thomas stolperte zwischen uns und das Monster. Vor Schreck ließ ich Vater los, der unter Stöhnen ins Gras zurückfiel. Ich schrie meinem Bruder hinterher, der sich mit nichts als einem Kerzenstummel bewaffnet einer Angehörigen des Dunklen Volkes stellte.

Ehe er und die Kreatur jedoch aufeinanderprallen konnten, schlug Agatha ihre Krallen in den Schädel der Fee. Mit ihrem scharfen Schnabel pickte sie nach den Augen. Die Schreie der Wasserfrau wurden schrill, und als sich Berits Schützling von ihr löste, sah ich, dass ihr eine dunkle Flüssigkeit über das Gesicht lief.

Ja, wollte ich der Eule am liebsten zujubeln. *Weiter so!*

Und tatsächlich: Agatha setze zum erneuten Angriff an. Die Wasserfrau warf einen ihrer Arme in die Luft. Er wurde länger und länger. Mir drehte es fast den Magen um. Die ohnehin mageren Gliedmaßen der Fee wurden dünner und dünner, streckten sich, bis ihr Arm unmöglich lang durch die Luft schnitt. Mit Schwung donnerten ihre Scheren gegen den Vogelleib. Die Eule stieß einen markerschütternden Schrei aus, Federn wirbelten durch die Nacht und warme Flüssigkeit zerplatzte auf meinem Gesicht. Blut!

Agatha stürzte wie ein Stein zu Boden. Ich übergab mich ins Gras und sackte neben Vater in die Knie.

Doch auch das Monster schrie: Thomas hatte es erreicht und ihm die brennende Kerze wie einen angespitzten Pfahl in den Leib getrieben. Nur noch der Stumpf ragte raus. Die Wasserfrau stolperte in einem irren Tanz durch die Böschung zum Silberbach. Bernsteinfarbene Flammen verzehrten ihren gallertartigen Körper von innen heraus. Schleim tropfte jetzt nicht nur aus ihrem Haar, sondern floss in Rinnsalen an ihr zu Boden. Es sah aus, als würde sie selbst schmelzen wie das Wachs einer brennenden Kerze. In den Gestank nach fauligem Fisch mischte sich der von beißendem Rauch. Berits kleiner Waschbär huschte auf mich zu und stupste mich mit der Nase an. Eine Hand vergrub ich in seinem Fell, mit der anderen griff ich nach Vaters Schulter, der stöhnend auf dem Rücken lag. Dann beobachtete ich, wie sich die Wasserfrau, gefolgt von den Schattenkobolden, zurück in die Fluten rettete, aus denen sie geklettert waren.

Dass Thomas zu uns zurückgekommen war, merkte ich erst, als er neben mir in die Knie ging.

»Schnell«, flüsterte er und klang dabei völlig erschöpft. »Nach Hause.«

»Die Eule«, murmelte ich mit erstickter Stimme.

»Ich schaue nach ihr.«

»Sie hat uns das Leben gerettet«, antwortete ich dumpf. »Sie beidc haben das.«

Der Waschbär schmiegte sich enger an mich und ich löste meine Hand von Vater, um ihn aufzuheben. Das Fellknäuel zitterte in meinen Armen, als wir Seite an Seite nach Hause stolperten. Thomas kümmerte sich um Vater. Dessen Unterarm von Bissspuren übersät war. *Die roten Bänder haben gar nichts genutzt*, dachte ich bitter und warf einen erschöpften Blick auf die tote Eule in den Händen meines Bruders. Wie sollte ich das nur Berit erklären?

6

Das Geständnis

Das Fenster meiner Schlafkammer war schmal, nicht einmal so breit wie mein Unterarm lang. Sein Glas bestand aus dunkelgrünen Butzenscheiben. Vater hatte sie vor drei Jahren einsetzen lassen, nach einem Sommer, in dem die Geschäfte ungewöhnlich gut gelaufen waren. Davor hatten nur bunt gestrichene Holzläden die kalten Herbststürme und eisigen Winterwinde draußen gehalten. Jetzt stand ich dort und schaute hinaus in die Nacht. Ein gewöhnliches Talglicht brannte neben mir, die Bernsteinkerze war mit der Wasserfrau untergegangen. Agathas Leichnam lag nun im alten Ziegenpferch; morgen würden wir sie zu Berit in den Wald bringen und dort begraben. Der kleine Waschbär schaukelte auf Kopfhöhe neben mir, eine Pfote um die Holzstange geschlungen, an der ich in der kalten Jahreszeit einen schweren Vorhang befestigte. Er hatte etwas von seiner fröhlichen Natur zurückerhalten, nachdem ich ihm einen der letzten Haferkekse aus unserer Vorratskammer in die Pfote gedrückt hatte. Immer wieder führte er ihn zur Schnauze, um daran zu knabbern. Zwischendurch stieß er zufriedene Grunzlaute aus.

»Hat euch Berit zu uns geschickt?«, fragte ich und kitzelte eines seiner herabhängenden Beine. Der Waschbär protestierte keckernd und hangelte sich an der Vorhangstange entlang von mir weg. »Oder war es Mutter?«

Mein Herz klopfte, während ich meinen Kopf aus dem Fenster steckte und tief einatmete. Das Duftgemisch von Geißblatt und Wacholder, das ich mir herbeiwünschte, blieb aus. Alles, was ich riechen konnte, waren Holzspäne und Mehl und Korn.

Immer noch besser als fauler Fisch.

Es klopfte und ich schloss den Fensterladen. Das Talglicht stellte ich auf den Stuhl neben meinem Bett.

»Komm herein.«

Die Tür öffnete sich knarrend und Thomas schob sich durch den Spalt.

»Schläft er?«, fragte ich.

Er nickte. »Tief und fest. Ich hatte Müh, ihm das Nachtgewand überzuziehen, ehe er zu schnarchen begann.«

Und das nach allem, was passiert war. Warum nur konnte Vater nicht die Finger vom Alkohol lassen?

Erschöpft setzte ich mich auf die Bettkante und klopfte neben mich auf die Decke. Der Waschbär ließ die Stange los und kam mit einem dumpfen Knall auf dem Boden auf. Von dort huschte er zu mir und sprang vor dem Bett auf und ab.

Widerwillig musste ich lachen. »Dich habe ich nicht gemeint!« Trotzdem hob ich ihn auf und setzte ihn auf meinen Schoß. Wie eine Katze drehte er sich ein paarmal im Kreis und trampelte mit den Pfötchen, bis er sich in einer Position niederließ, die ihm genehm war. Den halb aufgegessenen Haferkeks behielt er dabei die ganze Zeit zwischen den Zähnen. Erst, als er seinen Platz gefunden hatte, knabberte er wieder daran. Und verteilte Brösel auf meinem Rock.

Thomas setzte sich. »Wie zutraulich er ist.«

Er streckte die Hand aus, um das kleine Wollknäuel am Kopf zu kraulen. Der jedoch schien zu fürchten, Thomas wolle ihm seine Leckerei abnehmen. Er fauchte.

»Man beißt nicht die Hand, die einen füttert«, sagte mein Bruder beleidigt. »Hat dir Berit das nicht beigebracht?«

»Genau genommen habe ich ihn gefüttert«, korrigierte ich. »Aber ich bringe ihn morgen zu ihr zurück.«

Als würde der Waschbär begreifen, dass es um ihn ging, spitzte er die Ohren.

Thomas lehnte seine Schulter an meine. »Ist vermutlich auch besser so. Sonst frisst er uns noch die Speisekammer leer.«

»Nicht, dass dort viel zu erbeuten wäre«, murmelte ich.

Wir beobachteten den kleinen Racker dabei, wie er den restlichen Haferkeks vertilgte.

»Wie geht es dir?«, fragte ich meinen Bruder schließlich.

»Ich hatte wirklich Angst, sie würde uns in den Silberbach ziehen.«

Thomas und Wasser, das war so eine Sache. Berit und ich hatten ihm zwar das Schwimmen beigebracht, gemocht hatte er es aber nie. »Der Bach ist nicht tief, darin wärst du nicht ertrunken«, sagte ich. »Und ich weiß nicht, ob sie sich damit aufgehalten hätte, uns überhaupt mit ins Wasser zu ziehen.« Schaudernd erinnerte ich mich an ihre scherenartigen Hände.

»Farah …«, begann er zögernd.

Augenblicklich versteifte ich mich. Ich ahnte bereits, was kommen würde. Und tatsächlich hatte ich recht.

»Woher hast du das Geld?«, fragte er.

»Es ist spät«, antwortete ich ausweichend. »Wir sind einer Fee vom Dunklen Volk begegnet und haben überlebt. Kann das nicht bis morgen warten?«

»Damit du dir eine Geschichte für mich ausdenken kannst?«

Der Vorwurf schmerzte, umso mehr, weil er wahr war.

»Nein«, log ich trotzdem.

Der Waschbär blickte zu mir hoch. Um meinen Händen etwas zu tun zu geben, kraulte ich ihn hinter den Ohren. Von mir ließ er sich streicheln.

Thomas blieb stur. »Das waren nicht nur ein paar Münzen. Das war echtes Gold!«

»Thomas, bitte.« Dabei wusste ich selbst nicht, worum ich ihn genau bat. Einen Aufschub? Verständnis? Vertrauen? Er würde nicht aufgeben, das sah ich ihm an. Ich mochte ihn auf morgen vertrösten können, doch was dann?

Und was, wenn ich ihm einfach die Wahrheit sagte? Wenn

ich ihm vom Stein und den Münzen erzählte? Dann musste ich ihm auch von der Lichtung und dem Grab erzählen. Von Mutters Geist unter der Trauerweide. Und davon, dass ich ihn bereits seit Jahren belog. Selbst, nachdem er mir sein Geheimnis anvertraut hatte.

Thomas blickte mir fest in die Augen. »Auf dem Markt kannst du unmöglich so viel bekommen haben. Selbst *deine* Handarbeiten sind nicht *so* kostbar.«

Das traf mich, obwohl ich wusste, dass er nur die Wahrheit aussprach.

Ein lauernder Ton schlich sich in seine Stimme: »Hast du …«

Blut schoss mir ins Gesicht und ich sprang so abrupt auf, dass der Waschbär auf die Dielen plumpste. Empört keckerte er, doch für sein Ungemach hatte ich keinen Sinn.

»Mich verkauft? An wen? An Thaddäus vielleicht, dieses Ekel? Fragst du mich allen Ernstes das?«

Mein Herz klopfte wild, der Waschbär verschwand erschrocken unter dem Bett.

Thomas sprang auf. »Was redest du da? Das habe ich doch gar nicht gesagt!« Er griff nach meinen Oberarmen. »Ich wollte dich fragen, ob du das Gold von Berit erhalten hast.«

»Von Berit?« Mir wurde schlecht vor Erleichterung.

»Beim Säenden Gott, Farah, die dummen Kommentare von Thaddäus haben dir ganz schön zugesetzt, was?«

Ich sank in mir zusammen. »Wenn's doch nur er wäre! Ich kann das Getuschel über mich einfach nicht mehr ertragen.«

Thomas legte mir eine Hand aufs Knie. »Gib nichts auf ihre Worte. Sie sind nur neidisch.«

»Neidisch? Worauf? Auf die schönen Gesichter, die uns Mutter vererbt hat? Was nutzen die uns schon? Ist denn niemandem klar, dass ich sofort das hässlichste Antlitz der Welt tragen würde, wenn sie dafür noch bei uns wäre?«

»Ich weiß, Farah. Mir geht es doch auch so.« Er seufzte. »Ich wünschte, ich hätte sie so gut gekannt wie du.«

Ich griff nach seiner Hand und drückte sie. »Verzeih, Thomas. Mein Zorn gilt nicht dir. Ich bin es nur so leid! All das Gerede von meinen goldenen Händen. Von Jahr zu Jahr wird es schlimmer. Meine Näharbeiten kaufen sie alle, aber dann giften sie, ich würde die Männer des Dorfes verführen, wenn sie nur einen Moment zu lang an meinem Stand stehen. Als ob ich sie je dazu aufgefordert hätte! Als ob ich das wollte!«

Er zwinkerte mir zu. »Ach, ich weiß ja nicht, irgendwie kann ich sie schon verstehen. Du bist nicht nur hübsch, sondern auch klug und witzig …«

»Jetzt hör schon auf«, unterbrach ich ihn, musste allerdings grinsen.

Thomas dachte gar nicht daran. »… und liebenswürdig und charmant …«

»Thomas! ich schmeiß dich gleich raus.«

»… und so süß, wenn du sich aufregst.«

Kurz entschlossen griff ich nach meinem Kopfkissen und schlug es ihm ins Gesicht. Lachend kippte er nach hinten um und blieb dort liegen. Der Waschbär schaute unter dem Bett hervor, was wir trieben, zog sich dann jedoch wieder zurück, offenbar zu der Überzeugung gelangt, dass es für ihn bei uns noch nicht sicher war.

»Komm her«, forderte Thomas mich auf, doch ich schüttelte den Kopf, plötzlich wieder ernst. Zögernd setzte auch er sich auf. Thomas hatte mich verteidigt, wenn spitze Bemerkungen darüber fielen, dass ich vielleicht einen Tanz zu viel beim Maifest mit einem der Männer aus dem Dorf gewagt hatte, oder man mir beim Abbau des Marktstands etwas zu eifrig half. Als ich mir das ins Gedächtnis rief, beschloss ich, ihn nicht weiter belügen zu können.

»Ich muss dir etwas gestehen«, sagte ich leise.

Und dann erzählte ich ihm vom Weiher im Wald, vom Grab und vom Stein mit den Münzen.

Thomas starrte mich aus seinen großen grauen Augen an, als hätte er mich nie zuvor gesehen. Eine Weile lang sagte er nichts. War es doch ein Fehler gewesen war, ihm die Wahrheit anzuvertrauen?

»Thomas.« Ich ergriff seine Hand.

Er zog sie zurück.

»Ich …«

»Nicht«, schnitt er mir das Wort ab, die Stimme eine Oktave zu hoch. Ein Kloß bildete sich in meinem Hals, als er aufstand. »Du hast mich belogen? Die ganzen Jahre lang?« Er zitterte vor Wut.

Der Waschbär gab ein unsicheres Fiepen von sich.

»Thomas …«

»Was?«, schnappte er. »Willst du dich jetzt entschuldigen? Dafür ist es zu spät.«

»Versteh doch«, flehte ich, doch er schüttelte den Kopf.

»Wolltest du es überhaupt jemals sagen, Farah? Sie war auch meine Mutter. Meine! Verdammt, ich hatte ein Recht darauf, es zu wissen!«

»Das weiß ich doch!« Ich wrang die Hände in meinem Schoß. »Es lag nicht in meiner Absicht, dich zu verletzen. Lass mich versuchen, es zu erklären.«

Thomas vergrößerte den Abstand zwischen uns. Der Anblick seiner versteinerten Miene ließ mich frösteln.

»Ich kann das jetzt nicht«, teilte er mir schroff mit.

Ehe ich reagieren konnte, wandte er sich ab und verließ mein Zimmer. Als das Schloss mit einem Schnappen einrastete, kam es mir vor, als würde man mich unter Wasser drücken.

Diese Nacht wollte der Schlaf nicht zu mir kommen. Sobald ich die Augen schloss, quälten mich die Bilder der Wasserfrau, vom Spinnenmann und von Thomas' abweisender Miene. Berits Bernsteinkerze lag auf dem Grund des Silberbachs und der Stummel der alten war gänzlich abgebrannt. Hätte ich doch nur sämtliche Schutzsiegel erneuert, ehe wir sie verloren hatten! Jetzt lag ich da, mein Fenster ungeschützt, mit Träumen so dunkel und Vorwürfen so bitter, dass ich mich unruhig von einer Seite zur anderen wälzte, während der Waschbär am Fußende des Bettes längst seelenruhig schlief.

Mal war mir zu warm, mal zu kalt. Ich zog meine Decke eng um mich oder strampelte mich frei. Als ich glaubte, keine Luft mehr zu bekommen, stand ich auf und öffnete das Fenster. Kühle Luft streichelte mein Gesicht.

»Mutter«, flüsterte ich in die Nacht. Doch erneut kam keine Antwort. Ich stand lange Zeit da, an den Rahmen gelehnt. Irgendwann wurde die Müdigkeit so groß, dass ich mich zurück ins Bett schleppte – und endlich einschlief.

Ein Kitzeln an der Wange weckte mich. Verschlafen versuchte ich, das, was auch immer mich berührte, mit dem Handrücken wegzuwischen. Als die Erkenntnis in mich einsickerte, dass vermutlich irgendein Insekt über mein Gesicht krabbelte, riss ich die Augen auf und schoss mit dem Oberkörper hoch. Doch es war kein Käfer, der mich geweckt hatte.

Es war der Spinnenmann.

Sämtliche Luft entwich aus meinen Lungenflügeln, mein ganzer Körper erstarrte. Über mich gebeugt stand das Wesen aus dem Wald, der Spinnenmann.

Groß und hager, die knochigen Gliedmaßen an den Gelenken seltsam verdreht, als sei er ein zum Leben erwachter Baum. Seine Augen leuchteten gespenstisch. Ihr helles Blau gemahnte an das Herz einer Flamme, und wie Feuer drohten sie, mich zu versengen. Als das seltsame Wesen die Hand nach mir ausstreckte, fiel das Licht der brennenden Talgkerze darauf und überzog seine nachtblaue Haut mit einem seltsamen Glanz. Sie wirkte fest wie der blank polierte Panzer eines riesigen Käfers.

Ich wollte schreien, aber ich konnte es nicht. Stumm und reglos musste ich mitansehen, wie sich die viel zu langen Finger des Monsters nach mir streckten. Seine Nägel waren die messerscharfen Krallen eines Raubvogels.

Erinnerst du dich, flüsterte das Wesen, ohne seine Lippen zu bewegen. Ich war mir nicht sicher, ob ich seine Stimme mit den Ohren oder nur in meinem Kopf hörte. Ihr Klang beschwor Bilder einer dunstigen Sumpflandschaft herauf. Das Brechen knochendürrer Äste schwang darin mit.

Erinnerst du dich an mich, fragte das Wesen noch einmal, drängend und bedrohlich. Fast berührten seine nadelspitzen Krallen die weiche Haut direkt unter meinem Auge. Dann flüsterte es: *Farah …*

Mir wurde schwarz vor Augen.

7

Markttag

Als ich das nächste Mal die Augen aufschlug, dämmerte es bereits. Mein Nachthemd klebte schweißnass an mir und meine Bettdecke hatte sich um mich gewickelt wie ein Kokon.

Der Spinnenmann!

Etwas knarrte und ich drehte mich hektisch um. Doch es war nur das Fenster, von einer leichten Brise bewegt. Mein Puls raste. Hatte ich das Fenster nicht geschlossen, bevor ich eingeschlafen war? War das Monster tatsächlich hier gewesen? Oder hatte ich nur von ihm geträumt?

Mit klopfendem Herzen strampelte ich mich aus der Decke und wagte einen Blick unter das Bett. Niemand war dort, nicht einmal der Waschbär. War er, während ich schlief, aus dem Fenster geklettert und hatte sich zurück auf den Weg zu Berit gemacht?

Ich lauschte. Im Haus war es ruhig. Erschöpft goss ich mir eine Handbreit Wasser in die Schüssel auf meiner Kommode und tauchte den Lappen hinein.

Nachdem ich mich frisch gemacht hatte, stieg ich auf Zehenspitzen hinab ins Erdgeschoss. Vater schlief gewiss wie ein Stein, doch es war Thomas, den ich nicht wecken wollte. Wir hatten nie viel miteinander gestritten – unsere Sorgen um Vater hatten uns zusammengeschweißt. Deshalb wusste ich nicht recht, wie ich mit dieser Situation umgehen sollte.

Der Markt kam mir da gerade recht. Ich würde den halben

Tag unterwegs sein und hatte so genügend Zeit, mir eine Strategie zurechtzulegen.

Die Speisekammer war fast leer, doch auf meinem Weg ins Dorf würde ich an einer Brombeerhecke vorbeikommen. Die Früchte würden es tun müssen, zumindest bis ich ein paar Handarbeiten verkauft hatte. Müde räumte ich meine Garnknäuel und die Stickereien in einen Korb und legte meine Wasserflasche obenauf. Dann hängte ich mir den Beutel um die Schultern, in dem sich Berits Marmeladen befanden. Nach den nächtlichen Strapazen kam er mir viel zu schwer vor.

Erst als ich am Silberbach haltmachte, um meine Wasserflasche zu füllen, begriff ich, warum Berits Gläser so an Gewicht zugenommen hatten. Die Leinentasche bewegte sich nämlich, nachdem ich sie am Ufer abstellte. Erschrocken fuhr ich zurück und wäre beinahe in den Bachlauf gefallen. Doch da klaffte die Öffnung des Bündels auseinander und eine feuchte Schnauze spitzte hervor.

»Du!«, begrüßte ich den Waschbären und stemmte die Fäuste in die Hüften. Der Kleine kletterte aus dem Täschchen und fuhr sich mit den Vorderpfoten durch das Gesicht, als wolle er sich den Schlaf aus den Augen reiben.

Amüsiert ging ich in die Hocke und kraulte ihn hinter den Ohren. »Beinahe wäre ich wegen dir in den Silberbach gefallen. Dabei bist du es, der ein Bad gebrauchen könnte.«

Der Waschbär versteifte sich unter meiner Hand.

»Keine Sorge«, lachte ich. »Wir haben zwar noch Zeit, bis der Markt beginnt, aber so viel auch wieder nicht. Dein Bad muss warten. Hast du Hunger?«

Sein begeistertes Keckern bedeutete wohl: »Ja.«

Ich stand auf, wischte meine Finger im taufeuchten Gras ab und ging zu besagter Brombeerhecke, die schwer mit dunklen Früchten behangen war. Mein kleiner Begleiter folgte mir auf Schritt und Tritt. Als ich eine Handvoll Beeren für ihn fallen ließ, quietschte er begeistert. Ich pflückte so viele Früchte, bis wir beide satt und zufrieden am Ufer saßen.

Als ich mein Tongefäß mit Wasser gefüllt und verkorkt hatte, entdeckte ich am gegenüberliegenden Ufer einen Fuchs. Bildete ich mir das nur ein oder beobachtete er mich gerade?

»Na, du«, rief ich ihm zu, da drehte er sich um und verschwand zwischen den Hecken. Wie machte Berit das nur, dass wilde Tiere sich ihr gegenüber so zutraulich zeigten?

Mit der Flasche in der Hand drehte ich mich zum Waschbären um. Der schickte sich gerade an, zu meinen Handarbeiten in den Korb zu klettern.

»Untersteh dich!«, warnte ich ihn.

Er blinzelte mich über das Flechtwerk unschuldig an.

»Falls du angenommen hast, ich trage dich den ganzen Weg bis zum Marktplatz, hast du dich getäuscht«, teilte ich ihm unbarmherzig mit.

Der Waschbär zögerte. Dann machte er eine Bewegung, bei der ich schwören könnte, es handele sich um ein Schulterzucken. Gemeinsam setzten wir unseren Weg ins Dorf fort.

Der Markt fand alle zwei Wochen auf einem lang gezogenen Streifen nahe des Gemeindehauses statt. Die Bauern waren noch dabei, Tische, Bretter und kniehohe Baumstammstücke herbeizutragen, als ich eintraf. Sie stellten sie in drei Reihen auf dem trostlosen Boden auf, der vom Fußgetrampel vieler Jahre und den Rädern schwer beladener Karren festgestampft war. Nur unter einer alten Linde am Rand des Platzes wuchsen noch ein paar Grasbüschel. Dorthin begab ich mich, denn ihre ausladenden Äste spendeten in der Mittagshitze Schatten und schützten bei Regenschauern.

»Du bleibst besser, wo du bist«, flüsterte ich dem Waschbären zu, der mich aus seinem Versteck im Beutel beobachtete. Enttäuscht wackelte er mit der Nase.

»Nein«, sagte ich entschlossen. »Du wolltest nicht zu Hause bleiben, das hast du jetzt davon. Ich kann doch nicht zulassen, dass du mir die Kundschaft verschreckst.«

Sorgfältig drapierte ich meine Ware auf den verwitterten Brettern der Tischplatte: ein paar Knäuel fein gesponnenes Garn, gestrickte Socken und eine mit fröhlichen Farben bestickte Borte. Nachdem ich den Weidenkorb leer geräumt hatte, stellte ich die mit Marmelade und Kräutermischungen befüllten Gläser und Krüge von Berit daneben. Als ich das letzte Tongefäß zu den anderen stellte, war der Waschbär längst aus dem Leinenbeutel geklettert und turnte nun über mir in den Zweigen der Linde herum. Entgegen meinen Befürchtungen störten sich die Waldhausener nicht an ihm. Zugegeben, sie warfen ihm verwunderte Blicke zu, doch sobald ich ihnen erklärte, dass es sich um einen von Berits Schützlingen handelte, nickten sie nur wissend und ignorierten ihn.

»Da hast du dir einen gefräßigen Begleiter auserkoren«, amüsierte sich meine Standnachbarin und beobachtete, wie ich dem Waschbären schicksalsergeben ein Stück vom Johannisbeerbrötchen abbrach, das mir einer der Burschen aus dem Dorf geschenkt hatte.

Ich wollte ihr gerade zustimmen, als Giulietta wie aus dem Nichts auftauchte und mit der flachen Hand so fest auf die Tischplatte meines Standes schlug, dass Berits Behälter klirrten und der Waschbär in die Krone der Linde flüchtete. Gerade noch rechtzeitig gelang es mir, ein Garnknäuel einzufangen, ehe es vom Tisch hüpfte.

»Ich dachte, du wolltest heute nicht kommen«, sagte ich überrascht.

»Das hatte ich auch nicht vor«, erwiderte sie kalt und hob die Hand. Ein paar Blätter lagen darin, braun und trocken wie aus dem letzten Herbst.

»Was ist das?«, fragte ich.

»Das würde ich gern von dir wissen.«

»Von mir?«

Giulietta verdrehte die Augen. Dann presste sie die Lippen zusammen, kam um den Tisch herum und griff nach meinem Arm.

»Auf ein Wort«, sagte sie.

Verwirrt ließ ich mich von ihr hinter die Linde ziehen, weg von den anderen.

»Verrätst du mir, was das soll?«, fragte ich.

»Die Münzen, die du mir gestern gegeben hast …«

Mein Magen zog sich zusammen. »Ja?«

»Ich habe sie gestern Abend in der Schublade eingeschlossen. Als Vater sie heute Morgen öffnete, fand er statt des Goldes nur welkes Laub.«

»Was?«

»Vater ist fuchsteufelswild«, flüsterte Giulietta so rasch, als müsste sie sich beeilen. »Er glaubt, ihr habt ihn absichtlich betrogen.«

Schweiß brach mir aus. »Aber …« Ich tastete haltsuchend nach der Linde. Plötzlich war mir viel zu heiß. »Könnte jemand im Dorfkrug eingebrochen sein?«

Giulietta schüttelte den Kopf. »In die Wirtsstube wurde nicht eingebrochen. Und auch die Thekenschublade war unversehrt.«

»Der Vetter deiner Mutter …?«, überlegte ich fieberhaft, doch bereits als ich es aussprach, wusste ich, dass es ein Fehler war.

Giuliettas Augen weiteten sich, dann kniff sie sie zusammen. »Ich kann nicht glauben, dass du das gerade gesagt hast.«

»So war das nicht gemeint …«, wollte ich mich entschuldigen, doch Giulietta achtete gar nicht auf mich.

»Woher hattest du die Münzen, Farah?«

So schnell, wie mir heiß geworden war, wurde mir nun kalt. »Das kann ich dir nicht sagen.«

Giulietta packte mich am Oberarm. »Das musst du aber! Vater glaubt, dass du ihn übers Ohr hauen wolltest.«

»Bei allen guten Geistern, nein!« Ich war viel zu laut. Rasch senkte ich meine Stimme. »Wirklich nicht, das musst du mir glauben!«

Sie seufzte und ließ mich los. »Was soll ich denn glauben,

Farah? Münzen, die sich über Nacht in tote Blätter verwandeln. Du weißt, wie das aussieht.«

Ich schluckte.

»Das ist ernst. Der Handel mit dem Feenvolk ist verboten. Du warst doch nicht im Firnwald, oder? Du weißt, was dir sonst blühen kann. Die Königin ist sehr streng, was diese Dinge angeht.«

Die Knie wurden mir so weich, dass sie beinah unter mir wegknickten. Ich musste mich mit dem Rücken an die Linde lehnen. »Ihr werdet mich doch nicht anklagen?«

Giulietta senkte den Kopf. »Das nicht.«

»Bitte«, flehe ich. »Ich begleiche die Schuld.« Mit zitternden Fingern wühlte ich in meiner Rocktasche, tastete nach den abgegriffenen Kupferstücken, die ich an diesem Tag eingenommen hatte. Doch als ich meine erbärmliche Ausbeute Giulietta entgegenstrecke, blickt sie mich nur mitleidig an.

»Behalt das Geld«, sagte sie leise.

Ich wollte sie ihr in die Hand drücken. Doch sie wich mir aus.

»Warum bist du dann zu mir gekommen?«, fragte ich, obgleich mir bewusst war, dass die mickrigen Kupferstücke in meiner Hand nicht einmal einen Bruchteil der Schuld begleichen konnten.

»Um dich zu warnen«, antwortete sie und klang dabei traurig.

»Wovor?«

Giulietta leckte sich über die Lippen, ehe sie weitersprach. »Adil. Er hat die Blätter gesehen. Mutter glaubt, er wird der Königin davon berichten.«

Für eine oder zwei Sekunden blieb mein Herz stehen.

O nein. O nein, nein, nein!

»Warum sollte er das tun?«, fragte ich schwach.

»Von wem hast du die Münzen bekommen, Farah?«, fragte Giulietta noch einmal.

Statt ihr zu antworten, raffte ich meinen Rock, rannte los

und stürzte beinahe, so eilig hatte ich es plötzlich, nach Hause zu kommen. Ich floh vom Marktplatz. Meine Handarbeiten und Berits Eingemachtes ließ ich einfach zurück. Genau wie Giulietta, die mir schweigend nachsah. Allein der Waschbär heftete sich mit einem überraschten Keckern an meine Fersen.

8

Feengold

Die Mühle klapperte, als wir endlich bei ihr ankamen. Die Sonne strahlte vom wolkenlosen Himmel, als sei alles in Ordnung. Vater und Thomas sah ich nicht, aber ihre lauten Stimmen drangen bis zu mir nach draußen. Sie stritten schon wieder. Dafür war jedoch jetzt keine Zeit. Ich stolperte in die Wohnküche, setzte den Waschbären ab und eilte die Treppe hinauf in mein Zimmer. Über mein Gesicht rann Schweiß, ich wischte ihn so gut es ging mit dem Ärmel fort. Dann zog ich kräftig am Fußende meines Bettes, um es ein Stück zu verrücken. Ich achtete noch nicht einmal darauf, keine Geräusche zu verursachen. Mit klopfendem Herzen kniete ich mich hin und löste die Diele, die sich hochheben ließ. In dem niedrigen Fach darunter lag ein blaurot kariertes Stoffbündel, so wie es sein sollte. Doch bereits als ich es anhob, merkte ich, dass es viel zu leicht war. Keine Münzen stießen klirrend aneinander, als ich es auf meinen Oberschenkeln ablegte und aufknotete. Tränen stiegen in mir auf. Münze um Münze hatte ich gesammelt, Mond um Mond, in der sicheren Gewissheit, dass ich sie eines Tages brauchen würde. In dem Glauben, dass ich niemandem von ihnen erzählen durfte, nicht einmal meiner Familie. Gestern hatte ich das Versprechen, welches ich mir selbst gegeben hatte, gebrochen, und jetzt, da ich das Tuch auseinanderfaltete, sah ich mit verschleiertem Blick, dass sich mein kleiner Schatz in welkes Laub und dürre Äste verwandelt hatte. Wie die Münzen in der Thekenschublade des Dorfkrugs.

Feengold, fuhr es mir durch den Kopf. *Wer mit Feen handelt, wird es bereuen.*

Ich kannte die Geschichten der Juwelen und Münzen, die sich über Nacht in Schmutz und Blattwerk verwandelten. Es gab viele Märchen, die man sich darüber erzählte. Aber mein Schatz war Jahr um Jahr gewachsen, ohne sich in wertlose Pflanzenreste zu verwandeln. Ich hatte ihn ja auch nicht von einem Feenwesen erhalten. Zumindest hatte ich das geglaubt.

»Mutter«, flüsterte ich leise, während ich mit den Fingerkuppen über ein papiertrockenes Ahornblatt fuhr. Tränen tropften auf meine Hände.

Berits Waschbär kam ins Zimmer gehuscht und schmiegte sein Köpfchen an meinen Oberschenkel. Ich ließ ihn gewähren, ohne ihn zu beachten. Ich achtete auf gar nichts, ich nahm noch nicht einmal mehr die wertlosen Blätter wahr, die einmal Münzen gewesen waren. Ihr Verlust schmerzte mich sehr. Schrecklicher jedoch war die Erkenntnis, dass ich mir all die Jahre lang eingebildet hatte, dem Geist meiner Mutter am Weiher im Wald zu begegnen, obwohl der doch nichts als Schall und Rauch und der Duft von Geißblatt und Wacholder gewesen war. Ein wenig fühlte es sich so an, als würde ich sie ein zweites Mal verlieren.

Vom Hof her drangen Stimmen und Pferdeschnauben zu mir herauf. Zunächst mit den Fingern, dann mit dem nutzlos gewordenen Tuch versuchte ich, mir die Tränenspuren aus dem Gesicht zu wischen. Der Waschbär war sprang aufs Bett und balancierte auf dem Kopfende, offenbar in dem Versuch, zum Fenster zu gelangen. Ich schnäuzte mir die Nase, stand auf und ging an ihm vorbei zum Fensterladen. Unter meinen Füßen zerbröselten die trockenen Blätter. Als ich das Fenster gerade aufstoßen wollte, hörte ich Schritte auf der Treppe. Die Tür flog krachend an die Wand und Thomas stürzte ins Zimmer.

»Hier bist du!« Er klang gehetzt, zog mich vom Fenster fort und spähte selbst hinaus. »Sie sind nur zu zweit …«

»Was ist los?«, fragte ich alarmiert.

»Was los ist?« Thomas musterte mich von Kopf bis Fuß und blieb dabei an meinen geröteten Augen hängen. Er öffnete den Mund, suchte nach Worten, fand aber keine. »Du musst fort«, sagte er nur. »Die Männer der Königin sind da, um dich abzuholen. Beeil dich, rasch! Vater versucht sie aufzuhalten, aber ihre Geduld ist gewiss nicht endlos.«

Die Männer der Königin? Mein Mund wurde trocken.

Thomas löste sich von mir. »Sie sprechen von Feengold. Sie wollen, dass du mit ihnen kommst. Nimm nur das Nötigste, schnell! Und vergiss nicht das Gold! Das wirst du auf deiner Flucht brauchen.«

»Es gibt kein Gold mehr«, unterbrach ich ihn.

Thomas blinzelte.

Ich wies auf die zerrupften Blattfetzen.

»Aber ...«, begann Thomas, räusperte sich jedoch: »Das ist jetzt unwichtig. Du musst verschwinden. Los!«

»Und wohin?«, fragte ich entsetzt.

»Nicht zu Berit. Da werden sie als Erstes suchen.«

Der Waschbär kam fiepend zu mir gerannt und drückte sich an mich. »Schhhhh«, raunte ich ihm beruhigend zu. »Dir passiert nichts.« Ich drehte mich zu Thomas um. »Du musst ihn zu ihr bringen, verstanden?«

»Ja, ja, schon gut«, versprach er mir. »Aber du musst jetzt wirklich verschwinden. Durch die Hintertür.«

So leise wie möglich schlichen wir die Treppe hinunter in die Wohnstube. Ich wusste genau, welche Stufe ich auslassen musste, weil sie unter meinem Gewicht knarzte. Von draußen drang das Streitgespräch zwischen Vater und den Männern der Königin zu uns, allerdings gedämpft, sodass ich kein Wort verstehen konnte.

Am Fuß der Treppe duckte ich mich, damit mich die Wachen nicht entdeckten, sollten sie durch das Fenster in die Stube spähen. Auf allen vieren kroch ich zur Hintertür. Thomas kam mir leise nach. Mein Herz klopfte und meine Augen brannten. Ich hatte keine Ahnung, wohin ich fliehen sollte. Zunächst vielleicht in den Wald, an den Seerosenweiher. Ich sollte zurückkriechen und mein Kräutermesser holen, doch Thomas versperrte mir den Weg.

»Beeil dich«, formte er mit den Lippen.

Ich senkte den Kopf und überlegte fieberhaft, was ich tun konnte.

Eins nach dem anderen. Erst galt es, den Wachen der Königin zu entkommen. So leise wie möglich öffnete ich die Tür. Das Mühlrad klapperte laut, und ich hoffte, es würde die Geräusche übertönen, die ich notgedrungen verursachen würde, wenn ich über den Silberbach sprang.

Mit klopfendem Herzen stand ich auf und lehnte mich an die Rückwand meines Zuhauses. Ich schielte zurück zu meinem Bruder, der an der Hintertür stand und im Begriff war, sie zu schließen.

»Thomas«, flüsterte ich. Ein dicker Kloß hatte sich in meinem Hals gebildet. »Bist du mir noch böse?«

Sein Gesicht verfinsterte sich und er setzte zu einer Antwort an. Doch was immer er hatte sagen wollen, er kam nicht mehr dazu.

»Wen haben wir denn da?«, fragte eine raue Stimme. Einer der Männer der Königin war um die Mühle gekommen. Ich fuhr herum und wollte fliehen, doch ich war viel zu langsam. Noch im Garten holte mich der Bote ein und packte mich so grob am Arm, dass ich aufschrie. »Nicht so schnell, mein hübsches Vögelchen«, zischte er. »Du wirst bei Hof erwartet.«

Sie waren zu zweit gekommen, auf Pferden, und hatten ein drittes für mich mitgebracht. Weil sie mir drohten, mich notfalls fest verschnürt nach Burg Giebelstein zu bringen, gab ich schließlich nach und ließ mir in den Sattel helfen. Jetzt rüttelte mich jede Bewegung des Pferdes durch. Niemals zuvor war mir aufgefallen, wie hoch so ein Tier war und wie weit der Boden entfernt lag, wenn man daraufsaß. Wir ritten fast eine Stunde lang. Ludwig, der ältere der beiden Wachen, hatte mir die grundlegenden Dinge erklärt, die ich beim Reiten zu beachten hatte. Sven, der ihm untergeben und mir deutlich feindseliger gestimmt war, hatte jeden meiner Versuche, die Stute zu einem Trab anzuleiten, mit Augenrollen und spöttischem Schnauben quittiert. Inzwischen tat mir mein Hinterteil weh und die Finger schmerzten, weil ich sie viel zu fest um die Zügel verkrampfte.

Endlich tauchte Burg Giebelstein vor uns auf. Die mit roten Ziegeln gedeckten Türme leuchteten uns über das Blätterdach der umgebenden Bäume entgegen. Die Anlage bestand aus mehreren Ebenen und Seitenflügeln, die erst nach und nach hinzugefügt worden waren und sich deshalb stark voneinander unterschieden. Manche Türme waren schlank und hoch wie Tannen, andere wirkten gedrungen wie überdimensionierte Weinfässer. Alle jedoch waren aus hellem Stein gebaut. Wenn ich der Burg früher gewahr geworden war, hatte ich sie immer für majestätisch gehalten. Ich hatte mir ausgemalt, wie große Feste und Bälle in ihren Sälen abgehalten wurden. Jetzt wirkte der Bau auf mich bedrohlich, seine mächtigen Mauern nicht nur trutzig und uneinnehmbar, sondern unbarmherzig. Nie war mir aufgefallen, wie hässlich die Fratzen der Wasserspeier waren, die den Herannahenden aus hohlen Augen und Mündern warnende Blicke zuwarfen. Sie kamen mir heute vor wie Wesen aus dem Dunklen Volk.

Um zum Tor zu gelangen, mussten wir durch die Gassen der kleinen Stadt reiten, die sich in den Schatten der Burg kauerte und wie diese Giebelstein hieß. Die Städter gafften uns an.

»Was hat die Dirne getan?«, wollte eine Marktfrau wissen, doch meine Wächter beachteten sie nicht. Auch ich versuchte, die Gaffenden zu ignorieren, so gut es eben ging. Dass ich meine gesamte Aufmerksamkeit brauchte, um nicht vom Pferd zu fallen, half.

»Kopf einziehen«, warnte mich Ludwig, als wir durch einen steinernen Torbogen ritten. Seiner Anwesenheit war es wohl auch zu verdanken, dass man uns nicht allzu viele Fragen stellte, als wir in den gepflasterten Burghof ritten. Dort herrschte Geschäftiges Treiben: Diener eilten kreuz und quer zwischen den Gebäuden hin und her. Sie trugen abgedeckte Schüsseln und Wasserkrüge, Wäscheberge und Schriftrollen, und sie stiegen über Unrat am Boden, als sei er gar nicht da. Zwei junge Hunde balgten sich in einer Ecke um einen Knochen, ohne dass sie jemand beachtete.

Vor den Stallungen glitten wir aus den Sätteln. Es roch nach Stroh und Pferdemist. Inzwischen war ich jedoch so erschöpft, dass mir das nichts mehr ausmachte.

»Was geschieht jetzt?«, fragte ich ängstlich, nachdem sich mein Körper wieder daran gewöhnt hatte, auf fester Erde zu stehen.

Ludwig reichte Sven die Zügel der Stute und blickte mich ernst an. »Jetzt bringen wir dich zu Ihrer Majestät.«

Ich zuckte zusammen. »Zur Königin?« Ich hatte angenommen, meine Befragung würde dem Hofmarschall überlassen.

»Folge mir«, forderte Ludwig mich auf und öffnete die Tür zum Hauptgebäude. »Sprich nur, wenn man eine Frage an dich richtet«, schärfte er mir ein, während er mich eine breite Treppe nach oben führte. »Verhalte dich stets ehrerbietig und verärgere Ihre Majestät nicht. Hast du verstanden?«

»Ja«, antwortete ich.

»Und widersprich niemals der Königin.«

Das ließ mich innehalten. »Wie soll ich mich dann verteidigen?«

Ludwig drehte sich zu mir um. Sein Gesicht sah aus, als habe ich etwas unglaublich Dummes gesagt.

»Nein«, antwortete ich deshalb und spürte mich erröten. »Ich meine: Gut. Ich werde nicht widersprechen.«

»Du musst dich nicht fürchten, Mädchen. Nicht, wenn du nichts Falsches getan hast. Sag einfach die Wahrheit und vertrau auf den Säenden Gott und die Gerechtigkeit der Königin. Sie ist eine kluge Frau.«

Ich strich mir eine Haarsträhne hinter das Ohr und nickte.

»Komm«, befahl Ludwig. »Wird schon nicht so schlimm werden.«

Wie sehr er sich doch irrte.

9

Die Königin von Firnland

Die Königin erwartete mich in einem beeindruckenden Raum hoch oben im Palast. Der Steinboden war nicht mit Binsen ausgelegt, sondern mit purpurfarbenem Teppich. Meine Füße versanken darin. An den Wänden reihten sich Kerzenständer, die entweder aus echtem Gold bestanden oder vergoldet waren.

Vorsichtig schielte ich durch den Vorhang meiner Haare zum Podest am gegenüberliegenden Ende des Raums. Die Königin saß dort aufrecht auf einem Thron, drückte den Rücken durch und machte einen angespannten Eindruck. Über ihr hing das gewaltige Gemälde einer jungen Frau mit blasser Haut und langem schwarzen Haar, das einen starken Kontrast zu dem hochgeschlossenen roten Kleid bildete, das sie trug: Königin Iolanthe in jungen Jahren. Sie sah inzwischen einige Jahre älter aus als ihr Ebenbild an der Wand, aber es handelte sich eindeutig um dieselbe Frau. Ein Eindruck, der dadurch unterstrichen wurde, dass sie ein karmesinrotes Kleid trug. Ihre Augen glitzerten wie die Juwelen der Kette um ihren Hals.

Ludwig verbeugte sich tief und ich tat es ihm gleich. Während ich auf den Teppich vor mir starrte, den Rücken so tief gebeugt wie nur irgend möglich, wurde mir bewusst, wie schmutzig und verschwitzt ich nach meiner Flucht vom Markt und meinem Ritt hierher war. Verstohlen versuchte ich, die Hände in die Falten meines Rockes zu schieben, um die dunklen Halbmonde unter meinen Fingernägeln zu verbergen. »Erhebt euch«, befahl die Königin endlich, als ich bereits glaubte, nicht mehr länger in der unbequemen Haltung ausharren zu können.

»Du bist des Müllers Tochter?«, fragte sie.

Ich räusperte mich. »Ja, Euer Majestät.«

»Lasst uns allein, Ludwig«, sagte sie.

Der Wächter neben mir verbeugte sich und verließ rückwärts den Saal.

»Ihr auch«, befahl die Königin und drehte sich zu ihren Hofdamen, die in einer Sitzecke saßen und stickten. »Wartet auf dem Flur.«

Giuliettas Vetter stand ebenfalls dort, eine Laute in den Händen. In seinem gelben Wams erinnerte er an eine Sonnenblume. Die Kleider der Hofdamen raschelten, als sie sich wortlos erhoben und die Handarbeiten zur Seite legten.

»Adil, du bleibst«, bestimmte Königin Iolanthe.

Giuliettas Vetter deutete eine Verbeugung an, legte die Laute auf dem Boden ab und blieb mit gefalteten Händen bei der Sitzgruppe stehen, während die Hofdamen verschwanden. Niemand sagte ein Wort, bis sich die Türflügel schlossen und sich nur noch die Königin, Adil und ich im Raum befanden.

»Ist sie das?«, fragte die Königin.

Adil nickte.

»Wie heißt du?«, richtete sie sich an mich.

»Farah, Euer Majestät.«

Königin Iolanthe erhob sich von ihrem Sitz und kam auf mich zu. Sie bewegte sich langsam und anmutig wie eine Katze, die sich an eine Maus heranschlich. »Ein ungewöhnlicher Name«, sagte sie, als sie vor mir stand.

Sie begann mich zu umrunden und musterte mich dabei, als wolle sie eine Ware von allen Seiten begutachten. Ich versuchte, mich nicht verunsichern zu lassen.

Die Königin ergriff eine meiner Haarsträhnen. Ich biss mir auf die Unterlippe.

Wie einen Fussel, den sie von einem Kleid gepflückt hatte, ließ sie sie wieder fallen.

»Du stinkst«, teilte sie mir so unbeteiligt mit, als spräche sie vom Wetter.

Es sollte mir egal sein, was sie von mir hielt. Trotzdem schnitten ihre Worte wie ein Messer in ungeschütztes Fleisch. Was hatte sie erwartet? Ihre Wächter hatten mir keine Zeit gelassen, mich frisch zu machen, sondern mich im Gegenteil auch noch zu einem stundenlangen Ritt in der Mittagshitze gezwungen.

Königin Iolanthe streckte Adil die Hand entgegen. Er war auch *ihr* Verwandter, fiel es mir ein. Entfernt nur, aber dennoch. Adil eilte zum Ebenholzthron und kam mit einem winzigen, mit Silberfäden bestickten Kissen aus grauem Stoff zurück. Die Königin nahm es ihm ab und presste es sich unter die Nase. Scham und Empörung stiegen in mir auf. Von beidem durfte ich mir nichts anmerken lassen, doch ich konnte mich des Gedankens nicht erwehren, dass die Königin sicher in ihrem ganzen Leben noch keinen Kornsack zu einer Mahlkammer hinaufgeschleppt hatte.

»Was glaubst du, weshalb ich dich habe rufen lassen, Farah?«, fragte die Königin. Die untere Hälfte ihres Gesichts war von Hand und Duftsäckchen verdeckt. Mit ihren Katzenaugen musterte sie mich jedoch genau.

Nervös leckte ich mir über die Lippen und schielte zu Adil. »Wegen der Münzen?«, fragte ich vorsichtig.

»Sprich weiter«, befahl sie.

»Die Münzen, mit denen ich gestern meiner Familie Schuld im Dorfkrug beglichen habe, Euer Majestät.«

Königin Iolanthe senkte das Duftkissen und wandte sich Adil zu. »Dumm ist sie nicht.«

Wieder fixierte sie mich mit abschätzendem Blick. »Woher hattest du die Münzen, Müllerstochter?«

Das war der Moment, vor dem ich mich gefürchtet hatte.

»Ich ...« Nein! Ich konnte es nicht verraten.

»Ja?« Ihre Nasenflügel blähten sich, ihre Augen glitzerten, fast wie im Fieber.

»Antworte!«, fuhr sie mich an, als ich den Kopf senkte.

Sie war die Königin, ich hatte nicht das Recht, ein Geheimnis vor ihr verborgen zu halten. Doch wenn ich ihr verriet, dass ich seit Jahren heimlich in den Firnwald ging, verlor ich eine Hand. Und wenn sie aus mir herauspresste, dass Vater Mutter dort gegraben hatte, er vermutlich weit mehr als das.

Die Königin stieß mir mit einem spitzen Finger in die Schulter. »Vorsicht, Mädchen. Ich verliere schnell die Geduld.«

Ich schluckte, meine Gedanken überschlugen sich. Eine Lüge, schnell! Nur welche?

»In Waldhausen erzählt man sich, dass alles, was sie anfasst, zu Gold werde«, sagte Adil da.

Die Königin trat einen Schritt zurück. »Ist sie etwa eine Hexe?« Sie klang spöttisch, dennoch traf mich die Anklage wie eine Ohrfeige. Das war noch schlimmer als mein Geheimnis mit dem Weiher. Auf Hexerei stand der Scheiterhaufen. Während ich verzweifelt versuchte, mir eine glaubhafte Geschichte zusammenzureimen, ergriff Adil erneut das Wort:

»Keine Hexerei. Eine Gabe.«

Was tat er da? Wollte er mir helfen? Aber wie sollte das gehen?

»Man sagt, sie besäße goldene Hände. Alles, was sie anfasse, würde ihr gelingen. Keine sei so geschickt im Handarbeiten wie sie. Keine könne feinere Fäden spinnen.«

»Das ist keine Hexerei«, unterbrach die Königin ihn ungehalten. Ihr Arm schnellte vor, sie packte mich am Handgelenk und hob es an. Mit abschätzigem Blick betrachtete sie meine schmutzigen Finger. »Goldene Hände«, spottete sie und ließ wieder los. »Wohl kaum.« Sie hob das Kinn. »Du hast keinen Weg gefunden, um Blei in Gold zu verwandeln, kleines Müllermädchen, oder?«

Langsam kam sie näher. Die Kehle wurde mir eng, und ich

hatte das Gefühl, der Blick aus ihren Augen würde mich verbrennen.

»Du warst im Firnwald«, flüsterte sie.

»Nein!«, rief ich. Dann fügte ich demütig hinzu: »Euer Majestät.«

Sie schien mich gar nicht gehört zu haben. »Du bist mit dem Feenvolk einen Handel eingegangen.«

Ich schüttelte den Kopf.

Die Königin stand jetzt so nah vor mir, dass unsere Gesichter sich fast berührten. Mein Geruch schien sie nun nicht mehr zu stören.

»Lüg mich nicht an«, drohte sie. Ich konnte ihren Atem riechen, süß wie Honig und sauer wie Wein.

»Bitte, Euer Majestät«, flehte ich.

»Was?«, fragte sie ungehalten.

Mir wurde schwindelig. Es klopfte an die Tür.

»Jetzt nicht!«, blaffte Königin Iolanthe. Sie griff erneut nach meinem Handgelenk, zerrte mich zum Fenster und zwang mich, hinauszublicken. Über die Häuser von Stadt Giebelstein hinweg sah ich goldbraune Weizenfelder, den staubigen Weg, den wir entlanggeritten waren und in einer Senke das glitzernde Band des Silberbaches. Es verschwand in der Ferne zwischen bewaldeten Hügeln. Erst da wurde mir wirklich bewusst, dass sich zwischen dem Königshof und meinem Zuhause die Ausläufer des Firnwalds schoben. Ich war in seinem Schatten aufgewachsen. Dass er sich aber auch so nah an der Burg befand, hatte ich mir bisher gar nicht bewusst gemacht. Bei meinen wenigen Besuchen in der Stadt hatte ich die Burg nie betreten – ein Umstand, von dem ich mir jetzt wünschte, es wäre für immer so geblieben.

»Du warst dort.« Die Stimme der Königin klang ruhig, doch das täuschte. Sie formulierte ihre Sätze nicht als Frage. Wenn ich jetzt das Falsche tat, war ich verloren. »Trotz all meiner Bemühungen, für eure Sicherheit zu sorgen, das Dunkle Volk fernzuhalten! Glaubst du, du stehst über dem Gesetz?«

»Nein, Euer Majestät!«, antwortete ich schnell.

Sie hörte mir gar nicht zu. »Die Münzen, mit denen du bezahlt hast: Das war Feengold. Wie hast du sie bekommen, wenn du nicht im Firnwald warst?«

Ihr Gesicht war von mir abgewandt, ihr Blick in die Ferne gerichtet. Er glitt über die dunkelgrünen Baumwipfel, hin und her, als versuche sie, im Blätterwerk etwas zu erkennen wie ich im Wasser des Weihers. Ihre Hand umklammerte mein Handgelenk, doch ich glaubte nicht, dass es ihr bewusst war. Sie grub die Finger so fest in mein Fleisch, dass Druckstellen bleiben würden. Vielleicht sogar blaue Flecken.

»Majestät.« Vorsichtig bewegte ich mein Handgelenk. »Ihr tut mir weh.«

Ihr Kopf flog zu mir herum, und ich bereitete mich darauf vor, von ihr zu hören, wie egal ihr das sei. Doch zu meiner Überraschung ließ sie los und wich einen Schritt zurück. Erneut streckte sie die Hand nach Adil aus. Der wusste offenbar sofort, was sie von ihm erwartete. Er kam auf uns zu, ein ausgefranstes Lindenblatt in der Hand. Es war braun wie trockener Schlamm und genauso brüchig. Königin Iolanthe pflückte es ihm aus der Hand.

»Willst du behaupten, das sei kein Feengold gewesen?«, fragte sie mich.

Ich konnte nichts tun, als das Blatt anzustarren.

»Du weißt, dass der alte Pakt zwischen den Völkern der Feen und uns Firnländern verbietet, die Grenze zu ihrem Reich zu übertreten. Unsere Vorfahren haben ihn mit Blut unterzeichnet.«

Das war eines der ersten Dinge, die ein Firnländer lernte. *Überschreite nie die alte Grenze. Wage dich nicht zu tief in den Wald, oder du setzt nicht nur dein Leben aufs Spiel, sondern auch die Fruchtbarkeitszauber, mit denen das Lichte Volk unser Land gesegnet hat.*

Dass die Dunklen Feen den Pakt missachteten, wenn sie in den Neumondnächten aus den Wäldern kamen, um uns zu jagen, davon redete keiner.

»Ich war nicht im Feenreich«, behauptete ich stoisch. »Ich habe noch nicht einmal den Firnwald betreten. Ich weiß, dass das verboten ist.«

Königin Iolanthe hielt das welke Blatt in die Höhe. »Es hat sich zurückverwandelt in das, was es war, weil du deinen Mund nicht halten konntest, nicht wahr? Wem gegenüber hast du von deinen Abenteuern geprahlt? Deinem Vater? Deinem Bruder? Ich kann auch sie verhören.«

Angst stieg in mir auf.

»Besser wäre es allerdings«, fuhr die Königin fort, »du würdest es nicht so weit kommen lassen.«

Damit hatte sie recht. »Das Gold kommt nicht vom Lichten Volk. Oder vom Dunklen«, sagte ich mit fester Stimme.

»Wer hat es dir dann gegeben?« Die Königin ballte die Hand um das Lindenblatt und zermahlte das trockene Laub in seliger Ruhe, während sie mir direkt ins Gesicht blickte. »Ist es von einem der Jungen aus deinem Dorf? Sie sollen ganz verrückt nach dir sein, so hört man.«

Blut schoss mir ins Gesicht.

Die Königin zerkrümelte das Blatt weiter. »Ist einer von ihnen in den Wald gegangen und mit dem Gold wiedergekommen? Verrat es mir, ich bekomme es ohnehin heraus.«

Während sie achtlos die Laubfetzen auf den kostbaren Teppich rieseln ließ, kam mir ein verrückter Gedanke.

»Ich habe das Gold gemacht«, hörte ich mich sagen. »Nicht mit Hexerei oder Alchemie. Es ist meine Gabe. Adil sagte es bereits: Ich bin geschickt mit dem Spinnrad.«

Königin Iolanthe musterte mich, als habe ich den Verstand verloren. »Man sagt, in der Mühle seid ihr so arm wie die Kirchenmäuse. Du hättest noch nicht einmal Geld für ordentlichen Flachs.«

»Ich spinne das Gold nicht aus Flachs«, antwortete ich und fragte mich, ob man eine Lüge auf der Zunge schmecken konnte. Mein Mund wurde jedenfalls ganz bitter. Oder war das nur die Galle, die vor Angst meine Kehle hinaufstieg?

»Nicht aus Flachs«, wiederholte die Königin leise und ich nickte. »Aus was dann?«

»Aus Stroh«, murmelte ich und wunderte mich selbst darüber, dass sich bei dieser ungeheuerlichen Lüge mein Gesicht nicht krebsrot färbte.

Adil blickte mich entsetzt an, die Königin neugierig.

Sie muss wissen, dass ich lüge, ging es mir durch den Kopf. *So etwas Dummes kann sie nicht glauben.*

»Gut«, flüsterte Königin Iolanthe. Ihre Lippen verzogen sich zu einem überheblichen Grinsen. »Stroh zu Gold hast du also gesponnen?«

Ich nickte.

Ihre Miene wurde kalt. »Dann beweise es.«

10

Die Schatten des Nordturms

Die Worte von Königin Iolanthe hallten in meinen Ohren wider, während ich Ludwig durch Gänge und Treppenfluchten folgte. Er sollte mich in ein Zimmer im Nordturm bringen, damit ich meine Fähigkeit unter Beweis stellen konnte. Angst wühlte sich wie eine Schlange aus Eis durch mein Innerstes. Von meiner Umgebung bekam ich kaum etwas mit. Erst, als wir den Burghof überquerten, änderte sich das. Zwei junge Männer traten aus den Stallungen. Einen davon kannte ich: braunes Haar, schöne Augen und ein gepflegter Bart. Das Gesicht im Wasser. Der Reiter. Unsere Blicke kreuzten sich und er hob überrascht die Braue, als er begriff, wer ich war.

Da öffnete Ludwig bereits eine schwere Eichentür, die in den wuchtigen Nordturm führte. Mein Blick zuckte zurück über den Hof, in der verzweifelten Hoffnung, irgendjemand würde mir helfen. Der schöne Bartträger war tatsächlich stehen geblieben und starrte uns hinterher. Mein Herz machte einen kleinen Satz.

»Komm«, drängte Ludwig, zog mich in die dunkle Öffnung und die Schatten des Nordturms verschluckten mich.

Das Zimmer, in das die Königin mich schickte, befand sich direkt unter dem Dach und war so spärlich eingerichtet, dass es einer Kerkerzelle glich. Mit klopfendem Herzen blickte ich mich um.

Ludwig ging, ohne mir auch nur eine Frage zu beantworten. Er schloss die Tür hinter mir ab und ich sank auf eine eisenbeschlagene Truhe, das einzige Möbelstück in dem halbrunden Raum. Sie stand neben einem Fenster, durch das zähe Lichtfäden ins Innere fielen. Die Öffnung war winzig und die Außenmauern des Turms sicher zwei Fuß dick. Als ich versuchte, einen Blick hinauszuwerfen, konnte ich nichts entdecken als blauen Himmel, helle Mauern und grüne Wälder. Ich war allein. Niemand würde mir helfen.

Meine Beine begannen zu zittern und ich fing an, meine Oberschenkel zu massieren in dem vergeblichen Versuch, mich zu beruhigen.

»Deine goldenen Hände kannst du behalten«, hatte Königin Iolanthe zu mir gesagt, ehe sie mich mit Ludwig fortgeschickt hatte. »Aber wenn morgen früh das Stroh nicht verschwunden ist und du mir kein Gold präsentieren kannst, lasse ich dir einen Fuß abhacken. Such dir aus, welchen du weniger brauchst.«

Ich starrte auf meine abgetragenen Schuhe und musste mich beherrschen, nicht zu weinen.

Königin Iolanthe konnte mir doch nicht wirklich glauben? In meiner Verzweiflung hatte ich sie herausgefordert, und das hatte ich nun davon. Oder wollte sie mich einfach hier verrotten lassen? Denn selbst wenn ich dazu in der Lage gewesen wäre, Gold zu spinnen: Stroh gab es in diesem Zimmer keines. Noch nicht einmal Binsen lagen auf dem Steinfußboden. Der ganze Raum wirkte trostlos.

Wie ein Kind rollte ich mich auf den kalten Steinen zusammen und zog meine Beine eng an den Körper. Mein Leben war nie leicht gewesen. Aber wie hatte es sich innerhalb so weniger Stunden in eine solche Katastrophe verwandeln können?

Der Sturm rüttelte mit seiner ganzen Kraft an Berits windschiefer Hütte. Die kleine Wildkatze, die sie nach dem ersten Schneefall bei sich aufgenommen hatte, um ihr gebrochenes Bein zu versorgen, hatte sich in der ausgepolsterten Kiste zusammengerollt und schlief. Die Hitze, die von dem kleinen Eisenofen ausging, schien ihr nichts auszumachen. Im Gegensatz zu mir. Draußen war es so kalt, dass das kleine Fenster über der Bank, auf der ich lag, von Eisblumen übersäht war, mir jedoch war unerträglich heiß. Ich strampelte die Decke weg, die Berit über mir ausgebreitet hatte, und richtete mich auf. Der Platz auf dem Boden, auf dem sie gelegen hatte, war leer.

»Berit?«, flüsterte ich und stand auf.

Niemand antwortete.

Die Dielen knarrten unter meinen Füßen, als ich durch den Raum huschte. Trotz der Hitze des Ofens waren die Holzbretter kalt.

»Berit?«, flüsterte ich noch einmal, ehe ich den Vorhang beiseiteschob, der ihre Bettstatt von der Wohnküche trennte.

Dick in Decken eingewickelt lag dort Thomas, seine kleine Gestalt noch viel winziger als sonst. Er stöhnte leise, obwohl er schlief, und drehte sich unruhig hin und her. Sein Gesicht glänzte vor Schweiß, die Haare klebten ihm tropfnass in der Stirn und die geschlossenen Augen waren tief in die Höhlen gesunken. Er glühte so stark wie der Eisenofen.

Die Wasserschüssel mit dem Tuch, mit dem Berit seit heute Morgen sein Fieber zu senken versuchte, stand einsam und verloren neben ihm.

Furcht schnürte meine Kehle zu. Thomas war erst acht Jahre alt. Ich wollte ihn nicht auch noch verlieren. Vater hatte uns im Morgengrauen zu Berit gebracht und sie angefleht, Thomas zu retten. Ich war hiergeblieben und Vater ins Dorf gegangen, um einen der Bauern um Honig zu bitten. Der hereinbrechende Schneesturm hatte es ihm unmöglich gemacht, zu uns zurückzukommen. Ich hoffte, es ging ihm gut.

Berit hatte mir verboten, mich zu lange an Thomas' Seite aufzuhalten. Sie wollte nicht, dass ich mich ansteckte. Trotzdem pflückte ich das Tuch vom Schüsselrand, tauchte es ins Wasser und betupfte damit die Stirn meines kleinen Bruders.

Wie spät mochte es sein?

Die dunklen Wolken und die wirbelnden Schneeflocken, die der ei-

sige Wind durch den Birkenhain trieb, raubten mir jegliches Gefühl für Zeit.

Und wo war Berit?

Vom anderen Ende des Hüttchens her drang ein Klirren zu mir, wie von einem Gefäß, das umfiel. Ich drückte die Decke an der Stelle, unter der ich Thomas' Hand vermutete, stand auf und schlich auf das Geräusch zu.

Berits Zuhause war nicht groß. Da sie sich meist um mehrere verletzte Waldtiere auf einmal kümmerte, kam es einem fast unmöglich vor, ihnen nicht auf die Pfoten oder die Vogelkrallen zu treten, so eng war es dann.

Halb versteckt hinter ihrem Regal mit dem eingemachten Obst und Gemüse und den Marmeladen, ihren Salbentiegeln und den getrockneten Kräutern gab es jedoch noch einen winzigen Raum. Berit nannte ihn mitunter scherzhaft ihre Hexenküche, denn dort bereitete sie ihre Pflanzentinkturen und Heilmittelchen zu.

Vorsichtig lugte ich um die Ecke des Regals.

Und richtig, dort befand sich Berit. Den Tisch, an dem sie sonst die gesammelten Kräuter mit Mörser und Stößel zu Pulvern und Pasten verarbeitete, hatte sie an die Wand geschoben. Drei brennende Kerzen und ein halbes Dutzend geöffneter Schatullen und Säckchen lagen darauf.

Sie selbst kniete davor und verteilte getrocknete Blüten auf dem Boden. Ihr Schultertuch hatte sie abgelegt und die Haare gelöst, sodass sie ihr offen über den Rücken bis zur Hüfte fielen.

»Geh wieder schlafen«, sagte sie, ohne sich zu mir umzudrehen.

Überrascht riss ich die Augen auf. »Was machst du da?«

Berit zögerte. »Medizin.«

»Für Thomas?«, fragte ich, obwohl das doch ganz offensichtlich war. »Kann ich helfen? Ich will helfen.«

Berit seufzte, stellte die Schatulle beiseite, die sie in einer Hand gehalten hatte, und drehte sich zu mir um.

»Du gibst ja doch keine Ruhe. Komm her.«

Schnell, damit sie es sich nicht anders überlegen konnte, trat ich in den Raum.

»Pass auf, dass du dir nicht wehtust«, warnte sie mich und konzentrierte sich wieder auf ihre Arbeit. Erst jetzt merkte ich, dass neben den getrockneten Blumenköpfen auch spitze Dornen auf dem Boden verstreut lagen.

»Reich mir den Mörser«, bat Berit, als ich bei ihr stand.

»Und jetzt?«, fragte ich, nachdem ich ihr das schwere Steingefäß und den Stößel gegeben hatte.

Berit holte einige halb verdorrte Stängel mit lilafarbenen Knospen aus ihrer Schatulle und gab sie in den Mörser.

»Wir beginnen mit dem Lavendel, wie ich es gleich hätte tun sollen«, erklärte sie mir und begann, die Pflanzen mit geschickten Bewegungen zu zermahlen. »Lavendel schützt dich vor neugierigen Augen und Ohren, merk dir das. Wenn du dich an einen Zauber wagst, ist es besser, niemand kann dich beobachten.«

Ich wachte auf, weil ein Schlüssel im Schloss gedreht wurde. Blinzelnd setzte ich mich auf. Ich befand mich nicht in Berits Hüttchen im Wald, sondern in der Kammer im Nordturm von Burg Giebelstein. Das Licht im Raum war dämmerig geworden. Quietschend öffnete sich die Tür und mehrere Fremde traten ein. Eine Frau mit einer grauen Haube auf den Haaren trug ein Spinnrad. Eine andere brachte einen Korb voller Spulen. Der Mann, der hinter ihnen durch die Tür kam, schleppte Stroh. Der Ballen war größer als sein Oberkörper. Die dritte Person, die durch die Tür kam, war Giuliettas Vetter. Er trug einen Schemel.

»Stellt es dort auf«, wies er die Diener an. Ich stand auf, während Stroh und Spinnrad vor mir aufgebaut wurden. Die Spulen legte die Frau vor der Wand ab. Bei ihrem Anblick sank mir der Mut. Nie im Leben würde es mir gelingen, aus dieser Situation unbeschadet herauszukommen.

Es sei denn …

»Ihr könnt gehen«, teilte Adil den Dienstboten mit und reichte mir den Schemel. Ebenso zögerlich, wie die Diener den Raum verließen, nahm ich ihn entgegen. Adil schloss die Tür.

»Es tut mir leid«, sagte er, als er sich zu mir umdrehte. »Ich wusste nicht, dass sie das von dir verlangen würde.«

»Du musst mir helfen, Adil«, bat ich ihn.

Er blickte mich an, als hätte ich den Verstand verloren. »Ich kann dich nicht gehen lassen, Farah. Iolanthe, ich meine, die Königin …«

»Das meine ich nicht«, unterbrach ich. »Da die Königin von mir verlangt, dieses Stroh zu Gold zu spinnen, brauche ich ein paar Dinge.«

Misstrauen stahl sich in seinen Blick.

»Zunächst Lavendel«, wies ich ihn an. »Ob er getrocknet ist oder frisch, ist mir einerlei.«

»Lavendel?«, fragte er skeptisch.

Ich nickte. »Und Blätter vom Eisenhut. Rosenblüten. Ein paar ihrer Dornen benötige ich auch.«

Ich versuchte, mich zu erinnern, was Berit alles benutzt hatte in diesem Winter vor all diesen Jahren, als Thomas fast an einer Erkältung gestorben wäre. Sie hatte Mädesüß und Holunderblüten gebraucht, um ihn zu retten, und obwohl der Sommer längst vorüber gewesen war, hatte sie sie bekommen.

Was hatte damals noch auf dem schmalen Tisch in ihrer Hexenküche gestanden?

»Ich brauche Milch«, wies ich Adil an, als es mir wieder einfiel. »Und ein paar trockene Brotkrumen.«

Adil sagte kein Wort. Er betrachtete mich einfach nur.

»Hast du mich verstanden?«, fragte ich deshalb. »Kannst du mir das bringen?«

»Was hast du vor?«, fragte er endlich.

»Stroh zu Gold spinnen«, log ich. Hatte ich an alles gedacht? Oder etwas vergessen? Ich versuchte, mich an Berits Lehrstunde zu erinnern? Sie lag ein halbes Leben zurück.

»Wenn du kannst, bring mir auch ein paar Tropfen Öl und ein Messer.«

Adil runzelte die Stirn und sah so aus, als hielte er das alles für keine gute Idee.

Da waren wir schon zwei.

»Ich komme in einer halben Stunde zurück, um Abendessen und Wasser zu bringen. Ich werde versuchen, dir dann auch das Gewünschte zukommen zu lassen.«

Ich nickte und beobachtete Adil dabei, wie er die Tür hinter sich abschloss. Mich ließ er zurück mit einem ausgedorrten Mund, schmerzenden Gliedern und einem Kopf voller Sorgen.

Ich konnte kein Stroh zu Gold spinnen. Es gab jedoch einen Weg, wie ich der Königin geben konnte, was sie wollte.

Wenn ich es wagte, ihn zu beschreiten.

II

Die List des Kronprinzen

Während ich auf Adils Rückkehr wartete, lehnte ich mich gegen die Wand des Turms, starrte mit schwerem Herzen auf das Stroh und fragte mich, was Thomas und Vater wohl gerade machten. Mein Bruder hatte mir noch nicht verziehen, das wusste ich. Was Vater von allem hielt? Sorgte er sich um mich oder beklagte er im Dorfkrug nur sein eigenes Unglück? Oder schimpfte er gar über die Königin und ritt uns so noch tiefer ins Verderben? Wie er sich verhalten würde, darüber konnte man sich nie sicher sein. Manchmal war er der warmherzigste, geduldigste Mensch der Welt, ein anderes Mal ließ er kein gutes Haar an uns und verfluchte sich und die Welt. Ich hatte lange gebraucht, um zu begreifen, dass er im Grunde seines Herzens ein unglücklicher Mann war. Und ich hatte das Gefühl, manchmal gab er Thomas und mir die Schuld an diesem Zustand. Vielleicht erinnerten wir ihn zu stark an das, was er verloren hatte. Die Leute im Dorf und auch Berit sagten, er habe Mutter abgöttisch geliebt.

Viele Erinnerungen an sie besaß ich selbst nicht. Ich war noch klein gewesen, als sie starb, und entsann mich nur noch an ihre fröhliche Art, ihr glucksendes Lachen und natürlich an ihren Duft. Sie hatte gern mit uns auf den Sumpfwiesen gespielt. Manche meiner Erinnerungen an sie vermischten sich mit denen an Berit, und mitunter konnte ich nicht sagen, ob ich ein bestimmtes Lied von Mutter oder von ihr gelernt hatte. Die wenigen Zauber, die ich beherrschte, kannte ich auf jeden Fall von Berit. Sie hatte sie mir beigebracht, entweder verborgen in ihrer Hexenküche oder in einem Teil des Waldes, in den nie jemand außer uns kam. Dunkel und hoch wie Türme hatten dort die Tannen aufgeragt, und das Moos, auf dem Berit Blüten ausgestreut hatte, war schwarz wie Schatten gewesen.

Was war in jenem Winter in ihrer Hexenküche geschehen, als ich das erste Ritual auszuführen gelernt hatte? Ich wusste nur noch, dass sie sich mit einem Messer vorsichtig in den Handballen geschnitten hatte. Alles, was danach geschehen war, schien aus meinem Gedächtnis verschwunden, wie ausgebrannt. Ich konnte mich nur daran erinnern, dass Berit mich weinend an sich gedrückt und mir das Versprechen abgenommen hatte, mich niemals allein an das Ritual zu wagen und nie ohne sie den dunklen Teil des Waldes zu betreten.

Doch Thomas hatte überlebt. Noch in der gleichen Nacht hatte Berit einen Sud aus Holunderblüten und sommerfrischem Mädesüß gebraut und das Fieber war gesunken.

Den einen oder anderen Herdzauber hatte ich in den folgenden Jahren heimlich ausgeführt. Mein Versprechen ihr gegenüber hatte ich jedoch gehalten und mich nie an ein gefährliches Ritual gewagt. Bis jetzt. Türschlösser und Turmmauern verhinderten, dass ich die Burg verließ. Ich hoffte allerdings, dass der Wind meinen Ruf in die Tiefen des Firnwalds bis hinein zum Feenreich tragen würde.

Als sich das nächste Mal die Tür zu meinem Turmzimmer öffnete, war ich vorbereitet. Oder glaubte es zu sein, bis ich sah, dass nicht nur Adil mein Gefängnis betrat, sondern auch sein bärtiger Begleiter.

Hastig strich ich mir die Haare aus dem Gesicht und wünschte verzweifelt, nicht so verschwitzt, müde und schmutzig auszusehen. Als käme es jetzt darauf an!

Der Mann aus dem See trug ein Tablett, auf dem neben zwei braunen Tonkrügen ein Kanten Brot und eine Zinnschüssel standen, von der verheißungsvoll Dampf aufstieg. Der Geruch eines kräftigen Eintopfs stieg mir in die Nase und das Wasser lief mir im Mund zusammen. Adil hielt einen Weidenkorb in den Händen, in dem allerlei Säcklein, verschlossene Kästchen und eine kleine Glasflasche mit einer goldenen Flüssigkeit lagen – hoffentlich die Utensilien, um die ich gebeten hatte.

»Ich habe Lavendel bekommen«, teilte er mit. »Aber kein Messer.«

Ich lächelte ihm zu. »Wird schon gehen. Danke.«

Der Bartträger stellte sein Tablett auf den Strohballen und deutete auf den Eintopf. »Ihr solltet essen«, schlug er vor. »Bevor es kalt wird.«

Verlegen ergriff ich eines der Leinentücher aus dem Weidenkorb und versuchte, so gut es ging, den Schmutz von den Händen zu reiben.

Adil deutete auf eine der versiegelten Tonflaschen in seinem Korb. »Ich habe Wasser mitgebracht. Es ist genug da.«

Meine Wangen erhitzten sich. Dennoch griff ich nach der Flasche, entkorkte sie – und trank zunächst gierig. Dann schüttete ich eine großzügige Menge auf das Tuch. So gelang es mir tatsächlich, Staub und Schweiß von der Haut zu wischen, erst aus dem Gesicht, dann von den Händen. Für meine Haare konnte ich nichts tun, und ich war sicher, dass ich inzwischen auch roch, aber solange sie mich nicht zu einem Teich oder in eine Badestube ließen, war das eben so.

»Dürfen wir Euch beim Essen Gesellschaft leisten?«, fragte der Bärtige.

»Seit wann leistet man einer Gefangenen bei ihrer Henkersmahlzeit Gesellschaft?«, fragte ich und ließ mich im Schneidersitz vor dem Eintopf nieder. Ich griff nach dem Löffel und schickte ein stilles Gebet an den Säenden Gott. Zwar fühlte ich mich nicht sonderlich dankbar, doch wenn ich ehrlich zu mir selbst war, stand gerade das üppigste Abendessen vor mir, das ich in den vergangenen Wochen erhalten hatte.

»Nun, ich hoffe doch nicht, dass dies Eure Henkersmahlzeit

ist«, sagte der Bartträger und ließ sich mir gegenüber auf dem Steinboden nieder.

»Da sind wir schon zwei«, antwortete ich.

»Drei«, fügte Adil hinzu und setzte sich ebenfalls.

Ich tauchte den Holzlöffel in das dickflüssige Gericht und führte ihn zum Mund. Der Geschmack von Zwiebeln und geräuchertem Fleisch breitete sich auf meiner Zunge aus.

Der Fremde beobachtete mich mit einem angedeuteten Lächeln.

»Was sollte es Euch kümmern, was mit mir geschieht?«, fragte ich zwischen zwei Bissen.

»Ich bin neugierig, warum die Königin Euch hat hierherbringen lassen.«

»Habt Ihr das noch nicht erraten?«

»Ich bin nicht gut im Rätselraten«, erwiderte er. »Im Gegensatz zu unserem Adil hier.«

Anklagend wies ich mit dem Löffel auf ihn. »So fragt ihn! Er kann euch genau sagen, warum ich hier bin.«

Adil wurde rot.

Sein Begleiter griff nach dem Brot auf dem Tablett und brach sich ein Stück ab. »Vielleicht reizen mich eher die Dinge, die er mir bereits über Euch erzählte«, sagte er und steckte sich das Brot in den Mund.

Ich hob eine Augenbraue und blickte betont an mir herunter. »Was könnte Euch an mir reizen?«

»Habt Ihr so eine niedere Meinung von Euch?«

»Nennt mich argwöhnisch. Nachdem mich der Vetter meiner liebsten Freundin gerade an die Krone verraten hat, steht es nicht gut um mein Vertrauen. Erst recht nicht, wenn ein hübscher Fremder aus der Burg Interesse für die Tochter eines Müllers vorheuchelt.«

»Ihr findet mich hübsch?«

Ich spürte, wie meine Wangen sich röteten, gab mich jedoch gelassen. »Durchaus. Aber das wisst Ihr sicher.«

»Und wenn ich mein Interesse nicht vorheuchle?«

Schweigen breitete sich in dem kleinen Raum aus, während ich weiter den Eintopf löffelte. Adil und sein Begleiter verunsicherten mich. Ich versuchte, sie bestmöglich zu ignorieren. Jetzt war es wichtig, Kraft zu sammeln.

Trotz all meiner Versuche gelang es mir jedoch nicht, den Blick von dem Fremden zu nehmen. Immer wieder fing er ihn auf und lächelte. Hatte die Königin ihn etwa deshalb geschickt? Aber das ergab keinen Sinn!

Was machst du hier, fragte ich mich fortwährend und schielte zu ihm hinüber.

»Wie lernt eine einfache Müllerstochter, Stroh zu Gold zu spinnen?«, fragte er endlich.

»Wenn ich meine Geheimnisse verrate, verlieren sie ihre Macht«, antwortete ich und griff nach einem der Krüge auf dem Tablett. Er war mit frischer Kuhmilch gefüllt.

»Ist das so?«

Ich nickte und wurde noch nicht einmal rot dabei.

Er stütze sich mit den Armen ab. »Wenn Ihr wirklich vollbringen könnt, was Ihr behauptet, warum hat Euer Vater dann seine Steuern nicht bezahlt?«

Den nächsten Löffel Eintopf aß ich betont langsam, damit ich mir überlegen konnte, was ich darauf antworten sollte. Schließlich klopfte ich mit der Hand auf den Ballen vor mir. »Habt Ihr eine Ahnung, was es mich kosten wird, das hier zu Gold zu spinnen? Es ist keine einfache Aufgabe.«

»Und doch habt Ihr angeboten, genau das zu tun.«

»Weil mir Eure Königin keine Wahl gelassen hat.«

»Sie ist auch Eure Königin«, wies er mich zurecht.

»Die Königin«, spuckte ich ihm entgegen, »ist eine raffgierige, herzlose Tyrannin.«

Adil keuchte erschrocken auf und der Fremde riss die Augen auf. »Worauf stützt Ihr Eure Behauptung?«, wollte er wissen.

Ungehalten kratzte ich mit dem Holzlöffel im Zinnteller herum. »Sie wringt ihr Volk aus wie eine Waschfrau nasse

Tücher. Wenn der alte König davon wüsste, im Grab würde er sich umdrehen!«

»Farah …«, mahnte Adil, doch der Fremde fiel ihm ins Wort: »Sie hat nur das Beste für das Land im Sinn. Sie ist eine gute Regentin.«

Ich erinnerte mich an mein Gespräch mit Vater. Gestern erst hatte ich Königin Iolanthe selbst verteidigt. »König Johann war ein guter König«, sagte ich fest. »Unter seiner Herrschaft ging es uns gut.«

»König Johann ist tot«, antwortete mein Gegenüber kühl. »Und die Königin tut, was sie kann. Schreien die Menschen in Firnland nicht danach, von der Krone vor dem Dunklen Volk geschützt zu werden? Nun, Bernsteinkerzen sind teuer. Und vom Staatsschatz ist nicht mehr viel übrig. *Deshalb* erhöht die Königin die Steuern. Sie versucht alles in ihrer Macht Stehende zu tun, um die Menschen vor den Wesen aus dem Feenreich zu schützen. Ihr solltet sie dafür nicht schelten.«

»Nun, sehr erfolgreich ist sie dabei nicht. In Waldhausen treibt in Neumondnächten einer vom Dunklen Volk sein Unwesen. Und gestern Nacht erst bin ich selbst einer Wasserfrau am Silberbach begegnet.«

Er hob eine Augenbraue. »Ihr seid ihr begegnet? Und sitzt nun dennoch hier vor mir? Ihr lügt mich doch nicht an?«

»Ich hatte eine Bernsteinkerze dabei«, erklärte ich.

»Seht Ihr«, antwortete er. »Genau darum geht es. Iolanthe versucht, mehr Kerzen von Zestásia zu kaufen. Doch das Wachs ist teuer. Ein Schiff liegt im Hafen an der westlichen Grenze, voll beladen mit ihnen, aber uns fehlt das Geld, sie zu bezahlen.«

Ich schnaubte. »Und das alles wisst Ihr so genau, weil?«

Ich hatte ihn wütend anfunkeln wollen, doch da verhakten sich unsere Blicke. In seinen Augen stand eine Mischung aus Hoffnung und Verzweiflung. Da begriff ich: Seine Anwesenheit im Palast, sein Wissen über den Staatsschatz, die Vehemenz, mit der er die Königin verteidigte. Er hatte sie sogar beim Vornamen genannt. Das tat kein gewöhnlicher Diener. Ich betrachtete ihn genau, das dunkle Haar, seine Augen, die Gesichtszüge, die denen des alten Königs nicht unähnlich waren. Mir fiel der Löffel aus der Hand und die Kinnlade herunter. »Ihr … Ihr seid der Kronprinz!«

Hastig stand ich auf, um mich zu verbeugen.

Er – der Kronprinz! – hob beschwichtigend die Hände. »Bleibt sitzen, ich bitte Euch!«

Ungläubig starrte ich ihn an. »Aber das geht nicht!«

Ich hatte ihn für einen Boten gehalten, für einen Steuereintreiber. Aber er war der Kronprinz. Deshalb hatte ich ihn mit Adil im Wasser gesehen. Die beiden waren zusammen aus dem Süden nach Firnland gereist.

»Ihr solltet gehen, Euer Majestät«, murmelte ich, obwohl ich mir nicht sicher war, ob ich das wollte.

»Ihr braucht mich nicht mit diesem Titel anzusprechen. Noch trage ich ihn nicht. Hoheit genügt.«

Seinem Tonfall zufolge hatte er einen Scherz machen wollen, doch mit seiner Aussage machte er deutlich, wie tief die Kluft war, die uns trennte.

Schweigen senkte sich auf uns herab. Adil rutschte unruhig hin und her.

Seufzend stand er auf. »Ihr habt recht, ich sollte gehen.«

Ich verneigte mich vor ihm.

Adil folgte auf dem Fuße und gemeinsam verließen sie den Raum. Ehe er die Tür schloss, drehte der Kronprinz sich noch einmal zu mir um. »Es war schön, Eure Bekanntschaft zu machen, Farah«, sagte er. »Erlaubt mir, Euch viel Glück zu wünschen bei Eurem Vorhaben.«

Mit einem Kopfnicken deutete er auf das Stroh vor mir.

Ich schluckte und verneigte mich noch einmal. Die Tür schloss sich. Glück, dachte ich, konnte ich gebrauchen.

12

Blut und Eisenhut

Nachdem der Kronprinz und Adil mich allein gelassen hatten, wanderte ich rastlos auf und ab. Draußen wurde es Nacht und das unruhige Flackern der Fackeln an den Wänden verstärkte meine Nervosität. Immer wieder fiel mein Blick auf den Ballen Stroh, das Spinnrad oder den Korb mit den getrockneten Pflanzen und Utensilien, um die ich gebeten hatte. Sollte ich es wagen? Musste ich es?

Geh nicht in den dunklen Teil des Waldes, Farah, raunte Berits Stimme in meinem Kopf. Trotzdem holte ich ein Gefäß nach dem anderen aus dem Weidenkorb und überprüfte ihren Inhalt. Alles war da.

Ich begann mit dem Lavendel. Sorgfältig zupfte ich die getrockneten Stängel. Einen Mörser hatte ich nicht, also zerrieb ich sie zwischen meinen Händen und sammelte die groben Körner auf einem Leinentuch. Mit meiner kostbaren Fracht ging ich zur Tür und bestäubte Klinke, Schloss und Schwelle damit. Dann kniete ich mich auf den Boden und drückte meine Handflächen auf die Steinfliesen. Während ich langsam ein- und ausatmete, suchte ich in meinem Inneren nach dem Funken Licht, der den Zauber speisen würde, den ich zu weben begann. Eine Weile geschah nichts. Ich konzentrierte mich darauf, Herzschlag und Atmung anzugleichen, und da endlich glaubte ich zu erkennen, dass meine Finger von innen leuchteten. Als wären meine Handknochen glühende Stäbe, die ihr Licht durch Fleisch und Haut schickten. Das Leuchten übertrug sich auf die zerriebenen Pflanzenreste, und mit einem Mal roch es im Turmzimmer so intensiv, als würde ich inmitten eines Lavendelfelds stehen. Erleichterung durchströmte mich. Wenn ich alles richtig gemacht hatte, war es nun unmöglich, mich von außerhalb der Kammer auszuspionieren. Kein Laut, kein Geruch, kein Bild würde von hier nach draußen dringen.

Königin Iolanthe wollte mich auf die Probe stellen. Sie wollte unbedingt Gold. Sicher hatte sie Spione aufgestellt. Der Lavendelzauber würde sie einschlafen lassen. Doch dieser Zauber war nur der leichte Teil gewesen. Jetzt war es an der Zeit, mit der eigentlichen Arbeit zu beginnen.

Mein Herz schlug schnell und ein dünner Schweißfilm bildete sich auf meinem Gesicht, der nichts mit der Hitze der Fackel zu tun hatte, nach der ich die Hand ausstreckte. Meine Finger zitterten leicht. Trotzdem umgriff ich den harten Holzstiel und zog ihn aus der Wandhalterung. Letztere war aus Eisen und ich hoffte, sie würde meinen Plan nicht zunichte machen. Es hieß, Feen mochten kein Eisen, das Lichte Volk ebenso wenig wie das Dunkle. Ich achtete darauf, der Flamme nicht zu nahe zu kommen, als ich hinüber zum Turmfenster schritt und den gemauerten Sims nach Wachsresten absuchte. Wie es aussah, hatte man den Turm nicht mit Feensiegeln geschützt. Gut. Dann musste ich zumindest kein Bernsteinwachs vom Mauerwerk kratzen.

Ich brachte die Fackel zurück und blickte etwas ratlos auf meine Vorräte. Am besten fing ich mit der Milch und dem Eisenhut an. Nein! Was hatte mir Berit wieder und wieder eingeschärft? Zunächst war es wichtig, sich selbst zu schützen. Mit Zeige- und Mittelfinger meiner linken Hand berührte ich das kleine Silberamulett um meinen Hals.

»Beschütze mich«, flüsterte ich, ahnte jedoch, wie dumm das war. Silber zog Feenwesen eher an, als dass es sie verschreckte. Ein rotes Band trug ich ebenfalls nicht und das hatte gegen die Wasserfrau ja eh nicht wirklich geholfen. Rot. Mein Blick fiel auf das Spinnrad mit der spitzen Nadel. Mein Atemrhythmus beschleunigte sich. Was ich vorhatte, war Wahnsinn. Konnte es überhaupt gut ausgehen? Das Turmzimmer war abgeschlossen. Durch das Lavendelritual hatte ich selbst dafür gesorgt, dass mich niemand hören würde, falls ich um Hilfe schrie. Was, wenn ich ein Monster zu mir rief, das sich die ganze Nacht damit Zeit lassen würde, mich genüsslich Stück für Stück auszuweiden? Vielleicht durchstach es mir mit Dornenfingern, so spitz wie die Nadel des Spinnrads, die Haut, um mich langsam ausbluten zu lassen. Würde es sich an meinen Schreien berauschen wie Vater an Bier und Wein?

Als ich versuchte, meine Angst hinunterzuschlucken, spürte ich einen gewaltigen Kloß in meiner Kehle. Aber es half nichts. Entschlossen schnürte ich mir die Schuhe auf und zerrte sie mir von den Füßen. Dann folgten die Socken. Einer von ihnen hatte ein Loch, wie ich feststellte, doch das konnte ich jetzt gewiss nicht stopfen. Wie auch?

Hastig, als müsse ich mich beeilen, wendete ich den Stoff von innen nach außen, ehe ich sie wieder anzog. Das sollte mich vor den Feen beschützen.

Nachdem ich die Schuhe wieder trug, wusch ich den Zinnteller mit Wasser ab, schüttete Milch hinein und gab Brotkrumen hinzu, die zunächst obenauf schwammen, sich dann jedoch langsam mit Flüssigkeit vollsogen. Gut.

Die Eisenhutblüten fand ich in einem Kästchen aus glänzendem Nussbaumholz. Mit ihnen musste ich vorsichtig sein. Was die Feenvölker an ihnen fanden, wusste ich nicht, für uns Menschen jedoch waren sie hochgiftig. Mit spitzen Fingern ließ ich die getrockneten Blüten auf den Teller fallen. Anschließend wusch ich mir die Finger gründlich mit Wasser ab und trug den Zinnteller zum Fenster. Dort stellte ich ihn auf den Sims.

Blieben noch die Dornen und die Rosenblüten. Mit Letzteren streute ich eine Linie vom Fenster bis zur Mitte des Raums. Ich zog den Strohballen dorthin und stellte Spinnrad und Schemel daneben. Die Feenvölker liebten Rosen, so hieß es. Eines der Blütenblätter beträufelte ich mit dem goldenen Öl, legte es auf meine Zunge und behielt es für einige Herzschläge im Mund, ehe ich es zerkaute und schluckte. Mit dem Öl zeichnete ich zudem einen Kreis, das Symbol des Säenden Gottes und seiner drei Geschwister, auf meine Stirn und beide Handflächen. »Beschützt mich«, flüsterte ich.

Die Dornen kamen als Letztes. Ich verkorkte das Ölfläschchen und griff nach einer länglichen Schatulle. Acht dunkle, spitze Rosendornen lagen darin. Sie wirkten frisch, als habe Adil sie erst vor wenigen Stunden für mich geschnitten. Das orangefarbene Licht der Fackeln ließ sie wie Juwelen glänzen. Mit klopfendem Herzen legte ich sie behutsam auf meine Handfläche und trat zum Fenster. Die Neumondnacht war vorbei, doch die Mondsichel über dem Firnwald war so schmal, dass es mich trotz ihres Anblicks schauderte.

Ich biss mir auf die Lippen und schaute hinüber auf die Silhouette der Bäume, die in der Dunkelheit fast mit dem Nachthimmel verschmolzen. Würde überhaupt ein Mitglied des Feenvolks meinem Ruf folgen? Und falls ja, um was für ein Monster würde es sich dabei handeln? Ich wusste nicht, wovor ich mich mehr fürchten sollte: dass ein Ungeheuer den Turm heraufkletterte, oder dass mein Zauber ungehört blieb?

Ehe ich es mir anders überlegen konnte, ballte ich die Hand zur Faust und drückte zu, so fest ich konnte. Die Dornen verhakten sich im Fleisch. Meine Haut wurde glitschig, als das Blut aus den Wunden hervortrat.

Ich drückte noch fester.

Dann lockerte ich die Finger, bewegte sie, damit die Dornen verrutschten, und wiederholte den Vorgang. Tränen traten mir in die Augen. Warm und klebrig quoll es aus meiner Faust hervor. Ich biss die Zähne zusammen, ließ die Dornen in meiner geschundenen Hand verrutschen und drückte ein drittes Mal zu. Diesmal schmerzte es so sehr, dass ich keuchte.

Vorsichtig öffnete ich die Faust, streckte den Arm aus und besprenkelte den Fenstersims rund um den Zinnteller mit meinem Blut. Nicht, um den Feenwesen den Zutritt zu versperren, sondern um einen von ihnen zu mir zu rufen. Die alte Geschichte von Fiarra Eisentöter fiel mir ein, die in einer Neumondnacht zu tief in den Wald gegangen und in verwirrtem Verstand zurückgekommen war. Sie hatte niemanden mehr erkannt, nicht einmal ihre Familie; ihre leeren Augen waren fortan in die Ferne gerichtet gewesen, bis sie eines Tages noch einmal in den Wald gegangen und nicht mehr zurückgekommen war.

Ein Schauder lief mir das Rückgrat hinunter und ein Blutstropfen verfehlte das Mauerwerk und landete mit einem leisen Platschen in der Milch. Durch die Eisenblüten hatte diese eine seltsam bläuliche Färbung angenommen. Mein dunkelrotes Blut erblühte wie eine Blume darauf. Entschlossen wandte ich den Blick ab und zog Dorne um Dorne aus meinem zerschundenen Fleisch. Eine hatte sich so tief im Handballen verhakt, dass ich ein Stück Stoff nehmen musste, um die Wunde zu verbinden.

Erschöpft lehnte ich mich an die Wand neben dem Fenster. Selbst wenn ich Stroh hätte zu Gold spinnen können, so, wie meine Hand jetzt aussah, konnte ich unmöglich nach der Spule greifen und Faden – oder Stroh – durch meine Finger gleiten lassen.

Mit der unverletzten Hand wischte ich mir den Schweiß von der Stirn, dann trat ich zurück ans Fenster. Wieder suchte ich nach dem Schimmern in mir, nach dem Licht, das meinen Wunsch in einen Zauber verwandeln sollte.

Meine Nasenflügel blähten sich, während ich tief Luft holte. Mein Blick irrte durch die Nacht und ich spitzte die Ohren. Nur wenige Geräusche drangen aus dem Burghof zu mir herauf. Die meisten Bewohner von Giebelstein lagen bereits in ihren Betten. Der Hahn krähte früh, auch in der Königsburg.

Winzig wie ein Samenkorn spürte ich in meinem Innern das Licht erwachen. Ich schloss die Augen, um mir vorzustellen, wie es in meinem Brustkorb wuchs, wie es sich in zwei Punkte teilte, die durch meinen Körper wanderten und sich ausdehnten, bis sie endlich meine Hände erreichten. Als ich die Lider aufschlug, glühten meine Finger. Auch die Blutspuren auf dem Sims leuchteten und der Tropfen im Zinnteller verwandelte die Milch in flüssiges Sternenlicht.

Erleichterung und ja, vielleicht auch ein bisschen Stolz wallte in mir auf. Ich presste meine Hände gegen den Stein, spürte, wie meine Nägel über die raue Oberfläche kratzten, als wollten sie sich in den Turm selbst graben. Ich beugte mich über den Teller. Eine Haarsträhne rutschte nach vorne und landete beinahe in der Milch. Ich achtete gar nicht darauf. Stattdessen blies ich auf die Oberfläche des leuchtenden Milchsees, wieder und wieder, bis kleine Wellen darauf entstanden, auf denen die Eisenhutblüten fröhlich hin- und herwippten. Ich blies weiter. Stellte mir vor, dass silbriger Dunst von der Flüssigkeit aufstieg und sich mit dem Leuchten zu einem Strang verflocht. Dieses Gebinde schickte ich hinaus in die Nacht, hinüber zum Firnwald.

»Komm«, flüsterte ich und erkannte dabei meine eigene Stimme kaum wieder. Sie klang tonlos und brüchig wie die einer alten Frau. »Komm zu mir. Ich brauche deine Hilfe.«

Mein Blut pulsierte heiß durch meinen Körper, wild und stark, angetrieben vom rhythmischen Schlag meines Herzens. Meine Angst löste sich in der Hitze auf. Zurück blieb ein überwältigendes Gefühl der Macht.

»Komm«, wiederholte ich. »Komm zu mir.«

Das Flechtwerk aus goldenem Schimmer und silbernem Dunst wehte wie ein Seidenfaden durch die Luft, verlängerte sich ganz von selbst und tanzte auf einem unsichtbaren Luftzug dem Wald entgegen.

»Ja«, trieb ich es an und sah erfreut, wie das Leuchten meiner Hände und der Blutstropfen sich verstärkte. »Bring mir jemanden, der mir helfen kann.«

Von einem Einfall getrieben bückte ich mich, um eines der Rosenblätter vom Boden aufzuklauben. Ich streifte damit die

Oberfläche der Brotkrumen-Eisenhut-Milch-Blut-Brühe. Anschließend blies ich das Blütenblatt hinaus in die Nacht und beobachtete, wie es dem Weg der leuchtenden Linie folgte. Fröhlich tanzend schraubte es sich um den Faden meiner Magie, bis die Dunkelheit es verschluckte.

Noch einmal blies ich in den Zinnteller. Dann trat ich einen Schritt zurück und wartete ab.

Ich verlor jedes Zeitgefühl. Der Mond war zu schmal, um seinem Weg über das Firmament folgen zu können. Das Leuchten des Zaubertranks im Zinnteller verblasste.

Im Schneidersitz hockte ich auf dem kalten Boden, den Strohballen im Rücken, die Hände im Schoß, und starrte durch das schmale Fenster hinaus in die Nacht.

Komm schon, flüsterte ich zu Beginn noch in Gedanken. *Komm zu mir und rette mich.*

Doch mit jeder Minute, die verstrich, ohne dass etwas geschah, zweifelte ich mehr daran, dass ein Feenwesen auftauchen würde, ob vom Lichten Volk oder vom Dunklen.

Hatte ich beim Ritual etwas falsch gemacht?

Meine Finger hatten geleuchtet, ich hatte die Magie gespürt, die ich geweckt hatte. Daran lag es nicht. Und der Lavendelzauber hatte doch auch gewirkt, oder? Niemand hatte bisher meine Tür geöffnet, seit Adil und – kurz versteifte ich mich – der künftige König gegangen waren.

Was hatte er sich von dem Besuch bei mir versprochen? Warum hatte ich ihn in meiner Vision gesehen?

Ein kalter Windstoß fuhr durch die schmale Fensteröffnung, strich mein Gesicht und brachte die Fackeln an den Wänden zum Knistern. Mit einem Mal zuckten groteske Schatten über die Wände. Mein Herz zog sich zusammen. Die gesamte Atmosphäre des Raumes hatte sich verändert.

Etwas geschah.

Nein, etwas kam.

Ich kniff die Augen zusammen und fokussierte die schmale

Öffnung im Mauerwerk. Bewegten sich die Rosendornen, die ich auf dem Sims zurückgelassen hatte?

Ich stand langsam auf. Vorsichtig, als würde ich über Glasscherben laufen, näherte ich mich dem Turmfenster. Tatsächlich. Kleine Punkte strömten über den beträufelten Stein. Es handelte sich bei ihnen jedoch nicht um Dornen, sondern um etwas anderes. Ameisen? Nein! Winzige Spinnen huschten über den Stein. Wie poliertes Ebenholz glänzten ihre fingernagelgroßen Leiber in der Dunkelheit. Es mussten Dutzende sein, Hunderte, die durch das Fenster hereinströmten. Vor dem Zinnteller teilte sich der Strom, ehe er sich auf der anderen Seite wieder zusammenfand. Die Spinnen erinnerten an eine Armee tierischer Soldaten und sie waren auf dem Weg zu ... mir.

»Farah«, flüsterte die Stimme des Monsters hinter mir, und ich wirbelte so schnell herum, dass mir schwindelig wurde.

13

Stroh zu Gold

Der Spinnenmann aus meinem Albtraum, der Spinnenmann vom Seerosenweiher. Er stand in der Mitte des Raumes, am Ende meiner magischen Spur aus blassen Rosenblättern. Wie war er hereingekommen? Ich hatte das Fenster keine Sekunde aus den Augen gelassen. Und mit seinem bizarr geschwollenen Unterleib hätte er sich auch unmöglich durch den schmalen Spalt quetschen können.

Im Märchen von der faulen Spinnerin waren drei Feen gekommen, die wie alte Weiber aussahen. Ich hatte erwartet, so jemandem zu begegnen, so jemanden mit meinem Ritual zu rufen. Sicher hatte ich kein Wesen wie dieses hier erwartet, kein Monster, dessen Glieder bei jeder Bewegung knackten wie Äste, auf die man trat, und dessen Stimme klang wie Insektenpanzer, die aneinanderrieben.

Mein Blick huschte zur schweren Eichentür. Sie war fest verschlossen und versiegelt.

»Du hast mich gerufen«, zischte der Spinnenmann und schob sich über den Strohballen in meine Richtung. Ich stolperte zurück. Gütiger Säer!

»Dich?«, fragte ich erstickt.

Der Spinnenmann nickte. Seine Fratze verzog sich zur grotesken Parodie eines Lächelns. Die Fackeln zeichneten rötliche Reflexionen auf seinen nachtblauen Unterkörper und die sechs stachelartigen Beine.

Anders als Giulietta ekelte ich mich keineswegs vor Spinnen. Ich bewunderte die Kunstfertigkeit, mit der sie ihre Netze woben, und war mir ihrer Nützlichkeit bewusst, vor allem im Sommer, wenn die Fliegen in Schwärmen aus dem Sumpfgebiet stiegen.

Der Anblick des Monsters vor mir lehrte jedoch auch mich das Grauen. Die sechs Gliedmaßen, die seinen massiven Spinnenleib trugen, mochten spindeldürr sein. Hier im Turm, wo ihre spitzen Enden über den Steinfußboden scharrten, erinnerten sie jedoch eher an geschärfte Dolche. Mühelos würden sie meine Haut durchstechen, sollte das Monster beschließen, sie mir in den Bauch oder das Gesicht zu rammen.

»Du hast meinen Ruf gehört«, murmelte ich.

»Ich habe dich beobachtet«, sagte er.

»Am Weiher?«, fragte ich.

Er nickte und mein Magen sank zugleich mit meinem Mut. Berit hatte recht gehabt. Wann immer ich Mutters Grab besuchte, wagte ich mich zu nahe an die Grenze zum Feenreich. Ich spürte, dass mir Tränen in den Augenwinkeln brannten, weil das alles so ungerecht war.

Der Spinnenmann beobachtete mich mit unbewegter Miene.

Ich räusperte mich. »Kannst du mir helfen?«

»Mit was?«

Ich deutete auf das Stroh, auf das er zwei seiner mitternachtsfarbenen Vorderbeine stützte. »Die Königin verlangt, dass ich es zu Gold spinne.«

Er legte seinen Kopf schief, und es knackte so laut, als habe er sich das Genick gebrochen. Mit der Spitze eines weiteren Spinnenbeines fuhr er über das Spinnrad. Mein Blick fiel auf den kleinen Schemel. Mit seinem mächtigen Leib würde er das Möbelstück unter sich zermalmen, sollte er sich daraufsetzen. Der Spinnenmann besaß jedoch auch zwei menschliche Arme und Hände, mit denen er jetzt nach einer der Spulen griff. Behutsam drehte er sie zwischen den Fingern. Dann warf er sie in die Luft. Dicht unter der Decke drehte sie sich ein paarmal um sich selbst, ehe sie wieder Richtung Boden fiel. Das Monster fing sie mühelos auf.

»Was gibst du mir, wenn ich's dir spinne?«, fragte er leise.

Da war er also, der Moment, vor dem mich nicht nur Berit, sondern auch meine Mutter stets gewarnt hatte:

Iss nie etwas, das dir Feen anbieten, hörte ich Mutters Stimme in meinem Kopf. An viel zu wenig aus unserer gemeinsamen Zeit erinnerte ich mich, aber dieses Sprüchlein hatte sie mir so lange eingeschärft, bis ich es auswendig aufsagen konnte.

Verrate ihnen nicht deinen Namen. Und am wichtigsten: Lass dich unter keinen Umständen auf einen Handel mit ihnen ein.

Nun, der Spinnenmann kannte meinen Namen offenbar bereits, und wenn er mir nicht half, würde es niemand tun. Meinen Fuß verlieren? Oder ein Handel mit dem Dunklen Volk? Eine andere Wahl gab es nicht.

Das Blut rauschte in meinen Ohren, als ich versuchte, genug Mut zu fassen, um ihn um Hilfe zu bitten. Er ließ mich keine Sekunde aus den Augen. Während er wartete, öffnete sich sein Mund einen Spalt und ich konnte einen Blick auf seine viel zu lange und viel zu spitze Zunge werfen. Mir wurde schlecht.

»Was ist?«, fragte er und schob mit den vorderen Spinnenbeinen den Strohballen ein Stück in meine Richtung. »Was gibst du mir?«

Ich versuchte, den Eintopf im Magen zu behalten.

»Ich habe nichts«, gestand ich.

Das Monster hob eine Augenbraue und deutete mit der Spitze eines Beines direkt auf mich. »Dein Silber«, zischte er. »Gegen mein Gold.«

Meine Hand flog zu der Kette mit dem Bild meiner Mutter. Das Medaillon wurde warm unter meiner Berührung.

»Nein.« Von der Kette konnte ich mich nicht trennen.

Die Onyxaugen der Kreatur sprühten Funken. Ihre Brustmuskeln spannten sich, als sie ausholte und die Spule so fest gegen die Turmwand schleuderte, dass die Spitze brach. Klappernd fiel sie in zwei Teilen zu Boden. Erst, als ich Steine in meinem Rücken spürte, begriff ich, dass ich zurückgewichen war. Mein Herz raste und ich hielt das Medaillon so fest umklammert, dass es mir schwerfiel, meinen Griff zu lösen und den Ring von meinem Finger zu zerren.

»Hier«, sagte ich und streckte ihn dem Monster entgegen. Ich zitterte so sehr, dass er beinahe zu Boden fiel. »Mein Ring. Er ist auch aus Silber.«

Als wäre er ein Hund – oder ein Wolf –, setzte der Spinnenmann mit einem Sprung über den Strohballen hinweg und beugte sich zu mir. Obwohl sein Oberkörper von der Form, wenn schon nicht von der Farbe, dem eines Menschen glich, verbog er sich wie der einer Schlange.

»Spiel nicht mit mir«, warnte er mich und sein heißer Atem streifte mein Gesicht.

Ich presste meinen Rücken an die Wand und schüttelte den Kopf. »N… nein.«

Sein Duft hüllte mich wie eine Wolke ein. Er roch nach aufgewühlter Erde, feuchtem Moos und Rauch. Nicht nach dem rußigen Rauch der Fackeln hier im Turmzimmer, sondern nach dem Rauch eines Lagerfeuers.

Das Herz schlug mir so heftig in der Brust, dass ich glaubte, es würde mir zerspringen. Als ich es nicht länger aushielt, wich er ein Stück zurück. Ich konnte ein erleichtertes Wimmern nicht unterdrücken.

»Bezahlst du mich aus freien Stücken für meine Gabe?«, fragte er.

Ich schloss für zwei Atemzüge die Augen. Nichts an dieser Situation war freiwillig. Verbittert reckte ich das Kinn. »Hier.«

Noch einmal hielt ich ihm den Ring entgegen und hoffte, er würde danach greifen, ehe ich es mir anders überlegte.

Die Art, wie er sich genüsslich über die papierdünnen Lippen leckte, erinnerte mich an jemanden, der vor einem Festmahl saß und gleich seine Zähne in ein saftiges Bratenstück schlagen würde. Trotzdem zog ich die Hand nicht weg. Statt mit seinen menschlichen Fingern nach dem Ring zu greifen, hob der Spinnenmann eines der glänzenden Gliederbeine und fädelte die Spitze durch den Silberring. Seine Kralle strich über meine Haut, allerdings ohne sie zu verletzen. Es fühlte sich beinahe sanft an.

Dann stampfte er auf dem Steinboden auf. Das Krachen, das er dabei verursachte, war so laut, dass ich schon Angst bekam, er hätte den Stein oder gar den ganzen Turm gespalten. Doch nichts geschah. Der Ring jedoch, der an seinem Krallenfuß gesteckt hatte, war verschwunden.

»Schnell«, zischte er und krabbelte auf allen sechs Beinen zurück zum Strohballen. »Reich mir eine Spule.«

Für den Bruchteil einer Sekunde sah ich ihn verwundert an, dann löste ich mich von der Wand, eilte hinüber zu den Spulen und reichte ihm die erste.

Der Spinnenmann wandte den Kopf und ... zwinkerte mir zu?

Obwohl mich sein Anblick verstörte, beobachtete ich fasziniert, wie er die Spule aufsteckte, mit seiner menschenähnlichen Hand etwas Stroh aus dem Ballen zog und mit einem der Spinnenbeine das Spinnrad in Bewegung setzte. Das Surren und Klackern vermischte sich mit dem Knacken der Glieder des Feenwesens. Gebannt beobachtete ich, wie sich Strohhalm um Strohhalm in einen goldleuchtenden Faden verwandelte, der sich langsam, aber stetig um die Spule wickelte.

Er tat genau das, wofür ich ihn gerufen hatte. Und dennoch traute ich meinen eigenen Augen nicht. Immer mehr Stroh verwandelte sich unter den geschickten Händen des Spinnenmanns und mit dem Drehen des Spinnrads zu Gold. Ich blinzelte ein paarmal. Die Spule drehte sich schneller und schneller, wurde voller und voller.

Mit einer flinken Bewegung hielt der Spinnenmann das Rad an und das Klackern und Surren verstummte. Geschickt löste er die Spule und hielt sie mir entgegen.

»Die nächste«, forderte er mich auf.

Wie eine Schlafwandlerin griff ich in den Weidenkorb und

reichte ihm eine weitere im Austausch gegen die gefüllte. Während der Feenmann das Rad antrieb, drehte ich die Spule mit dem Goldfaden in den Händen hin und her. Im Licht der Fackel leuchtete das Gespinst wie die aufgehende Sonne. Vorsichtig strich ich mit dem Zeigefinger darüber. Das Gold fühlte sich nicht wie ein Wollfaden an, sondern wie ein hauchdünner Draht.

»Gesegneter Säer«, flüsterte ich und konnte mich nicht an den Reflexionen des Fackellichts darauf sattsehen.

»Die nächste Spule, schnell«, forderte die Stimme des Feenmanns und beinahe wäre mir die Goldspule aus der Hand gefallen. Ich hatte gar nicht gemerkt, wie viel Zeit verstrichen war!

Vorsichtig legte ich das kostbare Gut auf dem Steinboden ab, griff nach der nächsten leeren Spule, reichte sie ihm und nahm die zweite goldene entgegen.

Schnurr. Schnurr. Schnurr.

Das Klappern des Spinnrads und das Knacken seiner Glieder waberte durch den Raum. Immer mehr Spulen füllten sich. Je mehr Golddraht er schuf, je mehr das Stroh abnahm, desto mehr verlor ich das Zeitgefühl. Die Glieder und Hände des Feenmanns bewegten sich inzwischen zu schnell, als dass ich ihnen noch hätte folgen können. Sein Zauber besaß etwas Hypnotisches.

»Eine weitere Spule«, zischte er mir dann und wann zu. »Ich brauche die nächste Spule, sofort.«

Ich wusste nicht, warum er mich – und sich – so zur Eile antrieb. Wie eine Marionette in einem Puppentheater reichte ich ihm Spule um Spule, stapelte Gold über Gold und ertrank im Schein der Lichter um mich herum.

Abgesehen von seinen Anweisungen sprach der Spinnenmann kein Wort.

»Es gibt da dieses alte Märchen«, murmelte ich irgendwann, als ich sein Zaubergespinst fasziniert in den Händen drehte. »Es handelt von einem Mädchen, das in einen Brunnen springt und mit einer Goldspule wie dieser hier zurückkommt. War sie im Feenreich?«

Mein Retter antwortete nicht. Für ihn schien es nichts als seine Arbeit zu geben, er spann und spann und spann, bis vor dem Turmfenster das Gezwitscher einer Amsel ertönte.

»Schnell, die nächste«, drängte er.

Ich schüttelte den Kopf. »Das war die letzte.«

Er starrte erst mich an, dann das Häufchen Stroh, das noch neben dem Spinnrad lag. Viele Halme waren es nicht mehr, vielleicht gerade genug, um einen Blecheimer zu füllen.

Trotzdem beunruhigte mich der Anblick. »Die Königin hat mir befohlen, das ganze Stroh zu Gold zu spinnen.« Bedauernd blickte ich auf die zerbrochene Spule, die er an die Wand geschleudert hatte.

Der Spinnenmann zuckte mit den Achseln. Die Spitzen seiner Beine schabten über den Stein. »Keine Spule. Kein Gold.«

Ich blickte an die Wand neben der Tür, an der ich die gefüllten Spulen gestapelt hatten. Schon jetzt lag dort ein Vermögen. Das musste der Königin doch sicher genügen. Beinahe hätte ich einen Dank gemurmelt und dabei vergessen, dass mich Berit und meine Mutter auch davor gewarnt hatten.

Danke nie einem Feenwesen, sonst stehst du in seiner Schuld. Ich hatte meinen Retter bereits bezahlt, doch darauf ankommen lassen wollte ich es nicht.

Als ich mich zu ihm umdrehte, stellte ich überrascht fest, dass ich etwas von dem Ekel, den sein Anblick in mir ausgelöst hatte, verloren hatte. Doch noch ehe ich irgendetwas sagen konnte, verschwand der Spinnenmann. Der Platz vor dem Spinnrad war leer. Er war weg, wie vom Erdboden verschluckt, so plötzlich, wie er auch aufgetaucht war.

Ein überraschter Laut perlte von meinen Lippen. Ich eilte hinüber zum Fenster und starrte in den ersten Grauschleier des beginnenden Tages. Nichts.

Mit dem Arm stieß ich gegen den Zinnteller, der auf dem Sims stand. Er war leer. Wann war das denn geschehen? Ich nahm ihn in die Hände, drehte mich um und versicherte mich noch einmal, dass wirklich alle Spulen mit Gold gefüllt waren. Dann begann ich hastig damit, die Dornen vom Fenstersims und die Rosenblüten vom Boden zu klauben und in den Weidenkorb zu räumen.

Wie spät es wohl war? Draußen glitzerten noch die letzten Sterne, doch das Schwarz zerfloss bereits zu tiefem Grau. Auf einmal überfiel mich bleierne Müdigkeit. Ich griff nach einem der Leinentücher, legte es über das restliche Stroh und bettete meinen Kopf darauf. Der Boden war hart, aber vom anstrengenden Ritt taten mir ohnehin alle Knochen weh und ich war so erschöpft, dass mir selbst das nichts mehr ausmachte. Mit flatternden Lidern bestaunte ich das Goldstroh, das der Spinnenmann für mich gesponnen hatte. Ich war gerettet. Endlich schloss ich die Augen. Ein leiser Geruch nach Lagerfeuer und Moos stieg mir in die Nase. Dann war ich eingeschlafen.

14

Das Wort einer Königin

Mein Schlaf blieb leicht und traumlos. Als sich die Tür meines Verlieses knarrend öffnete, fuhr ich sofort auf und blinzelte gegen die Helligkeit an, die mir in die Augen stach. Jemand schnappte nach Luft und etwas fiel klirrend zu Boden. Als sich meine Sicht klärte, erkannte ich die Dienerin auf der Türschwelle, die gestern den Korb mit den Spulen getragen hatte. Sie starrte abwechselnd mich und die Spulen mit dem Golddraht an, die immer noch fein säuberlich aufgereiht an der Wand gestapelt standen. Den Geistern des Waldes sei Dank!

»Guten Morgen«, murmelte ich und konnte mir ein leichtes Schmunzeln nicht verkneifen. Das verging mir allerdings, als ich meine Arme hob, um mich zu strecken, und mir der säuerliche Geruch meines eigenen Schweißes in die Nase stieg. Ich brauchte dringend ein Bad. Und neue Kleidung. Und ich wollte nach Hause, so schnell wie möglich.

»Ich habe Frühstück gebracht«, teilte mir die Frau mit. Wir beide starrten auf den zerbrochenen Tonbecher, den flachen Zinnteller, die Scheibe Brot und den Kanten Käse, der vor ihr auf dem Boden lag. Ich rappelte mich auf, um auf sie zuzugehen, doch die Frau wich vor mir zurück, drehte sich ohne ein weiteres Wort auf dem Absatz um, huschte aus der Tür und schlug sie hinter sich zu. Einen Moment später hörte ich, wie sich der Schlüssel im Schloss drehte.

»He!«, rief ich und rannte zur Tür. »Schließ wieder auf!«

Nichts geschah. Ich presste mein Ohr an das Holz und hörte, wie sich auf der anderen Seite Schritte entfernten.

Ich beschloss, das Beste aus der Situation zu machen, griff nach dem Teller und lud Brot und Käse wieder darauf. Der Boden war zwar schmutzig, aber ich hatte Hunger und ein bisschen Staub würde mich nicht umbringen.

Die Tonscherben schob ich mit dem Fuß an die Wand, damit sie nicht mitten im Weg lagen. Dann schnappte ich mir den kleinen Schemel und setzte mich neben den Weidenkorb. Meine Muskeln taten mir weh und die Hand, die ich an den Dornen verletzt hatte, sah schlimm aus. Vor allem aber hatte ich Durst. Ein bisschen Wasser von gestern war noch da. Gierig setzte ich den Tonkrug an und leerte ihn mit einem Zug. War ich in den langen Stunden der Nacht nicht ein einziges Mal auf die Idee gekommen, einen Schluck zu trinken? Vor meinem inneren Auge sah ich die rastlosen Bewegungen des Spinnenmanns, die mich in eine Art Trance versetzt hatten.

Ich hatte Brot und Käse bereits vertilgt, als sich endlich Schritte näherten. Hastig stand ich auf und der Schemel fiel klappernd um. Diesmal rauschte die Königin mit wehenden Rockschößen ins Zimmer, dicht gefolgt von Adil und einer Hofdame, die ich nicht kannte. Die Dienerin, die mir das Frühstück gebracht hatte, tauchte nicht auf. Wie auf Kommando schnappten beide Frauen nach Luft, Adil hingegen warf mir einen misstrauischen Blick zu.

»Guten Morgen, Euer Majestät«, sagte ich und versank in einen tiefen Hofknicks.

Königin Iolanthe antwortete nicht. Sie beachtete mich nicht einmal. Ihre ganze Aufmerksamkeit galt den Goldspulen. Sie ging auf sie zu und griff nach der obersten.

»Unmöglich«, entschlüpfte es ihr, als sie die Spule hin- und herdrehte, am Faden zupfte, ihn ein Stück ab-, dann wieder aufrollte und sie schließlich ihrer Hofdame übergab.

»Wie hast du das gemacht?«, verlangte sie zu wissen.

Noch einmal knickste ich. »Ich habe nur getan, was ihr von mir verlangt habt.«

Die Königin presste die Lippen aufeinander, kam zu mir und griff nach meiner Hand, um die ich ein frisches Stück Leinenstoff gewickelt hatte. Schmerz schoss durch meine Haut, als sie den provisorischen Verband grob abriss. Die Dornenstiche bluteten nicht mehr, doch die dunklen Löcher in der Haut waren rostrot verschmiert. Die Königin zog die Augenbrauen zusammen, ließ meine Hand los und musterte mich erneut.

»Hexerei«, flüsterte die Hofdame hinter ihr.

»Nein«, widersprach ich und zog meine Hand zurück.

Die Königin lächelte spöttisch. »Eine Gabe, also.«

Dann fiel ihr Blick auf das restliche Stroh, das ich wie ein Kopfkissen benutzt hatte. »Warum ist das noch hier?«

»Es war keine Spule mehr übrig«, verteidigte ich mich.

Sie betrachtete mich, als sei ich ein Insekt, vor dem sie sich ekelte, das aber auch irgendwie nützlich war. Hatte ich so den Spinnenmann angeschaut?

»Hast du eine Spule eingesteckt?«, fragte sie gefährlich leise.

Ich schüttelte den Kopf und ärgerte mich darüber, dass mir dieser Gedanke gar nicht gekommen war. »Nein. Aber eine ist zerbrochen?«

»Zerbrochen?«

»Sie muss bereits beschädigt gewesen sein, Euer Majestät«, behauptete ich.

Als Königin Iolanthe Adil und der Hofdame bedeutete, das Tuch vom Weidenkorb zurückzuschlagen und nach einer verborgenen Spule zu suchen, überkam mich eine düstere Vorahnung.

»Ich möchte nach Hause«, sagte ich, nachdem sie ihre Inspektion beendet hatten. Mir tat alles weh und ich sehnte mich nach einem Bad im Silberbach. Egal, wie viel in der Mühle zu tun sein mochte, den Vormittag würde ich einfach nur verschlafen.

Die Königin, die neben dem Berg Spulen stand und ihre Finger über Golddraht streifen ließ, blickte mich überrascht an. »Aber das geht nicht«, sagte sie.

»Euer Majestät?«, protestierte ich verwirrt.

»Hast du unsere Abmachung vergessen?«, fragte sie unschuldig. »Ich lasse dich gehen, wenn du alles Stroh zu Gold versponnen hast. *Alles* Stroh.«

Sie hob das Bein, die Spitze ihres blauen Seidenschuhs blitzte unter dem Stoff hervor und deutete zu den übrig gebliebenen Halmen.

»Aber ...«, stotterte ich. »Es waren keine Spulen mehr da.«

Königin Iolanthe reichte Adil die Spule, die sie in der Hand hielt. Er blickte betreten zu Boden, während sie die Hände vor dem Schoß faltete. »Wieso hast du nicht nach mehr Spulen gerufen? Du hättest nur zu klopfen brauchen.«

Zorn kochte in mir hoch. Zorn, weil es so ungerecht war, was sie da sagte, was sie von mir verlangte. Zorn auch, weil ich so hilflos war.

»Ich bitte Euch, Euer Majestät, lasst mich gehen.« Ich hasste es, zu betteln. Ich tat es trotzdem.

»Machen wir es doch so«, schlug Königin Iolanthe ungerührt fort. »Du machst es dir in einem unserer Gästezimmer gemütlich. Und wenn du dich ausgeruht hast, lasse ich dir ein paar weitere Spulen bringen und du spinnst das übrige Stroh zu Gold. Was sagst du?«

Am liebsten hätte ich Adil die Goldspule aus der Hand gerissen und sie ihr an den Kopf geknallt. Ich atmete zweimal tief ein und aus, ehe ich es wagte, den Mund zu öffnen. »Sicher genügt das Gold, das ich heute Nacht gesponnen habe, um die Schuld im Gasthof zu begleichen.« Und die Steuern für den Rest unseres Lebens, fügte ich in Gedanken hinzu.

Königin Iolanthe schien einen Augenblick zu überlegen. Dann schüttelte sie den Kopf. »Es tut mir leid. Es kommt mir nicht richtig vor, Farah. Das war nicht unsere Abmachung.

Spinn mir das restliche Stroh zu Gold, und ich lasse dich gehen. Was hältst du davon? Ich kann dir jetzt sofort weitere Spulen bringen lassen«, schlug sie vor.

Ich hob meine verletzte Hand. »Zunächst muss ich mich ausruhen und etwas schlafen, ehe ich wieder spinnen kann. Und diese Wunden versorgen.«

Die Königin wechselte einen Blick mit ihren Begleitern. »Hier kannst du nicht schlafen«, sagte sie dann, als sei nicht sie es gewesen, die mich hatte einsperren lassen. »Adil, bring unseren Gast bitte in eine Kemenate im Ostflügel, damit sie sich ausruhen und erholen kann. Schick anschließend einen Diener hierher, damit er Stroh und Spinnrad zu ihr ...«

»Nein«, unterbrach ich die Königin, ehe mir bewusst wurde, was ich da tat. »Euer Majestät«, schob ich in demütigem Tonfall hinterher. »Hier bin ich dem Nachthimmel nahe und hier habe ich mich bereits eingerichtet. Lasst mich das Stroh in dieser Kammer zu Gold spinnen. Da geht es mir leichter von der Hand.«

Die Hofdame schnaubte, Königin Iolanthe ging zum Fenster und blickte hinaus. Mein Herzschlag beschleunigte sich. Nach einem Augenblick drehte sich die Königin allerdings um und zuckte mit den Schultern. »Wie du willst.«

Der Saum ihres ausladenden Kleides streifte den Weidenkorb. Sie beachtete ihn gar nicht.

»Schließ die Tür hinter dir ab und bring mir den Schlüssel«, befahl sie Adil, als sie an ihm vorbeiging. »Niemand betritt den Raum, wenn ich es nicht will.«

Adil brachte mich wie befohlen in den Ostflügel. Die meisten der Burgleute, die uns unterwegs begegneten, gafften mich an wie eine Jahrmarktssensation und begannen, hinter meinem Rücken zu flüstern, kaum, dass wir an ihnen vorbei waren. Ich musste an die Magd denken, die mir heute Morgen das Frühstück gebracht hatte. Keine Ahnung, was sie den anderen erzählt hatte, aber ihre Kunde musste sich wie ein Lauffeuer in der Burg verbreitet haben. Oder hatte Königin Iolanthe selbst die Gerüchte angeheizt?

Die Kemenate, in der ich schlafen sollte, war kleiner als das Turmzimmer, hätte sich davon jedoch nicht stärker unterscheiden können. Der Boden war mit Binsen und Duftkräutern ausgelegt. Ihr frischer Geruch schmeichelte in der Nase. In einer Wand befand sich ein zweiflügeliges Buntglasfenster, und das Licht, das von draußen hereinfiel, sprenkelte den Raum rot, gelb und blau. An der Wand hing ein kunstfertiger Gobelin, der eine Jungfrau darstellte, die sich an den Hals eines Einhorns schmiegte.

An der Wand gegenüber stand ein gewaltiges Himmelbett. Sein Korpus mit den hohen, gedrehten Bettpfosten bestand aus dunkelbraunem Holz, das so lange poliert worden war, bis es glänzte. Der schwere, himmelblaue Baldachin war mit weißen Schwänen bestickt.

»Hier …?«, fragte ich und blickte Adil überrascht an.

Ein Lächeln zuckte über seine Lippen. »Wenn du die Bettvorhänge zuziehst, sperrst du das Licht aus. Dann solltest du schlafen können.«

»Adil …«

»Ich kann mich nur wiederholen, Farah. Es tut mir sehr leid.«

Ich glaubte ihm sogar. »Das meine ich nicht«, sagte ich rasch. »Besteht die Möglichkeit, mich zu waschen?«

Ich blickte an mir herunter und streckte ihm den blutbefleckten Leinenverband entgegen, den ich um die Hand gewickelt hatte.

Adil zögerte. Auf seinem Gesicht zeichnete sich Mitleid ab, ein gutes Zeichen. Endlich nickte er.

Ich hatte erwartet, dass Adil mir Seifenkraut und eine Waschschüssel bringen lassen würde, stattdessen ließ er mir in der Badekammer einen Zuber mit heißem Wasser herrichten. Nachdem die beiden Mädchen, die mir Wurzelbürste, Kamm und Leinentücher gereicht hatten, verschwunden waren, schlüpfte ich aus meinen schmutzigen Kleidern und ließ mich in das dampfende Bad gleiten.

Wie wunderbar das war! Die Hitze brannte auf meiner Haut und brachte mein Blut in Wallung. Ich spürte, wie sich Staub und Schweiß zu lösen begannen, und griff nach der Bürste, um mich ordentlich zu schrubben. Meine Hand schmerzte, aber ich biss die Zähne zusammen. Als ich fertig war, bluteten die Wunden zwar, aber ich war sauber. Seufzend betrachtete ich die Schnitte, die ich mir selbst zugefügt hatte. Heute Nacht würde ich das Ritual wiederholen müssen.

Was, wenn es niemals aufhört, nistete sich ein böser Gedanke in meinem Kopf ein. *Was, wenn die Königin nie genug hat, wenn sie mich auf Giebelstein einsperrt und Nacht für Nacht dazu zwingt, Stroh zu Gold zu spinnen?*

Trotz des warmen Wassers wurde mir kalt.

Nein! Ich zwang mich dazu, meine Ängste fortzuschieben. Was auch immer Königin Iolanthe tun wollte, daran konnte ich jetzt, in diesem Moment, nichts ändern. Wenn mir etwas half, dann Kraft, und die sammelte ich nur, wenn ich gleich noch eine Mütze Schlaf bekam.

Ich zog die Knie zur Brust, hielt die Luft an und rutschte in der Wanne nach vorne, damit ich meinen Oberkörper und selbst meinen Kopf ganz untertauchen konnte. Ich schrubbte mir das Gesicht und entwirrte mein strähnig gewordenes Haar. Dann tauchte ich wieder auf, schnappte nach Luft und griff nach einem Leinentuch und einem Hornkamm. Das Tuch machte ich nass und rieb mir damit das Gesicht ab, so lange, bis ich das Gefühl hatte, wirklich sauber zu sein. Danach zog ich mir den Hornkamm durchs Haar, bis sich sämtliche Knoten gelöst hatten.

Noch einmal tauchte ich unter.

Als ich mir das Wasser aus den Augen wischte, klopfte es an der Tür.

»Ja?«, fragte ich unsicher.

»Ich bin es. Adil.«

»Einen Moment bitte.« Hastig griff ich nach dem grauen Tuch, das eigentlich zum Abtrocknen gedacht war, und zog es so über den Zuber, dass nur mein Kopf darunter hervorlugte. »Herein.«

Die Tür öffnete sich und Adil trat in die Badestube. Auf den Armen trug er frische Kleider in der Farbe von Schwertlilien und Buttermilch. Mit gerunzelter Stirn beobachtete ich, wie er sie auf einem weiteren Stuhl ablegte und diesen zu mir an den Zuber schob. Danach zog er einen kleinen Tiegel aus seiner Hosentasche sowie ein paar frische Verbände und legte sie obenauf.

Wenn mich die Jungen aus Waldhausen bei einem Bad im Silberbach überraschten, bedurfte es energischer Rufe, sie dazu zu bringen, sich abzuwenden und mich nicht heimlich zu beobachten. Adil hingegen achtete penibel darauf, nicht in meine Richtung zu blicken. Ich erinnerte mich an die Blicke, die er mit meinem Bruder getauscht hatte.

»Wenn du erlaubst, werde ich sie waschen lassen«, sagte er und deutete auf meine schmutzigen Kleider.

»Das ist unnötig«, antwortete ich aus Gewohnheit. Seit ich alt genug dazu war, hatte ich mich um die Wäsche meiner Familie gekümmert. Inzwischen wusch ich sogar Berits Kleidung, denn so sehr sie sich auch für die Arbeiten in Küche, Wald und Garten begeisterte, so sehr hasste sie Waschtage.

Adil schürzte die Lippen. »Bist du sicher? Du wirst kaum Zeit dafür haben.«

Unsere Blicke wanderten zur Tür, in Richtung des Turmes, in dem ich heute eine weitere Nacht verbringen musste.

»Gut«, lenkte ich ein, und Adil begann damit, meine Kleider aufzusammeln.

»Ich übergebe sie den Wäscherinnen und warte dann vor der Tür. Komm heraus, wenn du fertig bist, dann führe ich die zurück zu deiner Kemenate, damit du schlafen kannst.«

»Danke«, sagte ich und errötete, weil er nach dem Socken

mit dem Loch griff. Obwohl Adil mir den Rücken zukehrte, sah ich, dass er nickte. »Auch für die frischen Kleider«, fügte ich rasch hinzu, als er bereits nach der Türklinke griff. Er verharrte in der Bewegung.

»Dafür dank nicht mir«, antwortete er mir. »Seine Majestät, der Kronprinz, hat mir aufgetragen, sie dir zu bringen.«

Nach dem Baden versorgte ich meine Wunde mit der Salbe, die Adil mir gebracht hatte. Bevor ich sie auftrug, schnupperte ich daran. Aus welchen Zutaten die wachsartige Paste bestand, vermochte ich nicht zu sagen – vielleicht hätte Berit es gekonnt –, doch ich vermeinte den harzigen Geruch von Ringelblumen wahrzunehmen. Vorsichtig trug ich sie mit der Fingerspitze auf und verband die Hand. Das Heilmittel linderte beinahe sofort meine Schmerzen.

Widerstreitende Gefühle kämpften in mir, als ich in das wundervolle Gewand schlüpfte. Die Socken und das helle Unterkleid bestanden aus so fein gesponnenem Stoff, wie ich ihn noch nie getragen hatte. Er schien beinahe meine Haut zu streicheln. Und das dunkle Blau von Rock und Oberteil leuchtete so kräftig, dass ich mich fragte, mit was der Stoff gefärbt war.

Ich hätte den ganzen Tand sofort gegen meine Freiheit getauscht, doch diese Möglichkeit stand mir nicht offen. Was ich davon halten sollte, dass Kronprinz Magnus mir frische Gewänder hatte schicken lassen, wusste ich auch nicht. Was ging in diesem Menschen vor?

Ich musste mir eingestehen, dass ich unser Gespräch gestern Abend genossen hatte. Ich mochte seine forsche Art. Die Burschen in Waldhausen waren nur allzu bereit, mir Honig um den Mund zu schmieren und mir zu versichern, dass sie all dem zustimmten, was ich sagte. Dass er mir widersprochen hatte, gefiel mir irgendwie, so unsinnig dies auch war, wenn ich darüber nachdachte. Und überhaupt: Was interessierte ihn eine einfache Müllerstochter? Er nahm sich die Zeit, mit mir zu Abend zu essen und mir kostbare Kleider zu schicken, besaß jedoch nicht den Anstand, mich vor der Ungerechtigkeit seiner Stiefmutter zu beschützen. War ich ihm also egal oder nicht? Und was war dieser letzte Gedanke überhaupt für ein Unsinn! Selbstverständlich war ich ihm egal. Morgen würde ich Burg Giebelstein verlassen, nach Hause zurückkehren und er würde nie wieder an mich denken. Bei diesem Gedanken spürte ich ein leichtes Ziehen in der Brust und am liebsten hätte ich mir daraufhin selbst eine Ohrfeige verpasst. Was bildete ich mir nur ein?

Doch da war eben auch die Vision vom Seerosenweiher. Eigentlich hatte ich sie für Thomas heraufbeschworen. Aber in dem Stück Stoff, das ich dem Wasser überlassen hatte, hatte auch die Arbeit meiner Hände gesteckt. Ich hatte den Stoff gehalten, ihn gerissen und genäht. Konnte es sein, dass ich im Wald nicht nur einen Blick in Thomas' Zukunft geworfen hatte?

Mit einem genervten Brummen zog ich die Bänder des Brustmieders enger und verschnürte es. Was ich gerade tat, war Zeitverschwendung. Warum auch immer ich Magnus, ich meinte den Kronprinzen, ja, Kronprinz Magnus, im Wasser gesehen hatte, spielte keine Rolle. Schließlich hatte ich in dieser Vision keine Krone getragen, war noch nicht einmal vorgekommen. Vielleicht hatte sie mich genau vor dem, was jetzt geschah, warnen wollen. Der Spinnenmann war schließlich auch aufgetaucht. Und ich war nicht schlau genug gewesen, dieses Zeichen richtig zu deuten.

Ich griff nach dem Tiegel, warf einen letzten, bedauernden Blick auf den Holzzuber mit dem abgekühlten Badewasser und verließ den Raum.

15

Die königlichen Gärten

Als mich ein Klopfen weckte, dauerte es einen Augenblick, bis ich mich daran erinnerte, wo ich war. Die Laken dufteten nach Vergissmeinnicht, und die Matratze unter mir war so weich, dass ich das Gefühl hatte, darin zu versinken. Ich hatte gedacht, nach allem, was geschehen war, keine Minute Schlaf finden zu können. Doch kaum, dass ich die schweren Bettvorhänge zugezogen hatte, musste ich weggedämmert sein.

Wie viele Stunden wohl vergangen waren? Auf nackten Füßen und im Nachtgewand eilte ich zur Tür. »Wer ist da?«

»Adil«, hörte ich seine mir inzwischen vertraute Stimme durch das Holz. »Der Abend bricht an.«

Überrascht blickte ich zum Fenster. Das hereinfallende Licht hatte tatsächlich eine rötliche Färbung angenommen. Auf einmal war ich hellwach. »Du bist gekommen, um mich ins Turmzimmer zu geleiten.«

Ich griff nach meinem Medaillon, um es zwischen Daumen und Zeigefinger zu drehen.

Dein Silber, hatte der Spinnenmann gesagt, *gegen mein Gold.*

Falls es mir gelang, ihn noch einmal zu rufen, würde er mir nur helfen, wenn ich ihn bezahlen konnte. Und meine Halskette würde ich auf keinen Fall aufgeben.

»Farah?«, fragte Adil vom Flur aus. »Geht es dir gut?«

Beinahe hätte ich gelacht. Noch einmal blickte ich zum Fenster. Die Königin wollte, dass ich auch ihr restliches Stroh zu Gold spann. Wenn ich das Dunkle Volk dafür beschwören musste, konnte ich das unmöglich bei Tageslicht tun.

In fliegender Hast schlüpfte ich in die kostbaren Kleider, die mir der König geschickt hatte, und bat Adil anschließend zu mir. Er überreichte mir erneut einen Salbentiegel und frische Binden.

»Ich brauche noch einmal Milch und Öl, Dornen und Rosenblätter«, wies ich ihn an, als sei er mein Dienstbote.

Adil verzog das Gesicht, als habe er Zahnschmerzen.

»Ich bin keine Hexe«, fuhr ich heftiger fort als beabsichtigt. »Frag Giulietta. Sie kennt mich bereits ihr ganzes Leben.«

»Und ich bin nicht dein Feind, Farah«, versicherte Adil mir. »Wenn ich die Zeit zurückdrehen könnte, würde ich alles anders machen. Sag mir, wie ich dir helfen kann.«

Meine Augen verengten sich. Konnte ich ihm wirklich trauen? In seinen Adern pulsierte das gleiche Blut wie in denen der Königin.

»Ich habe zwei Bitten an dich«, sagte ich vorsichtig.

Er blickte mich erwartungsvoll an und ich straffte meine Schultern, um den Anschein zu erwecken, ich wüsste genau, was ich tat. »Zunächst die Zutaten wie gestern und vielleicht ein paar mehr, Frauenmantel zum Beispiel.«

Adil nickte. »Ich kann dich in den Schlossgarten führen, damit du dich dort selbst umsiehst.«

»Wird die Dienerschaft nicht misstrauisch sein?«

»Der Garten ist durch hohe Hecken geschützt.«

Erleichterung durchströmte mich. Durfte man den Gerüchten Glauben schenken, besaß Burg Giebelstein einen sorgfältig gepflegten Garten. Das würde helfen.

»Und das Zweite?«, fragte er.

Ich heftete meinen Blick auf die Brosche an seinem sommergelben Kragenstoff.

»Ist die aus Silber?«

Adil blickte an sich herunter und betastete die fein ziselierte Nelke. »Ja.«

Ich streckte meine Hand aus und kam mir dabei vor wie Königin Iolanthe, die nach ihrem Duftkissen verlangte. »Überlässt du sie mir?«

Die Gesichtszüge Adils bewölkten sich, und ich fragte mich, was ihm diese Anstecknadel wohl bedeutete und wer sie ihm gegeben hatte. Beinahe hätte ich meine Bitte zurückgezogen, doch da pflückte Adil die Silbernelke bereits von seinem Gewand und ließ sie in meine Finger fallen.

Ich musste schlucken. »Danke.«

»Ich hole einen Korb und ein Messer für die Pflanzen«, sagte er, ohne mir dabei in die Augen zu blicken. Mein Gewissen lastete schwer auf mir, als ich ihm hinterhersah, wie er den Raum verließ. Es quälte mich auch noch, als ich nach dem Salbentiegel griff und damit begann, meine verletzte Hand neu zu verbinden.

In Burg Giebelstein arbeiteten Dutzende, wenn nicht gar Hunderte Diener. Dessen eingedenk war es erstaunlich, wie einsam ich mich in diesem Prachtbau fühlte. Vom Flur her hörte ich ab und an das Getrappel flinker Füße. Mein Fenster gewährte mir jedoch keinen Blick in den Innenhof der Burg, sondern nach draußen. Ich erkannte Wiesen und einen Hain Obstbäume. Der Flügel, in den mich Adil gebracht hatte, musste an einer sowohl von der Stadt als auch vom Firnwald abgewandten Seite der Burg liegen. Vermutlich war es der Königin wichtig, mich zu isolieren: ihr kleines Vögelchen, dessen Geheimnis sie ergründen wollte. Nun, da konnte sie warten, bis Eis die Südlichen Inseln überzog.

Als Adil endlich klopfte, schloss ich das Fenster und trat zur Tür, um sie zu öffnen. Davor stand jedoch nicht der junge Page, sondern der Kronprinz mit einem Weidenkorb unter dem Arm.

Verwirrt und geschockt starrte ich ihn einfach nur an, ehe ich mich deutlich zu spät verbeugte.

»Erhebt Euch, Farah«, sagte er sanft.

Verlegen zupfte ich am Saum meines Ärmels. »Danke für die schönen Gewänder.«

»Sie stehen Euch. Das Blau des Rockes harmoniert mit Euren Augen.«

Machte er mir gerade ein Kompliment?

Was tat ich hier nur?

Und was tat er hier?

»Euch in den Garten begleiten«, sagte er und das Blut schoss mir ins Gesicht.

»Habe ich gerade laut gesprochen?«, fragte ich.

Sein Lächeln wurde breiter. »Ich konnte Eurer Miene ansehen, dass Ihr Euch fragt, warum ich an Adils Stelle hier stehe.«

Ich drehte die silberne Anstecknadel zwischen den Fingern. »In der Tat, Hoheit, es ist ausgesprochen ungewöhnlich, um nicht gar zu sagen: unnötig. Ich weiß, wo mein Platz ist und was ich zu tun habe.«

»Ihr seid also gerne eine Gefangene?«

Endlich traute ich mich, ihm direkt in die Augen zu blicken. »Sagte ich das?«, fragte ich.

»Es klang danach.«

»Wahrlich, wenn Ihr derart schlecht zuhört, ist es kein Wunder, dass Ihr nicht wisst, was Euer Volk denkt.«

Er hob eine Augenbraue. »Das glaubt Ihr von mir?«

Ich zuckte mit den Schultern, unschlüssig, was ich darauf antworten sollte. Meine Ohrspitzen fühlten sich warm an. Für einen Augenblick hatte ich vergessen, wer mir gegenüber stand. War ich zu weit gegangen?

»Nun, tut Ihr es denn?«, fragte ich leise. »Wissen, was Euer Volk denkt?«

»Vielleicht könnt Ihr mir das eine oder andere darüber verraten?«, schlug er vor. Nach einem kurzen Moment fügte er hinzu: »Zunächst einmal würde ich jedoch gern etwas mehr über die junge Frau erfahren, die Stroh in Gold verwandeln kann. Erlaubt mir, Euch zu begleiten.«

Als ob ich meinem Kronprinzen etwas hätte verweigern können.

Die Gärten von Burg Giebelstein erwiesen sich als so atemberaubend, dass sich sogar meine finstere Laune aufhellte. Der süße Duft der Rosen wehte uns bereits entgegen, als Kronprinz Magnus und ich den schattigen Laubengang durchquerten, der zu ihnen führte. Seine Anwesenheit machte mich unruhig und gab mir Rätsel auf, und seine Bitte, an seiner Seite zu gehen statt hinter ihm, hatte es nicht besser gemacht. Inzwischen war es mir jedoch gelungen, zumindest meinen Herzschlag zu beruhigen.

Als wir aus dem Schatten ins Abendlicht traten, glaubte ich, das Farbenspiel der Pflanzenbeete müsse mich blenden: Gelbe Sonnenfächer wuchsen neben knallrotem Klatschmohn und zwischen Heckenrosen blitzte in kräftigem Blau Rittersporn hindurch. Über den Blumen tanzten Schmetterlinge, ganz so, als bestünden sie selbst aus Blütenblättern, denen auf magische Weise Leben eingehaucht worden war.

»Es gefällt Euch«, sagte der Kronprinz neben mir und klang erfreut.

Als ich zustimmte, hob er mit einem Lächeln auf den Lippen den Weidenkorb an. »Wo sollen wir zuerst Eure Liste abernten?«

»Gebt mir das, mein Herr«, bat ich ihn. Es war furchtbar genug gewesen, die Blicke der Diener auf mir zu wissen, die ungläubig beobachtet hatten, wie der künftige König eine Müllerstochter durch die Burggänge begleitete.

Prinz Magnus schüttelte den Kopf. »Ihr seid mein Gast.«

»Ich bin Eure Gefangene«, widersprach ich viel zu schnell, als dass ich die Worte hätte zurückhalten können. Blut schoss mir ins Gesicht und der Prinz senkte betroffen den Kopf.

Vielleicht hätte er mir leidgetan, wenn es nicht die Wahrheit gewesen wäre. Ich war nicht freiwillig hier, und hätte ich die Wahl gehabt, so wäre ich gar nicht erst nach Burg Giebelstein gekommen.

»Ihr seid nicht *meine* Gefangene«, widersprach er schließlich.

Ich straffte die Schultern. »Aber die Eurer Mutter.«

»Stiefmutter«, korrigierte er. »Wenn es nach mir ginge, wärt Ihr – nun, ich will Euch nicht anlügen: Ich bin froh darüber, dass Ihr hier seid, nicht aber, dass dies gegen Euren Willen geschieht.«

»Dann lasst mich frei«, bat ich ihn, und obwohl ich wusste, wie seine Antwort ausfallen würde, begann mein dummes Herz schneller zu schlagen.

Der Prinz schluckte. »Das kann ich nicht. Sie ist die Königin.«

»Und Ihr seid bald König.«

Er schüttelte den Kopf. »Nicht, ehe ich geheiratet habe.«

»Ich bin sicher, die Herzogs- und Grafentöchter verzehren sich danach, Eure Braut zu werden.«

Er zwinkerte mir zu. »Zu ihrem Leidwesen – und zu dem meiner Stiefmutter – verzehre ich mich nicht gerade danach, einer von Ihnen einen Ring an den Finger zu stecken.«

»Nun, irgendeine müsst Ihr heiraten«, sagte ich und gab mich unbeschwert, während mein dummes Herz einen Salto schlug.

»Muss ich?«, fragte er.

»Wie wollt Ihr sonst König werden.«

Einen Moment lang sagte er nichts. Dann beugte er sich näher zu mir und flüsterte direkt in mein Ohr: »Ich verrate Euch jetzt ein Geheimnis, Farah. Ich will gar nicht König werden.«

Durch seine Offenheit pulsierte mir das Blut so schnell durch die Adern, dass mir leicht schwindelig wurde. Er war mir zu nah, viel zu nah. Und was er da sagte!

»Ihr müsst, Hoheit«, antwortete ich gepresst. »Alle Hoffnungen ruhen auf Euch.«

»Und genau das ist der Grund, weshalb es mich nicht nach der Krone verlangt«, sagte er ernst. »Könnt Ihr das verstehen?« Sein Blick wurde sanft, fast bittend.

Ich schluckte. »Das verstehe ich sogar besser, als Ihr denkt.«

Überrascht hob er eine Braue. Dann stahl sich wieder der Schalk in seinen Blick. »Und was, denkt Ihr, sollten wir da machen?«

Zum ersten Mal fiel mir auf, dass seine braunen Pupillen goldgrün gesprenkelt waren. Sein sorgfältig gestutzter Bart wirkte so weich, dass ich am liebsten die Hand ausgestreckt hätte, um mit den Fingerspitzen zu erkunden, wie er sich anfühlte. War es der süße Duft des Gartens, der meinen Verstand benebelte, oder war er es?

Ruckartig wandte ich mich ab und griff nach dem Messer. »Das, wozu wir hierhergekommen sind.«

Prinz Magnus räusperte sich. »Na gut. Wo, denkt Ihr, sollten wir beginnen?«

Ich ließ meinen Blick durch den Garten schweifen. »Bei den Rosen dort drüben«, sagte ich.

»Nein, die nicht«, antwortete er.

Ich streckte meine Schultern durch. »Doch, genau die. Alle anderen haben die falsche Farbe.«

»Das mag ja sein«, erwiderte er. »Aber diese dort werden nicht geschnitten. Niemals.«

Ich musterte ihn von der Seite. »Was ist los, Hoheit? Fürchtet Ihr etwa, Euch an den Dornen zu verletzen? Lasst Euch gesagt sein, in einen tausendjährigen Schlaf fallt ihr nur, wenn eine Hexe die Spitzen zuvor mit einem Zauber belegt hat.«

Ich zwinkerte ihm zu, um klarzustellen, dass ich nur scherzte.

Er ging darauf ein – aber gab nicht nach:

»Schwafelt Ihr nur – aber wählt eine andere Rose.«

Das Dumme war, ich konnte es auch nicht: »Ich sagte es schon«, erklärte ich ihm. »Ich brauche diese und sonst keine.«

»Dann keine.«

Wollte er mich ärgern? »Dann gibt es auch kein Gold für Eure Mutter«, stellte ich klar.

»Stiefmutter«, korrigierte er erneut.

»Der arme Prinz. Macht sie Euch wie in den alten Märchen das Leben zur Hölle? Schüttet sie Euch Erbsen unter das Bett oder Taubenmist in die Schuhe?« Vorstellen konnte ich es mir.

»Ist es *das*, was das Volk denkt?«

»Warum verweigert Ihr mir ein paar schlichte Rosenblätter?«, wechselte ich das Thema, weil wir sonst nicht vorankamen.

»Meine Mutter hat sie gepflanzt.« Er klang jetzt ganz nachdenklich. »Sie hat es geliebt, sich um die Pflanzen zu kümmern.«

Überrascht richtete ich mich auf. »Eure Mutter war eine Gärtnerin?« Ich wusste nicht viel über die erste Königin. Sie war gestorben, als ich noch ganz klein gewesen war, nicht lange nach meiner eigenen Mutter. Anders als mein Vater hatte der König Johann wieder geheiratet, sehr schnell sogar. Es war kaum ein Jahr vergangen, da hatte er Iolanthe zu seiner neuen Braut gemacht.

»Ich erinnere mich noch gut daran, dass ich hier Ball spielte, während sie sich um den Schnitt der Heckenrosen gekümmert hat.« Der Prinz deutete auf eine freie Grasfläche zwischen den Rosen und den Johannisbeersträuchern. Seine Miene nahm einen wehmütigen Ausdruck an. Da wurde mir bewusst, dass seine beiden Eltern bereits verstorben waren. Das musste schwer für ihn sein. Ich hatte immerhin noch Thomas und Vater. Und Berit.

»Meine Mutter hat Blumen auch sehr geliebt«, gestand ich, in der Hoffnung, ihn etwas abzulenken. »Sie hat sogar in unserem kleinen Gemüsegarten ein Eckchen für Pflanzen frei gehalten, die einfach nur schön waren. Und sie hat Wildblumen mit mir gesammelt in den Sumpfwiesen.«

Neugierig blickte er mich an. »Sie hat?«

Ich nickte. »Sie ist gestorben. Schon vor langer Zeit.«

»Das tut mir leid.« Er klang aufrichtig. »Meine auch.«

»Ich weiß.«

Zwei Herzschläge lang schwiegen wir, dann stellte Prinz

Magnus den Weidenkorb ab und setzte sich auf das kleine Mäuerchen, das ein Beet mit Löwenmäulchen von der Obstwiese trennte. »Ich vermisse sie immer noch«, verriet er mir und vor Überraschung setzte ich mich zu ihm – allerdings ein paar Handbreit entfernt, damit wir nicht zu vertraut wirkten.

»Es ist nicht so, als ob mein alter Herr ein schlechter Vater gewesen wäre. Oder Iolanthe eine schlechte Stiefmutter. Aber die beiden waren zu sehr mit sich selbst beschäftigt und mit dem Regieren.«

»Wie war Eure Mutter?«, fragte ich.

Magnus' Augen begannen zu leuchten. »Sie war immer fröhlich, jedenfalls kam mir das so vor. Es hat ihr nichts ausgemacht, in der Erde zu wühlen und sich die Finger schmutzig zu machen. Meist hat sie dabei gesungen. Sicher besaß sie nicht die Stimme einer Bardin, aber sie hat Musik ebenso sehr geliebt wie das Gärtnern, und das merkte man ihren Liedern an.« Er lächelte versonnen. »Manchmal, wenn ich in meinem Bett liege oder hier durch den Garten spaziere, kann ich noch ihre Stimme hören.«

»Das klingt wunderbar«, sagte ich leise.

Wieder trafen sich unsere Blicke. Ich fragte mich, was er sah, wenn er mir so direkt in die Augen schaute. Was er dachte.

»Hat Eure Mutter Euch auch vorgesungen?«, fragte er.

Ich schüttelte den Kopf. »Nein. Oder zumindest erinnere ich mich nicht daran. Ich war so jung, als sie von uns gegangen ist, dass ich vieles von ihr nicht mehr weiß. Mein Vater weigert sich, über sie zu sprechen, egal, wie sehr mein Bruder und ich ihn mit Fragen bedrängen. Die meisten Geschichten über sie hat mir Berit erzählt. Aber an ihren Duft, an den erinnere ich mich!« Ich lächelte versonnen. »Er war einzigartig.«

Prinz Magnus rückte ein Stück näher an mich heran. »Erzählt mir davon.«

Ich schloss die Augen und legte den Kopf in den Nacken, damit der kühle Lufthauch mich küssen konnte, der durch den Garten strich. »Sie duftete ganz eigentümlich nach ...«

Ich stockte.

»Nach …«, begann ich noch einmal und verstummte dann wieder.

»Ihr müsst es mir nicht erzählen, wenn Ihr nicht wollt«, versicherte mir der Kronprinz.

Ich schüttelte den Kopf und spürte, wie Panik in mir aufstieg. »Das ist es nicht!« Ich stand von der Mauer auf, schloss die Augen und atmete tief durch die Nase ein. Die Luft war schwer vom Geruch der Heckenrosen und Nelken, ihr süßes Aroma schien meinen Geist zu benebeln.

Mutter, dachte ich. Ich versuchte, mich an das Gefühl zu erinnern, das mich immer überfiel, wenn ich mich auf der Lichtung zwischen den Weiden befand.

Noch einmal atmete ich ein.

Dann hielt ich die Luft an.

Nichts. Ich *erinnerte* mich nicht!

»Farah …« Kronprinz Magnus klang beunruhigt. Er stand auf und stellte sich neben mich. »Ist Euch nicht gut? Benötigt Ihr Wasser?«

Ich schüttelte den Kopf. »Nein, nein. Es ist …«

»Ja?«

»Ich kann mich nicht mehr erinnern«, gestand ich ihm. Mein Herz klopfte wie wild und die Gerüche der verschiedenen Blüten im Garten verursachte mir mit einem Mal Übelkeit.

»Er ist nicht mehr da«, sagte ich schwach. Mein Herz krampfte sich zusammen. Ich blickte den Kronprinzen an, doch meine Sicht verschwamm, weil mir Tränen in die Augen stiegen. »Ich kann mich nicht mehr an den Duft meiner Mutter erinnern.«

16

Mehr Spindeln

Meine Brust fühlte sich an, als habe sie jemand in ein Eisenkorsett gezwängt. Mein Herz trommelte viel zu schnell dagegen.

Ich kann es nicht vergessen haben!

Dicke Schleier schienen meinen Kopf zu umhüllen. Die Stimme des Kronprinzen drang nur gedämpft hindurch.

»Versucht, tief ein- und auszuatmen«, wies er mich an.

Doch je mehr ich mich anstrengte, genau das zu tun, desto weniger Luft bekam ich. Schweiß trat mir auf die Stirn.

»Farah.« Der Prinz klang beunruhigt.

Doch ich konnte nicht antworten. Ich musste mich erinnern. Warum fiel mir nicht ein, wie Mutter gerochen hatte? Wenn ich ihren Geruch vergaß, was würde ich noch vergessen?

Der Boden unter meinen Füßen begann zu schwanken.

»Hier, trinkt das«, hörte ich Prinz Magnus sagen.

Ich musste mehrfach blinzeln, um zu erkennen, dass er die Innenkanten seiner Hände zusammenpresste und mir Wasser anbot, das er darin gesammelt hatte.

»Nein …«, widersprach ich. Ich hatte keinen Durst.

»Es wird euch helfen«, drängte er und ich trank, als seien wir zwei Bauernkinder irgendwo auf dem Land.

»Gut«, lobte er mich, nachdem ich einen Großteil des Wassers ausgeschlürft hatte. Wie ein Pferd an der Tränke! Mein eigener Handrücken kam mir heiß vor, als ich mir damit den Mund abwischte.

»Besser?«, fragte Magnus.

Ich schüttelte den Kopf.

»Kommt.« Er griff nach meiner Hand, und ich ließ zu, dass er mich zum Gartenbrunnen zog und auf die Bank vor diesen drückte. »Braucht Ihr noch mehr Wasser?«

Ich verneinte und stützte meinen Kopf in die Hände, weil ich mich so kraftlos fühlte.

»Lehnt Euch besser zurück.« Seine Stimme klang so beruhigend, dass ich genau das tat. »Konzentriert Euch auf das Ausatmen«, schlug er vor und allein der Gedanken kam mir widersinnig vor. »Ich weiß, es fühlt sich so an, als sei das Einatmen das Problem«, fuhr er fort. »Aber Ihr bekommt zu wenig Luft, weil Ihr nicht richtig ausatmet.«

Unsinn, dachte ich.

»Vertraut Ihr mir?«, fragte er. »Ich bitte Euch, atmet mit mir.«

Er stieß seinen Atem langsam und gleichmäßig durch gespitzte Lippen aus, als wolle er eine Kerze ausblasen. Weil mir der Druck auf meine Brust inzwischen gehörig Angst machte, tat ich es ihm gleich.

»So ist es gut. Lasst euch Zeit.«

Ich bemühte mich ja.

»Und jetzt einatmen.«

Überrascht merkte ich, dass mir das nun tatsächlich leichter fiel, wenn auch nicht so, wie ich es gewohnt war.

»Langsam!«, befahl er scharf, und ich bemühte mich, meinen Rhythmus dem seinen anzugleichen.

Eine Weile lang atmeten wir nur. Mein trommelnder Herzschlag beruhigte sich allmählich.

Was geschah hier nur, fragte ich mich. Wie hatte ich Mutters Duft vergessen können?

Der Spinnenmann. Hatte es etwas mit ihm zu tun?

»Gut macht Ihr das«, lobte mich der Kronprinz.

Mein Blick fiel auf unsere Hände. Er hatte die meinen in seine genommen und streichelte meine Finger sanft mit den Kuppen seiner Daumen. Erschrocken zuckte ich zurück und blickte mich im Garten um. Die Bewegung ließ den Schwindel wieder aufwallen, doch dem Säenden Gott sei Dank beobachteten uns nur die Statuen.

»Es geht schon wieder«, presste ich hervor.

»Seid Ihr sicher?«

»Es war nur ein kurzer Schwindel.«

Magnus blickte mich zweifelnd an.

»Wirklich«, behauptete ich und stand vorsichtig auf. Das Atmen fiel mir noch schwer, mein Puls pumpte das Blut zu schnell durch die Adern und ich fühlte mich wackelig auf den Beinen, doch damit konnte ich umgehen. »Es ist Zeit.« Ich bemühte mich, meine Stimme fest klingen zu lassen.

Wenn ich recht mit meiner Vermutung hatte, gab es nur ein Wesen, das mir sagen konnte, warum ich mich nicht mehr an den Duft meiner Mutter erinnerte. Und mit diesem konnte ich nur im Turmzimmer sprechen.

Der Kronprinz selbst brachte mich in den Nordturm. Adil schloss sich uns am Ausgang der Gärten an. In den Händen hielt er einen kleinen Beutel, in dem ich die restlichen Gegenstände vermutete, die ich mir erbeten hatte. Schweigend ging ich vor ihnen die Treppe zum Turmzimmer hinauf, in dem ich eine weitere Nacht verbringen sollte. Obwohl mir das Luftholen inzwischen leichter fiel, war ich außer Atem, als wir in der Kammer unter dem Dach ankamen.

Die Hofdame, die die Königin am Morgen begleitet hatte, erwartete uns an der Seite einer Dienerin mit dem Schlüssel in der Hand.

»Ich übernehme«, teilte sie Adil kühl mit, doch als ihr Blick auf den Kronprinzen fiel, der direkt hinter Adil den oberen Treppenabsatz erreichte, weiteten sich ihre Augen. »Ihre Majestät hat gebeten, mich heute Nacht um die Müllerin zu kümmern«

Mit der Schlüsselspitze wies sie auf das Tablett, das die Dienerin trug und auf dem ein Wasserkrug, Brot und ein Butterfässchen standen. Immerhin hatte die Königin nicht vor, mich verhungern zu lassen.

Die Hofdame – Gräfin Kaltenfels, wie ich jetzt erfuhr – schloss auf und rauschte mit erhobenem Haupt in den Raum.

Als ich ihr folgte, wurde mein Brustkorb eng. Ja, die Königin hatte neue Spindeln bringen lassen. Aber nicht eine Handvoll, wie ich erwartet hatte, sondern Dutzende. Drei bis zum Rand gefüllte Körbe standen vor ebenso vielen Ballen Stroh, von denen jeder größer war als der gestrige.

»Was soll das?«, stammelte ich.

»Die Königin erwartet, dass Ihr das Stroh bis morgen früh zu Gold gesponnen habt. Das *ganze* Stroh, diesmal.«

»Das war nicht ausgemacht«, protestierte ich.

Die Gräfin zuckte mit den Schultern.

Hilflos blickte ich hinüber zum Kronprinzen, über dessen Miene sich ein Schatten gelegt hatte. Adil starrte mit offenen Lippen auf die Strohberge. Auch er wirkte überrumpelt.

»Ich spreche mit meiner Stiefmutter«, versprach Prinz Magnus.

Gräfin Kaltenfels verzog missbilligend ihren hübschen kleinen Mund. Ich setzte an, etwas zu sagen, entschied mich dann jedoch dagegen und nickte ihm nur dankbar zu.

Er erwiderte die Geste, drehte sich um und ging die Treppe hinunter. Adil blickte unschlüssig zwischen ihm und mir hin und her, blieb jedoch.

»Ich schlage vor, Ihr fangt an«, teilte mir Gräfin Kaltenfels hochmütig mit. Sie wies die Dienerin an, das Tablett mit dem Abendessen auf den Boden zu stellen, und Adil, die Fackeln an der Wand zu entzünden.

Mir fehlten die Worte. Hilflos beobachtete ich sie dabei, wie sie Adil und die Dienerin aus dem Raum scheuchte.

»Ich muss noch einen Augenblick …«, begann er, doch sie schnitt ihm das Wort ab: »Befehl der Königin.«

Sie winkte mit dem Schlüssel. Adil hatte gerade noch Zeit, mir einen Blick zuzuwerfen, ehe die Gräfin ihn ins Treppenhaus zurücktrieb und die Tür hinter sich zuzog.

Wie ein Tier in einem Käfig tigerte ich im Turmzimmer auf und ab. Ich hätte schreien mögen, ob vor Wut oder Verzweiflung wusste ich selbst nicht. Wie hatte ich Königin Iolanthe meinem Vater gegenüber in Schutz nehmen können? Hätte sie als unsere Herrscherin nicht ein strahlendes Beispiel sein sollen? Doch ihr Wort zählte nichts, gar nichts! Würde sie mich je wieder gehen lassen, wenn sich das Stroh morgen in Gold verwandelt hatte? Und was würde es mich diesmal kosten, den Spinnenmann dazu zu bewegen, all das Stroh zu Gold zu spinnen? Falls er meinem Ruf noch einmal folgte. Falls überhaupt noch einmal ein Feenwesen meinem Ruf folgte. Ich fühlte mich ausgeliefert, in die Ecke gedrängt, konnte regelrecht spüren, wie sich die Schlinge um meinen Hals immer fester zuzog, und das hielt ich kaum aus. Mit der Faust schlug ich auf die Wand neben dem Fenster ein. Mir war selbst bewusst, wie dumm das war, aber irgendwohin musste ich mit all der Ohnmacht, die in mir brodelte.

Danach ging es mir tatsächlich besser. Ich konnte freier Atmen und nachdenken.

Alles jammern half nichts. Ich musste handeln, die Zeit lief mir davon. Also legte ich Adils silberne Brosche auf den Fenstersims und ging hinüber zum Korb, um den Lavendel zu entnehmen. In diesem Moment stürzte Magnus ins Zimmer. Gräfin Kaltenfels, die zu meinem Erschrecken im Treppenhaus Wache stand, schlug er die Tür vor der Nase zu.

Ich wusste, eigentlich hätte ich in einen tiefen Hofknicks sinken müssen, doch ich konnte ihn nur anstarren, wie er mit schnellen Schritten den Raum durchquerte. Er hielt ein zusammengerolltes Pergament in die Höhe, das mit dunkelblauem Wachs versiegelt war.

»Was ist das?«, fragte ich, als er es mir hinhielt.

»Ein Versprechen, dass dies Eure letzte Nacht in dieser Kammer sein wird«, antwortete er.

Verwirrt blickte ich abwechselnd zwischen dem Wachssiegel und ihm hin und her.

Als ich nichts darauf erwiderte, legte er mir das Pergament einfach in die Hand, griff nach meinen Schultern und schob mich weg von der Tür.

»Hört zu, es tut mir leid, dass meine Stiefmutter Euch dazu zwingt.« Er deutete auf das Stroh. »Aber ich verstehe, warum sie es tut. Eure Gabe, Farah, kann uns alle retten. Wenn Ihr dieses Stroh zu Gold spinnt, helft Ihr uns allen: Nicht nur meiner Stiefmutter und mir und Euch selbst und Eurer Familie, sondern dem ganzen Land.«

Er zögerte. »Für den Kauf von Bernsteinkerzen hat die Krone in der Vergangenheit Schulden angehäuft. Jetzt will man uns keine mehr geben. Aber Ihr, Ihr könnt uns retten.«

»Ich kann nicht die Lösung für Eure Probleme sein. Oder für die von Firnland. Diese Gabe, von der Ihr glaubt, dass ich sie besitze …«

»Von der ich *glaube*, dass Ihr sie besitzt?«

»Die ich besitze«, korrigierte ich mich schnell. »Ihr ahnt nicht, was sie mich kostet. Welchen Preis ich für eine Spule Gold bezahle.«

»Dann erzählt es mir.«

Ich schüttelte den Kopf. »Das kann ich nicht, mein Herr. Ich bitte Euch, verlangt das nicht von mir.«

Magnus blickte mir direkt in die Augen. Auf eine Art und Weise, die überhaupt nicht angemessen war. In meinem Inneren breitete ein ganzer Schwarm Schmetterlinge seine Flügel aus.

Du hast ihn in deiner Vision gesehen, flüsterte eine verräterische Stimme in meinem Kopf.

Ich wollte mich abwenden, um den Blickkontakt zwischen uns zu unterbrechen, und wollte es auch nicht.

»Ihr seid etwas Besonderes«, sagte er da.

»Das sagt Ihr gewiss allen Damen, die Ihr umschwärmt«, entschlüpfte es mir, ehe mir bewusst wurde, was meine Worte bedeuteten. Ein Müllersmädchen unterstellte einem Prinzen nicht, dass er mit ihm schäkerte, selbst, wenn es sich genau so anfühlte. Wärme kroch mir in die Wangen.

Magnus schien jedoch gar nicht empört. »Als ich Euch das erste Mal gesehen habe«, fuhr er sanft fort, »bei den Haselsträuchern an der Weggabelung, da dachte ich, eine Fee sei aus dem Wald gekommen.«

Ich schnaubte schwach. »Ich? In meinem schmutzigen Rock mit dem abgewetzten Saum und den wirren Haaren?« Mit einem Schaudern dachte ich an die Nixe aus dem Silberbach und ihren Geruch nach faulem Fisch.

»Ihr habt keine Ahnung davon, wie Ihr auf andere wirkt, oder? Ihr *strahlt*, Farah. Ich weiß nicht, wie ich es anders ausdrücken soll. Ich sehe Euch an und spüre … Freude.«

Seine Worte versetzten mir einen Stich, weil sie jenen zu ähnlich waren, die so mancher Bursche bereits an mich gerichtet hatte.

»Ihr seid noch niemals einem echten Feenwesen begegnet«, sagte ich deshalb schnell.

»Ihr etwa?«

Ich schüttelte den Kopf. Vom Spinnenmann konnte ich ihm ja kaum erzählen. Selbst wenn er mir glauben würde, wäre alles Gold in dem Moment, in dem ich seinen Ursprung verriet, null und nichtig. Und was würde er dann von mir halten? Einem Mädchen, das die Gesetze des Reiches brach und mit Feenwesen Handel trieb? Firnland brauchte das Gold. Und er glaubte meiner Lüge, die Götter hätten mich mit dieser Gabe gesegnet.

Ich drückte das Pergament an mich. Vielleicht musste das reichen: sein Versprechen, dass es die letzte Nacht sein würde. Falls es mir gelang, am nächsten Morgen Spulen mit goldenen Fäden zu präsentieren.

»Ich muss aufbrechen«, sagte er. »Meine Stiefmutter schickt mich, mit den Kaufleuten aus Zestásia zu verhandeln. Eure

Goldspulen ermöglichen es mir, einen Teil der benötigten Bernsteinkerzenvorräte zu sichern. Und mit dem, was Ihr heute Nacht spinnen werdet, löst Ihr auch die restlichen Geldprobleme des Reiches.« Er lächelte mich an. »Seht Ihr, Ihr habt uns schon geholfen.«

»Euch nicht«, antwortete ich. »Da Ihr ja nicht Regieren wollt.«

»Regieren nicht«, gab Magnus zu. »Aber gegen einen Ausritt quer durchs Land und feuchtfröhliches Feilschen mit einigen Schiffshändlern habe ich nichts.«

Ich warf einen Blick durch die Fensterscharte nach draußen, wo es bereits dunkelte. »Bis zum Smaragdmeer seid Ihr Stunden unterwegs. Wollt Ihr etwa die Nacht durchreiten?«

Magnus zuckte leichthin mit den Schultern. »Diese Halsabschneider aus Zestásia haben gedroht, morgen mit ihrem Schiff gen Süden abzulegen, wenn wir uns nicht handelseinig werden. Ginge es nach der Königin, wäre ich schon seit Stunden unterwegs.«

»Warum seid Ihr das nicht?«, fragte ich und atmete flacher.

Magnus lächelte mich an. »Manchmal mag ich es, sie zu reizen.«

»Sie scheint mir nicht die Frau zu sein, die sich gerne reizen lässt«, gab ich zu bedenken.

»Oh, von mir schon.«

»Wann seid Ihr zurück?«, fragte ich. Würde ich ihn noch einmal sehen, ehe ich zur Mühle zurückkehrte?

»Nicht vor morgen Abend.« Er deutete auf das Pergament. »Deshalb habe ich eine Order aufgesetzt, die die Wachen dazu anweist, Euch nach Sonnenaufgang unverzüglich nach Hause zu eskortieren. Außerdem erkläre ich darin die Schulden Eures Vaters der Krone gegenüber für getilgt. Und Adil hat die Anweisung, Euch einen Beutel Silbermünzen zu übergeben.« Magnus deutete noch einmal auf das Stroh. »Auch, wenn Ihr das eigentlich nicht nötig habt.«

»Da irrt Ihr Euch.«

Er hob die Augenbrauen.

»Stroh zu Gold«, begann ich und suchte dann nach einer Ausrede, die glaubhaft klang. »Ich kann es nicht für mich selbst oder für die meinen spinnen. Jede Gabe hat ihre Grenze.«

Und das war die Wahrheit, auch wenn mir bewusst war, ja, wenn ich wollte, dass der Kronprinz sie anders einordnete.

»Dann spinnt heute Nacht nicht für Euch, sondern für meine Stiefmutter. Oder besser: für mich.«

Für ihn? Mir wurde warm ums Herz.

Magnus schritt um den Berg aus Stroh herum und war bereits im Begriff, nach der Klinke zu greifen, als er noch einmal innehielt und sich zu mir umdrehte.

»Farah«, sagte er und nie hatte mein Name schöner geklungen. Bei seinen nächsten Worten regte sich allerdings mein schlechtes Gewissen. »Ich danke Euch«, sagte er nämlich.

Und da wurde es mir bewusst. Es war egal, dass ich ihn in einer Vision gesehen hatte. Alles, was gerade zwischen uns geschah, basierte auf Lügen. Es war flüchtig wie Feengold.

17

Die zweite Nacht

Nachdem Magnus gegangen war, beschloss ich, sofort mit dem Lavendelzauber zu beginnen, allein schon, um meinen Händen etwas zu tun zu geben und meine verrückten Gedanken im Zaum zu halten. Ich ging zur Tür und spähte durch das Schlüsselloch. Gräfin Kaltenfels saß auf einem Stuhl auf dem Treppenabsatz. In den Händen hielt sie einen Kelch und ihre Miene wirkte sauertöpfisch. Gut. Zumindest würde sie es in den kommenden Stunden nicht bequem haben.

Ich brachte den Blumenkorb und Adils Bündel in einen Winkel des Turmzimmers, den sie von draußen nicht einsehen konnte, und schützte mich und den Raum.

Sobald das letzte Sonnenlicht verloschen war, griff ich nach den Eisenhutblüten und richtete ein Schälchen Milch. Dank des Messers musste ich heute keine Dornen verwenden, sondern konnte mir sauber in den Handballen schneiden. Während sich das Blut und die Milch vermischten, webte ich den Zauber. Als ich ihn diesmal zum Firnwald schickte, dachte ich an den Spinnenmann.

»Schön siehst du aus.«

Ich zuckte nicht einmal zusammen, als hinter meinem Rücken seine schnarrende Stimme ertönte. Ich hatte darauf gewartet und die kleine Armee von Spinnen bemerkt, die über den Fenstersims strömte. Entschlossen griff ich nach der silbernen Nelkenbrosche, die noch immer auf dem Mauerwerk lag, und drehte mich zu ihm um.

Wie seltsam das war: Heute kam er mir gar nicht mehr so furchtbar hässlich vor wie bei unseren ersten Begegnungen. Das Schimmern seiner dunkelblauen Haut im Schein der Fackeln erinnerte mich an die kleinen Wasserkobolde, und vor ihnen hatte ich nie Angst gehabt.

»Ich danke dir, dass du gekommen bist«, sagte ich.

Er verzog die rissigen Lippen zu einem unheimlichen Lächeln. »Ich werde immer kommen, wenn du mich rufst.«

Ich schluckte und presste die Hand, mit der ich Adils Anstecknadel hielt, zur Faust.

Der Feenmann griff nach einer Spule, warf sie in die Luft und fing sie wieder auf. Dann tippte er mit einem seiner Spinnenbeine gegen den größten der Strohballen.

»Du willst, dass ich das alles zu Gold spinne.«

»Ja«, antwortete ich fest.

Er lachte. Das Geräusch peitschender Weidenruten klang darin mit.

»Viel Stroh hast du da gesammelt«, sagte er dann. »Kannst du bezahlen?«

Ich streckte die Hand aus und zeigte ihm die Brosche. Wieder verzogen sich seine Lippen zu diesem seltsamen Lächeln. Er beugte sich vor, um das Schmuckstück zu ergreifen, doch ich zog die Hand aus seiner Reichweite. »Das Silber ist nicht alles, was du als Bezahlung verlangst, nicht wahr?«

Es knackte laut, als er den Kopf schief legte und mich mit seinen Eisaugen musterte. Lag es am Flackern der Flammen, die sich darin spiegelten, oder glühte in seinen Augen selbst ein unirdisches Feuer? Es fiel mir schwer, seinem Blick standzuhalten; ich hatte das Gefühl, jemand habe mir eine dünne Schnur um den Hals gelegt und zog sie nun unerbittlich zu.

Aber ich hob das Kinn, und zwang mich dazu, still zu bleiben, so lange, bis ich eine Antwort von ihm bekam.

Das Problem war, dass der Spinnenmann kein Mensch war. Wenn ich gehofft hatte, ihm die Situation unangenehm zu machen, so war dieser Plan vergebens. Er beobachtete mich einfach stumm, seine frostklaren Pupillen folgten jeder meiner noch so winzigen Bewegungen. Es fiel ihm offenbar nicht schwer, in dieser Haltung auszuharren, während sich das Band um meinen Hals erbarmungslos zuzog.

»Nein«, schnarrte der Spinnenmann schließlich, ohne sich zu bewegen. »Nein, das ist es nicht.«

Ich spürte, wie sich die Schnur um meine Kehle in einen Kloß in meinem Hals verwandelte, und musste mich beherrschen, nicht zu weinen. Er sollte nicht merken, dass ich mich vor ihm fürchtete.

Genau diesen Moment suchte er sich aus, um sich mit einem Sprung auf mich zuzukatapultieren. Ich schrie und hob meinen Arm vor das Gesicht. Sein gewaltiger Unterkörper wackelte hin und her, während die klauenartigen Enden seiner sechs Beine über den Boden klackerten.

Ich wich nicht vor ihm zurück. Darauf war ich stolz. Ich verharrte selbst dann bewegungslos, als er einen seiner menschlichen Finger nach mir ausstreckte und mich damit an der Wange berührte. Seine Haut fühlte sich an wie gegerbtes Leder. Aber sie war auch warm wie die eines lebendigen Wesens. Warum hatte ich geglaubt, sie wäre kalt wie die eines Leichnams?

»Ich kann deine Angst riechen«, flüsterte er. »Sie strömt dir aus jeder Pore.«

»Du wirst mir nichts tun«, behauptete ich, und es gelang mir, das Zittern aus meiner Stimme herauszuhalten.

Der Spinnenmann kam noch näher. Wie ein Raubtier vergrub er sein Gesicht in meinem Haar, schnüffelte daran. Als er zurückwich, schien sein Gesicht zu strahlen wie eine finstere Sonne.

»Nein«, antwortete er leise.

»Du hast mir etwas genommen, was mir gehört«, warf ich ihm vor, leise, vorsichtig. Weil er nicht antwortete, tippte ich mit dem Zeigefinger der linken Hand gegen meine Schläfe. »Etwas aus meinem Kopf. Du hast mich bestohlen.«

Der Spinnenmann bleckte die Zähne. »Du hast damit bezahlt.«

»Nicht freiwillig! Ich will es zurück.«

»Das geht nicht«, erklärte er. »Wir haben einen Handel geschlossen.«

Ich schüttelte den Kopf. »Ich gab dir einen Silberring für dein Gold.«

»Und eine Erinnerung«, antwortete er.

»Davon hast du vorher nichts gesagt!«

Er warf den Kopf in den Nacken und lachte. Das Geräusch hallte von den Wänden wider und schien sogar die Fackeln zu erschrecken. Ihre Flammen wurden klein und blau, ich hatte Angst, sie würden verlöschen.

»Den zweiten Teil unseres Handels«, flüsterte er, nachdem er sich beruhigt hatte. »Du hast ihn vergessen.«

Mein Magen zog sich zusammen. »Welchen zweiten Teil?«

Er seufzte, und es klang fast so, als sei er ein gewöhnlicher Mann. »Ich könnte es dir erklären, aber morgen hättest du es wieder vergessen.«

Eiseskälte kroch meine Knochen entlang. Konnte ich ihm trauen? Sagte er die Wahrheit? Hatte er mir tatsächlich gestern erzählt, dass er mir mehr nehmen würde als den Silberring?

»Ich will es trotzdem wissen«, presste ich hervor.

Bedächtig hob er eines seiner Beine und ließ dessen Spitze dicht über meiner ausgestreckten Hand schweben. Zuerst glaubte ich, es ginge ihm um die Silberbrosche, doch dann kratzte er sanft über den frischen Leinenverband. »Dein Blut hat mich gerufen. Deine Erinnerung hat mir geholfen, das Stroh in Gold zu verwandeln.«

»Dann ist mir die Erinnerung auf ewig verloren?«

Er zog sein Bein zurück. Ich hielt den Atem an. Auf seine nächsten Worte kam es an, denn Feenwesen konnten nicht lügen.

»Deine Erinnerung gehört jetzt mir«, schnarrte er schließlich.

»Was hast du schon von ihr? Wirst du sie mir zurückgeben?«

»Wirst du mir das Gold zurückgeben?«, entgegnete er.

Ich ließ den Kopf sinken. »Nein«, flüsterte ich. »Hier. Nimm die Brosche.«

»Nein«, antwortete er fest.

Panik wallte in mir auf. »Warum nicht?«

»Sie ist nicht dein. Ist nur geliehen.«

»Sie ist aus Silber.« Ich streckte die Hand aus, als könne ich ihn so dazu bringen, es sich doch noch einmal zu überlegen. Der Spinnenmann griff nach der fein gearbeiteten Nelke, betrachtete sie von allen Seiten und hob sie dicht vor sein Gesicht. Dann ließ er sie achtlos zu Boden fallen, als sei sie ein Klumpen Dreck. Mit einem Klingen schlug sie auf dem Steinboden auf. Erschrocken bückte ich mich und hob das wertvolle Schmuckstück auf.

»Warum?«

»Sie riecht nicht nach dir«, antwortete der Spinnenmann. »Du hast sie erst kürzlich erhalten, sie bedeutet dir nichts. Du weißt, wie ein Zauber funktioniert. Am Weiher bei den Weiden hast du ein Stück Stoff ins Wasser geworfen, das viele Tage einen Körper gewärmt hat und von dir in endlosen Stunden bestickt wurde. Diese Brosche in deiner Hand hingegen, sie bedeutet dir gar nichts.«

Er hatte recht. Ich drehte Adils Schmuckstück zwischen den Fingern, ein Schmuckstück, bei dem es mir egal war, ob ich es an ein Wesen aus dem Feenreich verlor oder nicht.

Wieder griff der Spinnenmann nach einer leeren Spule. »Willst du nun, dass ich dir helfe, oder nicht?«

Der lauernde Unterton, der sich in seine Stimme geschlichen hatte, ließ mich trotz der warmen Sommernacht frösteln. Wie von selbst wanderte meine rechte Hand zu meinem Medaillon, während ich auf die Berge von Stroh blickte, die nicht nur meinen Untergang bedeuten konnten, sondern auch den von Vater und Thomas, vielleicht sogar den von Berit. Tränen brannten mir in den Augen, als ich die Brosche zur Seite legte und den Verschluss meiner Kette öffnete.

Der Spinnenmann verzog die Lippen zu einem fiesen Lächeln, bei dem sich seine spitzen Zähne zeigten. In seinen Eisaugen leuchtete Gier.

»Was werde ich diesmal vergessen?«, fragte ich mit zitternder Stimme, als ich ihm das Medaillon an der Silberkette entgegenstreckte.

18

Der Wert von Versprechen

Die zweite Nacht verging wie die erste. Nachdem ich ihn bezahlt hatte, begann der Feenmann, Strohfasern mithilfe des Spinnrads zu einem Faden zu verdrehen, der sich als glänzendes Garn um die Spule wickelte. Wie genau sich das trockene Stroh in kostbares Gold verwandelte, konnte ich nicht erkennen, egal wie sehr ich mich auch anstrengte. Wir redeten kaum miteinander, der Spinnenmann und ich. Er war tief in seine Arbeit versunken, die Augenlider hatte er halb geschlossen, und wann immer er eine Hand in meine Richtung ausstreckte, legte ich eine neue Spule hinein. Ich war nervös und fürchtete, dass sie auch in dieser Nacht nicht reichen würden. Hatte Gier Königin Iolanthe dazu verführt, so große Strohballen herbeischleppen zu lassen, oder wollte sie mich scheitern sehen?

Die flinken Bewegungen meines unirdischen Helfers und das gleichmäßige Klackern des Spinnrades lullten mich ein. Je schneller sich die Spulen zu füllen begannen, desto schwerer fiel mir das Denken. Ich wehrte mich nicht, sondern ließ mich davontreiben, während goldene Lichtreflexe über das Gewölbe tanzten und die Hände des Spinnenmannes ihre Magie wirkten. Wie geschickt er mit seinen schlanken Fingern die Strohhalme miteinander verzwirbelte. Wie flink und stark die Bewegungen seiner Arme waren.

Als ich ihm bei Tageslicht im Wald begegnet war, hatte mich der Anblick seines gewaltigen Hinterleibs in Panik versetzt.

Jetzt fragte ich mich, ob die dunkelblaue Lederhaut, die ihn umspannte, genauso warm wie seine Finger war.

»Die nächste Spule«, befahl er mir und riss mich aus meinen Gedanken. Ich reichte sie ihm und sah zu, wie er das restliche Stroh des ersten Ballens in feinste Goldfäden verwandelte. Danach zog er sich mit zwei seiner dürren Gliederbeine den nächsten Ballen heran.

Die Nacht schritt voran, während mich der Spinnenmann durch seine Magie vor dem Zorn und der Ungnade der Königin rettete. So dachte ich zumindest.

Diesmal genügten die Spulen. Vielleicht lag es daran, dass der Spinnenmann den Berg an Stroh besser im Auge behalten hatte. Vielleicht war es aber auch pures Glück. Als die Lerche den heranbrechenden Morgen ankündigte, war der letzte Strohhalm verschwunden, die letzte Goldspule lag auf den anderen, die Fackeln waren fast heruntergebrannt und der Spinnenmann verschwunden.

Obwohl ich so müde war, dass meine Augen brannten, wollte der Schlaf nicht kommen. Ich sehnte mich nach dem Sonnenaufgang, dem Auftauchen der Königin und meiner Heimreise – ob nun mit Silberstücken oder ohne. Den versiegelten Brief von Magnus hielt ich fest umklammert, während ich am Turmfenster stand und mich fortwünschte.

Königin Iolanthe ließ sich Zeit.

Erst, als vom Burghof bereits die Geräusche geschäftigen Treibens zu mir emporgetragen wurden, hörte ich durch die Tür, dass etwas auf dem Treppenaufsatz geschah.

Königin Iolanthes Stimme drang durch das Holz. Sie klang nicht zufrieden.

»... ganze Nacht geschlafen?«, hörte ich sie sagen. »Dafür habe ich Euch nicht hierhergeschickt!«

Ich hörte die Hofdame kleinlaut antworten, verstand jedoch nicht, was sie sagte. Meine Mundwinkel zuckten. Der Lavendelzauber hatte seine Aufgabe erfüllt.

Der Schlüssel wurde ins Schloss gesteckt und umgedreht.

Königin Iolanthe trug wieder ein rotes Gewand, als sie ins Zimmer fegte. Sie sah müde aus, sicher nicht so erschöpft wie ich, doch unter ihren Augen lagen dunkle Schatten. Ihr Blick zuckte zu mir, dann zu den Spulen an der Wand und ihr Gesicht leuchtete auf.

Die Gier in ihrer Miene erinnerte mich an die des Spinnenmannes.

Mein Medaillon! Mit der Hand betastete ich meinen nackten Hals. Die Kette war ebenso verloren wie der Ring: die beiden letzten Dinge, die mir von Mutter geblieben waren.

Königin Iolanthe kniff die Lippen zusammen und kam auf mich zu. »Wie hast du das gemacht?«

Ich schluckte und hob die verbundene Hand, als sei dies meine Antwort.

Ihre Augen funkelten. Sie zeigte auf ihre Hofdame und befahl: »Bring es ihr bei!«

Gräfin Kaltenfels blickte auf meine blutigen Hände und erbleichte.

»Das geht nicht, Euer Majestät«, sagte ich möglichst demütig. »Es ist eine Gabe, kein Handwerk.«

»Weigerst du dich, dem Befehl deiner Königin Folge zu leisten? Hast du denn nichts gelernt?« Königin Iolanthe war gefährlich leise geworden.

Schnell schüttelte ich den Kopf. »Ich würde ja, wenn ich könnte, Eure Majestät. Aber es ist unmöglich.«

»Unmöglich, ja? Nun, dann ist es mir unmöglich, dir deinen Wunsch zu erfüllen. Ein Jammer, wo doch mein närrischer Stiefsohn ganz verrückt nach deinen blauen Augen ist, wie man so hört.« Sie warf mir einen gespielt mitleidigen Blick zu. »Wie enttäuscht er sein wird, dich nach seiner Rückkehr noch immer in dieser Kammer vorzufinden, wo du tagein, tagaus für mich spinnen wirst.«

»Aber …«

Sie faltete die Hände. »Hast du es dir anders überlegt? Willst du dein Handwerk doch mit mir teilen?«

Mir wollten die Tränen kommen, doch ich hielt sie zurück. »Ich sagte schon, es ist eine Gabe und kein …«

»Und dein armer Vater erst! Wie soll er die Mühle nur betreiben, wenn ihm die Hände dazu fehlen?«

»Die … die Hände?«

»Nun, er ist noch immer ein Zechpreller und Steuerschuldner, nicht wahr? Er wird mit einer Hand zahlen und du mit einem Fuß. Sag, welchen brauchst du zum Spinnen? Nicht, dass dir der Henker versehentlich den falschen abschlägt.«

»Ihr habt mir Euer Wort gegeben und der Kronprinz auch«, flehte ich und hob das Pergament sichtbar für alle.

Iolanthe runzelte die Stirn und bedeutete der Gräfin, ihr das Dokument zu bringen. Diese riss es mir aus der Hand, brach das Siegel und hielt es der Königin zum Lesen hin. Ihr Gesichtsausdruck verdüsterte sich, als sie die Zeilen las, die meine Freilassung garantierten.

Als sie am Ende angekommen war, warf sie mir einen herablassenden Blick zu. »Mein Stiefsohn hätte dir das nicht versprechen sollen«, teilte sie mir mit. »Wie hast du es überhaupt geschafft, das von ihm zu bekommen?«

Ich senkte den Kopf, weil ich nicht wusste, was ich darauf antworten sollte.

»Noch trage ich die Krone und nicht er«, stellte sie klar, als habe ich daran gezweifelt. Sie nahm das Pergament entgegen, schritt an mir vorbei zu einer der Fackeln und hielt den Brief in die offene Flamme. Knisternd fing er Feuer.

»Nein!«, entfuhr es mir, während Magnus' Versprechen sich vor meinen Augen in Asche verwandelte. Meine Unterlippe begann zu zittern. »Bitte. Lasst mich nach Hause.«

»Dann verrate mir endlich, wie sich das Stroh in Gold verwandelt hat!«, brüllte die Königin so laut, dass selbst Gräfin Kaltenfels zusammenzuckte. Sie ballte die Hände zu Fäusten und lief im Raum auf und ab. Ihre roten Rockschöße wirbelten über den Boden, als sei sie selbst eine lebende Flamme. Sie packte mein Handgelenk und zerrte es in die Höhe. »Wenn du dir die Hand wund gearbeitet hast, warum ist dann auf den Goldspulen kein Blut?«

»Die Magie ...«, behauptete ich.

»Also bist du doch eine Hexe?!«

»Nein!«

»Lüg mich nicht an.«

»Ich sage die Wahrheit«, behauptete ich und spürte, wie mir das Blut in die Wangen stieg. Ich fühlte mich gefangen wie eine Maus in der Falle. Ich hatte gedacht, die alten Traditionen würden mich schützen: Eine Gabe war ein Geschenk der Götter und damit keine Hexerei. Doch diese Auseinandersetzung konnte ich nicht gewinnen. Wenn ich der Königin verriet, wer mir geholfen hatte, würde sich das Gold zurück in Stroh verwandeln, wie die Münzen, nachdem ich Thomas mein Geheimnis verriet. Wie es Feengold immer tat. Und dann würde mich nichts mehr vor dem Beil des Henkers retten oder vor dem Scheiterhaufen. Ich hatte mich nicht nur mit dem Feenvolk eingelassen, sondern dazu Magie benutzt – Hexerei, wie sie es nennen würde. Das Einzige, was mich jetzt schützen konnte, war ihre Gier nach Gold. Solange sie mich dafür brauchte, konnte sie mir nichts tun. Sie würde mich weiter einsperren, in Kammern, die bis zur Decke gefüllt waren mit Stroh, und ich wäre gezwungen, den Spinnenmann wieder und wieder zu beschwören. Es gab nur ein Problem: Ich besaß kein Silber mehr, mit dem ich ihn bezahlen könnte.

»Nun?«, fragte Königin Iolanthe. Der Zorn der Königin? Oder der Spinnenmann?

»Ich habe Euch nicht mehr zu sagen«, entschied ich stoisch.

»Dann muss ich dich wohl bei mir behalten, bis du bereit dazu bist, dein Geheimnis mit mir zu teilen.«

Mein Magen verkrampfte sich.

»Denk an deinen Vater«, fuhr sie fort. »Und seine Hand.«

Wut stieg in mir auf. »Ihr habt versprochen, mich freizulassen, stattdessen droht Ihr nun, meinen Vater zu bestrafen. Ich dachte, das Wort einer Königin wäre mehr wert.«

Ich hatte kaum ausgesprochen, da klatschte mir die Hand der Königin ins Gesicht. »Wie kannst du es wagen?«

Ich presste die Lippen aufeinander, ich würde mich nicht dafür entschuldigen. Woran lag es nur, dass mir die Wahrheit fast immer Schwierigkeiten einbrachte, während Lügen mich so oft retteten?

Königin Iolanthe warf einen letzten Blick auf meine verbundene Hand, dann gab sie der Gräfin ein Zeichen, drehte sich um und die beiden stürmten zur Tür hinaus.

Mein Magen knurrte, aber ich hielt den Mund. Was hätte ich ihnen auch hinterherrufen sollen? Die Königin hatte ihre Entscheidung getroffen und ich die meine.

Während die Schritte der beiden auf der Treppe verklangen, fragte ich mich, wie ich mich jemals aus dieser unmöglichen Situation befreien sollte.

19

Ein Kerker voller Stroh

Der Tag floss zäh wie dickflüssiger Honig dahin und die Stunden wurden mir lang. Niemand holte mich ab, um mich in das Gästezimmer bringen zu lassen, das die Königin für mich hatte herrichten lassen. Sorgen wühlten sich durch meinen Unterleib wie stachelige Ranken. Vielleicht war das auch der Hunger, der sich trotz aller Ängste nicht verdrängen ließ. Weil niemand kam, um mir etwas zu bringen, hatte ich einige Rosenblätter zerkaut, aber sie waren seidenschleierdünn und ohne Nährwert. Hätte ich in die Milch in der Nacht zuvor nicht Eisenhutblätter gelegt, hätte ich vermutlich sogar das Holzschälchen ausgeleckt, das unsichtbare Feenmächte geleert hatten.

Wie es Vater und Thomas wohl ging? Machten sie sich Sorgen um mich? Wenn ich mich daran erinnerte, wie enttäuscht und verschlossen Thomas mich angesehen hatte, als er die Wahrheit über Mutters Grab erfuhr, zog sich mein Magen zusammen. War er mir immer noch böse? Was, wenn ich niemals die Möglichkeit bekam, mich wieder mit ihm auszusöhnen!

Als die Kirchenuhr in Stadt Giebelstein Mittag schlug, rollte ich mich unter dem Fenster zusammen und versuchte, Schlaf zu finden. Der Steinboden war jedoch zu hart und ich zu durstig. Ich kam mir vor wie im Kerker. Und das stimmte ja auch. Die Kammer im Nordturm war mein Gefängnis.

Ich trug noch immer das prachtvolle Gewand, das der Prinz mir geschickt hatte. Inzwischen war es jedoch verknittert und über den hellen Stoff zogen sich grauschwarze Schlieren. Sicher sah ich furchtbar aus. Die Hautstelle, auf der seit vielen Jahren das Medaillon mit dem Bildnis meiner Mutter geruht hatte, schmerzte, als hätte ich mich dort verbrannt. Überdeutlich war ich mir der Leere bewusst. Ich wusste nicht, wer Mutter mit sorgfältigen Pinselstrichen porträtiert hatte, aber unter den Trauerweiden, wenn im diesigen Abendlicht ihr Geist erschienen war, hatte ich ein Echo ihrer Gesichtszüge in den Nebelschwaden erkannt, die genau jenen glichen, die mir aus dem Medaillon entgegengeblickt hatten.

Wie konnte ich mich *daran* erinnern, ohne mir ins Gedächtnis rufen zu können, wie *genau* sie ausgesehen hatte? Ich wusste noch, dass sie blond gewesen war, weil Thomas und ich das auch waren, und die Leute behaupteten, wir würden ihr ähneln. Thomas besaß jedoch auch die markante Kinnpartie von Vater und ich seine Augen.

Welche Farbe aber hatten ihre Augen gehabt? War ihr Haar wellig gewesen wie meines oder glatt wie Thomas'? Ihre Nase – war sie spitz gewesen oder rund? Wie waren ihre Wangenknochen geformt gewesen?

Ich konnte mich ebenso wenig daran erinnern wie an ihren Geruch. Die Erinnerung an das Gesicht meiner Mutter war der Preis für die Hilfe des Spinnenmanns in der zweiten Nacht gewesen, so viel wurde mir in den trägen Stunden auf dem Boden des Turmes klar.

Warum hatte er mir das verschwiegen?

Und was hätte ich getan, wenn er es mir gesagt hätte? Gern mochte ich glauben, ich hätte dann einen Handel mit ihm abgelehnt. Die traurige Antwort war jedoch: Vermutlich hätte ich mich dennoch darauf eingelassen.

Ich wollte meine Mutter nicht vergessen. Ich hasste es, dass ich nicht mehr wusste, wie sie aussah, wie sie roch. Irgendetwas hatte ihr Duft mit den Pflanzen am Weiher im Wald gemein gehabt, das wusste ich noch. Vielleicht, wenn ich dorthin zurückging, würde er mir wieder einfallen. Oder?

Wann immer Hufgeklapper oder Pferdewiehern zu mir heraufklang, hoffte ich, Magnus sei in die Burg zurückgekehrt. Da niemand zu mir kam, um mich freizulassen, wusste ich nicht, ob er noch unterwegs war oder ob es ihn mittlerweile nicht mehr kümmerte, was seine Stiefmutter mir antat. Er sei vor heute Abend nicht zurück, hatte er zu mir gesagt. Hoffnung und Zweifel waren jedoch hartnäckige Zellengefährten.

Als sich am frühen Nachmittag der Schlüssel im Schloss drehte, dachte ich kurz, er sei es oder einer seiner Diener. Doch es war nur eine hagere Küchenmagd, die mir einen Kanten trockenes Brot und etwas Wasser auf einem Tablett vorbeibrachte.

»Könnte ich ein bisschen Milch bekommen?«, krächzte ich. Ich wollte es nicht für mich, sondern für mein Ritual, sollte es denn wieder nötig werden. Ich hatte keine Ahnung, wie ich es diesmal bewerkstelligen sollte. Bis auf ein paar letzte Rosenblätter und etwas Öl war von meinen Vorräten nicht mehr viel übrig.

Die Dienerin blickte mich mitleidig an und sah aus, als sei sie hin- und hergerissen.

»Die Königin …«, murmelte sie, führte den Satz jedoch nicht zu Ende.

Ich nickte ihr freundlich zu. »Ich verstehe.«

Die junge Frau zögerte kurz, dann griff sie in ihre Tasche und holte einen Sommerapfel daraus hervor. Schnell legte sie ihn auf das Tablett.

Ich wollte mich bedanken, doch sie schüttelte leicht den Kopf und sah mich eindringlich an. Ich glaubte zu verstehen. Wir wurden belauscht.

»Danke«, formte ich mit den Lippen, ohne einen Laut von mir zu geben. Ein Lächeln huschte über ihr Gesicht, dann ging sie wieder.

Kaum war sie verschwunden, griff ich nach dem Tonkrug mit dem Wasser und trank ihn gierig bis zur Hälfte aus. Ich war so hungrig, dass ich mich dazu zwingen musste, ein Stückchen Brot für später übrig zu lassen. Den Apfel hingegen verspeiste ich ganz, samt Gehäuse und Kernen. Nun befand ich mich auf der Burg, am königlichen Hof. Und das Essen, das ich bekam, war noch ärmlicher als die kargen Mahlzeiten zu Hause.

Das nächste Mal, als sich die Tür öffnete, standen zwei Männer mit gegürteten Schwertern davor. Sie trugen die Farben der Königin und wurden von Gräfin Kaltenfels begleitet.

»Ihre Majestät hat beschlossen, dich andernorts unterzubringen.« Mit einer schroffen Geste bedeutete sie mir, ihr zu folgen.

Ich griff nach dem Korb mit den restlichen Blütenblättern und dem Öl.

»Den kannst du dalassen«, teilte sie mir mit.

»Aber …«

Gräfin Kaltenfels schnitt mir das Wort ab. »Hörst du schlecht?«

Ich packte den Griff des Korbes fester und kam erhobenen Hauptes auf sie zu. »Will die Königin, dass ich Stroh zu Gold spinne oder nicht?«

Die Gräfin rümpfte die Nase, erwiderte darauf aber nichts. Flankiert von den Wachen führte sie mich Absatz um Absatz die Treppe hinunter, bis zur Tür, von der ich wusste, dass sie auf den Burghof führte. Doch auch diese passierten wir und folgten der staubigen Treppe, die sich tiefer und tiefer in den Schoß der Erde grub. Die Wächter nahmen je eine Fackel aus der Halterung, denn nun drang kein Licht mehr durch die Schlitze im Mauerwerk.

Trotz der Sommerhitze draußen war die Luft hier unten klamm. Mit jeder Stufe wurde sie kühler und meine Aufregung größer. Es kam mir vor, als führte man mich in meine eigene Gruft. Vielleicht hatte ich Ihre Majestät ja so sehr verärgert, dass sie beschlossen hatte, mich in einem steinernen Grab einzuschließen und zu vergessen.

Ich zwang mich, die Zähne fest aufeinanderzubeißen, damit ich nicht fragte, wohin man mich brachte.

Wir befanden uns sicher drei Stockwerke unter der Erde, als wir endlich vor einer schmalen Tür stehen blieben. Ihr Holz sah feucht und verwittert aus, die Beschläge waren verrostet, doch ihr Riegel wirkte mächtig. Das Eisen schrie, als einer der Wachen es zurückschob, und die Tür quietschte beim Aufschwingen so schrecklich, dass sich mir die Nackenhaare aufstellten.

Ich stolperte in ein unwirtliches, schwarzes Loch. Schmutz bedeckte den Boden, sodass jeder Schritt knirschte, muffige Staubfäden streiften mein Gesicht und blieben in meinen Haaren kleben. Wenigstens roch es nicht nach Mäusekot. Vermutlich waren selbst die armen Nager bereits vor Jahren von hier geflohen.

Einer der Wachmänner reichte mir eine Fackel und deutete zur Wand zu meiner Rechten, an der eine weitere in einer Halterung steckte, bereit zum Anbrennen. Als ich diese entzündete, sah ich, dass der Rauch durch einen schmalen Lüftungsschacht in der Decke abziehen konnte. Wir waren allerdings so tief unter der Erdoberfläche, das auch durch diesen kein Sonnenstrahl fiel. Ich schauderte und drehte mich um, um dem Wachmann seine Fackel zurückzugeben, als ich die Masse an Stroh und Spindeln entdeckte, die Königin Iolanthe an der gegenüberliegenden Wand hatte aufstapeln lassen. Sie musste den Verstand verloren haben. Dicht an dicht pressten sich die Ballen aneinander, eine Reihe über der anderen. Die obersten Ballen würde ich nur erreichen können, wenn ich mich auf die Zehenspitzen stellte. Und die Körbe von Spindeln, die davorstanden, ließen den Verdacht in mir aufkeimen, Königin Iolanthe wollte mich allein genügend Gold spinnen lassen, um die Schulden der Krone gegenüber Zestásia zu tilgen. Wie sollte der Spinnenmann das schaffen? In nur einer einzigen Nacht?

In der Mitte des Raums befanden sich ein Spinnrad und ein Schemel, identisch jenen, die viele Meter hoch über mir standen – in einem Raum, den ich als Gefängniszelle angesehen hatte, in den ich mich jetzt jedoch zurücksehnte.

Auf dem Schemel stand ein Kerzenhalter, daneben lagen ein halbes Dutzend Kerzen. Und ganz hinten an der Wand schälten sich die Schemen einer Holzpritsche aus der Dunkelheit und darunter etwas, das vermutlich ein Nachttopf war.

So ruhig wie möglich ging ich zurück zur Tür, zu Gräfin Kaltenfels und den Wachleuten. Ich nahm mir fest vor, mir meine Angst nicht anmerken zu lassen.

Ich gab die Fackel zurück.

»Falls du etwas benötigst, brauchst du nur zu klopfen. Jemand steht für dich vor der Tür bereit.«

Jemand bewacht dich wäre wohl ehrlicher gewesen. Und ihrer Miene zufolge war das Los wohl wieder auf sie gefallen. Gut, dachte ich. Ihr gönnte ich eine weitere unangenehme Nacht fast so sehr wie Königin Iolanthe. Und solange diese mich bewachen ließ, wollte sie wohl auch nicht, dass ich hier unten starb. So gesehen waren die Berge von Stroh ein gutes Zeichen. Die Krone wollte, dass ich meine Arbeit erledigte.

Ich hob den Korb, den ich noch in der Hand hielt. »Ich muss noch einmal in den Garten.«

Gräfin Kaltenfels verdrehte die Augen. »Und ich wäre gern am schwarzen Strand des Smaragdmeeres. Ich schlage vor, du spinnst dieses Stroh zu Gold. Je schneller du mit deiner Arbeit fertig bist, desto eher können wir unserer jeweiligen Wege gehen.«

Ohne meine Antwort abzuwarten, trat sie einen Schritt zurück und wies die Wachleute an, die Zellentür zu schließen. Wieder schrillte der Riegel protestierend in seiner Fassung. Ich machte mir nicht die Mühe, sie aufzuhalten. Keiner der drei würde mir helfen. Niemand würde das. Prinz Magnus war noch nicht da oder hatte mich bereits vergessen. Ich musste mein Schicksal selbst in die Hand nehmen. Wieder einmal.

Was würde mit mir geschehen, wenn Königin Iolanthe morgen meine Zellentür öffnen ließ und es mir nicht gelungen war, das Stroh in Gold zu verwandeln?

Ich saß auf der schmutzigen Pritsche, bemüht, so wenig wie möglich vom Holz unter mir und den bemoosten Steinen in meinem Rücken zu berühren. Die Stille und die Dunkelheit wirkten erstickend. Misstrauisch beäugte ich die tanzende Flamme der Fackel, gleichzeitig dankbar für ihr Licht und von Furcht erfüllt, dass sie Funken sprühen könnte. Sie war mein einziger Orientierungspunkt dafür, wie die Zeit verging. Bevor ich mich gesetzt hatte, war ich den Boden unter ihr abgegangen und hatte alles, was brennen konnte, mit dem Fuß weggeschoben. Doch wer wusste schon, wie weit ein Funke hier unten fliegen konnte?

Endlich öffnete sich die Kerkertür. Adil kam in die Zelle. Er trug ein Bündel auf dem Rücken und schloss die Tür schnell hinter sich. Sein Blick irrte erst durch den schrecklichen Raum, dann konzentrierte er sich auf mich.

»Ich habe den Wachposten bestochen, damit er mich zu dir lässt«, gestand er leise. »Mit drei der Taler, die mir der Prinz für dich gegeben hat.« Er kam zu der Holzpritsche und stellte den Korb, den er mitgebracht hatte, neben mir ab. »Die restlichen sind in einem kleinen Beutel unter den Pflanzen.«

Im Weidenkorb lagen ein zweites Ölfläschchen, Rosendornen und die Blütenblätter unterschiedlicher Pflanzen ebenso wie ein großes Stück Weichkäse, ein halber Laib Brot, ein Tongefäß, vielleicht gar mit Milch, eine Salatgurke, ein Ei – und ein Säckchen aus rotem Samt.

»Danke«, sagte ich und meinte es ehrlich.

»Selbst das ganze Silber wird nicht reichen, ihn zu bestechen, damit er dich fliehen lässt.«

»Das würde ohnehin nichts nützen«, antwortete ich und griff nach dem Käse. »Die Königin weiß, wo ich lebe und wer mir wichtig ist.«

Hungrig biss ich ein großes Stück ab. Er schmeckte mild und doch würzig, und ich war so ausgehungert, dass ich für einen Augenblick trotz meiner tristen Situation die Lider schloss und genussvoll kaute.

Adil legte die Hände aufeinander und beobachtete mich. Er sah ein wenig verlegen aus.

»Ist Prinz Magnus schon zurück?« fragte ich.

Adil schüttelte den Kopf und die Hoffnung, die wie ein aufgeregtes Vögelchen in meinem Magen geflattert hatte, legte ihre Flügel an.

»Du hast dir von ihm den Kopf verdrehen lassen«, sagte er und ich schnaubte.

»So dumm bin ich nicht«, behauptete ich. »Er ist ein Prinz und ich ... Und überhaupt: Jeder weiß, dass er von Dame zu Dame wechselt wie eine Biene von Blume zu Blume.«

»Der Prinz ist keine Biene.«

»Und ich bin keine Prinzessin. Außerdem kennen wir uns kaum. Nicht, dass das eine Rolle spielen würde.«

Adil zuckte die Schultern. »Das Herz will, was das Herz will, lernt man das nicht in Firnland?« Er seufzte. »Nein, vermutlich nicht. Ich habe schon gehört, dass einige Dinge hier ... anders gesehen werden. Und ich rede ja auch nicht von Liebe, sondern von ehrlichem Interesse. Von Anziehung. Schau mir ins Gesicht und sag mir, dass es dir egal ist, was Magnus von dir hält.«

Ich stand auf, breitete die Arme aus und drehte mich einmal im Kreis. »Selbst, wenn es mir so ginge. Schau, wohin mich mein Besuch auf Burg Giebelstein gebracht hat.«

»Das war nicht sein Wille.«

»Und dennoch bin ich hier.«

»Sobald er wieder da ist ...«

»... wird er was? Mich aus dem Kerker holen, mich in Gold und Silber kleiden und auf einen Ball führen?«

»Das vielleicht nicht, aber«, er kam einen Schritt auf mich zu und legte mir eine Hand auf die Schulter. »In gewisser Weise sind wir alle Gefangene. Selbst Magnus. Manchmal ist es nicht wichtig, ob man mit demjenigen zusammen ist, für den das Herz schlägt. Manchmal genügt es, zu wissen, dass es diesem Menschen gut geht.«

Ich sank auf die Pritsche, wo ich mit dem Ei spielte, das in dem Korb gelegen hatte. »Du bist mit der Königin verwandt. Was sagt sie denn dazu, dass du mir hilfst?«

Er zuckte mit den Schultern. »Sie weiß es nicht. Es kümmert sie dieser Tage nicht, wo ich mich herumtreibe oder was ich tue. Ich bin bei Ihrer Majestät in Ungnade gefallen.«

Ich hob eine Augenbraue. »Wegen mir?«

Er seufzte. »Vor allem, weil ich dich in deiner ersten Nacht auf Burg Giebelstein hätte beobachten sollen, aber eingeschlafen bin.«

Er war also vor der Tür gewesen. Und mein Lavendelzauber hatte ihm bleierne Stille vorgetäuscht. Kein Wunder also, dass ihn der Schlaf übermannt hatte.

»Es war eine lange Nacht«, sagte ich. »Und Gräfin Kaltenfels ist es gestern nicht besser ergangen.«

Seine Mundwinkel zuckten. »Und ihr hat es eingebracht, dass sie heute Nacht auf einem Holzstuhl vor dieser Tür verbringen muss, wie man hört.« Mit einem Mal wurde er ernst. »Was auch immer du tust, pass auf. Sie gibt dir die Schuld an ihrer Misere und ist entschlossen, herauszufinden, wie du das Stroh zu Gold spinnst.«

»Du nicht?«

Er legte seine Hände auf die Knie. »Ich habe meine Vermutungen.«

Zwei Herzschläge lang starrten wir uns an.

»Ich sollte gehen«, sagte er rasch. »Bevor Gräfin Kaltenfels zurückkommt. Das Abendmahl neigt sich dem Ende.«

So spät war es also bereits?

»Du wirst dem Kronprinzen erzählen, was mit mir passiert ist, sobald er auf der Burg eintrifft, oder?«, fragte ich ängstlich.

Adil versprach es, teilte mir jedoch mit, dass er nicht glaube, dass dies vor dem nächsten Morgen geschehen werde. Dann verabschiedeten wir uns, Adil ging aus der Zelle und stieg die Treppenstufen hinauf, zurück zu den Lebenden. Mich ließ er in der Dunkelheit zurück.

20

Die dritte Nacht

Vermutlich ist es gut, dass Magnus nicht mitten in der Nacht nach Giebelstein zurückkommt, dachte ich, als ich später den Lavendelzauber wob. Dieser würde ihn ohnehin abhalten, meine Kerkerzelle zu betreten. Und falls nicht, würde er auf den Spinnenmann treffen. Zumindest, wenn dieser meinem Ruf ein drittes Mal folgte.

Ich werde immer kommen, wenn du mich rufst, hatte er in der vorangegangenen Nacht gesagt – Versprechen oder Drohung?

Während ich die Pflanzenfetzen in der Zelle und auf den Türbeschlägen verteilte, schickte ich ein Stoßgebet zum Säenden Gott, dass wenigstens einer von beiden, Magnus oder der Spinnenmann, vor Königin Iolanthe erscheinen würde.

Nach Adils Weggang hatte ich die Speisen gegessen, die er mir mitgebracht hatte. Sogar aus der Flasche mit Milch hatte ich getrunken, weil ich ihrer samtigen Süße nicht widerstehen konnte. Danach hatte ich meine Notdurft in dem kleinen Eimer verrichtet, der unter der Pritsche stand, und mir so gut es ging mit Wasser und Seifenkraut die Hände gewaschen. Den Eimer hatte ich mit einem Holzbrett, das ich ebenfalls unter meiner erbärmlichen Schlafstätte gefunden hatte, abgedeckt. Trotzdem breitete sich ein stechender Geruch in der ohnehin bereits muffigen Luft aus. So oft es ging, roch ich am stark duftenden Lavendelpulver, das noch übrig war.

Trotz meiner Erschöpfung und der schrecklichen Situation gelang es mir, dem Schutzzauber Leben einzuhauchen. Danach widmete ich mich dem Ritual, mit dem ich den Spinnenmann zu mir locken wollte, auch wenn ich keine Ahnung hatte, ob er seinen Weg in einen Raum mit verschlossener Tür und ohne Fenster überhaupt fand.

Nicht daran denken, mahnte ich mich und richtete das Schälchen mit Milch. Ich stellte es auf den Boden unter den Luftschacht und kniete mich mit dem Korb davor. Über mir verzehrte das Feuer mit leisem Prasseln die Fackel. Im unsteten Licht griff ich nach dem Nussbaumholzkästchen und legte vorsichtig ein paar Eisenhutblüten in die Milch. Anschließend gab ich die letzten Brotkrumen dazu, die ich mir vom Mund abgespart hatte.

Glück, Leid, Lust und Trauer: Starke Gefühle verstärken einen Zauber. Weil ich fürchtete, selbst meine Angst vor der Königin sei nicht genug, um ein Wesen aus dem Feenreich in einen fensterlosen Raum zu locken, entschied ich mich gegen das Messer und griff nach den Dornen, die Adil mir gebracht hatte. Ich löste den Leinenverband und vermied es, meine geschundene Handfläche zu betrachten, als ich sie hineinlegte. Dann zwang ich mich, zuzudrücken. Der Schmerz verursachte mir Übelkeit, ich spürte jedoch auch, wie die Magie in meinem Inneren angefacht wurde. »Gut«, flüsterte ich, während ich sie mit dem Blut aus mir herauspresste und dem Milch-Eisenhut-Gemisch beigab und darumherum sprenkelte.

Mit zusammengebissenen Zähnen zupfte ich die Dornen aus meinem Fleisch und goss Wasser über die Wunden. Dann wickelte ich die blutverkrusteten Leinen wieder darum. Die Magie stieg nicht wie ein Band, sondern wie in einzelnen Punkten vor mir auf, verblassende Glühwürmchen, die schwankend bis zum Luftschacht emporschwebten und darin verschwanden.

Danach hieß es – wieder einmal – warten.

Erleichterung durchströmte mich, als der Spinnenmann eine halbe Ewigkeit später mit seiner laubtrockenen Stimme meinen Namen flüsterte.

»Dem Säenden Gott sei Dank.«

Er stand in der Mitte des Raums, neben dem Spinnrad. Sein Spinnenleib verschmolz mit den Schatten. Seine dunkelblaue Haut glänzte im Fackellicht und seine Raubtierzähne blitzten, als er mich angrinste. »Dein Gott hat mit meinem Kommen nichts zu tun«, raunte er und kam auf mich zu. Sein Geruch nach nasser Erde, Moos und Rauch schien mir inzwischen fast vertraut.

»Du musst mir helfen«, flüsterte ich und blickte ihm direkt in Augen, die mir die Haut von den Knochen zu schälen schienen und jedes meiner Geheimnisse Schicht für Schicht freilegten.

»Muss ich das?« Sein Satz endete in einem leisen Zischen.

»Ich bitte dich.«

Er schielte zur Seite, auf die Berge von Stroh. »Aller guten Dinge sind drei?«

»Es ist nicht meine Schuld«, verteidigte ich mich. »Die Königin zwingt mich dazu!«

Seine Beine klapperten auf dem Stein. »Ich spinne das Gold nicht für sie, sondern für dich.«

Ich ging ihm nach. »Aber das tust du. Das tust du ja. Denn wenn diese Spulen nicht bis zum ersten Morgengrauen zu Gold gesponnen sind …«

»Ja?«

»Verliert mein Vater seine Hand. Und ich einen Fuß.«

Der Spinnenmann stampfte auf. Sein Atem schlug mir ins Gesicht und ich fröstelte, weil mir schlagartig bewusst wurde, mit wem ich es zu tun hatte. Einem dunklen Feenwesen, keiner guten Fee.

»Das dürfen wir natürlich nicht zulassen«, sagte er ruhiger, fast versöhnlich.

Ich nickte.

Er schien einen Moment zu überlegen. Dann hob er eine Hand. »Ich habe dir etwas mitgebracht.«

Verwundert blickte ich auf das, was er zwischen den Fingern

hielt, und meine Augen weiteten sich vor Überraschung. »Sternenfrüchte!«

Ich hatte in diesem Jahr noch keine gesehen. Die kleinen, süßen Früchte besaßen eine blassorange Farbe und ihre Form erinnerte entfernt an Sterne, wie sie Kinder in den Sand malen. Soweit ich wusste, wurden sie erst spät im Sommer reif und man fand sie nur tief in den Wäldern, an verborgenen Stellen. Manchmal brachte Berit welche mit von ihrer Suche nach seltenen Kräutern. Ich liebte ihren säuerlich-süßen Geschmack, doch egal, wie aufmerksam ich das Unterholz auch absuchte, ich hatte sie noch nie entdeckt.

Der Spinnenmann hob auffordernd die Hand.

»Für mich?«, fragte ich.

Er nickte und sein Lächeln kam mir fast warm vor.

Vorsichtig, als griffe ich nach einem Eiskristall, nahm ich eine Sternenfrucht zwischen Daumen und Zeigefinger, führte sie zwischen die Lippen und brachte die dünne Schale durch den Druck meiner Zähne zum Platzen. Köstlicher Saft floss über meine Zunge, süßsaurer Geschmack explodierte in meinem Mund. Genießerisch schloss ich die Augen, und plötzlich war ich nicht mehr in einer schmutzigen Zelle metertief unter der Erde, sondern in einem goldgrünen Sommerwald: Irgendwo gluckerte ein Bach und warmer Wind streichelte meine Wange.

Iss nichts, was dir Feen anbieten, flüsterte mir Mutter ins Ohr und ich versteifte mich.

Zurück in der Zelle. Reflexartig spuckte ich die Sternenfrucht aus. Mit einem nassen Klatschen landete sie auf dem Boden.

Was hatte ich getan?!

Der Spinnenmann blickte mich traurig an.

»Es tut mir leid«, stammelte ich. »Es ... Meine Mutter. Ich habe ihr versprochen, nichts zu essen, was mir Feenwesen anbieten.«

Der Spinnenmann runzelte die Stirn. »Deiner Mutter? Du hast es ihr versprochen? Wann?«

»Das ist lange her. Sie ist schon vor langer Zeit gestorben. Ich war noch ein kleines Mädchen. Ich …«, plötzlich zögerte ich. »Ich erinnere mich kaum noch an sie.«

Nun senkte er den Kopf. Hätte ich es nicht besser gewusst, hätte ich geglaubt, er habe ein schlechtes Gewissen.

Er wusste, was er getan hatte. Ich besaß nur wenige Erinnerungen an sie. Zwei der wichtigsten hatte er mir genommen. So war es doch gewiss?

»Was wirst du mir heute nehmen?« Meine Stimme klang fast so rau wie seine. »Wenn du mir hilfst.«

Das Eis in seinen Augen gefror noch fester. »Hast du Angst vor mir?«, fragte er.

Ich schüttelte den Kopf, obwohl das Herz in meiner Brust so laut klopfte, dass ich glaubte, er müsse es hören. Schweiß bildete sich auf meiner Stirn. Schnell schritt ich hinüber zu der Pritsche und klaubte die Silbernelke auf. Entschlossen hielt ich sie dem Spinnenmann hin, als könne ich ihn allein durch pure Willenskraft dazu bewegen, sie diesmal anzunehmen. Er betrachtete das Schmuckstück einen Augenblick und stakste dann auf seinen Gliederbeinen rückwärts. »Ich habe dir bereits gesagt, dass uns das nicht hilft.«

Ich weigerte mich, die Hand zurückzuziehen. »Ich habe nichts anderes.«

Das Eis in seinen Augen begann zu brennen. »Bist du dir da sicher?«

Die Fackel an der gegenüberliegenden Wand flackerte, als wehe Wind durch den Raum. Der Schatten, den der Feenmann warf, dehnte sich aus und kletterte an mir empor. Ich schielte zu der Schale mit der Milch und dem Eisenhut, zu den Blutstropfen, die um sie herum auf dem Boden glühten wie Funken, die nicht verloschen. Ich hatte dieses Wesen gerufen.

»Du musst bezahlen, Farah«, zischte es. »Sonst kann ich dir nicht helfen. Wenn nicht in Silber, so gibt es noch einen anderen Weg, wie du für meine Dienste aufkommen kannst.«

Die Luft schien aus dem Raum gesaugt zu werden. Etwas

Dunkles schwang in seinen Worten mit, etwas Kaltes. Eine Ahnung, die mich an schleimige Egel auf dem Grund eines von Algen überzogenen Brunnens denken ließ.

Ich schwankte und der Arm des Spinnenmanns zuckte nach vorne, um mich zu stützen. Doch kaum berührten mich seine langgliedrigen Goldspinnerfinger, schüttelte ich sie ab, als hätten sie mich verbrannt. Und vielleicht hatten sie das auch, denn es kam mir vor, als würde meine Haut in Flammen stehen.

»Ich habe von dir geträumt, Farah.« Er griff nach einer Strähne meines Haares. »Du strahlst wie die Sommersonne, selbst hier unten in der Dunkelheit.«

Ich öffnete den Mund, um zu antworten, doch alles, was ich hervorbrachte, war unzusammenhängendes Gestammel.

»Ahnst du überhaupt, wie sehr ich dich vermisst habe? Wie schrecklich einsam ich mich ohne dich fühle?«

Plötzlich hatte sein Geruch nach Moos und harzigem Rauch nichts Heimeliges mehr an sich.

Der Spinnenmann wurde wieder zu dem, was er war: ein Wesen aus dem Dunklen Volk.

»Weine nicht«, säuselte er, und erst da spürte ich, dass mir Tränen in den Augenwinkeln brannten. Ich war nicht stolz auf sie. Denn ich hatte in meiner Hast und Not das Wichtigste Vergessen: meinen eigenen Schutz. Überdeutlich war mir bewusst, dass ich meine Socken nicht verkehrt herum trug. Ich schielte zu dem Kräutermesser, das im Korb neben dem Ölfläschchen lag. Auch das Öl hatte ich vergessen. Ich Närrin.

»Hier unten kann dich nicht einmal deine Mutter finden«, flüsterte er.

Ich presste den Rücken gegen den klammen Stein der Zelle. Hatte ich mich so sehr in ihm geirrt?

»Aber ich habe dich gefunden«, fuhr er fort, leise, fast sanft und doch auf eine Art, bei der sich mir die Haare im Nacken aufstellten. »Und ich werde dich nicht im Stich lassen. Ich kann dir helfen, Farah. Ich kann all das Stroh zu Gold spinnen. Auch ohne dein Silber. Gib mir etwas von deinem Licht.«

»Wie?«

Er beugte sich näher und seine rissigen Monsterlippen streiften die Haut meiner Wange. Es kostete mich meine ganze Kraft, mich nicht von ihm wegzudrehen. Oder die Augen zu schließen.

Er flüsterte mir seinen Preis zu und der Boden unter meinen Füßen brach weg.

»Nein«, krächzte ich, während die Wände um mich herum zu schwanken begannen. Gleichzeitig wechselten sich Schatten und Fackellicht damit ab, auf mich zuzuspringen wie wilde Tiere

Der Spinnenmann hob eines seiner Beine und legte es auf die zarte Haut, dicht über dem Ansatz meiner Brust.

Ich bildete mir ein, Klauen um meinen Hals zu spüren. Sie drückten zu, fester und fester.

»Farah«, hörte ich den Spinnenmann wie aus weiter Ferne. »Bist du einverstanden?«

Nein! Wie könnte ich? Ich konnte doch niemals …

Aber da waren das Stroh und die Drohung der Königin. Die Mühle und die Hand meines Vaters. Wer, wenn nicht der Spinnenmann, konnte mich retten? Magnus? Wohl kaum. Er war nur ein Prinz, der sich weigerte, König zu werden, und dessen Wort in den Augen seiner Stiefmutter keinen Wert besaß. Nein, wenn ich der Königin das Stroh nicht zu Gold spann, würden wir alles verlieren.

»Ich kann dir nur helfen, wenn du mich freiwillig bezahlst.«

Obwohl ich innerlich schrie, nickte ich ruckartig. »Ja.« Das Herz blutete mir in den Brustkorb. »Ja, ich bin bereit, deinen Preis zu zahlen.«

Die Lippen des Spinnenmannes verzogen sich zu einem Lächeln. Seine Augen leuchteten und sein Gesicht begann zu strahlen, als ginge für ihn ein Traum in Erfüllung.

Wie ein Geliebter breitete er seine Arme aus und zog mich in seine Umarmung. Danach erinnere ich mich an nichts mehr.

Teil 2
Schatten

21

Rückkehr

»Sie soll aufwachen. Jetzt!«

Durch die Dunkelheit drangen Stimmen an mein Ohr.

»Sie ist ganz blass, irgendwas stimmt nicht mit ihr ...«

War das Adil?

»Einen Eimer Wasser, rasch! Meine Zeit ist zu kostbar, als dass ich sie mit Warten verbringe. Wer hat mich gerufen, bevor sie bei Verstand ist? Wart Ihr das, Gräfin Kaltenfels?«

Das war die scharfe Stimme der Königin.

Mein ganzer Körper tat weh. Etwa Hartes bohrte sich in meinen Oberschenkel. Stimmen riefen meinen Namen und jemand rüttelte an meiner Schulter.

Mit einem Stöhnen wehrte ich mich. Es kam wie ein Knurren aus meiner Kehle. Das erschreckte mich selbst so sehr, dass ich blinzelte.

Licht blendete, flackernd, viel zu hell. Meine Augen begannen zu tränen. Mit einem weiteren Stöhnen versuchte ich, die Lider wieder zu schließen und den Arm über meinen Kopf zu ziehen. Vergeblich. Er war taub und fühlte sich an wie ein Stück rohes Fleisch, das man an meine Schulter genäht hatte, das jedoch nicht wirklich zu mir gehörte.

»Farah!«

Etwas angenehm Kühles berührte mein Gesicht. Starke Arme schoben sich unter meinen Rücken und richteten mich auf. Noch einmal blinzelte ich und durch den Tränenschleier, den das Flackerlicht auslöste, erkannte ich Schemen, die über mir aufragten. Wie die Beine eines Weberknechts. Wimmernd zuckte ich zusammen.

»Schhhhhhhhh«, beruhigte mich jemand. »Wir sind es nur. Was ist mit ihr geschehen? Hat denn niemand etwas gehört? Seit wann ist sie in diesem Zustand?«

Diese Stimme. Dunkel und golden wie Honig. Ich kannte sie.

»Magnus«, krächzte ich.

Jemand holte schockiert Luft und Leute begannen zu tuscheln. Magnus jedoch nicht. Ich spürte seinen starken Arm um meine Schulter. Etwas stieß gegen meine Lippen.

»Hier, trinkt«, befahl er mir und ich öffnete den Mund und ließ das kühle Nass über meine geschwollene Zunge laufen.

Langsam begannen sich meine Gedanken zu klären.

Gold blitzte auf. Gold!

Blinzelnd versuchte ich, den Schleier über meinen Augen loszuwerden. Langsam fügten sich die verschwommenen Umrisse zu echten Menschen zusammen. Magnus – Kronprinz Magnus! – kniete neben mir, stützte mich und hielt den Wasserkrug bereit, falls ich noch einmal trinken wollte. Adil und Gräfin Kaltenfels flankierten Königin Iolanthe, auf deren Gesicht sich Missbilligung und Bewunderung abwechselten. Wir befanden uns im Keller des Nordturms. Zwei Wachen standen hinter der Königin, einer von ihnen hielt eine Fackel in der Hand. Diesmal musste ich mir keine Sorgen machen, dass Funkenflug etwas in dieser Zelle in Brand setzte. Das Holz war zu feucht und das Stroh war verschwunden. Spule um Spule voll purem Golddraht stapelte sich an den Wänden des Raumes auf. Es war mehr, als der Spinnenmann in den ersten beiden Nächten zusammen genommen gesponnen hatte.

Wann hatte er das getan? Ich erinnerte mich nicht daran. Ich erinnerte mich an überhaupt nichts mehr. Die Königin hatte mich in diesen Raum sperren lassen, Adil hatte mir Kräuter gebracht, ich hatte den Spinnenmann gerufen und er war gekommen.

Was war danach geschehen?

Ich erinnerte mich nicht.

Er hatte mir geholfen. Das war offensichtlich. Aber warum erinnerte ich mich nicht daran, dass sich das Spinnrad gedreht und er das Stroh zu Gold gesponnen hatte? Warum?

Namenloses Grauen erfasste mich.

»Geht es wieder?«, fragte Magnus besorgt.

Ich nickte, weil ich meiner Stimme noch nicht traute. Dann fiel mir ein, dass dies kein angemessenes Verhalten gegenüber einem Kronprinzen war. »Danke, Hoheit.«

Jemand schnaubte, vermutlich die Königin.

Ich versuchte, mich von ihrem Stiefsohn zu lösen, und stützte mich auf meinen Arm. Der gab beinahe unter mir nach, aber mit purer Willenskraft zwang ich mich, von Magnus abzurücken. Schmerzhaft bohrte sich etwas in meinen Oberschenkel.

»Au!«

»Was ist?«, fragte er sofort.

»Da ist etwas. Unter meinem Bein«, murmelte ich verlegen.

Ich versuchte, meine Finger dorthin zu schieben, wo es drückte, doch sie fühlten sich kraftlos an. Adil war schneller. Er ging in die Hocke und blickte mich fragend an. Ich nickte, biss die Zähne zusammen und hob das Bein ein bisschen an. Dabei lehnte ich mich stärker an Magnus. Adil präsentierte, was er gefunden hatte. Die kleine Nelke aus Silber, die er mir zwei Tage zuvor übergeben hatte.

»Ist das deine?«, fragte der Prinz Adil verwirrt.

»Die müsst Ihr verloren haben, als Ihr mir gestern etwas zu essen gebracht habt«, sagte ich schnell.

Ich fing seinen Blick auf. Adil zögerte einen Moment, lächelte aber dann.

»Ja«, sagte er. »Das muss ich wohl.«

»Du hast es also tatsächlich geschafft«, zog Königin Iolanthes energische Stimme die Aufmerksamkeit aller im Raum auf sich. Sie trug ein schwarz-violettes Kleid und schien selbst das wenige Licht in der Zelle aufzusaugen.

»Euer Majestät.« Ich neigte den Kopf und versuchte aufzustehen. Adil und Magnus halfen mir dabei. Niemand sagte ein Wort, bis ich – leicht schwankend – auf eigenen Füßen stand. »Wie Ihr seht, habe ich erledigt, was Ihr mir befohlen habt.«

Der Kronprinz neben mir versteifte sich leicht.

»Das hast du«, sagte die Königin leichthin, als habe sie nicht mehr von mir verlangt, als einen Eimer Wasser vom Brunnen zu holen oder den Kamin in ihrer Kemenate zu säubern. »Es scheint dich arg mitgenommen zu haben.«

»Ich habe Euch gesagt, dass Gold zu spinnen großer Opfer bedarf.«

»Opfer?« Königin Iolanthe näherte sich mir bis auf zwei Schritt.

»Kraft«, verbesserte ich mich schnell. »Ich meinte Kraft. Meine Gabe kostet mich Kraft. Und was Ihr mir aufgetragen habt, war kein leichtes Unterfangen.«

Das genügte offenbar, sie die Stirn runzeln zu lassen. »Bitte, ich möchte jetzt nach Hause«, schob ich schnell hinterher, ehe sie etwas sagen konnte. Die Gegenwart des Kronprinzen gab mir den Mut dazu.

Königin Iolanthe schob das Kinn nach vorne, doch Magnus rettete mich. »Gewiss«, versicherte er mir und blickte mich an. »Aber Ihr seid zu schwach zum Reiten. Ich werde einen Wagen kommen lassen. Und Ihr solltet Euch vorher ausruhen.«

Dann wandte er sich seiner Stiefmutter zu. Auch er schob sein Kinn nach vorne, und kurz hatte ich den Eindruck, sie würden sich stumm duellieren. Zu meiner großen Überraschung neigte die Königin den Kopf.

»Gewiss«, säuselte sie. »So habe ich es dem Müllermädchen schließlich versprochen. Und *dir.*« Sie stach mit dem Finger auf seine Brust. »Vergiss nur nicht, was du mir im Gegenzug dafür versprochen hast, mein lieber Stiefsohn.«

Magnus versteifte sich. Ehe ich begriff, was zwischen ihnen vor sich ging, drehte sich die Königin um und schritt mit durchgestreckten Schultern aus dem Raum.

»Kümmert euch um die Spulen«, wies sie die beiden Wachen an, als sie an ihnen vorbeikam. Dann warf sie einen Blick über die Schulter zurück zu ihrem Stiefsohn. »Kümmere du dich um *den Rest.*«

Der Rest, das war wohl ich. Magnus hielt sein Versprechen. Nachdem die Königin und ihr Hofstaat verschwunden waren, führte er mich aus der Zelle. Adil griff nach den Weidenkörben und folgte uns. Wenn ich geglaubt hatte, der Knoten in meinem Magen würde verschwinden, sobald ich mein Gefängnis verließ, so wurde ich mit jedem Schritt hinaus eines Besseren belehrt. Ich wagte nicht zu hoffen, mein Martyrium endlich überstanden zu haben. Das Einzige, was mir Halt gab, waren Magnus' Arme, die mich stützten.

Er überredete mich dazu, noch einmal ein Bad zu nehmen, ließ meine Hand frisch mit Salbe bestreichen und verbinden und sorgte dafür, dass ich zwei dick mit Butter und Marmelade bestrichene Brotscheiben aß und Kuhmilch trank. Das Gewand, das ich in der Zelle getragen hatte, wurde durch ein identisches, allerdings sauberes ersetzt. Meine eigenen Kleider fand ich gewaschen in einem Bündel. Magnus schickte eine Küchenmagd, Eier, Speck, Brot und Obst zusammenzupacken, und drückte mir alles mit dem versprochenen Silber in die Hand. Ich wollte ihn fragen, wie sein Treffen mit den Kaufleuten verlaufen war und was er der Königin versprochen hatte, doch ständig standen Leute bei uns, und so wagte ich es nicht, solch delikate Themen anzusprechen.

Es war bereits später Morgen, als er mich in den Burghof begleitete, wo ein Eselskarren wartete. Der Kronprinz half mir unter den staunenden Blicken der Dienerschaft auf den Wagen. Danach reichte mir Adil die beiden Weidenkörbe. Der Kutscher schnalzte mit den Zügeln und der Wagen setzte sich wackelnd in Bewegung. Ich drehte mich nach Magnus um. Ein Diener war neben ihm aufgetaucht, ich konnte hören, dass er ihn bat, seine Stiefmutter aufzusuchen. Der Prinz nickte, weigerte sich jedoch, sich von der Stelle zu bewegen. Wir schauten uns an, während der Wagen über die Pflastersteine hüpfte, einen Weg entlang, der Magnus und mich wieder voneinander trennte. Es war schön gewesen, ihn kennenzulernen. Das Bedauern, ihn zu verlieren, war groß. Jedoch nicht so groß wie die Freude, Burg Giebelstein endlich hinter mir zu lassen.

Als mich der Wagen an der Mühle absetzte, lief Vater gerade über den Hof. Bei meinem Anblick ließ er das Tuch zu Boden fallen, mit dem er sich gerade den Schweiß vom Nacken gewischt hatte, und eilte auf mich zu. »Thomas!«, brüllte er zum Mühlturm. »Sie ist wieder da!«

Ehe ich etwas sagen konnte, riss er mich in die Arme und drückte mich so fest an sich, dass mir die Luft aus der Lunge gepresst wurde. Etwas steif tätschelte ich seinen Rücken.

»Geht es dir gut?«, fragte er, nachdem wir uns voneinander gelöst hatten. »Ich habe mir solche Sorgen um dich gemacht.«

»Hättest du sie dir nur gemacht, ehe du unser letztes Geld in den Dorfkrug gebracht hast.«

Vaters Gesicht lief rot an und er senkte den Blick. Das überraschte mich noch mehr als seine überschwängliche Begrüßung. Für gewöhnlich zogen solche Worte hässliche Diskussionen nach sich.

»Ich war in der Burg«, sagte er stattdessen. »Sie haben mich nicht zu dir gelassen. Aber sie erzählten die wildesten Gerüchte über dich. Du …« Er stockte und starrte mich an, als würde er mich erst jetzt richtig sehen. »Dieses Kleid!«

»Ich muss wieder los«, unterbrach uns der Kutscher und deutete auf die Bündel, die ich mitgebracht hatte. »Kann sich darum mal jemand kümmern?«

Ich zeigte Vater meine verletzte Hand. »Kannst du bitte …«

»Das mache ich«, sagte Berit und schritt mit großen Schritten von der Haustür zum Karren.

»Thomas! Hörst du schlecht?«, brüllte Vater hinter mir, während ich an Berits Seite trat. Der Waschbär lugte zwischen ihren Rocksäumen hervor. Er schnupperte, als könnte er meine Witterung unter all der Seide und dem Seifenkraut nicht ausmachen.

»Du bist da?«, sagte ich zu Berit und hängte mir trotz ihres Protests ein leichtes Bündel über die Schulter.

Sie griff nach dem Tuch mit den Nahrungsmitteln. »Konnte die beiden doch schlecht allein lassen, nachdem du in der Königsburg warst.«

»Ich war nicht zum Spaß dort«, antwortete ich.

Sie drehte erst das Bündel in der Hand, aus dem der Speck verlockend duftete, und nahm dann mein Kleid genau in Augenschein. »Warum warst du dort?«, fragte sie.

»Ich fahr dann mal«, rettete mich der Kutscher und machte sich wieder auf die Reise.

Vater war im Mühlturm verschwunden, vermutlich, um nach Thomas zu sehen. Es versetzte mir einen Stich, dass er mich nicht wie die anderen begrüßt hatte. Ob er noch böse auf mich war, wegen Mutter?

Berit und ich brachten meine Schätze ins Haus. Wir redeten nicht miteinander, sondern konzentrierten uns darauf, die Vorräte zu verstauen. Ihre Augen wurden groß, als sie die Leckereien und das Silber entdeckte.

»So«, sagte sie, nachdem sie das letzte Ei in eine Holzschüssel gelegt hatte. »Und jetzt erzählst du mir, wie bei den Geistern des Waldes du dich in diesen Schlamassel ...«

Noch ehe sie ausreden konnte, begannen meine Schultern zu beben und ich fing an zu weinen.

»Na, na«, murmelte Berit und nahm mich fest in die Arme.

Ich vergrub meinen Kopf an ihrer Schulter und ließ die Tränen fließen, während sie sanft meinen Rücken streichelte. Es tat so gut, von ihr gehalten zu werden. Der ganze Druck, die Wut und die Angst der letzten Tage fielen von mir ab. Jetzt durfte ich wieder ihr kleines Mädchen sein, wenigstens kurz.

Berit stellte keine Fragen, sie wartete ab, bis mein Heulkrampf abebbte, dann führte sie mich zum Tisch und drückte mich auf einen Stuhl. Auch der Waschbär traute sich jetzt wieder zu mir und schlüpfte unter meine Rockschöße, um sich an meinem Bein zu reiben.

»Jetzt kümmern wir uns erst mal um deine Hand«, beschloss Berit und holte Stoffstreifen sowie eine ihrer eigenen Tinkturen aus der Vorratskammer. Ihr Blick bewölkte sich, als sie sich die Verletzungen genauer ansah. Jetzt, im Licht des Tages, wirkten sie noch grausamer als in den Schatten der Kerkerzelle.

»Was hast du getan?«, fragte sie ernst, nachdem sie die Dornenstiche so vorsichtig wie möglich behandelt hatte. Sie brannten wie Feuer.

»Was ich musste«, antwortete ich ausweichend.

Ihr Blick suchte den meinen. »Im Dorf erzählen sie sich, du hättest im Dorfkrug mit Gold bezahlt, das sich in Laub verwandelt hätte.«

Ich schluckte.

»Und Thomas hat mir die welken Blätter aus deinem Zimmer gezeigt.«

»Mutters Geist hat es mir zum Geschenk gemacht«, antwortete ich wahrheitsgemäß. Zumindest hielt ich es für die Wahrheit. Und was machte es schon, wenn ich zumindest das zugab? Ihre Münzen waren ohnehin verloren.

Berit stutzte. »Bist du dir sicher? Dieses Spinnenmonster, dem du auf der Lichtung begegnet bist …«

»Ich kann nicht darüber sprechen«, schnitt ich ihr das Wort ab und schaute ihr direkt in die Augen. »Auch nicht über das, was mit meiner Hand passiert ist. Oder in der Burg.«

»Hat es mit dem Feenwesen zu tun?«, fragte sie trotzdem.

»Berit! Ich kann nicht!«

Sie presste die Lippen zusammen, ohne den Blick von mir zu lösen.

»Gut«, murmelte sie schließlich und vor Erleichterung seufzte ich auf. An ihrer ernsten Miene glaubte ich, ablesen zu können, dass sie eine gewisse Vorstellung davon hatte, was mir widerfahren war – und was ich getan hatte.

»Ich habe alle Fenster im Haus mit frischem Bernsteinwachs geschützt«, wechselte sie zurück in ungefährliche Gefilde. »Auch in deinem Zimmer. Und ich habe einen Kranz aus getrocknetem Johanniskraut darüber aufgehängt.«

»Danke«, antwortete ich.

»Stell deine Schuhe so neben dein Bett, dass die Hacken zueinander zeigen. Und leg die Socken darunter.«

Überrascht runzelte ich die Stirn.

»Das schützt dich vor dunklen Träumen«, erklärte sie.

»Danke«, wiederholte ich und hob den Waschbären vom Boden auf, um ihn zu streicheln.

Berit betrachtete uns einen Moment lang. Dann stand sie auf und räumte die Sachen zurück in die Vorratskammer.

»Ich muss los«, sagte sie.

Überrascht hob ich den Kopf. »Jetzt schon?«

»Meine Tiere brauchen mich.« Sie warf dem Waschbären einen ernsten Blick zu. Der hob sein Köpfchen und keckerte sie fröhlich an. Berit beugte sich über mich und drückte mir die Lippen auf den Scheitel. Dann pflückte sie mir den Waschbären aus der Hand. »Ich bin froh, dass du wieder hier bist.«

»Ich auch.«

»Was hältst du davon, wenn du morgen zu mir kommst?«

»Gern.«

»Das Dorf solltest du eine Weile meiden. Deines Vaters Schulden habe ich bereits bezahlt.«

Ich wollte protestieren, doch sie winkte ab. »Morgen!«

Ich stand auf, begleitete sie nach draußen und schaute ihr hinterher, bis sie mit dem keckernden Waschbären in den Armen hinter der Haselhecke verschwand. Als ich in die Stube zurücktrat und die Tür hinter mir schloss, sah ich, dass sie auch über dieser einen neuen Kranz Johanniskraut gehängt hatte.

Weil ich mit meiner verletzten Hand nicht schwer arbeiten konnte, zog ich meine alten Kleider an, ging zum Silberbach und setzte mich an sein Ufer. Das Klappern der Mühle vermischte sich mit dem Plätschern des Wassers und dem Geräusch des Windes, der durch die hohen Gräser strich. Es fühlte sich seltsam an, wieder zu Hause zu sein, obwohl ich doch nur drei Nächte weg gewesen war.

Drei Nächte …

»Hallo«, vernahm ich unvermittelt Thomas' Stimme hinter mir. Ich hatte ihn nicht herankommen hören.

»Hallo«, antwortete ich und drehte den Kopf.

Mein Bruder stand ein paar Schritte von mir entfernt, die Arme abweisend um den Oberkörper geschlungen und das Haar, das Gesicht und die Kleidung voller Mehlstaub.

Unsicher stand ich auf. Ich versuchte, sowohl das Ziehen in meiner Brust als auch den Wunsch, zu ihm zu stürzen und ihn in meine Arme zu ziehen, in Zaum zu halten.

»Geht es dir gut?«, fragte ich.

Er zuckte mit den Schultern. »Dir?«

»Nicht so«, gab ich zu und schob dann schnell hinterher: »Aber das wird schon wieder, jetzt bin ich ja zu Hause.«

Langsam kam er auf mich zu. Ich versuchte, mich nicht zu bewegen, als sei ich im Wald und er ein Tier, das ich durch einen unbedachten Schritt verschrecken könnte.

»Es gehen Gerüchte um, du hättest für die Königin Heu zu Gold gesponnen«, sagte er seltsam tonlos.

»Stroh«, antwortete ich leise. »Stroh zu Gold.«

Schweigen breitete sich aus. Über uns im Mühlturm hörten wir Vater fluchen.

»Braucht er dich nicht?«, fragte ich.

Thomas schüttelte den Kopf. »Er sagt, ich soll mir Zeit nehmen für dich. Er ist jetzt ganz anders, seit … seit der Sache mit der Nixe. Und der Burg. Sanfter.«

Wir hörten Vater noch einmal fluchen.

»Mal sehen, wie lange«, sagte ich und ein Grinsen huschte über mein Gesicht.

Thomas grinste auch, wurde dann jedoch wieder ernst.

Seite an Seite setzen wir uns ans Ufer.

Er riss einen Grashalm aus der Erde und drehte ihn zwischen den Fingern. »Wie hast du das gemacht: Stroh zu Gold gesponnen, meine ich.«

»Thomas.« Ich dehnte das Wort.

Er versteifte sich. »Was?«

»Ich kann es dir nicht sagen.«

Wütend funkelte er mich an. »Warum nicht?«

»Weil …«

»Hat Mutter dir dabei geholfen?«

»Was? Nein!«

»Gut.« Er warf den Grashalm weg, zog die Knie an die Brust und legte sein Kinn darauf. »Ich habe mit Berit gesprochen. Über den Weiher. Ihr habt alle Geheimnisse vor mir. Aber weißt du was, Farah? Sie war auch meine Mutter.«

»Ich weiß.«

»Auch, wenn ich sie nicht so gut gekannt habe wie ihr. Weil ich noch zu klein war, aber das heißt nicht, dass ich sie nicht vermisse.«

»Ich weiß«, wiederholte ich und das Ziehen in meiner Brust verstärkte sich. »Ich hätte es dir sagen müssen.«

»Das hättest du! Und ich kann Geheimnisse für mich behalten, das solltest du wissen.«

»Ja, Thomas. Es ist nur … Ich schwöre dir, was in der Burg geschehen ist, ist etwas anderes. Du hast gesehen, was aus den Goldmünzen geworden ist. Ich kann dir …«

»Ich spreche doch nicht von der Burg!« Er erhob sich so ruckartig, dass Mehlstaub von ihm herabrieselte. »Wenn du mir das nicht sagen kannst oder willst, von mir aus.«

»Ich *kann* es wirklich nicht, Thomas.«

Ich wollte ebenfalls aufstehen, doch er gab mir mit einer Geste zu verstehen, dass ich sitzen bleiben sollte.

»Wie dem auch sei, Farah. Aber wenn es um Mutter geht, um *unsere* Mutter, dann möchte ich nicht mehr länger belogen werden, verstanden?«

Ich nickte.

»Versprichst du es mir?«

»Ja.«

»Gut.« Thomas trat einen Schritt zurück. »Ich gehe jetzt wieder in die Mühle, Vater helfen.«

»Aber hat er nicht gesagt ...«

»Na und? Ich treffe meine eigenen Entscheidungen.«

Er wartete meine Erwiderung gar nicht erst ab, sondern drehte sich um und floh beinahe schon. Ich blieb allein am Silberbach zurück. Ich hatte geglaubt, wenn ich erst wieder daheim sei, wäre alles wieder gut. So einfach gestalteten sich die Dinge jedoch offenbar nicht.

Das Abendessen verlief ungewöhnlich ruhig. Zumindest Vater und Thomas stritten nicht. Die beiden warfen mir nachdenkliche Blicke zu, aber eine richtige Unterhaltung kam nicht in Schwung. Als ich glaubte, es nicht mehr länger auszuhalten, klopfte es an die Tür. Wir wechselten verdutzte Blicke.

»Vielleicht ist es Berit«, überlegte ich.

Thomas stand auf und lief zur Tür. Seine Schultern waren angespannt und ich ahnte, dass ihm das Gleiche durch den Kopf ging wie mir, wie wahrscheinlich uns allen: Was, wenn es nicht Berit war, sondern jemand von der Burg? Was, wenn Königin Iolanthe noch immer nicht genug hatte?

Im Hof standen jedoch weder meine Ziehmutter noch ein Bote der Königin, obwohl ich ihn bei unseren ersten Begegnungen genau dafür gehalten hatte.

»Was wollt ihr?«, fragte Thomas unfreundlich, weil er den Besucher zweifellos für einen Steuereintreiber hielt.

»Das«, mischte ich mich schnell ein, »ist unser Kronprinz.«

22

Die Feenblumenwiese

Thomas versteifte sich schlagartig. Dann verbeugte er sich so ungelenk, als bestünden seine Glieder aus Holz: »Euer Majestät! Ich bitte um Entschuldigung.«

Magnus blickte in das Innere unseres kargen Zuhauses und suchte meinen Blick. Ich wollte bereits zu ihm gehen, da ergriff Vater meine Hand.

»Das ist der *Prinz?*«, fragte er flüsternd.

Ich nickte und Vater schoss in die Höhe. Er wollte sich verbeugen, doch stattdessen begann er zu husten, als habe er sich verschluckt.

»Keine Umstände, bitte«, sagte Magnus schnell. »Dies ist kein formeller Besuch.« Er hob die Hand und ich erkannte, was er darin hielt.

»Eine Eurer Rosen!«, entfuhr es mir.

Er zwinkerte mir zu. »Ein kleiner Gruß aus den königlichen Gärten.«

Ich war mir der Blicke von Vater und Thomas nur allzu bewusst, als ich zur Tür ging und vom Kronprinzen unseres Landes Blumen entgegennahm.

»Sie sind wunderschön.« Ich führte sie an die Nase.

Seine Augen strahlten.

Vater hatte sich inzwischen von seinem Hustenanfall erholt, stand jedoch so steif am Tisch, als sei er wie Thomas zu einer Salzsäule erstarrt.

»Habt Ihr ein Anliegen?«, fragte ich Magnus und stellte fest, dass mir – im Gegensatz zu meiner Familie – das Stehen gerade äußerst schwerfiel.

»Ich hatte gehofft, Euch zu einem kleinen Ausflug überreden zu können«, gestand der Prinz. »Aber vielleicht darf mein Begleiter Eurer Familie so lange Gesellschaft leisten?«

Thomas und ich steckten unsere Köpfe an Magnus vorbei durch die Tür. Auf dem Hof stand Adil und hielt die Zügel der Pferde, mit denen sie hierhergeritten waren. Er lächelte uns freundlich zu. Thomas neben mir erstarrte schon wieder.

Ich drehte mich zu Vater um. »Darf ich?«

»Er ist der Kronprinz«, antwortete Vater. Und damit war alles gesagt.

Adil bot mir den braunen Wallach an, als ich auf den Hof trat, doch als ich ihn um Hilfe bat, um in den Sattel zu kommen, schlug Magnus kurzerhand vor, ich solle mit ihm auf seinem Pferd reiten. Obwohl mich die Vorstellung nervös machte, stimmte ich zu. Thomas und Adil brachten den Wallach in den alten Stall unserer Sally, Magnus streckte die Hand nach mir aus und zog mich zu sich hinauf. Auf einmal war er mir wieder so unglaublich nah. Seine starken Arme drückten sich leicht in meine Seiten, als er um mich herumfasste und nach den Zügeln griff. Ich selbst wagte kaum zu atmen, weil ich Angst hatte, bei einer falschen Bewegung vom Pferd zu stürzen.

»Lehnt Euch einfach an mich«, schlug Magnus vor und meine Wangen begannen zu glühen. »Ich werde Euch schon nicht stürzen lassen, versprochen.«

Als ich seine Brustmuskeln an meinem Rücken spürte, entspannte ich mich tatsächlich ein wenig.

»Bereit?«, fragte Magnus.

»Nicht wirklich«, antwortete ich.

Er lachte und gab seinem weißen Hengst mit einem Druck seiner Schenkel zu verstehen, sich in Bewegung zu setzen. Thomas und Adil sahen uns nach, bis wir vom Hof geritten waren. Und vermutlich spähte Vater ebenfalls durch das Fenster.

Magnus lenkte sein Pferd auf einen Feldweg, der von hohen Hecken gut beschattet wurde.

Die ungewohnten Bewegungen des Tiers unter mir sorgten dafür, dass Magnus' Oberkörper an meiner Schulter rieb.

»Wohin bringt Ihr mich?«, fragte ich und versuchte unauffällig, an seiner Halsbeuge zu riechen. Nach dem langen Ritt vom Giebelstein her roch er leicht verschwitzt, aber auch frisch, als habe er vor seiner Abreise gebadet und sich mit Zitronengeist eingerieben.

»In dieser Gegend war ich kaum«, antwortete er. »Habt Ihr Lust, mir mein Reich zu zeigen, Farah? Und bitte, lass uns du zueinander sagen. Zumindest wenn wir allein sind.«

Ich war froh, vor ihm zu sitzen, sodass er nicht sehen konnte, wie ich zu lächeln begann.

»Den Hügelpfad hinauf«, schlug ich vor.

»In den Firnwald?« fragte er alarmiert.

Ich schüttelte den Kopf. »Nur an seinen Rand. Wenn wir dort entlangreiten, haben wir einen wunderbaren Blick über die Landschaft.«

Sein Bart kitzelte mich im Nacken, als er sich vorbeugte, um die Haltung der Zügel zu korrigieren. Das Pferd schritt den Hügel hinauf.

»Habt Ihr vor, öfter allein Zeit mit mir zu verbringen?«, fragte ich keck.

»Du«, antwortete er.

»Ich?«

Er lachte. »Nein, ich meine: Du sollst *du* zu mir sagen.«

Wieder musste ich lächeln. »Na gut. Hast *du* vor, öfter allein Zeit mit mir zu verbringen?«

»Würde dir das gefallen?«, flüsterte er in mein Ohr und ich bekam eine Gänsehaut.

»Ich weiß ja nicht, was genau Ihr plant, Hoheit«, erwiderte ich schließlich.

Magnus ließ sich Zeit mit seiner Antwort. »Du könntest mich in Kräuterkunde unterrichten.«

»Was?« Ich wandte so schnell den Kopf, dass er die Arme fest um mich schließen musste, damit ich nicht vom Pferd stürzte. Und ihn dabei mit mir riss. Aber Magnus war offenbar ein guter Reiter. Dank ihm hielten wir uns im Sattel.

»Kräuterkunde?«, fragte ich, nachdem ich mich wieder gesammelt hatte.

»Wieso nicht«, antwortete er leichthin. »So gern ich Adil mag, auf Dauer ist er ein furchtbar langweiliger Gesellschafter. Alles, woran er interessiert zu sein scheint, sind Rätsel. Und die Stallburschen.«

»Bitte?«

»Ja, da ist er ein echter Zestásianer. Die lieben Rätsel. Er liegt sowohl meiner Stiefmutter als auch mir in den Ohren, hinter dem Schloss ein Heckenlabyrinth anlegen zu lassen.«

»Ich meinte die Stallburschen.«

»Oh. Ach die.« Magnus klang unbeschwert. »Ich fürchte, Adil macht sich nichts aus hübschen Müllersmädchen. Da wäre dein Bruder schon eher nach seinem Geschmack. Du bist doch nicht enttäuscht?«

»Nein«, antwortete ich und grinste in mich hinein. »Ganz und gar nicht.«

Wir erreichten die Spitze des Hügels und Magnus ließ das Pferd anhalten. Ich genoss es, aus den Augenwinkeln zu beobachten, wie Magnus' Züge sich veränderten, als er die Landschaft betrachtete, die sich wie eine Flickendecke aus grünen und gelben Stofffetzen vor uns ausbreitete. Hügel schlugen Falten in ihr und der schmale Bachlauf war die kleine silberne Naht, die sich in Schlangenlinien über sie hinwegzog.

»Wundervoll«, sagte er, als die untergehende Sonne alles mit einem rotgoldenen Schimmer überzog. Unsere Blicke trafen sich und wir lächelten.

Da knurrte mein Magen.

»Hast du Hunger?«, fragte er. »Ich habe dich vom Abendessen weggeholt.«

»Dort hinter der Biegung wachsen wilde Apfelbäume.«

Magnus schüttelte den Kopf. »Ich habe uns etwas einpacken lassen. Aus der Burgküche.«

»Oh!«

»Was meinst du?« Magnus deutete den Hügel hinunter zum Ufer des Silberbaches. »Sollen wir es uns dort gemütlich machen.«

Diesmal schüttelte ich den Kopf. »Da weiß ich eine bessere Stelle.«

Im Frühjahr und in der kalten Jahreszeit waren die Sumpfwiesen ein unwirtlicher Ort. Der Silberbach war in ihrer Nähe besonders breit und überflutete oft das flache Gebiet zwischen Ufer und Waldrand. Dann verwandelten sich die Wiesen in feuchte Stolperfallen, in die man bis zu den Knöcheln einsank. Im Sommer sah das allerdings anders aus. Schwertlilien und Lichtnelken blühten dann zwischen den hohen Sauergräsern ebenso wie violettes Knabenkraut und leuchtend gelbe Sumpfdotterblumen. Und natürlich die Feenblumen mit ihren himmelblauen Blütenblättern und den tintenfarbenen Stempeln.

»Ich habe gehofft, dass es dir hier gefällt«, sagte ich, nachdem Magnus sich aus dem Sattel geschwungen hatte und mich behutsam vom Pferd hob. Wir waren uns ganz nah und auf einmal schaute er nicht mehr voller Staunen auf die Blütenpracht um uns herum, sondern direkt in mein Gesicht.

»Es gefällt mir sogar sehr«, sagte er und ich senkte schnell den Blick, weil ich verhindern wollte, dass mir schon wieder das Blut in die Wangen stieg.

»Siehst du da vorne den Bitterklee?«, fragte ich. »Das wäre ein perfekter Platz für ein Picknick. Wo er wächst, ist es trocken.«

»Schon erhalte ich meine erste Lektion in Kräuterkunde«, antwortete er.

Ich faltete unschuldig die Hände vor meinem Schoß. »Aber genau deshalb habt Ihr mich doch hierhergebracht, mein Prinz.«

Er hob eine Augenbraue, stürzte plötzlich auf mich zu und schlang seine Arme um meinen Bauch, als wolle er mit mir ringen. Ich jauchzte erschrocken auf, als er mich fröhlich im Kreis drehte, mein Herz begann zu flattern, und ich versuchte mehr schlecht als recht, mich aus seinem Griff zu befreien. Durfte man einem Prinzen einen Fußtritt verpassen?

»Lass mich los!«, rief ich lachend.

»Erst, wenn du mir schwörst, nicht mehr *Ihr* und *Euch* zu mir zu sagen!«, verlangte er und drehte mich noch schneller, sodass meine Füße über dem Boden schwebten.

»Ich schwöre es«, rief ich schnell. »Beim Säenden Gott.«

»Und seinen Geschwistern!«, verlangte er.

»Und seinen Geschwistern.«

»Ich glaube …«

Was er glaubte, erfuhr ich nicht, denn in diesem Moment stolperte er in einen besonders sumpfigen Teil der Wiese. Mit erschrockenem Kreischen stürzten wir zu Boden. Der Stoff meines Kleides saugte sich mit Wasser voll und ihm ging es sicher nicht besser, dennoch mussten wir lachen.

»Ich habe doch gesagt, wir sollten zum Bitterklee gehen«, stieß ich hervor.

Magnus rappelte sich auf und reichte mir die Hand.

»Darf ich bitten?«, fragte er.

»Sehr gern.«

Beschwingt und kichernd breiteten wir die Decke aus und ließen uns darauf nieder.

»Hast du keine Angst, dass er dir davonläuft?«, fragte ich und deutete auf den Hengst, der ein paar Schritte von uns entfernt graste.

Magnus schüttelte den Kopf. »Der alte Gauner und ich sind schon lange befreundet. So schnell lässt er mich nicht im Stich.«

Er half mir, Brot, Käse und Trauben aus den Satteltaschen zu räumen, und zauberte auch zwei Zinnbecher und eine Flasche Wein hervor.

»Du bist dein Leben zuvor noch nie geritten, oder?«, fragte er mich.

»Das hat man doch sicher gemerkt.«

Er grinste. »Ich habe gedacht, vielleicht hattet ihr einen Esel oder so.«

Ich grinste zurück. »Kein Esel. Aber eine Ziege. Sally. Auf der bin ich allerdings nie geritten.«

Eine unerwartete Erinnerung durchzuckte mich: Ich, die ich mich an den Hörnern einer Ziege festhielt und fröhlich lachte, während sie mit mir kreuz und quer über die Lichtung sprang. Neben mir sah ich Thomas als kleinen Jungen, ebenfalls auf einer Ziege, über das ganze Gesicht strahlend.

Ich blinzelte verwirrt und das Bild war verschwunden.

»Was ist?«, fragte Magnus.

»Ich weiß nicht«, gab ich zu und strich mir eine Haarsträhne hinters Ohr. »Ich habe kurz geglaubt, mich an etwas zu erinnern. Aber vielleicht habe ich auch nur geträumt.«

Wir hatten nur eine Ziege besessen. Und ich hatte sicher nie auf Sallys Rücken gesessen. Nicht mal als kleines Kind. Und dann auch noch im Wald? Nein!

»Und wovon träumst du mit offenen Augen, Farah Müllerstochter?«, fragte Magnus.

Ich räusperte mich, schob das seltsame Traumgespinst beiseite und griff nach einer der Trauben. »Von einem köstlichen Abendmahl in der Gesellschaft eines Prinzen«, neckte ich ihn und schob mir die Traube in den Mund.

Magnus blickte mich nachdenklich an. »Wunsch erfüllt«, sagte er.

Je länger die Schatten um uns herum wurden, desto mehr entspannte ich mich. Wir aßen Käse und tranken süßen Fruchtwein, der mir schnell zu Kopf stieg. Magnus erkundigte sich nach der Wirkkraft dieser oder jener Heilpflanze und ich berichtete ihm bereitwillig, was ich von Berit gelernt hatte. Dann erzählte ich ihm von meinem Leben in der Mühle, meinen Freunden im Dorf und wie das Leben dort war.

Er erzählte mir von seinem Ausflug nach Zestásia und wie er Adil kennengelernt hatte.

»Es ist dort ganz anders als hier«, sagte er schließlich, als wir Seite an Seite auf dem Rücken lagen und die Fledermäuse beobachteten, die in der Dämmerung über uns hinwegschwirrten. »Es gibt dort viel weniger Wälder, aber die Smaragdsee ist atemberaubend. Und die Früchte, Farah! Wie köstlich sie sind.«

»Und die Frauen«, fügte ich hinzu.

»Ach, die«, antwortete er leichthin.

»Man sagt über dich, du seist kein Kostverächter.«

»Es gab da welche, die waren wirklich hübsch anzusehen. Aber die meisten davon waren nicht an mir interessiert, sondern an der Krone, die ich tragen werde. Und mit keiner von ihnen konnte ich mich so unterhalten ... wie mit dir.«

Seine Hand suchte die meine und er streichelte meine Finger. Ich lag ganz still und lauschte nur auf unsere Atemzüge.

»Warum willst du eigentlich die Krone nicht«, fragte ich in die Stille hinein.

»Ich scheue die Verantwortung«, gab er zögerlich zu. »Eine Ratsversammlung folgt auf die nächste, ein Gerichtstermin dem anderen. Alle erwarten ein Urteil von dir, die ganze Zeit. Und egal, welche Entscheidung du fällst, irgendjemandem trittst du dabei auf die Füße.« Er setzte sich auf. »Außerdem sind so viele Leute von einem abhängig. Ein ganzes Land, Farah, würde dir das nicht Angst machen? Was ist, wenn ich die falschen Entscheidungen treffe?«

Ich setzte mich ebenfalls auf, schwieg aber. Meine Situation war gewiss nicht mit seiner vergleichbar, aber das, was er da erzählte, erinnerte mich an die Last, die ich verspürte, wenn ich an Vater und Thomas dachte.

»Manchmal geht es nicht darum, dass wir Angst haben«,

sagte ich leise. »Sondern darum, dass wir trotz dieser Angst tun, was nötig ist.«

»Ich habe gesehen, was die Krone aus meinem Vater gemacht hat. Und aus Iolanthe.«

»Oje«, erwiderte ich. »Wenn du so wirst wie sie, besteig den Thron besser nicht.«

Er stieß mir den Ellenbogen in die Rippen. »Sie ist nicht so furchtbar, wie du glaubst. Und bevor du jetzt etwas sagst: Gewiss verstehe ich, dass du nicht viel von ihr hältst, nach deinen drei Nächten auf der Burg. Das kann ich dir nicht verübeln.«

»Stell dir vor, einen Tag zuvor habe ich sie sogar noch verteidigt.« Es kam mir vor, als spräche ich von einem Ereignis aus einem anderen Leben. Einem Leben, in dem ich nicht dazu gezwungen worden war, das Dunkle Volk zu beschwören – und in dem ich nicht von Kronprinzen zu Ausritten eingeladen wurde.

»Sie weiß, was zu tun ist, und zweifelt nie an sich selbst«, sagte Magnus versonnen.

»Den Eindruck habe ich auch.«

»Und ja, sie regiert mit harter Hand und sie hasst schwarze Magie. Eine Hexe hat sie und ihre Schwestern zur Kinderlosigkeit verflucht, wusstest du das?«

»Mir kommt eher *sie* wie ein Fluch vor«, erwiderte ich säuerlich.

»Wirklich, Farah, Hexerei ist vermutlich das Einzige, was *sie* fürchtet.«

»Dafür schien sie sehr erpicht darauf, dass ich ihre Hofdame lehre, Stroh zu Gold zu spinnen. Was natürlich eine Gabe ist, keine Hexerei. Und nichts, was ich jemandem beibringen könnte.«

»Wenn wir Stroh zu Gold spinnen könnten, wäre das die Rettung für Firnland. Denk dir nur: Unser Vorrat an Bernsteinwachs würde nie zur Neige gehen! Wir könnten feste Handelsverträge abschließen, ganze Schiffsladungen kostenlos unter den Bürgern verteilen …«

Ich zerstörte nur ungern seinen Tagtraum und fragte deshalb: »Wie lief denn dein Treffen mit den Kaufleuten aus Zestásia?«

»Gut«, er verschränkte seine Finger mit meinen. »Dank deiner Hilfe bringt gerade ein ganzer Tross an Fuhrwerken neue Kerzen in die Provinzen. Und mit all dem Gold, das du gesponnen hast, können wir nicht nur unsere Schulden begleichen, sondern kommen auch noch durch den nächsten Winter.«

Ich räusperte mich. »Magnus, als du mich im Kerker geweckt hast, da sagte die Königin, du hättest ihr etwas versprochen.«

Er ließ meine Hand los.

»Was war es?«, fragte ich trotzdem.

»Dass ich heiraten werde. Bis zum nächsten Frühjahr. Und mich krönen lasse.«

Mein Herz setzte einen Schlag aus. »Das hast du ihr versprochen? Wegen *mir?*«

Er lächelte mich an. »Nein. Nicht nur wegen dir. Auf meinem Weg zum Hafen hatte ich viel Zeit zum Nachdenken. Iolanthe will nicht mehr regieren. Die ganze Zeit habe ich sie vertröstet, aber im Grunde wusste ich, dass das nicht ewig so weitergehen konnte. Ich hatte gehofft, mir würde die Regentschaft noch eine Weile länger erspart bleiben. Aber sie hat mir klipp und klar gesagt, dass der kommende Winter der letzte ist, den sie in Firnland zu verbringen gedenkt. Sie hat sogar bereits eine standesgemäße Braut gefunden.«

»Oh.« Mein Herz verkrampfte sich.

»Irgendeine Adelige aus Zestásia. Mit guten Verbindungen zum dortigen Hof.«

»Das klingt nach einer klugen Wahl.«

»Ich will sie trotzdem nicht«, antwortete er trotzig.

»Nun, mein Prinz, mir scheint, Ihr müsst sie heiraten.« Ich gab mir Mühe, meinen Ton leicht klingen zu lassen, doch plötzlich fühlte sich alles um mich herum schwer an.

Er ergriff meine Hände und zog sie in seinen Schoß. »Nicht, wenn du mich heiratest.«

Mein Herz setzte einen Schlag aus. Ich sah ihn an.

Und er mich.

Wir schwiegen beide, und zum ersten Mal begriff ich, dass Stille laut sein konnte. Sie legte sich auf mich und war so schwer, dass es mir vorkam, als wolle sie mich in die Erde sinken lassen.

Dann zwang ich mich, zu lachen, um darüber hinwegzuspielen, dass sein alberner Vorschlag mich direkt ins Herz traf. »Das war ein Scherz, oder?«

Er lachte nicht. »Was, wenn ich es ernst meine, Farah?«

Seine Gesichtszüge waren in der hereinbrechenden Dämmerung kaum auszumachen, aber seine Augen leuchteten wie Sterne.

Das passiert nicht wirklich, ging es mir durch den Kopf. *Ich träume.*

Und dann: *Ich habe sein Gesicht im Weiher im Wald gesehen. Was, wenn … Was, wenn …*

Nein, er war der Kronprinz von Firnland, ich die Tochter eines Müllers.

»Das ist unmöglich«, flüsterte ich.

Er strich mir zärtlich eine Haarsträhne aus der Stirn. »Nur, wenn du es für unmöglich hältst.«

Ich *wollte* es für möglich halten, das erschreckte mich am meisten. Mein Leben lang hatte ich mich nach einer Möglichkeit gesehnt, die Mühle zu verlassen, ohne meine Familie aufzugeben. Ich hatte von einem Leben ohne Mehlsäcke und leere Vorratskammern geträumt. An eine Burg hatte ich dabei jedoch nie gedacht. Und auch an keinen Mann.

»Was denkst du?«, fragte Magnus mich.

Ich kaute auf meiner Lippe. All das, was mir gerade durch den Kopf ging, wollte ich ihm nicht sagen. Weil es die falschen Gründe waren, seinen Antrag anzunehmen. Sein Antrag! Mein Herz klopfte schneller. Das war doch ein Fiebertraum. Ich und der König von Firnland? Was konnte ich ihm schon geben, was er von einer Herzogstochter oder Fürstin nicht haben konnte?

Gold, wisperte die verräterische Stimme des Spinnenmanns in meinem Kopf. *Stroh zu Gold.*

Ich schüttelte den Kopf. Ich wollte jetzt nicht an *ihn* denken.

»Was ist?«, fragte Magnus.

»Warum ich?«, stellte ich ihm eine Gegenfrage. »Warum willst du mich heiraten?«

»Weil du wunderbar und klug bist«, antwortete er sofort, »und dich in meiner Gegenwart nicht verstellst. Du sagst mir nicht, was ich hören will, sondern das, was du denkst. Mit einer Frau wie dir könnte ich die Last der Krone gemeinsam tragen.«

Er will dein Gold, flüsterte der Spinnenmann in meinen Gedanken.

»Wenn ich dich heirate«, sagte ich zögerlich, während mein Herz wie wild zu klopfen begann, »darfst du nie wieder von mir verlangen, Stroh zu Gold zu spinnen.«

Jetzt wird er dich fallen lassen, dachte ich.

»Das musst du nie wieder tun«, antwortete er stattdessen.

Ich versuchte herauszufinden, ob er das tatsächlich gesagt oder ob ich es mir nur eingebildet hatte. Magnus lächelte. Er meinte es ernst!

»Küss mich«, flüsterte ich.

Er beugte sich zu mir, seine weichen Lippen streiften die meinen. Ich vergrub meine Finger in seinem Haar und schmeckte den Fruchtwein auf seiner Zunge. Wir verloren uns in der Umarmung des jeweils anderen, während um uns herum die Feenblumen zu leuchten begannen.

Nachdem wir uns geliebt hatten, schlang der Kronprinz von Firnland seine Arme um mich – um mich! – und wir schliefen unter dem Licht des neuen Mondes ein.

Der Feenmann blieb endlich still. In Magnus' Nähe hatte ich keine Angst vor Spinnenmonstern oder Wassernixen. Der Duft der Blumen um uns herum lullte mich ein. Die ganze Nacht fühlte sich an wie ein Traum.

Doch dann wachte ich auf.

23

Drohungen und Versprechen

Mit einem Keuchen fuhr ich aus dem Schlaf. Magnus lag nicht mehr neben mir. Ich befand mich auch nicht mehr auf der Sumpfwiese, sondern saß in einer seltsamen Konstruktion, die mich an einen Vogelkäfig erinnerte. Der Boden unter meinen Füßen bestand aus dürrem Reisig, das miteinander verflochten war wie die Wände eines Korbes. Blattlose Baumstämme, jeweils nicht dicker als mein Handgelenk, umgaben mich wie ein natürlicher Zaun und bogen sich über meinem Kopf zu einer Kuppel zusammen. Ich konnte kaum zwischen ihnen hindurchsehen, so dicht drängten sie sich gegeneinander. Ab und an blitzte es hell zwischen ihnen auf. Zunächst nahm ich an, es handele sich um Sterne am Nachthimmel, doch die Punkte bewegten sich, und in mir stieg das mulmige Gefühl auf, es handle sich um milchweise Augenpaare.

»Magnus«, flüsterte ich in die Finsternis und kämpfte mich auf die Füße. Das Einzige, was mir antwortete, war das Pochen meines Herzens. Vorsichtig lief ich zu der Wand aus Zweigen und versuchte, mich zwischen ihnen hindurchzuschieben. Unmöglich. Ich biss die Zähne zusammen, griff nach zwei Baumstämmen und zog und rüttelte an ihnen, um eine Lücke aus meinem Gefängnis zu finden. Doch die hölzernen Gitterstäbe gaben keine Handbreit nach.

Farah, hörte ich eine vertraute Stimme meinen Namen flüstern.

Ich wirbelte herum, doch da war niemand.

Mit klopfendem Herzen durchquerte ich den seltsamen Käfig und zerrte an den Ästen auf der anderen Seite. Doch auch sie gaben keinen Zollbreit nach. Ihr Holz fühlte sich seltsam warm und weich an. Als ich mir den Schweiß von der Stirn wischte, bemerkte ich zu meinem Entsetzen, dass ich nackt war. Erschrocken blickte ich mich um, ob ich irgendwo meine Kleider sah oder etwas anderes, mit dem ich mich bedecken konnte. Nichts!

»Farah«, flüsterte der Spinnenmann.

Wieder wirbelte ich herum, wieder war da niemand. Nur ich allein: ein helles, wehrloses Geschöpf im schwarzen Herz des Waldes.

»Wo bist du?«, fragte ich mit zitternder Stimme, doch die Dunkelheit antwortete nicht.

Was war geschehen? Eben hatte ich mit Magnus unter den Feenblumen gelegen? War das ein Traum gewesen? War alles ein Traum gewesen, seit ich den Spinnenmann in meiner dritten Nacht im Nordturm noch einmal gerufen hatte?

»Wo bist du?«, rief ich. »Wo bin ich hier?«

Mit Armen und Händen versuchte ich, meine Blöße zu bedecken. Ein lautes Krachen ertönte, als würde ein Riese gewaltige Baumstämme wie dürre Äste zerbrechen. Der Boden schlug Wellen, ich verlor den Halt und stürzte.

Die dicht stehenden Bäume klappten auf ein stummes Kommando hin um. Aus dem Käfig wurde eine gewaltige, aus Ästen gewobene Fläche.

Ich wollte mich hochstemmen, doch es funktionierte nicht. Meine Haare, meine Arme und mein Rücken, ja selbst der Rumpf und meine Beine klebten an dem gewaltigen Gitternetz fest, in das sich das Reisig plötzlich verwandelt hatte.

Eine Erschütterung ging durch das Webmuster und ein sirrendes Geräusch ertönte. Ich musste mich anstrengen, um den Kopf ein Stück zu heben und zur Seite zu drehen. Aus den Augenwinkeln sah ich, dass eine gewaltige, haarige Spinne über die Fäden ihres Netzes auf mich zuschlich. Ihr fetter Unterleib wirkte aufgequollen wie der Bauch einer Wasserleiche und an ihrer Drüse am Hinterleib zog sie einen glänzenden Faden hinter sich her.

»Farah«, zischte das Monster mit der Stimme des Feenmannes und klappte die gewaltigen Kieferklauen auf und zu. Ich sah grünliches Gift an ihnen glänzen.

Panik stieg in mir auf, doch je mehr ich mich gegen den erbarmungslosen Griff der klebrigen Fäden wehrte, desto mehr verfing ich mich in dem Netz. Und das Spinnenmonster kam mit schnappenden Kieferklauen näher.

»Farah«, wisperte es. »Du gehörst mir.«

Schweißgebadet wachte ich auf. Ein laues Lüftchen küsste mir die Stirn und um mich herum wogten die Feenblumen. Magnus lag neben mir auf der Decke im Gras, die Augen geschossen und die Lippen leicht geöffnet, während sich sein Brustkorb gleichmäßig hob und senkte. Ich fuhr hoch, schlang die Arme um mich und versuchte, das Zittern zu unterdrücken, das meinen ganzen Körper durchlief. Die Blätter der Bäume am Waldrand wisperten geheimnisvoll und die Schatten zwischen ihren Stämmen kamen mir mit einem Mal bedrohlich vor. Stand der Spinnenmann irgendwo dort und beobachtete mich? Mein Mund fühlte sich trocken an, doch ich besaß nicht den Mut, aufzustehen und zum Silberbach hinüberzugehen. Stattdessen griff ich nach der Weinflasche, die Magnus mitgebracht hatte, und entkorkte sie. Dabei zitterte ich so sehr, dass ein paar Tropfen auf seiner Stirn landeten. Er zuckte zusammen und blinzelte.

»Farah«, sagte er benommen.

Mein Name aus seinem Mund klang so ganz anders, als wenn ein Monster ihn aussprach.

»Ist alles in Ordnung?«

»Nur ein schlechter Traum.« Ich versuchte, die Worte leicht klingen zu lassen.

Magnus setzte sich auf und legte einen Arm um mich, während ich die Flasche ansetzte und trank. Der Fruchtwein kam mir viel zu süß vor, er schmeckte fast pelzig.

»Ist er schal geworden? Gib mir die Flasche, ich wasche sie im Bach aus und fülle sie mit Wasser.«

»Nein!« Ich griff nach seiner Hand. »Bitte bleib.«

»So schlimm?«

»Schlimmer.« Schnell legte ich die Flasche weg, damit ich mich an seine warme Brust schmiegen konnte. Ich spürte seine Finger meinen Oberarm streicheln.

»Alles gut«, murmelte er. »Ich bin da.«

Er war da. Und in diesem Augenblick wurde mir bewusst, dass ich mich selten so sicher gefühlt hatte in meinem Leben wie mit ihm. Bedeutete das denn nichts?

Bei den Waldgeistern, ich hatte noch nie viel um das Getratsche der Leute aus dem Dorf gegeben. Es hatte geschmerzt, doch ich hatte es ignoriert und mein Leben dennoch so gelebt, wie ich es wollte. Und redete ich Thomas nicht immer gut zu, seine Träume nicht aufzugeben und seinem Herzen zu folgen? Wenn ich von ihm nicht verlangte, dass er irgendein Dorfmädchen heiratete, nur um die Erwartungen aller anderen zu erfüllen, wieso verlangte ich dann von mir, etwas Ähnliches zu tun?

»Du bist da«, flüsterte ich.

»Und ich gehe nie wieder weg«, versprach er mir. In diesem Moment glaubte ich ihm, weil ich ihn wollte.

Weil ich seine Nähe wollte.

Weil ich mich sicher fühlen und keine Angst mehr haben wollte.

»Also gut«, sagte ich leise. »Wenn du es immer noch willst, werde ich deine Braut.«

Magnus löste sich von mir und blickte mich an. »Ich will«, flüsterte er heiser.

»Ich will«, antwortete ich ihm, als stünden wir bereits vor der Priesterin.

Und dann küssten wir uns. Im Wald hinter uns sang eine Nachtigall.

24

Worte, die schneiden

Wir behielten unser Geheimnis erst einmal für uns. Er, weil ich ihn darum gebeten hatte, ich, weil ich mir nicht sicher war, ob nur der Wein aus ihm gesprochen hatte. Und aus Angst vor dem Spinnenmann. Von dem ich ihm freilich nichts erzählte. Wie sollte ich auch? Sobald ich auch nur einer Menschenseele verriet, wie das Gold erschaffen worden war, würde es sich in Stroh verwandeln. Zestásia würde die Bernsteinkerzen zurückfordern oder zumindest keine neuen mehr liefern. Und inzwischen hatte ich erfahren, dass die vergangene Neumondnacht zwei Menschen das Leben gekostet hatte. Selbst in Giebelstein, im Schatten der Burg, war ein Angehöriger des Dunklen Volkes gesichtet worden.

Magnus besuchte mich in den folgenden Wochen oft in der Mühle. Einmal lud er mich sogar zu sich in die Königlichen Gärten ein. In den Dörfern zerriss man sich das Maul, ich habe den Kronprinzen verzaubert. Und das gefiel der Königin überhaupt nicht. Offenbar wog nicht einmal die Vorstellung, einen Goldesel zur Schwiegertochter zu bekommen, ihre Angst vor Hexerei auf. Über meine drei Nächte auf Burg Giebelstein gab es die abstrusesten Geschichten. Eine Dienerin behauptete gar, mich auf einem Besen um das Schloss habe fliegen sehen. Ich versuchte, mich nicht davon beeinflussen zu lassen und die Stunden mit Magnus zu genießen, so gut ich nur konnte. Denn ein Teil von mir fürchtete, unsere Liebesbeziehung sei nur von kurzer Dauer …

Nachts wachte ich noch immer schweißgebadet auf, weil ich davon träumte, der Spinnenmann sei in mein Zimmer gekrochen, um mich in sein finsteres Reich zu holen. Dann strampelte ich die Laken von mir, kontrollierte das Fensterbrett und die Bienenwachssiegel und stopfte meine Socken unter die Sohlen meiner Schuhe. Der mangelnde Schlaf setzte mir zu, mein Haar wurde spröder und meine Haut blasser, aber Magnus, von dem man behauptete, er würde sich nur meiner Schönheit wegen für mich interessieren, schien das nicht zu stören.

Wir verbrachten Stunden damit, über unsere jeweilige Vergangenheit zu sprechen, darüber, welche Gesetze das Land besser machen würden und welche abgeschafft gehörten.

Vater schien es zu gefallen, dass ich so viel Zeit mit dem Kronprinzen verbrachte. Unsere Speisekammer war immer prall gefüllt, und mein Verhältnis zu Magnus half ihm dabei, abstinent zu bleiben. Denn er mied die Plätze, wo sich über mich das Maul zerrissen wurde, und da gehörten die Wirtshäuser dazu.

Mein Verhältnis zu Thomas hingegen war neuerdings kompliziert. Er zog sich zurück, sprach weniger und bat mich nicht mehr um Hilfe, ganz so, als sei er sich nicht sicher, ob er mir wirklich trauen könne. Einzig wenn ich von meinen Ausflügen mit Magnus zurückkehrte, besuchte er mich wie früher auf meinem Zimmer und wollte alles wissen, was wir getan hatten.

Zu Mutters Grab führte ich ihn jedoch nicht. Seit bekannt geworden war, dass Magnus mich hofierte, ruhten die Augen aller auf uns, als wartete man nur darauf, dass einer von uns einen Fehltritt tat. Wir konnten es uns nicht leisten, dabei beobachtet zu werden, in den Firnwald zu schleichen.

Zudem fürchtete ich, dem Spinnenmann zwischen den Erlen und Buchen zu begegnen. Meine größte Angst war allerdings, dass ich mich selbst an Mutters Grab nicht mehr an ihr Gesicht und an ihren Duft erinnern konnte. Die Trauer darüber überschattete ein bisschen mein Glück mit Magnus. Solange ich allerdings den Versuch nicht wagte, mich am Grab zu erinnern, konnte ich mir einreden, dass mir dieser Weg jeder Zeit offenstand.

Von meinen engsten Vertrauten war einzig Berit nicht erfreut über die jüngsten Entwicklungen.

»Du spielst mit dem Feuer«, schalt sie mich an einem Spätsommertag, als ich ihr die Wäsche zurückbrachte, um die ich mich für sie gekümmert hatte. »Und wer das unbedacht tut, der verbrennt darin.«

»Ich weiß, was ich tue«, behauptete ich, während ich gefaltete Bettlaken in ihren kleinen Wäscheschrank räumte.

Berit schnaubte. »Tust du das? Es wäre das erste Mal.«

Verletzt sah ich sie an.

»Du bist ein gutes Mädchen, Farah. Mehr als das. Aber du warst auch schon immer etwas zu leichtsinnig. Und zu leichtgläubig.«

»Wie meinst du das?«

»Er ist ein Prinz, mein Kind.«

»Und ich die Tochter eines Müllers, glaubst du, das weiß ich nicht?« Mit mehr Kraft als nötig stopfte ich ein weiteres Laken in den Schrank. »Er liebt mich eben«, sagte ich stur und so leise, dass ich mir eigentlich sicher war, dass sie mich unmöglich gehört haben konnte.

»Bist du dir da so sicher?«, fragte Berit. »Nach ein paar Wochen?«

Ich ließ den Stoff fallen und drehte mich zu ihr um. »Hältst du das etwa für so unmöglich?« Ich breitete die Arme aus und blickte an mir herunter.

»Nein«, lenkte sie ein.

Aber ihre Worte hatten mich getroffen. Vielleicht, weil mich dann und wann selbst noch leichte Zweifel beschlichen.

»Er sagt, er liebt es, dass er so frei mit mir reden kann. Dass er sich bei mir nicht verstellen muss«, versuchte ich uns beide zu überzeugen. »Wir unterhalten uns über Firnland, und er mag, wie ich denke. Und er sieht mich, wie ich bin, Berit. Mit all meinen Vorzügen und Fehlern.«

»Es ist dein Leuchten, das ihn anzieht«, entschlüpfte es ihr und sie wurde blass.

Ich kniff die Augen zusammen. Ihre Worte erinnerten mich auf unangenehme Art an etwas, was der Spinnenmann mir ins Ohr geraunt hatte. »Was sagst du da?«

»Nichts«, versuchte sie das Thema beiseitezuwischen.

»Welches Leuchten, Berit?«

Sie ging an mir vorbei und hob das Laken auf, das ich fallen gelassen hatte. »Und du?«, fragte sie mich. »Was ist es, was ihn für dich unwiderstehlich macht? Ist es Sicherheit, die du von ihm zu erhalten glaubst?«

»Er ist ein wunderbarer Mensch«, verteidigte ich mich. »Freundlich und gutherzig. Und er macht mich glücklich, Berit, ist das nichts wert?«

»Freundlich und gutherzig sind auch viele der jungen Männer aus dem Dorf. Dennoch hast du dich nie für einen von ihnen interessiert.«

Ein warmes Gefühl stieg in mir auf. »Wenn ich ihm in die Augen blicke, schlägt mein Herz schneller.«

Berit legte die Kräuter beiseite, die sie gerade bündelte, um sie zum Trocknen aufzuhängen, und schaute mich mitleidig an. »Ach, Mädchen. Ich will doch nur, dass dir nichts geschieht.«

Ich konnte verstehen, dass sie das wollte. Schließlich hatte sie fast mein ganzes Leben auf mich aufgepasst. Ob sie Angst hatte, dass ich meine Jungfräulichkeit verlor? Dafür kam ihr Ratschlag zu spät.

Magnus und ich hatten uns in der Nacht auf dem Feenblumenfeld geliebt.

Und in der Nacht zuvor? Der Spinnenmann …

Ich wusste nicht, womit ich ihn für seine Hilfe in der dritten Nacht bezahlt hatte. Immer, wenn ich allein auf meinem Bett in meiner Schlafkammer lag und die Dunkelheit ihre mitleidslosen Finger nach mir ausstreckte, fragte ich mich, was geschehen war in jenen Stunden, an die ich mich nicht erinnern konnte.

Er hatte das Stroh zu Gold gesponnen.

Königin Iolanthe ließ mich in Ruhe.

Ich hatte gewonnen!

Aber was hatte es mich gekostet?

Einen Mond später stellte ich fest, dass ich schwanger war.

25

Ein neues Leben

In den vergangenen Jahren hatte ich meine Monatsblutung regelmäßig bekommen. Nachdem sie über eine Woche ausgeblieben war, machte ich mir Sorgen. In der nächsten Neumondnacht träumte ich erneut davon, auf einem riesigen Netz zu kleben. Diesmal war mein eigener Unterleib ebenso geschwollen wie der des Spinnenmannes. Als ich aus dem Schlaf hochschreckte, merkte ich, dass mein Kissen nicht nur von meinem Schweiß nass war, sondern auch von Tränen.

Ich bekam immer mehr Angst. Und ich hatte das Gefühl, dass es niemanden gab, mit dem ich reden konnte. Wenn ich mir wenigstens sicher gewesen wäre, dass Magnus der Vater des Kindes war, das in mir heranwuchs!

Der Gedanke, dass in mir ein vielgliedriges Spinnenmonster darauf wartete, sich mit seinen Kieferklauen einen Weg nach draußen zu fressen, drohte mich zu überwältigen. Ich kniete im Garten und jätete Unkraut, ich stand am Herd und kochte oder traf mich mit Giulietta auf dem Markt, um meine Waren zu verkaufen, und die Vorstellung schlug über mir zusammen wie eine schwarze Welle.

Wenn das geschah, war ich zu nichts mehr fähig, als die Arme um mich zu schlingen und zu zittern.

Dieser Anblick befeuerte die Gerüchte nur noch, die man sich über mich erzählte. Die jungen Männer, die sich sonst immer um meinen Stand gedrängt hatten, kauften nun bei den anderen ein. Auch die älteren Herren schlugen einen Bogen um meine Waren.

Das war nicht so schlimm, weil uns die Silberstücke, die ich aus Giebelstein mitgebracht hatte, über Wasser hielten und Vater, seit er nicht mehr trank, die Mühle ordentlich führte.

Magnus und ich sahen uns seltener. Er war mit Angelegenheiten bei Hofe beschäftigt, und Königin Iolanthe hieß nicht gut, dass er sich überhaupt mit mir traf. Sie träumte offenbar immer noch von einer standesgemäßen Heirat ihres Stiefsohns. Einmal, manchmal zweimal in der Woche kam er in den Abendstunden zur Mühle geritten. Dann schlenderten wir am Ufer des Silberbachs entlang oder über die Feldwege. Ich erzählte ihm vom Leben der einfachen Menschen und er berichtete mir von dem, womit er sich im königlichen Rat beschäftigte.

»So schlecht ist es gar nicht«, gab er zu. »Nur das zu Gericht sitzen hasse ich. Ich frage mich, wie Iolanthe das aushält. Mich wird es an den Rand der Verzweiflung bringen.«

»Warum?«, fragte ich.

»Weil es gar nicht so leicht zu durchschauen ist, wer die Königin belügt und wer ihr die Wahrheit sagt. Und mir ist es wichtig, dass diejenigen Recht bekommen, die auch im Recht sind.«

Das verstand ich. »Die Krone hat so aber auch Gelegenheit, Unrecht wiedergutzumachen und die beste Lösung für alle zu finden«, sagte ich und griff nach seiner Hand. Ihm traute ich das wesentlich eher zu als Iolanthe.

»Vielleicht hast du recht«, räumte Magnus ein und drückte meine Finger. Gänzlich überzeugt schien er davon jedoch nicht.

Ein paarmal aß er mit uns zu Abend und einmal gesellte sich dabei sogar Berit zu uns. Magnus mochte sie auf Anhieb, und sie räumte am nächsten Tag ein, dass er für einen Kronprinzen ein ganz ordentlicher junger Mann sei. An ihrer sorgenumwölkten Stirn konnte ich jedoch ablesen, dass sie über unsere

Verbindung noch immer nicht glücklich war, weshalb auch immer.

Als Magnus uns in der Nacht nach Neumond das nächste Mal besuchte, beschloss ich, mit ihm zu sprechen. Nicht auf der Wiese mit den Feenblumen, denn ich wollte den Ort unserer ersten Liebesnacht nicht mit schlechten Erinnerungen überschatten. Was würde er sagen, wenn er von meiner Schwangerschaft erfuhr? Würde er zu mir stehen? Konnte er es überhaupt?

»Gibt es um diese Jahreszeit noch wilde Erdbeeren?«, fragte er skeptisch, als ich ihn hinter mir her in den Königsforst zog.

»Es wird dringend Zeit, dass wir deine Lektionen in Pflanzenkunde wiederaufnehmen«, stellte ich fest.

Magnus folgte mir mit großen Augen durch die gewundenen Waldpfade, die ich im Frühjahr entlangging, um Waldmeister zu ernten, und im Herbst, um Nüsse und Wurzeln zu sammeln. Ich konnte sehen, dass ihn das Gefühl von weichem Laub unter den Stiefeln, der Duft von Harz und Holz und das flirrende Lichterspiel der Sonnenstrahlen, die durch das hellgrüne Blätterdach fielen, ebenso verzauberten wie mich. Unter einer Eiche, die ihre knorrigen Äste hoch über uns in alle Richtungen streckte, ließen wir uns nieder. Ein paar Schritte entfernt hüpften zwei Eichelhäher über den Waldboden und brachten auf ihrer Suche nach Nahrung die Laubdecke zum Rascheln.

»Und wo sind jetzt die Erdbeeren?«, fragte Magnus und schlang seine Arme um mich.

Sanft löste ich mich aus seinem Griff. »Ich muss mit dir reden.«

Er küsste meine Halsbeuge. »Worüber?«

Wohlige Schauer strömten durch meinen Körper, und wäre ich nicht so unruhig gewesen, hätte ich mich dem Moment hingegeben.

»Wie ernst ist es dir mit mir, Magnus?«, fragte ich stattdessen. Ich drehte mich, sodass wir uns direkt ansehen konnten.

»Ich habe dir einen Heiratsantrag gemacht, schon vergessen?« Er griff nach meiner Hand, doch ich zog sie von ihm weg. Wir mussten dieses Gespräch führen. »Ich bin schwanger«, platzte ich heraus. *Und ich bete zum Säenden Gott, dass das Kind von dir ist …*

Es gab viele Kleinigkeiten an Magnus, in die ich mich in den vergangenen Wochen verliebt hatte. Das Strahlen seiner braunen Augen, wenn er wirklich glücklich war, gehörte dazu. Und dieses Strahlen jetzt zu sehen ließ mein Herz plötzlich so leicht werden, als bestünde es aus mit Luft gefülltem Glas.

»Wir bekommen ein Kind?« In seine Frage mischte sich glucksendes Lachen.

Ich nickte, erst langsam, dann immer schneller. Magnus zog mich stürmisch in seine Arme und drückte seine Lippen auf meine. »Werde meine Frau, Farah Müllerstochter«, flüsterte er atemlos zwischen zwei Küssen. »Werde meine Königin.«

Tränen der Erleichterung und der Freude traten mir in die Augen und ich drängte mich noch enger an ihn.

»Was wird Iolanthe sagen?«, flüsterte ich.

»Wirst du wohl still sein und nicht ausgerechnet jetzt über meine Stiefmutter sprechen«, rügte er mich und küsste mich wieder.

Wir ließen uns auf dem Waldboden nieder und Magnus bedeckte meinen Hals und meine Schlüsselbeine mit Küssen. Über uns flatterte ein Smaragdschmetterling hinweg. Seine halb transparenten Flügel reflektierten das Sonnenlicht und die Welt wurde auf einen Schlag goldener.

»In den sauren Apfel wird sie beißen müssen, wenn sie will, dass ich ihr die Krone abnehme«, sagte er dann und streichelte vorsichtig meinen Bauch. »Man spürt noch nichts.«

»Dafür ist es noch zu früh«, antwortete ich. »Freust du dich?«

Er strahlte mich an. »Und wie.«

Die Schatten, die seit Tagen an den Ecken meines Bewusstseins nagten, zogen sich zurück. Zwei Wochen später feierten wir Hochzeit. Bereits drei Tage später ließ sich Magnus zum König von Firnland krönen.

Nicht allen gefiel unsere Verbindung.

Diejenigen, die ohnehin bereits Übles über mich verbreiteten, vermuteten schnell, dass ein sich wölbender Bauch eine Rolle in der Entscheidung des Kronprinzen gespielt hatte, mich vor den Traualtar zu führen. Gehässige Zungen ließen verlauten, dass auch eine Schwangerschaft kein rechter Grund dafür wäre, eine Müllerstochter zu heiraten. Der Kronrat von Firnland zeigte sich entsetzt. Königin Iolanthe reagierte überraschend gelassen. Ich hatte einen Wutanfall erwartet, Gläser und Spiegel, die zu Bruch gehen würden. Stattdessen begnügte sie sich damit, mir ab und an ein paar skeptische Blicke zuzuwerfen.

»Jetzt ist mir bewusst, was sie damit meinen, wenn sie von deinen goldenen Händen sprechen«, sagte sie eines Abends zu mir. »Du hast dir damit einen Prinzen geangelt.«

Ich ließ ihre Herablassung an mir abprallen. Nach dem Winter waren wir sie ohnehin los. So lange wollte sie noch bleiben, um Magnus beim Regieren zu helfen und ihren Enkel kennenzulernen. Denn sosehr sie mich auch verachten mochte: In meinem Bauch wuchs der nächste Thronfolger heran, und das war ihr ganz und gar nicht egal.

Das Zimmer, das ich erhielt, lag im zweiten Stock des Haupthauses, mit einem wunderbaren Blick auf die königlichen Gärten. Es war bestimmt dreimal so groß wie die kleine Kammer, die ich zu Hause besessen hatte, und es besaß eine Durchgangstür zu Magnus' Gemächern. Tagsüber unterrichteten mich Hofangestellte in Etikette und Staatswesen, an den Abenden sprach mein Mann mit mir über die Regierungsgeschäfte. Dabei saßen wir entweder in seinem Arbeitszimmer und er ging mit mir die Dokumente durch, die ihm zum Unterschreiben vorgelegt wurden, oder wir schlenderten durch die Gärten und sprachen über die Anträge, die an ihn herangetragen worden waren. Die Nächte hingegen gehörten nur uns, wir verbrachten sie immer gemeinsam.

Obwohl ich es ihm anbot, zog Thomas nicht auf Burg Giebelstein. Er blieb in der Mühle bei Vater.

»Jemand muss ihn bei der Arbeit unterstützen«, sagte er, und unser Verhältnis war noch immer so brüchig, dass ich nicht widersprach. Auch Berit sah ich in diesen Tagen nur selten. Die Einzige aus meinem alten Leben, die zu meiner täglichen Begleitung wurden, war Giulietta, die meine Hofdame wurde. Der Titel war ihr egal, und zur Missbilligung der anderen Hofdamen weigerte sie sich, ihr kurzes Haar unter Schleiern zu verbergen oder es zumindest wachsen zu lassen. Dafür, dass sie sich selbst treu blieb, liebte ich sie umso mehr. Giulietta war eine echte Freundin und Vertraute, die einzige, die ich neben Magnus und Adil auf Giebelstein hatte.

Ich konnte von Glück reden, dass die Dienerschaft mich im Gegensatz zum Kronrat zu mögen begann, das machte meine Anfangszeit als Königin erheblich leichter. Und auf das Wohlwollen aller war ich angewiesen, als die Tage kürzer und die Nächte länger wurden, als der Wind erst trockenes Laub und später Schneeflocken in den Burghof wirbelte und mein Bauch sich mehr und mehr zu wölben begann.

Irgendwann war er so dick, dass es mir vorkam, ich würde wie eine Ente watscheln. Mein Atem ging flach und das Baby drückte mir auf die Blase. Derart gequält lief mir auf einem der Flure ausgerechnet Iolanthe über den Weg. Selbstverständlich hatte sie kein Mitleid mit mir.

»Was treibst du denn hier im zugigen Flur?«, schalt sie mich. »Solltest du nicht lieber im Bett liegen und dich schonen, damit es dem Kind gut geht?«

»Meinem Kind geht es blendend, danke der Nachfrage«, antwortete ich. Berit war erst am Tag zuvor bei mir gewesen und hatte mich untersucht.

»Wohin bist du überhaupt so früh unterwegs?«, fragte sie spitz.

»Zu Magnus«, teilte ich ihr genüsslich mit. »Wir wollen die neuen Gesetzesentwürfe gemeinsam durchgehen.«

Ich wollte, dass ihr bewusst war, wie sehr mich mein Mann bei den Regierungsgeschäften miteinbezog. Je mehr Vertrauen er mir schenkte, desto mehr verlor sie an Boden. Und trotz des bröckeligen Waffenstillstands, den wir geschlossen hatten, konnte ich ihr nicht verzeihen, was sie mir angetan hatte. Zumal ich von Magnus wusste, dass sie ihm in den Ohren lag, mich zu überreden, mehr Stroh zu Gold zu spinnen.

»Mein Stiefsohn«, sagte Iolanthe leise, als sie direkt vor mir stand, »hat dich nur geheiratet, weil du sein Erstgeborenes erwartest, vergiss das nicht.«

Normalerweise ließ ich ihre Giftpfeile einfach an mir abprallen. Das Kind in mir war aber den ganzen Tag unruhig gewesen und deshalb konnte ich mich nicht zurückhalten. Ich musterte Iolanthe kalt.

»Wenn das bedeutet, dass du die Krone nicht länger trägst, heirate ich ihn liebend gern noch ein zweites Mal«, schoss ich zurück.

Sie schnappte nach Luft, doch ehe sie antworten konnte, sagte ich laut: »Ihr dürft Euch entfernen.«

Und angesichts der Dienerschaft um uns herum, viele von ihnen meinem Ehemann treu ergeben, wagte sie nicht, sich mir zu widersetzen.

Als mein Kind zur Welt kam, bekam sie ihre Rache.

26

Das Kind

Mein Sohn kam während eines Wintersturms zur Welt. Um die Türme von Giebelstein heulte der Wind. Er rüttelte an den Fensterläden, deren Scheiben über und über mit Frostblumen überzogen waren. Die Dienerschaft hatte alle Hände voll zu tun, Holzscheite herbeizuschaffen, doch trotz der prasselnden Feuer in den zugigen Kaminen war es in vielen Räumen bitterkalt. Mir hingegen war so heiß, als hätte ich Fieber. Mein Leinennachthemd klebte mir an der Haut und mein ganzer Körper schmerzte. Frauen standen um mich herum, betupften meine Stirn mit Wasser und gaben mir vermeintlich gute Ratschläge. Magnus saß stundenlang an meinem Bett und hielt meine Hand, die seine fast genauso verschwitzt und das Gesicht blass. Vielleicht hätte ich mir Sorgen um ihn gemacht, wenn es mir selbst nicht so elend gegangen wäre. Alle bangten, denn das Kind kam fast zwei Monate zu früh.

Bei der Geburt reihten sich die Stunden endlos aneinander wie die Perlen an einer Kette. Am liebsten wäre ich in Tränen ausgebrochen, doch selbst dazu fehlte mir die Kraft.

Draußen dämmerte es bereits, als die Tür zur Kammer aufflog und ein in dunkle Lumpen gehülltes Wesen hereinhuschte. Ich erkannte nichts als braunen Stoff, vom Frost gesäumt und von schneeweißen Eiskristallen überzogen.

»Ich bin da, mein Mädchen«, verkündete die Gestalt und warf ihren Umhang achtlos zu Boden.

»Berit!«, stieß ich erleichtert hervor, mehr Keuchen als echte

Begrüßung. »Ich schaffe das nicht! Es steckt fest! Hilf mir, bei allen Geistern, so hilf mir bitte!« Berit tauchte ihre Finger in den Krug mit heißem Wasser, den die Frauen gebracht hatten, dann streichelte sie kurz meine verschwitzte Stirn. »Gewiss schaffst du das!«

Und dann wurde tatsächlich alles gut.

Sie reichte Giulietta einige Kräuter und befahl ihr, einen Tee aufzubrühen, der mir Kraft geben sollte. Mit einer Schere schnitt sie mir das Nachthemd vom Leib und wies Magnus an, mir ein frisches überzuziehen. Anschließend schickte sie ihn und die anderen hinaus, selbst Giulietta, die gerade mit dem Tee zurückkam.

»Wartet vor der Tür, bis ich euch rufe. Wir werden euch noch brauchen«, wies sie sie an.

Magnus wollte protestieren, doch ich bat ihn, Berit zu vertrauen. Es gefiel ihm nicht, doch er tat es dennoch. Danach setzte Berit sich an die Kante meines Bettes, hob den Becher Tee an meine Lippen und drängte mich dazu, mindestens die Hälfte des übel schmeckenden Gebräus zu schlucken.

Sie begann, mein Haar nach Knoten abzusuchen, die eine Geburt erschweren würden. Über den Winter war es länger geworden und es fiel mir jetzt bis hinunter zu den Hüften.

»Schneid es ab«, drängte ich sie zwischen zusammengebissenen Zähnen, doch Berit schüttelte den Kopf. »Das willst du nicht wirklich.«

»Wie hast du es hierher geschafft?«, fragte ich erschöpft. »Es heißt, es ist so kalt, dass sogar der Silberbach zugefroren sei und auf den Straßen der Schnee so hoch liege, dass ich nicht nach Vater in der Mühle schicken konnte.«

»Ich habe mir meinen Besen geschnappt und bin hierher geflogen«, antwortete sie mit einem Augenzwinkern.

Es sollte ein Scherz sein, doch ich begann zu weinen. Schwarze Magie war genau der Grund, weshalb ich nun hier lag.

»Ich habe etwas Schreckliches getan«, gestand ich schluchzend. In diesem Moment krampfte eine weitere Wehe meinen Unterleib zusammen.

»Ruhig, meine Kleine«, sagte Berit. »Versuch, dagegen anzuatmen. Alles andere ist jetzt nicht wichtig.«

Ich schüttelte den Kopf, doch der Schmerz wurde zu stark.

»Lass es raus«, drängte Berit mich. »Gib dich dem Schmerz hin.«

Ich schloss den Augen, ließ meinen Kopf in den Nacken fallen, versuchte, im Rhythmus der Wehen zu pressen, und brüllte mein Leid in die Nacht.

»Gut«, ermunterte mich Berit. »Gut machst du das.«

Ich bekam fast keine Luft. »Was«, zwang ich mich, sie zu fragen, »was, wenn das Kind ... ein Monster ist?«

»Sag so etwas nicht.«

Zog sie etwa selbst diese Möglichkeit in Betracht? Das machte alles nur noch schlimmer!

Vielleicht sollte ich mich der nächsten Wehe einfach ergeben. Vielleicht, wenn ein schwarzes, behaartes Etwas meinen Unterleib zerriss, konnte ich mich von einer Welle aus Blut und Schmerz einfach ins Nichts tragen lassen.

Meine Lider flatterten und plötzlich sah ich das klebrige Netz vor mir, in dessen Ecke der Spinnenmann lauerte.

Berit verpasste mir eine schallende Ohrfeige. »Kämpfe!«

Ich biss mir auf die Lippen und konnte meinen eigenen Rotz und frisches Blut schmecken.

»Alles wird gut«, versprach Berit. »Du musst verdammt noch mal nur die Nerven bewahren und atmen und pressen.«

Es dauerte zwei weitere Stunden, ehe mein Sohn, der Thronfolger des Landes, zur Welt kam. Seine Schreie lösten die meinen ab, und als ich das kleine, vollkommene Wesen in die Arme schloss, war auf einmal alles gut.

Ich weinte Tränen der Freude und der Erleichterung, weil er so wunderschön aussah. Seine Haut war zornig rosa, ja, doch sein Gesicht, seine süßen Händchen mit den winzigen Fingern, fünf an jeder Hand, sahen ganz und gar menschlich aus. All meine dummen Sorgen waren vergessen. Ein goldener Schimmer lag auf ihm, und es fiel mir schwer, ihn Berit auch nur kurz zu überlassen, damit sie die Nabelschnur durchtrennen und ihn waschen konnte.

Magnus drückte mir tausend Küsse auf Mund und Stirn, als er unseren Sohn in meinen Armen entdeckte. Auch er strahlte über das ganze Gesicht, ein stolzer Vater, der sein Glück kaum fassen konnte.

Der Sturm tobte so stark, dass Berit mehrere Tage nicht in ihre Waldhütte zurückkehren konnte. Ich war froh, dass sie in eine Kammer in meiner Nähe zog und sich mit mir um das Neugeborene kümmerte. Die erste Zeit als Mutter fühlte ich mich noch ziemlich schwach. Berit zeigte Magnus und mir, wie wir mit dem Kleinen umgehen sollten. Sie kochte Tee, der mich kräftigte, und beruhigte mich, wenn ich mir Sorgen machte.

Am zweiten Abend nach der Geburt, als Magnus noch nicht von der Sitzung des Kronrats zurück war, schickte sie Giulietta in die Küche, um dort nach etwas warmer Milch und Honig zu bitten, setzte sich zu mir an die Bettkante und griff nach meiner Hand.

Erstaunt stellte ich fest, dass es ausgerechnet der selbstbewussten und unbeugsamen Berit schwerfiel, mir in die Augen zu sehen.

»Was ist?«, fragte ich unsicher, ängstlich, dass sie etwas an meinem Sohn entdeckt hatte, das nicht in Ordnung war.

Ihr Griff wurde fester. »Meine kleine Farah. Du weißt, dass ich dich liebe wie eine Tochter.«

»Berit?«, drängte ich.

»Ich werde nicht immer da sein, Liebes, das weißt du.«

Mein Magen zog sich zusammen. »Darüber will ich jetzt gewiss nicht reden!«

Sie lächelte traurig. »Du weißt, was man sagt: Wenn ein neues Familienmitglied kommt, muss ein altes weichen.«

Stur schüttelte ich den Kopf. »Dann lass es Iolanthe sein.«

»Farah!«, schalt sie mich. Sanfter fügte sie hinzu. »Und vielleicht kommt es ja auch nicht so weit. Ich möchte nur, dass du vorbereitet bist. Und vorsichtig.«

»Vorbereitet auf was?«

»Dein Sohn ist etwas Besonderes«, erklärte sie geheimnisvoll. »Nicht nur, weil er der Kronprinz ist. Er trägt eine Gabe im Herzen, die ihn anziehend auf andere Menschen wirken lässt. Ich bin sicher, selbst unsere ehemalige Königin wird seinem Zauber nicht widerstehen können.«

Die Art, wie sie *Gabe* und *Zauber* aussprach, ließ mir abwechselnd heiß und kalt werden.

»Es wird den Menschen schwerfallen, ihm etwas abzuschlagen. Umso wichtiger ist es, dass du ihm beibringst, fromm und gut zu sein, damit er sich des Vertrauens der Menschen um ihn herum als würdig erweist.«

»Wie meinst du das alles?«

»So, wie ich es sage, du musst einfach auf ihn achten«, behauptete sie leichthin und machte sich daran, vom Bett aufzustehen. Ich hielt sie am Unterarm fest.

»Nein«, sagte ich bestimmt. »Diesmal lasse ich mich nicht abspeisen. Du sagst mir nicht die ganze Wahrheit. Es hat mit dem Leuchten zu tun, das du schon einmal erwähnt hast, nicht wahr?«

Berit schwieg. So kannte ich sie gar nicht.

»Das Leuchten«, drängte ich sie. »Es sei mein Leuchten, das Magnus anzieht. Das hast du gesagt, als ich dir gestanden habe, dass wir uns verliebt haben. In deiner Hütte. Erinnerst du dich?«

Gewiss erinnerte sie sich. Ich konnte es in ihren Augen sehen. Warum fiel es ihr so schwer, darüber zu sprechen?

»Ich *muss* es wissen, Berit. Es ist wichtig.«

»Ich sollte zurück nach Hause«, wich sie aus. »Bevor der Sturm schlimmer wird.«

Doch ich ließ nicht locker. »Viel zu gefährlich. Bleib hier, bis es wieder sicher ist. Und erzähl mir endlich, was du weißt.« Nach einer Pause fügte ich hinzu. »Bitte.«

Ob sie die Verzweiflung in meiner Stimme überzeugte oder ob sie einfach wusste, dass sie dieses Gespräch nicht länger aufschieben konnte? Berit seufzte tief, als stünde ihr ein beschwerlicher Weg bevor. Sie ließ die Schultern sacken. »Vielleicht ist es am besten, die Katze aus dem Sack zu lassen«, sagte sie und klang dabei unglaublich müde. »Farah, du bist kein Mensch.«

27

Berits Geheimnis

Du bist kein Mensch.«

Berits Worte hallten in meinem Kopf wider. Ich hatte sie verstanden, begriff sie aber nicht.

»Was?«, fragte ich dümmlich.

Berit verschränkte die Hände in ihrem Schoß, als sei es für sie so schwer, die Wahrheit zu erzählen, wie für mich, sie zu hören.

»Du trägst ein besonderes Leuchten in dir, das auf die Menschen anziehend wirkt«, sagte sie endlich, »weil du von den Feen abstammst.«

»Was?«, wiederholte ich, als sei das das einzige Wort, das mir geblieben war. Mein ganzer Körper begann zu prickeln.

»Deine Mutter besaß dieses Leuchten auch. Dein Vater fühlte sich sofort magisch davon angezogen.«

»Vater …«, murmelte ich.

»Er ist ein gewöhnlicher Mensch.«

Ich blickte ihr direkt in die Augen. »Und du?«

Berit lächelte. »Ich auch. Aber deine Mutter …« Ihr Lächeln wurde breiter, glücklicher. »Du weißt, dass ich sie großgezogen und geliebt habe wie eine eigene Tochter, auch wenn sie das natürlich nicht war.«

»War sie ein Wechselbalg? Hast du sie ausgesetzt im Firnwald gefunden?« Mein Herz klopfte jetzt so laut, dass ich glaubte, man könne es bis in den Thronsaal hinunter hören.

Berit verneinte. »Ich begegnete dem Vater deiner Mutter

noch in Winström. Damals zog ich rastlos von Dorf zu Dorf. Ich hatte von meiner Tante gelernt, was sie mir beizubringen bereit war, mein älterer Bruder hatte geheiratet und erwartete sein erstes Kind, allmählich wurde es zu eng für uns alle in einem Haus.«

Vermisst du deine Familie manchmal, wollte ich fragen, doch ich biss mir auf die Lippen. Ich durfte sie jetzt nicht unterbrechen.

»Unterwegs begegnete ich deinem Großvater«, fuhr Berit fort. »Er stammte auch aus Winström und er war ein Mensch. In seinen Armen hielt er das schönste Neugeborene, das ich jemals gesehen habe.«

»Mutter?«

Sie nickte. »Dein Großvater war schwer verletzt. Ich traf ihn in einem Heuschober und versuchte, mich so gut es ging um seine Wunden zu kümmern.«

Mein Herz klopfte wild. »Was ist mit ihm geschehen?«

»Was immer geschieht, wenn dumme Menschen Angst haben und das Fremde nicht verstehen.« Berits Stimme war düster geworden. »Dein Großvater hatte sich in eine junge Frau vom Lichten Volk verliebt. Und sie sich in ihn. So selten das auch vorkommt und so unmöglich das auch ist.

In Winström gibt es heute keine Feenwesen mehr und schon damals gab es nur noch wenige. Sie wurden verfolgt und vertrieben. Das Lichte Volk hatte sich tief in die Wälder zurückgezogen, tiefer noch als die Feenwesen bei uns. Trotzdem waren sich deine Großeltern begegnet. Und weil es für einen Menschen ganz und gar unmöglich ist, im Reich der Feenwesen glücklich zu werden, beschlossen die beiden, es unter den Menschen zu versuchen.«

Traurigkeit legte sich wie eine schwere Decke über mein Herz. »Es hat nicht geklappt«, vermutete ich.

Berit wischte sich mit dem Handrücken über die Augen. »Das hat es nicht. Es gab Menschen, die deine Großmutter ins Herz schlossen. Es gab jedoch mehr, die vor dem, was sie war,

Angst hatten und die die Vorstellung furchtbar fanden, Menschen und Feenwesen könnten sich vermischen. Sie wollten deinen Großvater dazu überreden, seine Frau zur Abtreibung zu zwingen.«

Erschrocken zuckte ich zusammen. Auch mir war dieser Gedanke gekommen, vor allem in den Nächten, in denen die Angst mich gequält hatte, der Spinnenmann hätte ... Er hätte ... Aber ich hatte es nicht über mich gebracht. Und jetzt, wo ich meinen Menschensohn in den Armen hielt, war ich so, so glücklich darüber.

Nur, dass er nicht ganz menschlich war, wenn Berit recht hatte.

Sie nickte finster. »Es ist eine Sache, wenn eine Frau sich dazu entschließt, das Leben, das in ihr heranwächst, freiwillig zu beenden. Der Säende Gott weiß, ich habe schon für manch Verzweifelte einen Trank gebraut. Aber deine Großeltern wollten dieses Kind. Sie versteckten sich in einer Hütte in den Bergen, doch die Menschen fanden sie. Ihr kleines Mädchen war ein knappes Jahr alt, als dein Großvater die Leiche deiner Großmutter fand. Sie war von einem Spaziergang nicht zurückgekehrt. Ihre Mörder hatten auch auf ihn gewartet und griffen an. Doch er schaffte es, ihnen zu entkommen, deine Mutter zu holen und mit ihr zu fliehen. Weit kam er nicht. Dann lief er mir in die Arme und, es tut mir so unendlich leid, ich habe es versucht, doch ich konnte ihn nicht retten. Alles, was ich tun konnte, war, deinem Großvater zu versprechen, dass ich mich um sein kleines Mädchen kümmern würde, um Sarina. Ich habe mich sofort in sie verliebt.«

Ein Strahlen stahl sich auf Berits Gesicht und ihre Augen schimmerten.

»Das Leuchten«, vermutete ich.

Berit nickte. »Sie war zur Hälfte vom Lichten Volk.« Sie griff nach meiner Hand und streichelte sie. »Ich hatte nie vorgehabt, Mutter zu werden oder gar sesshaft. Sarina veränderte jedoch alles. Ich beschloss, nach Firnland zu ziehen und hier ein neues Leben zu beginnen. Vom ganzen Kontinent her floh damals das Feenvolk in die Wälder hierher und ich dachte, Sarina in der Nähe ihrer Art aufzuziehen wäre eine weise Entscheidung. Vielleicht«, Röte überzog ihr Gesicht, »dachte ich zunächst auch noch, das Lichte Volk würde zu mir kommen und deine Mutter bei sich aufnehmen.«

Mein Mund wurde trocken. »Aber das ist nie geschehen?«

Berit schüttelte den Kopf. »Sarina wurde zur Tochter meines Herzens und, wirklich, Farah, ich hätte mir kein schöneres Leben wünschen können. Wir stießen auf die verlassene Hütte hinter dem Birkenhain. Die Dorfbewohner mieden sie, denn angeblich hatte dort einst eine Hexe gewohnt. Wenn du mich fragst, ist das Unsinn. Sie wurde zu einem echten Zuhause und ich begann, mich um die Tiere im Firnwald zu kümmern und die Heilpflanzen dort zu studieren.«

»Hat das Lichte Volk je versucht, Kontakt zu Mutter aufzunehmen?«

Berit zögerte.

»Oder das Dunkle?«, fragte ich mit klopfendem Herzen, um sie zum Weitersprechen zu bewegen.

Berit räusperte sich. »Sie lernte deinen Vater kennen und verliebte sich in ihn. Sie heirateten, zogen in die alte Mühle und bekamen euch.« Sie lächelte mich an, doch ihre Augen blieben traurig. »Ich wünschte, Sarina könnte jetzt bei uns sein und *deinen* kleinen Jungen sehen. Sie wäre sehr stolz auf dich.«

Trauer schnürte mir die Kehle zu. »Danke, dass du mir das alles erzählst. Weiß Vater davon?«

»Es ist besser, nicht darüber zu sprechen«, schnitt sie mir das Wort ab.

»Warum nicht?«

»In zwei Welten zu leben«, antwortete Berit, »bringt nichts als Unglück. Denk daran, was mit deinen Großeltern geschehen ist. Und mit deiner Mutter.«

»Mit Mutter?«

Berit nickte. »Es ist besser, in einer Welt zu leben und sich von der anderen fernzuhalten. Deine Mutter war glücklich bei den Menschen. *Das* meinte ich. Und du bist das doch auch.«

Die Tür öffnete sich und Giulietta kam mit der Milch herein. »Entschuldigt, dass ich so lange gebraucht habe! Die Köchin war heute besonders gesprächig. Sie wollte alles über den jungen Kronprinzen wissen.«

»Du kommst gerade recht«, teilte Berit mit und stand auf. »Ich sollte mich ebenfalls für die Nacht zurückziehen.«

Ich hielt sie nicht auf. Ich dachte an meinen neugeborenen Sohn in der Wiege, der gerade friedlich schlief und so süß duftete, dass es gewiss kein Leuchten brauchte, um sich in ihn zu verlieben. Ich dachte an Magnus, der mich auserwählt hatte, an Thomas, der in Adils Anwesenheit langsam aufblühte, und an Vater, der wesentlich weniger trank.

Ich *war* glücklich. Wenigstens das hatte mich mein unsäglicher Handel mit dem Spinnenmann gelehrt: Es war besser, nur in einer Welt zu leben.

An der Tür drehte sich meine Ziehmutter um und lächelte mich an. Etwas in ihrem Blick ließ mich erschaudern. Sie hatte mir doch die ganze Wahrheit erzählt, oder? Ehe ich nachfragen konnte, war sie in den Gang verschwunden und Giulietta reichte mir die Tasse mit der Milch. Ich nippte an dem warmen Getränk, spürte, wie es samtweich meine Kehle hinabrann, und beschloss, dass ich alles hatte und alles wusste, was ich zum Glücklich sein brauchte. Es war besser, das Schicksal nicht herauszufordern.

Magnus kam an diesem Abend so spät, dass ich die Augen kaum offen halten konnte, als er zu mir ins Bett schlüpfte. Unser Kind schlief noch in seiner Wiege. Ich wusste, bald würde es Hunger haben, und dann wäre es mit der Ruhe vorbei.

»Geht es dir gut?«, fragte ich deshalb nur, als Magnus neben mir unter die Laken kroch und mir einen sanften Kuss auf die Schulter gab.

»Hm«, murmelte er in mein Haar.

Ich war so müde, dass ich ihm glaubte. Erst bei Sonnenaufgang, als ich mit dem Baby auf der Brust im Schaukelstuhl saß – wir hatten mehr als die halbe Nacht dort verbracht – und Magnus sich stöhnend aus dem Bett quälte, merkte ich, dass etwas nicht stimmte.

»Was ist los?«, fragte ich beunruhigt. Berits Worte gingen mir im Kopf herum und ich fragte mich, was Magnus tun würde, sollte er jemals herausfinden, wer ich wirklich war.

»Nichts.« Er zog sich sein Nachtgewand über den Kopf. Das trübe Morgenlicht brachte seine Bauchmuskeln zum Schimmern.

»Magnus«, mahnte ich sanft und verlagerte das Kind in den Armen.

Er räusperte sich, lief an mir vorbei zur Durchgangstür zu seinem Zimmer und berührte mich dabei nur kurz an der Schulter. »Ich muss mich frisch machen. Dann reden wir.«

Stirnrunzelnd blickte ich ihm nach. Etwas belastete ihn, das konnte ich sehen. Ich war es aber nicht gewohnt, dass er seine Sorgen nicht mit mir teilte. Während ich auf ihn wartete, kam ein Dienstjunge herein und legte Holz im Kamin nach. Draußen war es noch bitterkalt. Ich ging mit meinem Jungen auf dem Arm zum Fenster, doch die Eiskristalle an den Scheiben machten das Hinaussehen unmöglich. Als ich versuchte, das Fenster zu öffnen, merkte ich, dass es von außen zugefroren war.

Summend ging ich im Raum auf und ab. Der Dienstbote verschwand und ich beschloss, das Kind in seine Wiege zu legen, als Magnus endlich zurückkam.

»Was ist los?«, hakte ich nach und schloss ihn in die Arme. Ich wünschte mir seine Nähe, brauchte seine Versicherung, dass alles gut war. Er drückte mich nur kurz.

»Es ist der Kronrat«, gestand er, während er sein Hemd schnürte. »Sie wollen, dass ich die Steuern erhöhe.«

»Nein«, entschlüpfte es mir und ich trat einen Schritt zurück. Die Geburt des Kronprinzen hatten wir doch gerade erst zum Anlass genommen, die Steuern wieder zu senken. Und wenn er in einem halben Jahr seinen Namen bekam, wie es die Tradition vorsah, wollten wir das noch einmal tun.

»Das habe ich ihnen auch gesagt«, antwortete mir mein Ehemann, doch er klang nicht glücklich. »Aber die Bernsteinkerzen gehen früher zur Neige als erwartet, und Zestásia verlangt eine Vorauszahlung, eher wollen sie keine neuen liefern.«

»Das ganze Gold, das ich gesponnen habe ...«

»... ist weg«, stellte Magnus erbarmungslos klar. »Fast jedenfalls. Für die letzte Lieferung reicht es gerade noch.«

Er blickte mich so ernst an, dass es mir kalt den Rücken hinunterlief.

Frag nicht, beschwor ich ihn still. *Bitte nicht.*

»Herzog Friedmund schlägt vor, dass ich ...« Er holte tief Luft und ich schüttelte den Kopf, ehe er die Frage überhaupt stellen konnte. Magnus sprach trotzdem weiter. »Er meint, ich solle dich fragen, ob du nicht noch einmal ...«

»Magnus!«

»Nur ein kleines bisschen.«

Ich trat zwei Schritte von ihm weg. »Du hast es mir versprochen.«

»Es muss nicht viel sein. Eine Spule, vielleicht zwei. Mehr nicht.«

»Nein.«

»Aber es würde uns so sehr helfen, Farah.«

»Ich habe Nein gesagt!«, stellte ich klar, die Stimme so kalt wie der Frost an den Fenstern.

Magnus sah aus, als habe ich ihn geschlagen, doch ich ließ mich nicht erweichen.

»Nie wieder«, erinnerte ich ihn. »Du hast es mir versprochen.«

Seine Miene verfinsterte sich. »Du bist jetzt Königin. Was mit Firnland geschieht, geht auch dich etwas an.«

In der Wiege begann das Kind zu schreien.

»Jetzt hast du ihn geweckt!« Ich wirbelte herum, insgeheim

froh über die Ablenkung. Mein ganzer Körper zitterte vor Anspannung und ich atmete zweimal tief aus und ein, ehe ich meinen Sohn auf den Arm nahm.

Als ich mich umdrehte, ließ sich Magnus erschöpft auf den Sessel fallen. »Sag mir, was wir sonst tun sollen? Die Steuern anheben?«

»Nein.« Ich drückte den Kleinen ein bisschen zu fest an mich. Sein Schreien wurde lauter.

»Erinnerst du dich noch daran, was wir uns alles für unsere Regentschaft ausgemalt haben?«, fragte Magnus, ohne den Kopf zu heben. »Wenn du mir wenigstens verraten würdest, warum du nicht …«

»Ich kann jetzt nicht«, schnitt ich ihm das Wort ab. »Du siehst doch, dass unser Sohn mich braucht.«

Er blickte von mir zu dem Kind und wieder zurück. Seine Finger umklammerten die Lehnen des Sessels. »Wir müssen darüber sprechen«, drohte er und plötzlich fühlte sich mein loses Nachthemd so eng an, als hätte man mich darin eingenäht.

»Jetzt nicht.« Ich wandte mich um und löste die Schnüre meines Oberteiles, um Magnus zu signalisieren, dass ich unser Kind füttern wollte.

»Dann eben heute Abend.« Ich konnte seine Schritte hören und das Öffnen und Schließen der Tür. Mit klopfendem Herzen zählte ich bis fünf. Dann ließ ich mich erschöpft auf dem Schaukelstuhl nieder und kümmerte mich um mein schreiendes Baby. Bis heute Abend musste ich mir eine Geschichte ausdenken, die so glaubhaft klang, als sei sie die Wahrheit.

28

Der Preis der dritten Nacht

Es ist erstaunlich, wie schnell selbst ein Tag vergehen kann, an dem einen die Kälte drinnen, ein schreiendes Kind wach und große Sorge rastlos halten. Während ich mit dem Neugeborenen auf dem Arm in der Kammer auf und ab schritt, meist darauf wartend, dass ich ihn neu wickeln musste oder er aufhörte zu weinen, versuchte ich fieberhaft, mir einen glaubhaften Grund auszudenken, weshalb ich kein Stroh mehr zu Gold spinnen konnte. Dass es mir körperlich zusetzte, hatte mir Magnus damals geglaubt – eine meiner ersten Lügen ihm gegenüber. Er hatte jedoch auch gesehen, dass ich eine ganze Wagenladung voller Stroh zu Gold gesponnen hatte. Ihm jetzt eine einzige Spule zu verweigern klang selbstsüchtig und herzlos.

Ich zauderte, Berit um Rat zu fragen, da ich fürchtete, ihr würde es noch eher gelingen als meinem Ehemann, mein Geheimnis aus mir herauszulocken. Als ich mich dennoch auf den Weg zu ihr machte, begegnete ich meiner Stiefschwiegermutter. Als sie meiner dunklen Augenringe und der eingefallenen Wangen gewahr wurde, musterte sie mich mit einem triumphierenden Lächeln.

»Ärger im Paradies?«, fragte sie spitz, als sie an mir vorbeirauschte. Sie wartete erst gar keine Antwort ab, und ich war viel zu erschlagen, um ihr etwas Kluges hinterherzurufen.

Als ich bei Berits Gästekammer anklopfte, öffnete sie mir in ihren dunklen Mantel gehüllt die Tür.

»Du willst doch nicht etwa aufbrechen?«

Sie schenkte mir ein zartes Lächeln. »Ich war gerade auf dem Weg zu dir, um mich zu verabschieden.«

»Die ganze Nacht über hat es geschneit. Die Straßen sind unpassierbar, heißt es«, appellierte ich an ihre Vernunft.

»Ich muss los«, sagte sie. »Ich kann meine Tiere nicht so lange allein lassen. Und Gerhild liegt in den Wehen. Du kennst die aufbrausende Natur ihres Mannes, er wird ihr keine Hilfe sein. Sie braucht mich.«

Meine eigene Niederkunft lag erst wenige Tage zurück und so konnte ich ohne schlechtes Gewissen nicht widersprechen. Ich drückte Berit fest an mich, unfähig, ihr zu gestehen, was mich quälte, und nahm ihr das Versprechen ab, bald zurück auf die Burg zu kommen. Dann blickte ich ihr nach, wie sie auf einen der Aschepfade trat, die in dunkelgrauen Linien den Hof der Burg kreuzten, und von einer Wolke aus Schnee und Nebel verschluckt wurde. Ich betete zum Säenden Gott, dass ihr unterwegs nichts geschehen würde.

Der Tag verging, und ich bekam Magnus nicht zu Gesicht. Giulietta und ich aßen zu Abend, aber weder während des Essens noch danach tauchte er auf. Die Große Ratssitzung, die für den Nachmittag angesetzt worden war, war schon lange vorbei und ich fragte mich, wo er blieb. Zunächst war ich besorgt, dann wurde ich wütend, schließlich überwog wieder meine Angst. Ich fürchtete mich vor unserem Gespräch und wünschte mir gleichzeitig, es sei einfach nur vorüber.

Mit Giuliettas Hilfe schob ich den Schaukelstuhl neben die Wiege, legte mein Nähzeug darauf und wühlte in dem Korb mit den Stoffresten, aus denen ich eine Puppe machen wollte, wie Thomas und ich sie als Kinder besessen hatten.

Giulietta summte ein altes Kinderlied und stocherte mit einem Schürhaken im Kamin herum, um den Flammen ein bisschen einzuheizen. Die Winterkälte zog selbst durch die dicken Außenmauern der Burg und sickerte in ihr Inneres.

»Was glaubst du?«, fragte ich und erhob mich aus der Hocke. »Soll ich für die Arme blauen oder gelben ...«

Weiter kam ich nicht, denn in diesem Moment fluteten Schatten den Raum. Das Prasseln des Feuers verstummte, ebenso wie das leise Schnaufen des Kindes und Giuliettas Summen. Es wurde so totenstill, als sei ich das einzige lebende Wesen in ganz Giebelstein. Ein Zittern erfasste meinen Körper, das nichts mit der eisigen Kälte zu tun hatte, die plötzlich in meinem Schlafzimmer herrschte. Die Kerzen auf dem Nachttisch und in den Halterungen an den Wänden waren erloschen und um mich herum herrschte ein düsteres Zwielicht. Unendlich langsam, tunlichst darauf bedacht, bloß kein Geräusch zu machen, drehte ich mich um. Mein Blick glitt über den dunkelroten Läufer auf den Steinfliesen, über das Beistelltischchen mit den getrockneten Blumen, die Magnus mir zur Herbstsonnenwende geschenkt hatte, hin zum Kamin und zu Giulietta. Sie saß in unmöglicher Haltung über das Feuer gebeugt, hatte die Augen geschlossen und die Lippen leicht geöffnet, doch kein Ton, noch nicht einmal ein Atemzug drang aus ihrem Mund. Ihre Hand mit dem Schürhaken befand sich viel zu nah am Kaminfeuer. Doch dessen Flammen flackerten nicht. Sie waren ebenso reglos wie Giulietta, als seien sie nicht mehr als Pinselstriche auf dem Gemälde eines Künstlers. Als seien sie zu buntem Stein erstarrt. Als hätte jemand die Zeit angehalten und die Dunkelheit mit sich ins Zimmer gebracht.

»Farah.«

Die kratzige Stimme des Feenmanns verursachte mir Übelkeit. Gehetzt ließ ich meinen Blick wandern, und dann sah ich ihn: Wie die riesenhafte Spinne, die er zur Hälfte war, hing er in der Ecke über der Tür. Seine dürren Spinnenbeine hatte er breit von sich gestreckt wie ein Weberknecht, und wie einer dieser Kreaturen gelang es ihm, sich an Decke und an Wand zu halten. Sein Oberkörper hing zu mir herunter, als sei er ein Künstler auf einem Jahrmarkt. Die Dunkelheit verwischte gnädig seine

Umrisse, doch aus den Schatten heraus konnte ich das Blitzen seiner eisblauen Augen sehen.

»Farah«, wiederholte er und grinste mich an.

»Ich schlafe«, murmelte ich und versuchte, mich zu wecken, indem ich mir selbst in den Unterarm kniff. Es schmerzte, doch ich wachte nicht auf. Alles blieb, wie es war. Der Spinnenmann kroch langsam an der Decke entlang auf mich zu.

»W… was willst du hier?«, stammelte ich. »Was geht hier vor?« Ich stellte mich zwischen das Feenwesen und die Wiege.

Der Spinnenmann ließ sich von der Decke fallen, drehte sich in der Luft und kam klatschend mit allen sechs Beinen auf dem Boden auf. Sein Oberkörper verrenkte sich dabei wie der eines Reptils. Er beugte sich vor und nutzte seine beiden menschlichen Fäuste, um sich vorwärtszubewegen, wie damals im Wald. Erst als ich das harte Holz der Wiege an meinem Gesäß spürte, begriff ich, dass ich vor ihm zurückgewichen war.

»Hast du Angst?« Er klang beinahe verwirrt. Dann glühten seine Augen auf und er richtete den Oberkörper wieder auf. »Du hast es vergessen«, zischte er.

Wie sehr ich mir gewünscht hatte, diese kratzende Stimme niemals mehr zu hören. Ich versuchte zu schlucken, doch die Kehle war mir so eng, dass das fast unmöglich war.

»Ich habe dich nicht gerufen«, zwang ich heraus.

»Ich bin gekommen, um meine Bezahlung abzuholen.« Er beugte sich mit dem Kopf so weit vor, dass sein Gesicht mein ganzes Sichtfeld ausfüllte. Ich erkannte winzige Narben auf seiner dunkelblauen Lederhaut. Wie damals in der Kammer unter dem Nordturm drohte eine schwarze Welle, mich zu überrollen. Mit den Fingern umklammerte den Rand der Wiege. Mein Junge brauchte mich. Ich durfte jetzt nicht ohnmächtig werden.

»Habe ich denn nicht bezahlt?«, fragte ich. Er hatte damals doch das ganze Stroh zu Gold gesponnen. Ich dachte daran, wie furchtbar ich mich gefühlt hatte, nachdem Magnus mich geweckt hatte. An den Moment, in dem ich begriffen hatte, schwanger zu sein.

All die Monate der Angst, dass er …

… dass er …

Der Spinnenmann lächelte. Er griff mit beiden Händen nach meinem Gesicht. Die Berührung fühlte sich überraschend sanft an, trotzdem konnte ich nicht aufhören zu zittern. Seine sehnigen Finger mit den viel zu langen Gliedern kamen mir unendlich stark vor. Würde es ihm leichtfallen, sie um meinen Hals zu legen und ihn mir zu brechen?

»Schöne Farah«, wisperte er, es klang beinahe zärtlich. Dann ließ er los, ging ruckartig in die Knie, katapultierte sich vom Boden hoch in die Luft und heftete sich mit seinen Spinnenbeinen wieder an die Decke. Alles ging so schnell, dass ich erst begriff, was er tat, als es bereits zu spät war. Er huschte an mir vorbei, streifte dabei mit seiner Schulter die meine, und als ich mich umdrehte, sah ich, dass er seine Menschenhände nach dem Kind in der Wiege ausgestreckt hatte.

»Nicht!«

Ich stürzte vor, doch ich war zu langsam.

Das Spinnenmonster hielt meinen Jungen im Arm und baumelte über mir an der Decke, nur einige Fingerbreit außerhalb meiner Reichweite.

»Lass ihn nicht fallen!«, flehte ich und spürte, wie Angst meinen Körper zu lähmen begann. Ich musste mich dazu zwingen, meine Arme zu heben und die Hände auszustrecken. »Gib ihn mir.«

Der Spinnenmann legte den Kopf schief und sah dabei noch grotesker aus als sonst. Anstatt mir mein Kind zu reichen, begann er, es in seinen Armen zu wiegen. Sofort kamen mir tausend Schreckensbilder in den Kopf: Mein Sohn würde aufwachen und losschreien. Der Spinnenmann würde ihn fallen lassen und er würde mit dem Kopf zuerst …

»Bitte sei vorsichtig!«

»Du musst keine Angst haben«, schnurrte er. »Ich werde ihn hüten wie meinen Augapfel. Es wird ihm gut bei mir gehen.«

»Was?« Mein Magen schien zu versteinern. »Gib mir mein Kind!« Ich stellte mich auf die Zehenspitzen, versuchte nach dem Jungen zu greifen, doch meine Fingerspitzen streiften nur die dunkelblaue Decke, in die er gewickelt war.

Der Spinnenmann schüttelte quälend langsam den Kopf.

»Warum nicht?«, wollte ich wissen und fürchtete mich gleichzeitig vor der Antwort.

»Dein erstgeborenes Kind«, bestätigte er, »gegen eine Kammer voller Gold.«

Zorn und Unglauben kochten in mir hoch und vermischten sich mit der Angst. »Ein Kind ist kein Preis; nichts, mit dem man Handel treibt!«, spie ich ihm entgegen.

»Und doch hast du es getan.«

Das Monster an der Decke bleckte die Zähne, an der Härte in seinem Blick erkannte ich, dass er sich nicht erweichen lassen würde.

Lass dich niemals auf einen Handel mit Feen ein. Der Preis, den sie für ihre Hilfe verlangen, ist immer zu hoch.

Ich begann zu weinen. Ich wusste, dass es dumm war und niemandem nutzte, aber ich konnte nicht anders. »Lass mir mein Kind«, flehte ich. »Nimm das ganze Gold zurück, wenn du willst. Nimm mich an seiner Stelle. Aber lass ihn hier.«

Der Spinnenmann, der bereits zu einer Antwort angesetzt hatte, stutzte. »Farah«, murmelte er und trotz seiner trockenen, rauen Stimme klang mein Name wie ein Zauberwort. »Du bist bereit, dich aufzugeben für dein Kind?«

Hoffnung keimte in mir auf, als sich sein Blick in die Ferne richtete. »Natürlich bist du das«, murmelte er. »Du bist die Tochter deiner Mutter.«

Er drückte das Kind fester an sich und sein Geschwätz war mir plötzlich egal. »Pass auf, dass du ihm nicht wehtust.«

Mit gebleckten Zähnen zischte er mich an. »Ich würde ihm niemals wehtun!«

»Dann ... dann ist dir wichtig, wie es ihm geht?«, wagte ich mich vor und streckte die Hände aus. »Wenn das so ist, gib ihn mir zurück. Ich muss ihn füttern. Ein Kind gehört zu seinen Eltern.«

»Er ist mein!«, fuhr er mich an und krabbelte von mir weg. »Mein Kind! Ich werde es hegen und pflegen und kein Leid wird ihm geschehen!« Seine Augen strahlten.

»Es ist mein Kind!«, protestierte ich. Egal, ob sein Vater nun Magnus war oder ... Ich ging um die Wiege herum, hinter ihm her. »Das darfst du nicht tun! Er gehört zu mir!«

Die Eisaugen der Kreatur an der Decke wurden mitleidig. »Nicht weinen, Farah. Bitte nicht.«

Am liebsten hätte ich nach meinem Handarbeitszeug gegriffen und es nach ihm geworfen. Doch die Gefahr war zu groß, meinen Sohn zu verletzen.

»Gib ihn mir.«

»Das kann ich nicht«, zischte er. »Die Magie bindet uns.«

Das Gold. Das dumme Gold war schuld. Hätte ich doch niemals damit im Wirtshaus bezahlt! Hätte ich mich doch bloß geweigert, für Iolanthe Stroh zu Gold zu spinnen. Hätte ich dieses herzlose Monster, das mit seinem hässlichen Kadaver über mir an der Decke hing und mein Kind an seine grauenhafte Brust drückte, doch nie beschworen. Wäre ich doch nie einen Handel mit ihm einge...

Ein Handel!

Das Dunkle Volk war grausam. Das wusste jeder. Doch wie hieß es so schön?

Feenwesen können keinem Handel widerstehen.

Zitternd befeuchtete ich meine Lippen mit der Zunge: »Ich fordere dich heraus.«

»Was?«, schnappte er.

»Zu einem Spiel«, antwortete ich. »Zu einem Handel.«

Die Eisaugen des Spinnenmonsters verengten sich. »Ein Spiel?«

Ich nickte. Fieberhaft kramte ich in meinem Kopf nach alten

Geschichten, die mir jetzt helfen konnten. Dummerweise fielen mir nur jene ein, in denen die Menschen, die sich auf Geschäfte mit dem Feenvolk eingelassen hatten, den Kürzeren zogen.

»Das Stroh«, murmelte ich. »Wenn ich bis zum nächsten Neumond herausfinde, wie du es zu Gold gesponnen hast, lässt du mir mein Kind.«

Das Herz klopfte wild in meiner Brust, ein ängstlicher Vogel, den man in einen viel zu kleinen Käfig gesperrt hatte. Was ich ihm anbot, war fast unmöglich. Aber ich würde einen Weg finden. Berit würde mir helfen. Bis zum nächsten Vollmond waren es noch gut drei Wochen, und falls ich bis dahin nichts herausfand, konnte ich mir immer noch meinen Sohn schnappen, mich mit ihm in eine Kutsche setzen und so weit in den Süden reisen, dass uns weder der Spinnenmann noch irgendein Feenwesen der Welt je würde finden können.

»Das Stroh!« Der Spinnenmann spukte mir die Worte voller Verachtung vor die Füße. »Ich weiß, wie man Stroh zu Gold spinnt. Ich habe nichts davon, wenn du es herausfindest. Nein.«

Der Vogel in meiner Brust flatterte schneller. »Dann etwas anderes. Gesetze! Ich kann meinen Ehemann dazu bringen, die Gesetze zu ändern. Er könnte Bienenwachskerzen verbieten.«

Ich hasste mich selbst für diesen Vorschlag, aber ich war verzweifelt. Tatsächlich schien der Spinnenmann einen Augenblick zu überlegen. Dann starrte er auf das schlafende Kind in seinen Armen und schüttelte den Kopf.

»Was scheren mich eure jämmerlichen Wachssiegel? Ich habe bereits, was ich brauche.«

Ich glaubte, den Vogel in mir sterben zu spüren, und fiel auf die Knie. »Bitte«, flehte ich.

Der Spinnenmann löste seine Beine von der Decke und stürzte zu Boden. Ich schrie auf, doch wie ein Akrobat drehte sich der Leib des Feenmannes noch im Fallen um sich selbst und er kam mit seinen Spinnenbeinen ebenso sicher auf dem roten Teppich auf wie zuvor. Das Kind lag weiterhin ruhig in seinen Armen. Der Spinnenmann krabbelte flink auf mich zu. Als er bei mir war, versuchte ich, meinen Sohn zu ergreifen, doch unerbittlich hob er ihn aus meiner Reichweite.

»Hör auf zu weinen, Farah, du weißt nichts«, spie er mir entgegen und ich zuckte vor seiner plötzlichen Wut zurück. »Du weißt gar nichts! Du kannst dich nicht erinnern. An nichts!«

Verwirrt blinzelte ich ihn an. Er hatte mich so erschreckt, dass mir selbst die Schluchzer im Hals stecken blieben. »W…was?«

»Drei Nächte«, murmelte er dann so ruhig, als habe es den Wutausbruch gerade nicht gegeben. »Drei Nächte gebe ich dir Zeit. Wenn du mir dann sagen kannst, wie ich heiße, ist das Kind dein.«

»Deinen Namen?«, fragte ich verwirrt.

Der Spinnenmann antwortete nicht, er musterte mich nur, lauerte auf meine Antwort.

Wie beim Säenden Gott und seinen Geschwistern sollte ich den Namen einer Feenkreatur herausfinden?

Namen besitzen Macht, sagte Berit immer. *Achte darauf, dass du den deinen nicht leichtfertig preisgibst.*

Aber der Spinnenmann wusste den meinen bereits. Und ich hatte keine Ahnung, wie er hieß.

»Kannst du mir meinen Namen nicht ins Gesicht sagen«, fuhr der Spinnenmann fort, »so bist du ebenso mein wie dein Kind und begleitest mich in die Wälder.«

»Einverstanden«, sagte ich und streckte ihm die Hand entgegen. Als hätte ich irgendwo sein wollen ohne mein Kind. Ihm zu gehören, das fürchtete ich nicht, solange ich nur bei dem Kleinen war. Vermutlich war das dumm, ein furchtbarer Fehler, aber – tief in mir glaubte ich daran, den Namen des Spinnenmannes erraten zu können. Ich konnte sein Spiel gewinnen. Und das war mehr, als ich noch eine Minute zuvor besessen hatte.

»Bist du dir sicher?«, zischte er und das gierige Glitzern in seinen Augen verriet, dass auch er diesen Handel wollte.

»Keine Tricks«, verlangte ich, als sei ich in der Position, irgendwelche Forderungen zu stellen. »Du musst mir die Möglichkeit geben, dir deinen Namen ins Gesicht zu sagen. Du darfst dich nicht vor mir verbergen.«

Er griff nach meiner Hand. »Ich werde in drei Nächten von heute an wieder hierher in dein Zimmer kommen und dir die Gelegenheit geben, mir zu zeigen, ob du deine Aufgabe erfüllt hast.« Seine Finger umgriffen schraubstockartig die meinen und drückten zu. Wir schüttelten unsere Hände, einmal, zweimal, dreimal.

Erleichtert atmete ich auf. Auch drei Tage waren genug Zeit, um aus Firnland zu fliehen.

»Gelingt es dir«, fuhr der Spinnenmann fort. »Bringe ich deinen Sohn zurück und lasse dich in Frieden leben. Bis du mich wieder rufst.«

»Zurück?« Ich rappelte mich auf. »Du willst ihn mitnehmen?« Ich legte die Hand an meine geschwollene Brust. »Wie soll er da überleben? Ich muss ihn füttern.«

Der Spinnenmann verzog den Mund zu seinem gefährlichen Grinsen. »Wir haben unsere Möglichkeiten, dort in den Wäldern.« Er blickte dabei auf mein Baby. In seinen Gesichtsausdruck stahl sich etwas Zärtliches. »Sieh nur, wie er leuchtet.«

Die Vorstellungen von abgemagerten Feenziegen huschten mir durch den Kopf, Kreaturen, deren Fell verfilzt und deren lebendes Fleisch halb verrottet war. Würden sie ein Menschenkind säugen?

»Nein«, presste ich hervor.

»Doch!«, antwortete der Spinnenmann erbarmungslos. »Drei Tage, Farah. Und keine Stunde länger.«

Hinter mir donnerte es ohrenbetäubend. Glas klirrte und schien zu Bruch zu gehen. Eisige Luft peitschte ins Zimmer. Ich fuhr herum. Es war ein Instinkt, ich konnte nichts dagegen tun. Die zugefrorenen Fensterläden waren aufgesprungen und wurden vom Wind erbarmungslos hin- und her gerissen. Die Scheiben waren heil geblieben, doch Eisstücke und Frost lagen auf dem Boden. Ich drehte mich zum Spinnenmann und meinem Kind um – doch wo sie gestanden hatten, wirbelten jetzt nur noch Schnee und Schatten.

»Was …?«, hörte ich Giuliettas Stimme und dann ihren Aufschrei, als ihre Hand den Flammen zu nah kam, die jetzt wieder prasselnd flackerten.

»Nein!«, schrie ich, sank auf die Knie, schlang die Arme um mich und wiegte mich verzweifelt vor und zurück. »Nein! Nein! Nein! Nein! Kommt zurück!«

Doch mein Sohn und der Spinnenmann blieben verschwunden.

29

Iolanthes Rache

Mein Sohn!« Die Wiege war leer, der Spinnenmann war verschwunden. Ich rannte zum Fenster. Schneeflocken stachen mir in die Augen.

»Farah!« Giulietta klang besorgt. »Was tust du da?«

Sie kam zu mir und wollte mich vom Fenster wegziehen. Ich schüttelte sie ab. Dort unten auf dem Hof. War das ein Schatten und das Blitzen einer blauen Babydecke?

Ohne auch nur eine Sekunde darüber nachzudenken, wirbelte ich herum und stürzte aus dem Zimmer. Ich rannte die mit Teppichen ausgelegten Flure entlang, an der Dienerschaft vorbei, die mich bestürzt anstarrte, und die Treppen hinunter, die zum Burghof führten, immer zwei Stufen auf einmal nehmend. Ich begriff selbst nicht genau, was ich tat. In meinem Kopf herrschte dröhnende Leere, mein Körper hatte das Handeln für mich übernommen. Irgendetwas in mir war geistesgegenwärtig genug, im Laufen eine schwere Wolldecke an mich zu reißen, die zusammengefaltet auf einer Truhe lag. Ich schlang sie um mich, als ich ins Freie trat. Draußen herrschte tiefster Winter. Es war bitterkalt, und wenn ich mich zu lange durch Eis und Schnee bewegte, wäre ich mausetot. Mein Kind! Es würde erfrieren, wenn ich es nicht rechtzeitig fand. Was wusste ein Spinnenmann schon davon, was Menschenkinder brauchten? Er trug ja noch nicht einmal Kleidung!

Mit meinen Pantoffeln sank ich im Schnee ein. Sie waren

viel zu dünn für einen Gang über den Hof, geschweige denn für einen Ausflug in die Wälder.

In die Wälder. Der Spinnenmann würde meinen Sohn mit sich in sein dunkles Reich nehmen! Wenn er sich zu schnell von hier fortbewegte, würde ich die beiden nie wiederfinden. Und wie sollte ich überhaupt ein Wesen einholen, das sechs Gliederbeine zur Verfügung hatte, wenn ich nur zwei besaß?

Nicht darüber nachdenken, Farah. Du kannst ihn einholen. Konzentrier dich darauf.

Die Kälte biss mir in die Haut, kroch mir durch die Sohlen in die Unterschenkel und stieg von dort höher: eine stumme Drohung, dass ich mich selbst in einen Eisklotz verwandeln würde, wenn ich nicht aufpasste. Die Wolldecke flatterte wild im Wind hinter mir her. Sie bot kaum Schutz, während ich über den Hof stürzte, dem Schatten hinterher, den ich mir vielleicht nur einbildete, vielleicht aber auch nicht.

»Majestät!«, hörte ich jemanden rufen. »Hoheit!«

Ein junger Mann trat mir in den Weg, doch ich stieß ihn beiseite. Ich durfte den Spinnenmann nicht aus den Augen verlieren, ich musste ... Mit dem Fuß blieb ich an etwas hängen, das unter der Schneekruste verborgen gewesen war. Mein Schwung riss mich aus dem Gleichgewicht und ich stolperte ein paar Schritte, ehe ich auf den vereisten Pflastersteinen ausglitt. Ich versuchte, den Sturz mit den Armen abzufangen, doch auch sie rutschten unter mir weg. Krachend kam ich auf dem Boden auf, mein Kinn knallte gegen Stein, ich schmeckte Blut in meinem Mund und ...

Das Nächste, an das ich mich erinnerte, waren Stimmen, die miteinander diskutierten.

»... doch gesehen!«, hörte ich Iolanthe sagen. »Sie gebärdet sich wie ...!«

Was machte sie hier? Und: Wo war hier?

Ich befand mich nicht mehr im Burghof. Meine Finger konnte ich kaum bewegen, doch ich spürte unter ihren tauben

Spitzen den weichen Leinenbezug meines Bettes. Als ich zu blinzeln versuchte, stellte ich fest, dass mir auch die Lider furchtbar schwer waren.

»... Thronfolger!«

Das war Magnus!

Als ich noch einmal blinzelte, sah ich, dass er sich ganz in meiner Nähe befand. Seine Stiefmutter stand ihm gegenüber, die Hände in die Hüften gestemmt.

»Vielleicht hat sie es der Hexe aus dem Wald gegeben«, fuhr sie ihn an. »Eine der Damen hat gehört, wie sie zugegeben hat, auf einem Besen zu fliegen.«

Nein! Berit hatte doch nur gescherzt! Ich wollte etwas sagen, doch jemand legte mir die Hand auf den Mund. Meine Augen zuckten zur Seite und ich sah, dass Giulietta neben mir saß und den Zeigefinger an die Lippen führte. Sie wollte, dass ich lauschte.

»Unsinn!«, verteidigte Magnus da Berit. »Das war ein Scherz. Berit ist harmlos. Sie ist eine gute Frau.«

Ich hätte ihn umarmen mögen.

»Wie die Verräterin in deinem Bett?«, zischte Iolanthe. »Ich bitte dich, Magnus, sei kein liebestoller Idiot. Das Kind ist verschwunden, und sie ist die Einzige, die bei ihm war.«

»Ich will das nicht hören«, unterbrach er ihren Redefluss, doch sie ließ sich nicht abwimmeln: »Du musst aber. Du bist der König und darfst deine Augen und Ohren nicht vor der Wahrheit verschließen. Hast du vergessen, wie sie das Stroh zu Gold gesponnen hat? Sowohl Adil als auch die Gräfin sind eingeschlafen, obwohl sie sie hätten überwachen sollen. Letztere sogar zwei Mal. Zufall? Wohl kaum! Ich sage dir, sie ist einen Pakt mit dem Gott der Unterwelt eingegangen.«

»Vor ein paar Monaten warst du noch überzeugt, sie sei mit einer Gabe gesegnet.«

»Und warum gebraucht sie ihre Gabe dann nicht? Nein, wenn sie eine erhalten hat, dann vom Dunklen Volk oder vom Fürsten der Nacht.« Iolanthe redete jetzt so schnell, dass sie fast über ihre Worte stolperte. »Sie hat ihm das Kind gegeben, sage ich dir. Vielleicht ist es sogar seins.«

Giulietta krallte ihre Hand in meine Schulter. Stille senkte sich über den Raum. Ich wünschte mir, das Klatschen einer Ohrfeige zu hören, doch alles, was Magnus tat, war zur Tür zu gehen und sie zu öffnen. »Du gehst jetzt besser«, sagte er gefährlich leise. »Ich versuche, zu vergessen, dass du diese Worte gesagt hast, und du tätest gut daran, sie nie zu wiederholen. Es ist die Königin, von der du sprichst, und deine Worte sind Hochverrat.«

Wenn er geglaubt hatte, damit Iolanthe einzuschüchtern, kannte er seine Stiefmutter schlecht. »Es ist Hochverrat, das Kind des Königs einem Dämon zu übergeben.«

Geräuschvoll schloss sich die Tür hinter ihr.

Magnus seufzte schwer und trat ans Bett. Er ging in die Knie und griff nach meiner Hand.

»Du bist wach«, stellte er fest. »Hast du alles gehört?«

Ich nickte, zu schwach, um zu antworten.

»Was ist geschehen, Farah?«, fragte er.

Giulietta stand auf und zog sich diskret in eine Ecke des Zimmers zurück. Tränen schossen mir in die Augen.

»Unser Kind«, flüsterte ich heißer. Ich versuchte, die Decke beiseitezuschlagen, doch Magnus hielt mich auf.

»Bleib liegen«, riet er. »Du kannst jetzt nicht aufstehen. Du hast dir den Kopf gestoßen und bist unterkühlt.«

»Er braucht mich!«, protestierte ich.

»Was ist passiert?«, fragte Magnus. »Hast du ihn zu Berit gebracht?«

Das dachte er von mir?

»Nein, natürlich hast du das nicht«, murmelte er und es klang verzweifelt. »Was ist nur geschehen? War jemand da und hat ihn entführt.«

Ich nickte ruckartig.

»Wer war es? Ein Diener aus dem Schloss? Ein Fremder?«

Ich tat so, als wüsste ich es nicht.

Iolanthe hat recht, lagen mir verräterische Worte auf der Zunge. *Es war ein Fürst der Verdammnis.* Auf Magnus' Miene erschien ein grimmiger Ausdruck. Gab er mir die Schuld, weil ich auf seinen Sohn nicht besser aufgepasst hatte? Oder ängstigte er sich, weil er verschwunden war?

»Ich werde ihn finden«, versprach er mit fester Stimme. »Ich muss los, bevor der Sturm schlimmer wird.«

Mein Herz begann zu rasen. Vielleicht würde es Magnus ja gelingen ...

Der Gedanke war unsinnig, aber war es so unverständlich, dass ich mir genau das wünschte? Dass mein Mann mir half, all meine Probleme zu bewältigen und die Vergangenheit hinter mir zu lassen. Also beobachtete ich stumm, wie Magnus zur Tür eilte und meinen Raum verließ; zum zweiten Mal innerhalb kurzer Zeit, ohne mich zu küssen. Doch das war mir egal. Jetzt war nur wichtig, dass er unseren Sohn fand.

Nachdem er gegangen war, setzte sich Giulietta an mein Bett. Sie flößte mir Kräutertee ein. Ich trank nur einen Schluck und wollte sie wegschieben, doch jetzt zahlte es sich aus, dass sie eine Freundin war und nicht irgendeine Dienerin, die vor ihrer Königin zurückzuckte.

»Trinken«, befahl sie streng.

Und so trank ich.

»Ich verstehe das alles nicht«, gestand sie mir, als ich die halb leere Tasse abstellte. »Eben noch war er da. Dann flog das Fenster auf und er war weg. Und du bist wie von Sinnen in den Schnee gerannt.«

»Ich verstehe es auch nicht.« Es war nur eine halbe Lüge, die mir nur schwer über die Lippen kam. Meine Lider flatterten. »Hast du mir etwas in den Tee getan?«

»Du musst schlafen«, bestätigte Giulietta, doch ehe ich ihr zürnen konnte, war ich weg.

»Aufstehen«, zerschnitt eine befehlsgewohnte Frauenstimme die Dunkelheit, in der ich trieb.

»Lasst das!«, hörte ich Giulietta.

Jemand zog mit Schwung die Bettdecke weg und rüttelte mich an der Schulter. Etwas Heißes tropfte auf mein Jochbein und ich stöhnte erschrocken und vor Schmerzen auf. Licht blendete mich.

»Gut, du bist wach. Steh auf.« Das war Iolanthe. Sie stand mit einer brennenden Kerze in der Hand vor meinem Bett. Ein weiterer Wachstropfen löste sich und fiel neben mir aufs Laken. Ich zuckte zurück.

»Steh auf, habe ich gesagt«, fuhr sie mich an.

»Sie ist die Königin«, protestierte Giulietta. Als ich ihr den Kopf zuwandte, drehte sich der ganze Raum. Sie stand in der Ecke, flankiert von zwei dunklen Gestalten.

Hielten die sie etwa fest?

»Der Kronrat hat mir die Befehlsgewalt übertragen, solange mein Sohn verschwunden ist«, erklärte Iolanthe kalt.

Der Schreck fuhr mir in alle Glieder. »Magnus?«

»Raus aus dem Bett.«

Mit einem Handzeichen winkte sie Gräfin Kaltenfels zu sich. Diese trat vor, griff nach meinem Unterarm und zerrte mich hoch. Völlig erschöpft ließ ich zu, dass sie mich auf die Füße zog.

»Zieh deine Schuhe an«, befahl mir meine Schwiegermutter kalt. »Und den hier.« Sie griff nach einem aus Schafswolle gewebten Mantel, den ich noch nie gesehen hatte, der aber am Fußende meines Bettes lag.

»Habt ihr mein Kind gefunden?«, fragte ich, als sie mir auch noch meine Pantoffeln zuschob. »Und was ist mit meinem Ehemann?«

Iolanthe schnaubte. »Spiel ruhig die Unschuldige. Das wird dir nichts nutzen.«

Ich kniff die Augen zusammen. »Du vergisst deinen Platz. Ich verlange eine Erklärung.«

»Wachen«, antwortete sie nur, während sie mir unverwandt ins Gesicht starrte.

»Das könnt ihr nicht machen!«, rief Giulietta noch einmal. Zwei Diener in den Farben des Palastes kamen durch den Raum. Ein jeder packte mich an einem Arm.

»Was soll das?« In meinem Bauch brodelte es und ich versuchte, mich loszureißen. Leider war ich noch viel zu schwach dafür.

Iolanthe trat einen Schritt näher. Der Geruch des Rosenwassers, mit dem sie sich die Haare wusch, klebte an ihr. Um ihren Hals glitzerten Rubine. Wie hatte sie in einer Nacht wie dieser Zeit gefunden für Tand, für solche Nichtigkeiten?

»Mir scheint, du hast vergessen, woher du stammst«, sagte sie. Ihr ausladender Busenansatz wogte, und ich hatte den Eindruck, in die Abneigung in ihren Blick mischte sich auch Furcht. »Hexe«, zischte sie und gab dann den Wachen ein Zeichen. »Ab in den Nordturm mit ihr!«, befahl sie.

Nein, schoss es mir durch den Kopf. Nicht wieder der Nordturm. Doch auch ein stummes Stoßgebet an den Säenden Gott half mir nichts. Ich versuchte, mich aus dem Griff der Wachen zu befreien, doch die Männer, die ich selbst vor Stunden noch befehligt hatte, schleppten mich aus dem Zimmer, aus der Burg, über den nachtschwarzen, verschneiten Hof und die Treppe hinauf in das oberste Zimmer des Nordturms. Dort sperrte man mich ein, während mein Kind und mein Mann irgendwo dort draußen in Eis und Kälte waren und meiner Hilfe bedurften.

30

Verbündete

Giulietta war mir immer eine treue Freundin gewesen. Jetzt mit mir im Nordturm gefangen zu sein hatte sie nicht verdient. Die schmale Öffnung im Mauerwerk, durch die man bis hinüber zum Firnwald schauen konnte, war im Herbst mit einigen Holzbrettern verschlossen worden, sodass zumindest kein Schnee zu uns hereinwehte. Die Luft war trotzdem so eiskalt, dass sich unser Atem in kleine Wölkchen verwandelte. Auf der Suche nach etwas Wärme drängten wir uns vor der einzigen Fackel aneinander, die die Wachen uns angezündet hatten.

Sosehr ich die Kälte hasste, so half sie mir doch dabei, die bleierne Müdigkeit abzuschütteln, die mich umfangen hielt. Langsam konnte ich wieder klarer denken.

»Weißt du, was vor sich geht?«, fragte ich Giulietta. Wie ich trug sie einen Mantel aus Schafswolle.

Sie senkte den Blick.

»Bitte. Du musst es mir sagen.«

»Der König hat sich auf die Suche nach eurem Kind gemacht«, begann sie.

Ich nickte, daran konnte ich mich erinnern.

»Der Hauptmann der Wache hat ihm abgeraten. Die Straßen sind vereist und der hohe Schnee ... Es schneite unaufhörlich.«

Mein Magen krampfte sich zusammen.

»Gewiss haben einige Männer den König begleitet?«

Giulietta rieb ihre Handflächen aneinander. »Gewiss. Aber

erst später. Der König war zu schnell. Er hat sein Pferd nicht mal gesattelt und war aus dem Burgtor, ehe irgendjemand ihn aufhalten konnte. Die Männer sind kurz danach ausgeströmt. Aber sie haben keine Spuren entdeckt. Nicht von deinem Sohn. Oder vom König.«

Mein Herz verwandelte sich in einen flatternden Vogel.

»Um Mitternacht herum kam sein Pferd zurück. Ohne ihn.« Ein Vogel, der von der Hand eines Riesen zerquetscht wurde.

»Iolanthe hat natürlich sofort Männer ausgeschickt, den König zu suchen«, sagte Giulietta.

»Natürlich«, murmelte ich bitter.

Meine Freundin griff nach meiner Hand. »Ich bin sicher, es geht ihm gut.«

Der zerquetschte Vogel in meiner Brust wurde zu Stein, als langsam in mir einsickerte, was dies alles bedeutete. »Man hat ihn nicht gefunden.« Lag es am kargen Raum oder an der Leere in mir, dass meine Stimme so hohl klang?

Giulietta drückte meine Hand fester. »Das werden sie.«

Meine Knie begannen zu zittern. Ich lehnte mich an die Wand und rutschte an ihr auf den kalten Steinboden nieder.

»Iolanthe hat sofort den Kronrat einberufen?«, fragte ich.

Giulietta setzte sich neben mich. »Ja.« Ihre Stimme klang jetzt ganz dünn. »Und das ist nicht das Schlimmste.«

»Was hat sie getan?«

In Giuliettas Augen schimmerten Tränen. »Sie gibt dir die Schuld am Verschwinden des Kronprinzen. Sie hat ... o Farah. Sie hat dich der Hexerei angeklagt.«

Wenn das eigene Herz zu Eis erstarrt, spürt man die Kälte von außen nicht mehr so sehr. Ich fühlte mich, als habe jemand meine Gefühle und meinen Verstand mit Frost überzogen. Aber unter dieser dünnen Schicht aus Eiskristallen brannten Verzweiflung und Wut, und es war nur eine Frage der Zeit, bis sie ihre Ketten sprengen würden. Seltsamerweise waren mir Iolanthe und ihre Anklage egal. Ihre Intrigen kümmerten mich nicht, auch wenn mir klar war, wie gefährlich sie waren. Auch wenn sie bei diesem Wetter im Burghof keinen Scheiterhaufen errichten lassen konnte.

Meine Mundwinkel zuckten bei diesem makabren Gedanken. Während ich im Turmzimmer auf und ab wanderte, um mich warm zu halten, zermarterte ich mir den Kopf darüber, wie ich meinem Gefängnis entkommen konnte. Mein Sohn brauchte mich, und Magnus vielleicht auch. Ging es ihnen gut? Lag mein Mann in irgendeinem Straßengraben und erfror, während ich zum Nichtstun verdammt war? Sosehr ich den Spinnenmann auch hasste, ich glaubte ihm immerhin, wenn er sagte, dass er sich gut um mein Kind kümmern würde.

Schließlich ging ich hinüber zum verbarrikadierten Fenster und presste meine Hände auf das Holz. Meine Finger waren inzwischen so taub, dass ich die Kälte kaum spürte. Für den Augenblick war ich dankbar, dass mich Iolanthe hier hatte einsperren lassen und nicht in dem schmutzigen Kerker, wo ich in der dritten Nacht für die Hilfe des Spinnenmanns mit etwas bezahlt hatte, an das ich mich nicht erinnerte.

War es wirklich nur das Versprechen für mein Erstgeborenes gewesen? Wie hatte ich mich darauf überhaupt einlassen können? Wäre ich nicht lieber gestorben? Ich *musste* mich erinnern an diese Nacht unten im Turmverlies. Doch sosehr ich mich auch anstrengte, die Erinnerungen blieben ebenso verschwunden wie der Duft meiner Mutter. Und ihr Gesicht.

Warum nahm der Spinnenmann mir das alles? Und warum wollte er dieses Kind unbedingt? War es ...

Nein! Es ging ihm um sein Leuchten.

Nur um das Leuchten.

Das Licht, das der Spinnenmann auch in mir gesehen hatte.

So musste es sein. So *musste* es sein.

Von draußen drangen Geräusche zu uns. Verschlafenes Gemurmel, dann etwas, das wie ein dumpfer Schlag klang. Der Schlüssel drehte sich im Schloss. Ich starrte auf die Tür, die knarrend aufschwang. Giulietta eilte an meine Seite. Jemand schlich in unser von der Fackel erhelltes Zimmer: Adil! Hinter ihm sah ich eine Gestalt auf dem Boden liegen.

»Ist Magnus zurück?«, fragte ich sofort.

»Hast du die Wache erschlagen?«, wollte Giulietta wissen.

»Keine Zeit.« Adil warf ein zusammengeschnürtes Bündel vor mir auf den Boden. »Du musst sofort fliehen.«

Wir schleiften den bewusstlosen Wachmann in den Raum und fesselten und knebelten ihn. Ich hatte meine Pantoffeln gegen schwere Schnürlederstiefel und mein dünnes Nachtkleid gegen eine dunkle Lederhose und ein gefüttertes Hemd getauscht. Adil trug etwas ganz Ähnliches. Statt des braunen Wollumhangs, den er mitgebracht hatte, behielt ich den aus Schafswolle, da dieser mich in einer weißen Schneelandschaft fast unsichtbar machen würde. Adils Wollumhang breiteten wir über die arme Wache aus, die nur das getan hatte, was Iolanthe ihr befohlen hatte.

»Sie hat nicht vor, sich vom schlechten Wetter abhalten zu lassen«, berichtete Adil, während Giulietta mir das Haar flink zu einem Zopf flocht, damit es aus dem Weg war. »Ich habe ein Gespräch zwischen ihr und der Gräfin belauscht. Sie hat vor, dich bereits morgen anzuklagen.«

»Ich bin keine Hexe«, erwiderte ich stur.

Adil und Giulietta wechselten einen Blick. Ihnen war ebenso klar wie mir, dass es darauf nicht ankam. Wenn Iolanthe mich brennen sehen wollte, brauchte sie nicht einmal ein Geständnis. Würde sie tatsächlich so weit gehen, mich als Hexe zu verbrennen?

Nun, ich würde nicht abwarten, um es herauszufinden. Als Adil und ich auf den Burghof schlichen, färbte sich der Himmel über unseren Köpfen bereits grau. Die erste der drei Nächte, die mir der Spinnenmann gewährt hatte, um mein Kind zu retten, war bereits verloren.

Es gab in der Burg Menschen, die mir treu ergeben und bereit waren, den Zorn Iolanthes auf sich zu ziehen. Einer der Stallburschen hatte heimlich zwei Pferde für uns gesattelt, eine junge Kammerzofe hatte aus der Vorratskammer neben der Küche Proviant für uns gestohlen und die Wächter am Burgtor hatte Adil mit klingender Münze bestochen.

Das Zimmer unter der Zinne des Nordturms hatten wir fest verschlossen. Ein älterer Wächter positionierte sich davor, der mir versicherte, wenn er kein lahmes Bein hätte, wäre er selbst längst auf der Suche nach seinem König. Er wünschte mir Glück. Giulietta bestand darauf, in der Turmkammer zu bleiben, gegen meinen ausdrücklichen Wunsch. Sie hoffte, so die Scharade, dass ich noch immer dort gefangen war, möglichst lange aufrechthalten zu können.

»Draußen ist es mir viel zu kalt. Ich wäre nur eine Last«, sagte sie. »Hier bin ich euch mehr von Nutzen.«

Ich umarmte sie fest.

Gemeinsam mit Adil ritt ich in die klirrend kalte Morgendämmerung. Schnee und Eis stoben unter den Hufen der Pferde auf, und ich hatte Müh und Not, mich im Sattel zu halten. Was mich auf dem Pferd hielt, war nicht nur der verkrampfte Griff meiner Finger um die Zügel, sondern auch mein eiserner Wille. Magnus und unser Sohn brauchten mich. Nichts und niemand würde mich aufhalten.

Wir trieben unsere Pferde an, sodass mein weißer Mantel und mein Zopf hinter mir herflatterten. Ich saß auf Magnus' weißem Hengst, beugte mich dicht über seinen Hals und redete ihm zu, mich dorthin zu bringen, wo sein Herr war – oder er ihn zumindest das letzte Mal gesehen hatte. Nur einmal blickte ich über die Schulter zur Burg. In den Arbeitsräumen des Gesindes brannte bereits Licht, aber auch im dritten Stock des Haupthauses erspähte ich ein erleuchtetes Fenster. Iolanthes Zimmer. Sie war wach und schmiedete Pläne. Ich hoffte, sie blickte nicht ausgerechnet jetzt zu uns hinaus. Auf der schmalen Straße, die von Giebelstein wegführte, waren zwei einsame Reiter schnell auszumachen.

Der Wind war so schneidend, dass er kaum zu ertragen war. Wir wickelten uns Tücher vor das Gesicht, um uns vor dem brennenden Kuss der Eiskristalle zu schützen. Wenn die Sonne höher stieg, würde sie die weiße Landschaft vor uns in eine gleißende Fläche verwandeln. Die Zeit spielte gegen uns.

»Hast du eine Ahnung, wo er ist, alter Freund?«, fragte ich den Hengst, dessen Körper unter mir zitterte. Ich hatte keine Ahnung, ob er nur dem Weg Richtung Mühle folgte, den er so oft mit Magnus geritten war, oder ob er uns wirklich zu ihm führen würde.

Berit würde wissen, was zu tun war. Was wäre ihr Plan?

Der Spinnenmann kam aus dem Firnwald. Und dorthin, in das Schattenreich des Dunklen Volkes, hatte er wohl meinen Sohn gebracht. War es Magnus gelungen, ihm zu folgen? Obwohl er gar nichts von meinem unseligen Handel wusste?

Je länger ich nach meinem Ehemann suchen musste, desto weniger Zeit blieb mir, unser Kind zu retten.

Immer wieder strauchelte eines unserer Reittiere und mein Herz setzte einen Schlag aus. Wäre ich doch nur die Hexe, für die Iolanthe mich hielt. Dann würde ich die Schwarze Kunst dafür benutzen, meinen Ehemann zu finden. Doch alle Magie, die mir zur Verfügung stand, waren ein bisschen Blut- und Blütenzauber, und von Ersterem konnte ich selbst gerade kaum etwas erübrigen. Zweites war in der kargen, schneebedeckten Umgebung nicht zu finden.

Verzweifelt schloss ich die Augen, überließ es dem Hengst, den Weg für mich zu finden, und richtete meinen Blick nach innen. Ich presste die Lippen aufeinander und versuchte, meine Magie durch pure Willenskraft heraufzubeschwören. In mir floss das Blut des Lichten Volkes, oder etwa nicht?

Doch sosehr ich mich auch anstrengte: Ich fühlte mich ausgehöhlt und leer. Die Geburt meines Sohnes, die vielen schlaflosen Nächte und die Stunden im Turmzimmer hatten ihren

Tribut gefordert. Einen kleinen goldenen Funken glaubte ich, in mir zu erwecken, doch noch während er aufstieg, um sich seinen Weg in die Freiheit zu bahnen, erlosch er, als habe der Wind ihn ausgepustet. Frustriert biss ich mir auf die Lippe, bis sie blutete, und versuchte es noch einmal. Erfolglos.

Adil brüllte mir etwas zu. Er war nicht zu verstehen, weil ihm der Wind die Worte von den Lippen riss. Ich beschirmte meine Augen und sah, dass er auf eine Stelle vor uns deutete. Der Weg machte dort eine scharfe Biegung. Ich erkannte es nur an den Haselsträuchern, die ihre blattlosen Zweige dem grauen Himmel entgegenstreckten. Dahinter, auf dem mit einer Schneedecke überzogenen abschüssigen Feld, sah ich einen Farbklecks aufblitzen, königliches Blau wie die Farbe von Magnus' Wams und Umhang. Und die der Babydecke.

Adil zügelte sein Pferd und ich tat es ihm gleich. An der Kurve glitten wir von den Tieren, schlangen ihre Zügel um die brüchigen Haselsträucher und stürzten den flachen Abhang hinunter in Richtung des dunkelblauen Farbkleckses.

Bis zu den Knien sank ich in den Pulverschnee ein. Es war fast unmöglich, voranzukommen. Stur kämpfte ich mich Schritt für Schritt weiter, während die Sonne immer höher stieg und alles mit einer blendenden Glasur überzog.

Neben mir keuchte Adil. Ich hatte das Gefühl, es dauerte ewig, um Magnus zu erreichen. Als wir jedoch endlich dort ankamen, mussten wir feststellen, dass es nur sein fallen gelassener Mantel war, den der Schnee halb unter sich begraben hatte.

»Wenn er zur Burg zurückgekehrt wäre, hätten wir es bemerkt«, murmelte Adil und durchsuchte besorgt den steif gefrorenen Mantel.

Ich stiefelte im Kreis um den Fundort, stieß meine Hände in den Schnee, gleichzeitig hoffnungsvoll und ängstlich, dass meine Finger einen kalten Menschenkörper streifen würden.

»Wir sind auch keinen Wachen begegnet, die nach ihm suchen«, keuchte ich.

Adil warf den Mantel beiseite und kam mir zu Hilfe.

»Es ist nicht mehr allzu weit bis zur Mühle«, sagte er. »Könnte er dorthin unterwegs sein?«

Zwei zwitschernde Blaumeisen flogen dicht an unseren Gesichtern vorbei. Überrascht stolperten wir auseinander und folgten ihrem Flug mit den Blicken. Die beiden Vögel schraubten sich in die Höhe und umkreisten uns drei Mal, ehe sie unter weiterem Gezwitscher den Weg nach Nordwesten einschlugen, den Weg zum Königsforst.

»Berit«, murmelte ich. »Sie muss die beiden geschickt haben.«

Adil schaute mich an, als habe ich den Verstand verloren.

»Ich bin mir sicher. Vielleicht ist Magnus bei ihr.«

»Farah …«, Adil griff nach meiner Schulter, »wie soll er das denn geschafft haben? Die Mühle liegt viel näher. Wenn er hier vom Pferd gefallen ist und noch bei Verstand war, wird er sich dorthin durchgeschlagen haben.«

»Das weiß ich«, gab ich zu. Zu Berits Hüttchen war es von hier aus ein beschwerlicher Fußmarsch. Magnus würde bei diesem Wetter mehrere Stunden gebraucht haben. Aber die Blaumeisen waren in diese Richtung geflogen. »Vielleicht wünsche ich mir auch nur, dass sie von Berit kommen.«

Adil streckte die Hand aus und reichte sie mir. »Es gibt nur einen Weg, um das herauszufinden.«

Und unsere Reise ging weiter.

Wir konnten nicht den ganzen Weg zu Berit reiten. Am Waldrand glitten wir von den Pferden und führten sie an den Zügeln weiter. Der Königsforst wirkte im Winter wie eine andere Welt. Zwischen den Bäumen lag nur wenig Schnee und die kahlen Äste und braunen Gräser, die über die letzten Monate ihre Frische und Farbe eingebüßt hatten, verliehen dem Ort etwas Trostloses. Das verstärkte meine Angst noch.

Was, wenn ich mich irrte und Magnus gar nicht bei Berit war? Was, wenn er irgendwo im Schnee auf dem Weg zur Mühle lag? Was, wenn sich in der Zeit, die ich damit verbrachte, nach Magnus zu suchen, mein Kind mehr und mehr von mir entfernte?

Es ist meine Schuld, meine Schuld, meine Schuld, echote es in meinem Kopf und ich hätte mich am liebsten übergeben.

Endlich erreichten Adil und ich den Birkenhain. Auf dem niedrigen Dachfirst von Berits Hütte saßen die beiden Blaumeisen und zwitscherten uns entgegen. Ich drückte Adil die Zügel des Hengstes in die Hand, um das brusthohe Weidengatter aufzureißen. Als es nach außen aufschwang, flog die Tür zur Hütte auf und Thomas stürmte hervor. Er setzte über einen Schneehaufen hinweg und rannte auf mich zu.

»Magnus«, rief ich ihm entgegen. »Ist er …«

»Hier.« Thomas umarmte mich fest und ich klammerte mich kurz an ihn. Dann schob ich ihn von mir und lief durch den Garten und in die Hütte, direkt in Vaters Arme. »Wo sind sie? Hat er ihn gefunden?«, bestürmte ich ihn mit Fragen. »Wo ist …?«

»Hier«, krächzte Magnus. Er lag in Berits schmalem Bett.

Ich ließ mich daneben auf die Knie sinken, griff nach seiner eiskalten Hand und bedeckte sie mit Küssen. »Du lebst.«

»Gerade so.« Er wollte noch mehr sagen, doch ihm versagte die Stimme.

Verzagt schaute ich mich in der Hütte um. Mein Kind sah ich nirgends. Gewiss nicht. Es war noch immer beim Spinnenmann. Berit stand am Herd und brühte Tee auf. Ein würziger Geruch verteilte sich in der Waldhütte. »Es geht ihm bald besser«, versprach sie, während sie nach einem Tiegel griff, von dem ich wusste, dass er Honig beinhaltete.

Vater stellte sich neben mich. Er wand ein Tuch mit den Händen, als wüsste er nicht, was er mit ihnen sonst tun sollte. »Er kam vor ein paar Stunden zur Mühle«, erklärte er und deutete auf Magnus. »War völlig durchgefroren. Wir dachten, es sei besser, ihn zu Berit zu bringen, statt sie zu uns. Hat Zeit gespart.«

Ich ließ Magnus' Hand los, stand auf und zog Vater in meine Arme. »Danke«, flüsterte ich in sein Ohr. »Danke, danke, danke.«

Berit ging an mir vorbei und setzte sich an Magnus' Krankenlager. »Trink das«, befahl sie ihm und führte ihm geübt den Teebecher an die Lippen.

Magnus schluckte brav.

Ich drückte Vater noch einmal und beobachtete dann Berit dabei, wie sie den Becher zur Seite stellte und ein kleines Fläschchen aus ihrer Schürzentasche fischte. Sie gab Tropfen einer schlammbraunen Flüssigkeit auf einen Löffel und verabreichte sie Magnus.

»Das schmeckt widerlich«, beschwerte er sich.

»Aber es hilft«, antwortete sie.

Magnus sank erschöpft in sein Kissen zurück.

Berit reichte mir Fläschchen und Löffel. »Du nimmst am besten auch drei Tropfen davon«, sagte sie und deutete auf mein Kinn. Es fühlte sich nach dem Sturz auf dem Burghof noch geschwollen an. Ohne Fragen zu stellen, tat ich, was sie mir geraten hatte.

Magnus hatte recht. Die Tropfen schmeckten wie ranzig gewordene Butter. Eine angenehme Wärme breitete sich in meinem Körper aus.

Ich kniete mich wieder neben Magnus.

»Unser Sohn?«, fragte ich.

Er schüttelte den Kopf und mein Magen wurde hart wie Stein.

Meine Schuld, meine Schuld, meine Schuld ...

Vater legte seine Hand auf meine Schulter.

»Was ist geschehen, Farah? Magnus war kaum noch bei Sinnen, er hat nur immerzu gemurmelt, er müsse euren Sohn finden. Wo ist er, Farah? Was ist passiert?«

»Ich ...«, mir versagte die Stimme. Thomas und Adil kamen in die Hütte und zogen die Tür hinter sich zu. Sie setzten sich an den Tisch, während der kleine Waschbär, den ich im vergangenen Sommer kennengelernt hatte, aus einer dunklen Ecke auf mich zugehuscht kam und sich an mich kuschelte.

»Hast du die Pferde mitgebracht?«, fragte Magnus und richtete sich im Bett auf.

Ich nickte.

»Gut.« Er wollte die Decke zurückschlagen, doch Berit schlug ihm auf den Handrücken. »Nichts da.«

»Aber ...«

»Mein Trank hilft schnell, aber nicht so schnell. Gib ihm noch eine halbe Stunde.«

Magnus' Halsschlagader begann zu pochen. »Mein Sohn ...«

»Wurde von Feenwesen entführt«, unterbrach sie ihn und blickte dann mich an. »Habe ich recht?«

Blut schoss mir in den Kopf. Es wurde so still im Raum, dass man nur das Geräusch ausmachen konnte, das die Äste verursachten, die vom Wind bewegt am Hüttchen kratzten.

Magnus packte mein Handgelenk. »Von was redet sie da, Farah? Warum sagt sie das?«

»Ich ...«, stammelte ich, »es ...«

Schweißperlen traten mir auf die Stirn, so sehr versuchte ich, die Übelkeit im Zaum zu halten, die sich von meinem Magen aus in meinem ganzen Körper verbreitete.

»Sie darf nicht darüber reden, habe ich recht?«

Ich konnte nur nicken.

»Dachte ich's mir doch.« Berit tappte nervös mit dem Fuß auf dem Boden. »Was kann ich euch sagen?« Sie überlegte. »Erinnert ihr euch an das Feengold, das zu Laub geworden ist? Es hat sich verwandelt, weil Farah verraten hat, woher es gekommen ist. Und zwar dir, Thomas, nicht wahr?«

Mein Bruder wurde in seinem Stuhl ganz klein. »Ich ... ja ... Aber ich wusste doch nicht ...«

»Was dann passieren würde? Nun, im Grunde war das wohl mein Fehler, nicht deiner oder der von Farah.«

»Du darfst dir nicht...«, begann Vater, doch Berit brachte ihn mit einer Geste zum Schweigen. »Ich dachte, ich hätte euch genug vor dem Feenvolk gewarnt«, sagte sie. »Nie im Traum hätte ich gedacht, ihr würdet …«

Sie verstummte und suchte meinen Blick. Ich presste die Lippen zusammen und schüttelte den Kopf.

Sie wusste, dass ich einen Handel eingegangen war, oder ahnte es zumindest. Doch davon durfte sie nicht sprechen.

»Ich hätte euch von den trügerischen Eigenschaften des Feengoldes erzählen sollen«, fuhr sie schließlich fort und ich atmete erleichtert auf. »Verzeiht mir, Kinder. Ich war zu naiv.«

»Aber was heißt das denn?«, verlangte Magnus zu wissen. »Wo ist unser Kind?«

»Falls du deinen Sohn retten willst, darfst du sie nicht zu einer Antwort drängen. Verstehst du das?«, schärfte Berit ihm ein.

»Was? Nein! Ich …«

Sie schnalzte mit der Zunge. »Ich weiß, du bist mein König, aber die Wälder sind mein Reich. Ich kenne mich mit dem Feenvolk aus. Mein Wort muss dir genügen. Willst du das Kind retten oder nicht?«

Magnus nickte.

Berit wandte sich jetzt mir zu. »Dein Vater und ich haben bereits darüber gesprochen. Euer Weg wird euch ins Herz des Firnwaldes führen, ins Reich des Dunklen Volkes.«

Ein Geräusch, irgendwo zwischen Keuchen und Wimmern, entwich mir. Jahrelang hatte sie mir verboten, die Grenze zum Feenreich auch nur einen Schritt weit zu übertreten.

»Ich weiß, was du denkst, aber nach dieser Nacht ist alles anders.«

Ich richtete mich auf, aber Magnus ließ meine Hand nicht los. »Kannst du uns helfen?«, fragte ich sie.

»Ich will es versuchen, so gut ich kann.« Sie seufzte. »Beim Säer und seinen Geschwistern, ich werde alt.«

Adil griff nach einem der Stühle, die um den Tisch standen, und trug ihn zu ihr. Mit einem knappen Lächeln bedankte Berit sich und ließ sich darauf nieder. Vater, Thomas und Adil setzten sich um den Tisch.

»War es die Kreatur, die dir im Sommer aufgelauert hat?«, fragte sie dann.

Magnus versteifte sich, blieb jedoch stumm. Ich nickte schicksalsergeben. Dieser Tag im Wald, mein langes Gespräch mit Berit am Küchentisch, ehe sie mir die Bernsteinkerze gegeben hatte, kam mir so weit entfernt vor. Doch die Vergangenheit holte einen wohl immer ein.

»Kennst du ...«, begann ich vorsichtig, weil ich meine Worte wohl überlegen musste, »den Namen der Kreatur?«

Vater und Berit sogen gleichzeitig erschrocken die Luft ein.

»Ihren wahren Namen?«, fragte Berit. »Hast du ...?«

Ich blickte ihr direkt in die Augen, blieb jedoch stumm.

»Du hast.«

»Was meint sie?«, fragte Magnus. Ich schüttelte den Kopf. Seine Stirn umwölkte sich, doch er hielt sich weiter zurück.

»Farah ...«, begann Thomas, doch Vater legte ihm die Hand auf die Schulter.

»Vertraut ihr mir?« Ich hasste es, die Verzweiflung in meiner Stimme zu hören. Wir beobachteten Berit dabei, wie sie zu einer Holztruhe ging und darin zu wühlen begann. Es dauerte eine ganze Weile, aber schließlich hob sie triumphierend in die Höhe, wonach sie gesucht hatte. Ich erkannte den flachen Stein mit dem Loch in der Mitte sofort.

»Weißt du noch, was ich dir darüber erzählt habe?«, fragte sie ernst, während sie auf mich zukam.

Ich streckte die Hand danach aus. »Wenn man durch das Loch blickt, kann man Feenwesen sehen, die unsichtbar sind.«

Berit legte mir das Amulett in die Hand. Der münzgroße Stein war so glatt geschliffen wie ein Schmuckstück.

»Weiter«, befahl sie.

»Man kann ihren geheimen Pfaden folgen?«

»Das Feenreich ist nicht wie unsere Welt. Es ähnelt ihr, gewiss, aber es ist auch anders. Seine Wege sind so trügerisch wie die Wesen, die dort leben.«

Kam es mir nur so vor oder prasselte das Feuer in Berits Eisenofen lauter?

»Du musst auf den Stein gut achtgeben«, schärfte sie mir ein. »Denn das Wichtigste über ihn habe ich dir noch nicht verraten: Wenn du durch sein Loch schaust, zeigt er dir den richtigen Pfad in unsere Welt zurück. Solche Wege gibt es nicht viele. Ohne den Stein bist du verloren.«

Ich betrachtete das schlichte Schmuckstück in meiner Hand. Nach Berits Offenbarung kam es mir viel kostbarer vor als sämtliche Juwelen, die Iolanthe um ihren verräterischen Hals trug.

»Danke«, murmelte ich.

»Mit deinem Dank musst du vorsichtig sein, sobald du dich auf den Weg gemacht hast«, erinnerte sie mich.

»Wir«, korrigierte Magnus sie.

»Ich komme auch mit«, sagte Adil von seinem Platz am Tisch aus.

»Ich auch«, schloss Thomas sich an.

Wäre die Situation nicht so furchtbar gewesen, vielleicht hätte ich mich darüber gefreut. Es stimmte wohl, dachte ich, als ich mich im Zimmer umblickte: Unglück schweißt eine Familie manchmal mehr zusammen als jedes Glück der Welt.

Doch ich war diejenige, die dieses Unglück über uns gebracht hatte.

31

In der Hexenküche

Ich muss dir etwas geben«, sagte Berit, nachdem sie Magnus noch mehr Tee eingeflößt hatte.

Ich stand auf, küsste meinen Mann auf die Stirn und versprach ihm, gleich wieder da zu sein. Vater bereitete uns allen warmen Haferbrei zu. Adil war kurz hinausgegangen, um nach den Pferden zu sehen, und Thomas hatte ihn begleitet.

Berit führte mich am Regal mit den Einmachgläsern und Kräuterbündeln vorbei in ihre winzige Hexenküche. Sie zog die schwere Wolldecke, die als Vorhang diente, hinter uns zu, um uns vor den Blicken der anderen zu schützen. Wenn wir zu laut sprachen, würde man uns in der angrenzenden Stube jedoch problemlos hören. Deshalb flüsterten wir.

»Geh nicht zu hart mit dir ins Gericht«, sagte sie und umarmte mich fest. »Keiner von uns ist frei von Fehlern.«

Ich biss mir auf die Innenseite der Wange, um die Tränen zurückzuhalten, die in mir aufsteigen wollten. Jetzt war keine Zeit dafür. Es war Zeit, um zu kämpfen. Zwei Tage blieben mir noch.

»Du musst tiefer in ihre Welt eindringen, als ich mich jemals hineingewagt habe. Zaudere nicht und blick nicht zurück. Geh immer voran, bis du dein Kind gefunden hast.«

»Ich muss nicht nur ein Kind finden«, gestand ich ihr. »Sondern auch einen Namen.«

»Es gibt da vielleicht jemanden, der dir helfen kann.«

Meine Hände und Füße begannen zu kribbeln. »Wer?«

»Die Hüterin der Quelle«

Das Kribbeln verstärkte sich. »Wie finde ich sie?«, fragte ich, obwohl ich von einer Hüterin noch nie gehört hatte. »Durch den Stein?«

»Nein. Du weißt, wie du das Feenreich betrittst?«

»Hinter den Weißdornhecken am Seerosenweiher.«

»Genau. Ihr müsst die Lichtung mit den Sternblumen und Fliegenpilzen überqueren und ein Tor durchschreiten, das zwei Eichen bilden.«

Sie beschrieb mir den Weg, dem wir folgen sollten, über einen Bach mit gluckerndem Wasser, dann durch den Wald bis hin zur Weißbirkenlichtung der Sternmieren und Zinnobertäublinge. Wir sollten die Geheimniswahrerin der Gnome bitten, uns zur Herrin der Quelle zu bringen.

»Was ist denn eine Geheimniswahrerin? Und wie erkenne ich sie?«

»Du fragst die Pilzgnome einfach nach ihr. Sie ist eine Art Vertrauensperson. Alle Gnomengemeinschaften besitzen eine. Man redet mit ihnen, wenn man es mit sonst niemandem kann. Sie geben Rat und behalten für sich, was man ihnen anvertraut.«

»In gewisser Weise sind sie also wie du«, sagte ich.

»Komme ich dir vor wie ein Pilz? Sag mir lieber, ob du dir alles gemerkt hast.«

Ich bejahte und sie drehte sich zu dem Regal, das ihre Kräuterküche von der Wohnstube trennte. Sie wühlte zwischen ihren Glasphiolen, Steintiegeln und Holzgefäßen herum und kam schließlich mit einem winzigen Tonfässchen zurück, das dunkelgrün lackiert war. Mit einem Kräutermesser öffnete sie das Wachssiegel, das den Deckel an Ort und Stelle hielt. Vorsichtig schüttelte sie ein paar Kügelchen daraus auf ihren Handteller. Sie sahen aus wie getrocknete schwarze Johannisbeeren, nur etwas kleiner. Eine schüttete sie in das Fässchen zurück, die anderen drei hielt sie mir hin.

»Gut kauen.«

Ohne zu zögern, steckte ich die kleinen, harten Beeren in den Mund. Als ich auf die erste biss, begann mein Mund zu brennen. Meine Zunge wurde langsam taub. Trotzdem kaute ich, so schnell ich konnte, und schluckte den Früchtebrei hinunter. In mir entzündete sich ein kleines Lagerfeuer. Die Wärme stieg bis in den Oberbauch, streichelte meine Lungenflügel und strömte schließlich in meine Brüste. Sie wurden kurz heiß, dann verschwand das Gefühl, als sei das Feuer in mir wieder erloschen.

»Keine Sorge«, beruhigte mich Berit, mein Gesichtsausdruck hatte offenbar Bände gesprochen. »Das wird den Milchfluss und die Schmerzen hemmen, bis du deinen Sohn wieder stillen kannst. Es hält nur ein paar Tage an.«

»Zwei«, antwortete ich. »Zwei Nächte lang habe ich Zeit.«

»Ah. Es waren insgesamt drei, nicht wahr?« Sie lächelte finster. »Vieles von dem, was du über das Lichte und das Dunkle Volk gelernt hast, wird dir nichts nutzen, wenn du erst einmal in ihr Reich eingedrungen bist. Wenn du mit der Hüterin der Quelle sprechen willst oder mit anderen Feenwesen, kannst du dich nicht durch Bernsteinwachs schützen oder deine Socken verkehrt herum anziehen.«

»Ich verstehe.«

»Wenn du etwas Rotes an dir trägst, leg es ab, bevor ihr aufbrecht. Sag auch den anderen Bescheid.«

»Hältst du es für eine gute Idee, dass sie mich begleiten?«, fragte ich zweifelnd. »Ich will sie nicht in Schwierigkeiten bringen.«

»Du willst nicht, dass sie erfahren, was du getan hast«, hielt sie mir schonungslos entgegen.

»Ist Magnus überhaupt schon stark genug?«

»Er wird es sein, wenn ich ihm noch ein bisschen mehr von meiner Spezialtinktur eingeflößt habe.« Sie stellte das Fläschchen zurück ins Regal. »Du musst vorsichtig sein. Das Mittel ist stark. Er wird glauben, mehr Kraft zu besitzen, als er tatsächlich hat. Achte darauf, dass er genug trinkt und sich ausruht. Was Thomas und den anderen Burschen angeht: Du kannst froh sein, sie an deiner Seite zu wissen.«

»Das bin ich«, versicherte ich ihr, etwas zu laut.

»Ich habe noch etwas für euch.« Sie drückte mir eine silberne Phiole in die Hand.

»Was ist das?«

Berits Augen blitzten. »Etwas, das große Heilkraft besitzt. Falls einer von euch sich verletzt, träufle den Inhalt über die Wunde. Das Wasser heilt jedes Gift. Aber gib darauf acht. Nur in diesem Gefäß behält es seine Macht.« Sie seufzte. »Ich wünschte, dein Vater und ich könnten dich begleiten, aber wir dürfen nicht.«

Vergeblich versuchte ich, im Dämmerlicht der Hexenküche den seltsamen Ausdruck auf ihrem Gesicht zu deuten. »Ihr *dürft* nicht?«

»Nicht, wenn du Erfolg haben willst. Es hat mit dem zu tun, was mit deiner Mutter geschehen ist.«

Meine Mutter? »Aber …«

Berit hob die Hand, um zu verhindern, dass ich weitersprach. »Alles zur rechten Zeit, Farah. Ich darf dazu nichts sagen. Ebenso wenig, wie du mir sagen kannst, was in deinen ersten drei Nächten auf der Burg geschehen ist.«

Meine Gedanken rasten. Ich hatte plötzlich das Gefühl, auf einen Abgrund zuzusteuern, ohne zu wissen, wie tief er war. Berit hat vor mir ein Geheimnis, *noch* eines. Das erste hatte mich schon so viel Kraft gekostet. Und Vater war in ihr Geheimnis eingeweiht? Sie hatten mir nicht die Wahrheit erzählt. Wieder blitzte diese seltsame Erinnerung in meinen Gedanken auf: ich und Thomas auf den Rücken von Ziegenböcken, irgendwo im Wald. Mutters Lachen …

»Ich …«, begann ich, unfähig, weiterzusprechen, und unfähig, den Mund zu halten.

»Du«, Berit nahm mein Gesicht in beide Hände und schaute mich ernst an, »musst jetzt erst einmal dein Kind retten. Alles andere kann warten.«

Obwohl Zeit etwas zu sein schien, von dem nicht genug zur Verfügung stand, frühstückten wir noch. Berit hatte recht behalten: Nachdem sie Magnus Tee und weitere Schlammtropfen eingetrichtert hatte, konnte er aus dem Bett aufstehen und schien ganz der Alte. Gemeinsam drängten wir uns um den Esstisch. Es gab Haferbrei mit Honig, Nüsse und schrumpelige Äpfel. Unruhig rutschte ich auf dem Stuhl hin und her. Ich wollte nicht länger warten und war mir sicher, keinen Bissen herunterzubekommen. Unter Berits strengem Blick zwang ich mich aber dennoch, ein paar Löffel zu essen, auch, weil mein Verstand begriff, dass ich alle Kraft brauchen würde, wollte ich meinen Sohn tatsächlich retten.

Danach brachen wir endlich auf. Ich hatte ein Kräutermesser mit einer Schlaufe am Gürtel befestigt und um den Hals trug ich die Schnur mit dem Lochstein.

Berit hatte Thomas einen Tiegel Feensalbe mitgegeben und uns eingeschärft, diese aufzutragen, kurz bevor wir ins Feenreich traten. Wie der Lochstein sollte sie uns dabei helfen, verborgene Feenwesen zu entdecken. Vor allem aber würde sie verhindern, dass wir einigen der wilden Zauber erlagen, mit denen das Feenreich sich vor uns Menschen angeblich schützte.

Als wir aus der Hütte gingen, sprang mich etwas an. Krallen bohrten sich durch meinen Mantel, ich fuhr herum und schrie.

»Du«, rief Thomas empört und eilte mir rasch zur Hilfe.

Er pflückte mir den keckernden Waschbären von der Schulter und kraulte ihm sanft das Fell. »Sag doch einfach, dass du mitwillst, hm? Farah hat sich zu Tode erschrocken. Du spürst, dass es ihr nicht gut geht, was? Guter Junge, ich weiß, du willst nur helfen. Na, komm, entschuldige dich.«

Thomas hielt mir den Waschbären hin. Der legte den Kopf schief und blickte mich unschuldig an.

»Du kannst nicht mit«, erklärte ich ihm. »Es ist viel zu gefährlich.«

»Lass ihn ruhig«, sagte Berit und reichte mir einen Wasserschlauch. »Er ist zäher, als es den Anschein hat.«

»Na gut«, gab ich nach, weil mir unsere Begegnung mit der Nixe einfiel. »Aber du kennst die Regeln: Du musst selbst laufen, denn wir können dich nicht tragen. Und wenn es dir zu gruselig wird, kann dich niemand zurückbringen.« Der Kleine sprang in die Höhe und hüpfte im Kreis.

Vater kam auf uns zu und nahm Thomas und mich in die Arme. In seinen Augen schimmerten Tränen. »Passt auf euch auf«, bat er mich. »Und kommt mit meinem Enkel heil zurück.«

Das hätte ich ihm gern versprochen. Doch die Wahrheit war, dass ich nicht wusste, ob wir heil durchstehen konnten, was uns bevorstand. Ich war mir ja noch nicht einmal sicher, ob ich den Preis für die Hilfe des Spinnenmanns überhaupt schon ganz gezahlt hatte.

Mit Magnus an meiner Seite und verfolgt von Thomas, Adil und einem allzu neugierigen Waschbären verließ ich den Königsforst und schlich auf von Hecken beschatteten Wegen bis zur Grenze des Firnwalds.

»Bereit?«, fragte ich dort.

Magnus legte die Hand auf den Schwertknauf, als würde er seine Waffe jetzt schon brauchen, und trat zwischen die Bäume. Wir anderen folgten ihm, Thomas so vorsichtig, als habe er Angst, in Flammen aufzugehen, sobald er den Waldboden betrat.

»Tja, und hiermit habe ich selbst offiziell eines der ältesten Gesetze unseres Landes gebrochen«, sagte Magnus.

»Machen das Könige nicht ständig?«, fragte Thomas. Kaum waren die Worte heraus, schlug er sich die Hand vor den Mund. »Entschuldigung!«

Adil lachte leise. »Schon gut. Das kann er verkraften.«

»Lasst uns gehen«, drängte ich zur Eile und übernahm die Führung. Jeder Schritt, den ich tat, brachte mich näher zu meinem Sohn. Hoffentlich.

Wenn Schnee und Eis das Land im Griff hatten, war ich bisher nur selten zu der kleinen Lichtung mit dem Seerosenweiher aufgebrochen, auf der ich so viele Sommernachmittage verbracht hatte. Die Trauerweiden, deren Äste sich im Sommer zu einem gelbgrünen Laubkokon verbanden, wirkten im Winter nackt. Die blattlosen Sträucher erinnerten an übergroße Krähennester, das Summen der Insekten und das Quaken der Frösche war verstummt und das einzige Geräusch war das Knirschen des Frostes unter unseren Füßen, wenn wir auf mit Raureif überzogene Blätter traten. Einzig die immer blühenden Flammenblumen stachen mit ihren orangeroten Blüten aus ihrer tristen Umgebung heraus. Das Wasser des Weihers lag unter einer dünnen Eisschicht verborgen, die hier und da von eingefrorenen Schilfbüscheln durchbrochen wurde. Im Sommer wiegten sie sich in einer sanften Brise. Jetzt wirkten sie so starr, dass ich Angst hatte, ein heftiger Windstoß könnte sie zerbrechen.

Mein Blick glitt über den flechtenüberwachsenen Findling. Keine Münze glänzte darauf. Ich schloss die Augen und lauschte, in der Hoffnung, eine Ahnung von der Präsenz meiner Mutter zu erhalten. Doch da war nichts.

»Ist es hier?« Thomas klang angespannt.

Meine Kehle fühlte sich ausgedörrt an wie die Pflanzen um mich herum. »Ja.«

Ich deutete hinüber zu den Trauerweiden. Dunst wallte auf, und für den Bruchteil einer Sekunde glaubte ich, Mutters Geist wäre gekommen, doch dann spielte der Wind mit den weißen Fetzen, und ich musste mir eingestehen, dass sie aus nichts als Nebel bestanden.

»Wohin jetzt?«, fragte Magnus. »Sind wir hier an der Grenze?«

»Fast«, antwortete ich und deutete hinüber zu den Weißdornsträuchern. Es war Zeit, die Welt, wie wir sie kannten, hinter uns zu lassen.

32

Aufbruch ins Feenreich

Hintereinander schoben wir uns durch eine schmale Lücke zwischen den Weißdornsträuchern, die sich unter der Schneelast bogen.

»Sieht jemand was?«, fragte Thomas leise.

»Nichts«, antwortete mein Mann. »Hier ist nur Nebel.«

Als ich die Äste vor mir zur Seite schob, blickte ich direkt auf eine Nebelwand. Selbst Magnus, der doch eigentlich direkt vor mir stand, wurde von ihr verschluckt, sodass ich das Gefühl hatte, ihn durch trübes Glas zu betrachten. Ich wollte zu ihm treten, doch etwas riss an meinem Mantel.

»Au!«, entfuhr es mir.

Der Waschbär, der mich wie ein Hündchen verfolgte, stolperte gegen mich.

»Was ist?«, fragte Thomas beunruhigt.

»Alles in Ordnung«, gab ich Entwarnung, nachdem ich begriffen hatte, dass nichts und niemand nach mir gegriffen hatte, sondern sich nur die Schafwolle in den Ästen verwickelt hatte. Magnus beugte sich über meine Schulter und löste den Stoff vorsichtig. Seine Bartstoppeln kitzelten mich am Ohr und am Hals. Als unser Kind geboren worden war, hatte er sich den Vollbart abrasiert.

Nachdem wir alle fünf – Magnus, Thomas, Adil, ich und der Waschbär – nebeneinanderstanden, starrten wir in den Nebel. Die schlanken Baumstämme der Tannen und Kiefern waren nur als dunkle Schemen erkennbar.

Als hätten wir uns ein unsichtbares Zeichen gegeben, suchten wir die Hände der jeweils anderen.

»Na komm«, forderte ich den Waschbären auf, der sich nervös mit seinem winzigen Pfötchen an meinen Stiefel klammerte. Ich hatte mir vorgenommen, ihn nicht zu tragen, doch ich wollte ihn auch nicht in der trüben Suppe verlieren. Glücklich fiepend machte er es sich auf meiner Schulter gemütlich, indem er sich mit seinen Hinterbeinen in die Kuhle setzte, die mein Trinkschlauch bildete, während er sich mit seinen Pfötchen im Wollmantel festkrallte.

Einen Wollmantel, den ich nicht länger brauchte, nachdem wir ein paar Schritte gegangen waren und den Nebel durchquert hatten. Mit der Menschenwelt ließen wir auch den Winter hinter uns. Vor uns lag die schönste Lichtung, die ich in meinem ganzen bisherigen Leben gesehen hatte. Ihr Boden bestand aus weichem Moos, auf dem Blumen mit sternförmigen Blüten wuchsen. Hüfthohe Farnteppiche breiteten sich hier und dort aus und im Schatten einer Erle, die mittig auf der Lichtung wuchs, leuchteten die rot-weißen Kappen handtellergroßer Fliegenpilze. Goldstaub flirrte in der Luft und winzige Falter in schillernden Farben flogen von Blüte zu Blüte. Es duftete intensiv nach Waldmeister und Rosen. Zwei Eichhörnchen kletterten den Stamm der Erle hinab, das Fell fast so rot wie die Kappen der Fliegenpilze. Es sah aus, als spielten sie fangen.

Nacheinander lösten wir die Spangen unserer Umhänge und Mäntel und ließen sie achtlos zu Boden gleiten. Den Waschbären nahm ich dafür in meine Arme. Heute kam er mir überraschend leicht vor. Am liebsten hätte ich mich auf dem weichen Moos ausgestreckt, mich von der Sommersonne wärmen lassen und die Goldfunken dabei beobachtet, wie sie sich über mir in der Luft drehten.

»Sehen so alle Wälder im Sommer aus?«, fragte Adil träumerisch, kniete sich hin und beugte sich dicht über eine der weißen Blumen, um an ihnen zu riechen. Thomas lachte, setzte sich neben ihn und zog ihn in die Arme. Adil griff nach seinem Gesicht und begann übermütig, es mit Küssen zu bedecken. Magnus griff nach meiner Hand und drückte sie fest. »Dort sind Beeren.« Er deutete auf einen Strauch am Rand der Lichtung. Pralle Himbeeren hingen daran, bei deren Anblick mir das Wasser im Mund zusammenlief. So saftig! So rosarot!

»Soll ich dir ein paar pflücken?«

Ich wollte bereits nicken, da kratzte mich der Waschbär am Unterarm. »He«, beschwerte ich mich und warf ihm einen strengen Blick zu. Mit seinen schwarzen Knopfaugen blickte er mich so ernst an, als wollte er mir etwas sagen. Er hob die Pfote und wackelte mit den Krallen, als wäre er drauf und dran, sie mir in den Unterarm zu schlagen, wenn ich *von den Beeren aß!*

»Iss nichts, was dir Feen anbieten«, murmelte ich den alten Spruch meiner Mutter und eilte Magnus hinterher, der bereits nach einer Frucht griff.

»Halt«, warnte ich ihn.

»Keine Bange, ich bringe dir welche.«

»Iss nichts, was das Feenvolk dir anbietet«, wiederholte ich laut. »Hast du das vergessen?«

Ich packte ihn am Arm und zog ihn hinter mir her, von den Himbeeren weg. »Wer hat den Tiegel eingepackt, den Berit uns gegeben hat?«

»Die Feensalbe?«, fragte Thomas leichthin. »Die ist in meinem Ranzen.«

»Bleib sitzen«, fuhr ich Magnus an, der mich verträumt anlächelte. Dann wühlte ich in Thomas' Bündel, bis ich den faustgroßen Tontiegel gefunden hatte. Berit hatte uns eingeschärft, die Salbe am Weiher aufzutragen. Wie hatten wir das nur vergessen können?

Hektisch zerrte ich am Deckel, bis er sich mit einem schmatzenden Geräusch löste. Ich tauchte Zeige- und Mittelfinger in das Fässchen. Die Salbe darin erinnerte von der Konsistenz her an Schmalz, roch aber deutlich besser.

»Schließ die Augen«, warnte ich Magnus, der mit einem

idiotischen Grinsen auf den Lippen tat, worum ich ihn bat. Ich bestrich seine Lider und Wangenknochen dick mit der Salbe.

Als er die Lider aufschlug, zuckte er überrascht zusammen. »Oh …«

»Ja, oh«, bestätigte ich, tauchte meine Finger wieder in die Salbe und schmierte auch mein Gesicht ein. Ich war noch nicht fertig, als ich bereits merkte, wie der verführerische Duft der Lichtung verblasste, und als ich die Augen öffnete, wirkte meine Umgebung zwar immer noch wunderschön, aber ich verlor mich nicht mehr in dem Gefühl seliger Ruhe und Freude, das mich überkommen hatte, kaum, dass wir aus dem Nebel getreten waren. Als ich den Blick über die Mooskissen gleiten ließ, sah ich, dass uns mindestens ein halbes Dutzend Feenwesen beobachtete. Sie erinnerten mich in Farbe und Form an Ameisen, waren jedoch so groß wie mein kleiner Finger und hatten sich aus Grashalmen gewebte Tuniken um den Körper geschlungen. Auf ihrem Kopf trugen sie Hütchen, die mich an Schneckenhäuser erinnerten, und sie verbargen sich halb hinter den Stielen der Fliegenpilze, die für sie so groß wie Baumstämme waren.

»Hast du etwas verloren?«, fragte Thomas und ich besann mich auf meine Aufgabe. Ich schmierte erst meinem Bruder, dann Adil die magische Salbe ins Gesicht. Kaum fiel der Feenbann von Thomas ab, zuckte er zusammen und hektische rote Flecke erschienen auf seinem Hals und in seinem Gesicht.

»Entschuldigung«, murmelte er. »Ich wollte nicht … Ich meine, ich weiß nicht, was … ich meine …«

Adils Mundwinkel zuckten. »Du wolltest nicht? Das hat sich gerade aber ganz anders angefühlt.«

»Wir müssen weiter«, sagte ich fest und wischte meine Hand an einem Mooskissen ab. Magnus verstaute die Salbe in Thomas' Beutel. Mit dem Abflachen der Euphorie war auch die Sorge um meinen Sohn zurückgekehrt. Wir hatten keine Zeit zu verlieren. Und wir standen erst am Anfang.

Die Mäntel rollten wir zusammen und ließen sie im Schatten des Busches mit den verführerischen Früchten zurück.

Thomas wirkte so ernüchtert, als habe man ihm einen Eimer Wasser über den Kopf gekippt. Seine Schamesröte war noch nicht ganz verschwunden, doch immer wieder warf er verstohlene Blicke zu Adil. Die der fast jedes Mal auffing und ihn dann beruhigend anlächelte. Nur, dass sich Thomas nicht so schnell beruhigen ließ.

»Und wenn wir sie noch brauchen?«, fragte er und deutete auf die Mäntel.

»Im Feenreich herrscht immer Sommer«, wiederholte ich Berits Worte.

»Wir müssen aber auch zurück. Und ich nehme an, du hast nicht vor, den restlichen Winter hier zu verbringen.«

Trotz der Wärme lief mir ein Schauer das Rückgrat hinunter. Ich nestelte an dem Lederbändchen um meinen Hals und zog den Lochstein unter dem Hemd hervor. Die Welt, die ich dahinter erspähte, wirkte, als hätte man ihr alle Farbe entzogen. Das Moos, die Fliegenpilze, der Himmel, ja selbst die Eichhörnchen: Alles war grau. Nur ein leuchtend roter Pfad zog sich von mir aus bis zum Nebel, hinter dem die Weißdornsträucher lagen. Das war unser Weg zurück.

Erleichtert ließ ich den Stein los.

»Dort entlang«, sagte ich und deutete auf zwei Eichen, die wie ein natürliches Tor am anderen Ende der Lichtung standen. Wir schulterten unsere Bündel und der Waschbär kletterte diesmal auf Magnus' Schulter.

»Kein Wunder, dass die Menschen, die von den Feenwesen in ihr Reich entführt werden, nicht zurückkommen«, murmelte Adil. »Diese Welt ist sogar trotz Feensalbe wunderschön.«

Keiner von uns widersprach. Der Wald hier glich dem in der Menschenwelt und auch wieder nicht. Buchen und Eichen, Erlen, Kastanien und Weiden wuchsen in wildem Reigen. An ihre Stämme schmiegten sich riesige Pilzschwämme, deren Duft uns wolkenartig umhüllte. Die Gräser und Farne um uns herum waren weich und zart wie Seide, und wenn ein Lufthauch durch sie hindurchfuhr, klang es wie Musik. Ab und an sahen wir das Aufblitzen von Augen, die uns aus dem Schutz der Baumkronen oder bemooster Felsen heraus beobachteten. Etwas, das ich zunächst für kleine Zweige gehalten hatte, begann sich zu bewegen und stellte sich als die Hand eines Borkenwesens heraus, das im ersten Augenblick fast wie ein Mensch aussah, im nächsten jedoch komplett mit der Rinde eines Baums verschmolz.

Wie Berit versprochen hatte, führte der Weg zu einem kleinen Bachlauf, der sich gluckernd durch das weiche Erdreich fraß. In seiner Gischt spielten Kobolde, wie ich sie aus der Mühle kannte. Auf der gegenüberliegenden Seite stießen wir erneut auf eine Lichtung. Sie war kleiner als die moosüberwucherte Wiese, kam mir jedoch überraschend vertraut vor. Diesen Platz kannte ich! Zumindest glaubte ich das. Wieder sah ich Thomas und mich auf dem Rücken von Ziegen über die Lichtung toben. Fröhliches Kinderlachen vermischte sich in meiner Erinnerung mit ihrem Gemecker.

Ich griff nach der Schulter meines Bruders. »Erinnerst du dich?«

»An was denn?«

»Wir waren noch Kinder«, versuchte ich, seinem Gedächtnis auf die Sprünge zu helfen. »Wir sind auf dem Rücken von Ziegen geritten.«

Thomas lachte. »Du träumst.«

»Nein. Schau doch dort, der Nussbaum!« Ich deutete auf den alten Baum, der seine ausladenden Äste wie zum Gebet dem Himmel entgegenstreckte.

»Das ist das Feenreich, Farah. Es gaukelt dir Dinge vor, die nicht wahr sind.«

»Vielleicht«, murmelte ich und wir gingen weiter.

Wir kamen an einem großen Felsbrocken vorbei, der mit türkisfarbenem Moos bewachsen war. Wir folgten dem Pfad durch einen Mischwald, der aus Bäumen bestand, wie ich sie auch aus dem menschlichen Teil kannte, und solchen, die ich noch nie gesehen hatte. Hier war es schwieriger, die Orientierung zu behalten.

Einmal entdeckte ich im Geäst einer Eiche einen vielleicht achtjährigen Jungen mit milchweiser Haut und pechschwarzen Haaren. »Ist das der Weg zur Hüterin der Quelle?«, rief ich ihm zu, doch er zog sich wortlos ins Blattwerk zurück und einen Herzschlag später stieg ein Rabe von der Eiche auf und flatterte davon. Der Junge aber war verschwunden.

Immer, wenn wir uns des Weges nicht mehr sicher waren, griff ich nach dem Lochstein und vergewisserte mich, dass zumindest der Weg, den wir gekommen waren, noch als leuchtend rotes Band durch ihn zu sehen war. Dermaßen beruhigt trauten wir uns weiter vor und kamen auch stets an eine Stelle, die so aussah, wie Berit sie uns beschrieben hatte. Bis wir die Weißbirkenlichtung erreichten, auf der es eigentlich von Zinnobertäublingen nur so hätte wimmeln sollen. Der Waldboden war jedoch frei von Pilzen und so trocken, als hätte ihn jemand erst kürzlich gefegt. »Vielleicht sind wir falsch abgebogen«, überlegte Magnus.

Adil deutete auf einen Teppich krautiger Pflanzen mit weißen Köpfchen. »Da wachsen die Sternmieren, wie sie gesagt hat.«

»Und das ist eindeutig eine Weißbirkenlichtung«, sagte Thomas. »Es fehlen nur die Pilze.«

Ich spielte mit dem Lochstein und überlegte, was wir tun sollten. Berit hatte darauf bestanden, dass sich der Pfad durch den Wald hier verlieren würde und wir unbedingt die Täublingsgnome um Hilfe bitten mussten. Wie sollte das jedoch funktionieren, wenn wir sie nicht fanden?

Ich ließ den Lochstein los, pflückte den Waschbären von meiner Schulter und setzte ihn vor mir in das raschelnde Laub. »Kennst du den Weg?«, fragte ich.

Der Kleine nahm ein Pfötchen in den Mund und spitzte die Ohren. Kurz darauf ließ er sich auf alle viere nieder, stieß das niedliche Keckern aus, in das ich mich inzwischen verliebt hatte, und verschwand in Richtung einer gewaltigen Brombeerhecke.

»Da durch?«, fragte Thomas zweifelnd.

Magnus zuckte mit den Schultern. »Der Stein wird uns den Weg zurückführen, falls es wirklich der falsche ist.«

Dann stapfte er dem Waschbären hinterher.

Wir anderen schlossen uns an.

Vor der Brombeerhecke wartete der Kleine, bis wir ihn eingeholt hatten. Dann huschte er unter die dornigen Zweige und erwartete wohl, dass wir uns ebenfalls hindurchkämpften. Als ich mir an den Dornenranken die Haut blutig riss, fragte ich mich, ob es doch ein Fehler gewesen war, dem Waschbären die Führung zu überlassen. Ich war fast versucht, Magnus zu bitten, sein Schwert zu ziehen und uns einen Weg durch das Gestrüpp zu schlagen, doch Berit hatte uns eingeschärft, Waffengewalt nur im äußersten Notfall anzuwenden. Im Feenreich waren sämtliche Bäume und Büsche beseelt von Pflanzengeistern, und es war gefährlich, sie gegen sich aufzubringen.

Als ich mit blutenden Unterarmen und zerrissenem Hemd auf der anderen Seite der Brombeerhecke herauskam, wartete der Waschbär an einer Stelle, an der der Waldboden stark abfiel. Da hörte ich sie: hohe Stimmchen, die sich trotz ihrer Zartheit ein heftiges Wortgefecht lieferten. Der Klang erinnerte an Vogelgezwitscher. Magnus' Gesicht nach zu urteilen hörte er die Stimmen auch. Wir gingen neben dem Waschbären in die Hocke und blickten den Abhang hinunter in eine kleine Senke, die überfüllt war von Pilzgnomen.

»Was ist da denn los?«, fragte Adil, der Thomas aus den Dornen half. Das fragte ich mich auch.

Die uns zugewandte Seite der Senke quoll fast über von Gnomen, deren Pilzhutköpfchen rot leuchteten. Das mussten die Zinnobertäublinge sein. Ihnen gegenüber stand eine Gruppe Gnome, deren eiförmige Hütchen mich aufgrund ihrer wabenartigen Struktur und der gelbbraunen Färbung an Morcheln erinnerten. Sie waren deutlich in der Unterzahl, jedoch offensichtlich bereit, dies durch Lautstärke und Drohgebärden wettzumachen. Die beiden Pilzgnomgruppen stritten miteinander.

»Und jetzt?«, fragte Thomas.

»Fragen wir sie, ob sie ihren Streit für einen Moment unterbrechen könnten.« Selbstbewusst stiefelte Magnus den Abhang hinunter.

»Achte darauf, auf niemanden zu treten«, rief ich ihm hinterher – und das brachte die Gruppe Gnome auf einen Schlag zum Verstummen. Winzige Pilzköpfe fuhren zu uns herum. Sonnenlicht reflektierte auf den breitkrempigen Köpfen der Täublinge.

»Keinen Schritt weiter«, piepste einer der Gnome, dessen Hut bereits blassorange ausgebleicht war. Mit seinen winzigen Händchen deutete er zum Waschbären. »Und haltet die Bestie im Zaum.«

Der leckte sich just in diesem Moment das Schnütchen.

»Untersteh dich«, flüsterte ich ihm zu. »Das sind keine richtigen Pilze.«

Magnus war stehen geblieben.

»Was wollt ihr hier?«, verlangte der Täubling zu wissen. »Menschen haben in diesem Teil des Waldes nichts zu suchen.«

Mein Mann ging in die Knie und beugte sich vor. »Berit schickt uns.«

Ein Raunen ging durch die Reihen der Pilzgnome.

»Sie hat uns versichert, eure Unterstützung sei uns gewiss.«

Ich drückte Thomas den Waschbären in die Arme und ging zu meinem Ehemann. »Wir müssen zur Hüterin der Quelle«, sagte ich, nachdem ich mich neben Magnus gesetzt hatte. »Berit meinte, ihr könntet uns den Weg weisen. Sie ist meine Ziehmutter.«

Einen Augenblick herrschte verdutztes Schweigen. Dann setzte aufgeregtes Geflüster ein. Viele Pilzgnome legten die Köpfe in den Nacken, um mir trotz ihrer breitkrempigen Hüte ins Gesicht blicken zu können. Selbst die Morcheln schienen beeindruckt.

»Du bist Farah?«, fragte der Täublingsgnom, der offenbar das Sagen hatte. »Du solltest gar nicht hier sein!«

»Ihr kennt meinen Namen?«

»Sie soll verschwinden«, mischte sich eine Morchelgnomin ein. »Sofort. Sie hat in diesem Teil des Waldes nichts zu suchen. Und ihre Begleiter soll sie gleich mitnehmen. Und die Bestie!«

»Das geht nicht«, stellte ich klar und verlieh meiner Stimme Nachdruck. »Ich werde nicht eher von hier verschwinden, bis ihr mich zur Hüterin der Quelle gebracht habt.«

»Dafür haben wir keine Zeit«, protestierte die Morchel.

»Warum nicht? Weil ihr dabei seid, euch gegenseitig Schimpfworte an den Kopf zu werfen?«

Missbilligendes Gemurmel setzte ein.

»Worum geht es bei eurem Streit?«, fragte Magnus. »Vielleicht kann ich helfen?«

»Du?«, keifte die Morchel.

»Ich spreche oft Recht. Normalerweise werde ich dabei von meinen Ratgebern unterstützt.« Er zwinkerte mir zu. »Sie ist die Beste davon.«

»Wer bist du?«, verlangte die Morchel zu wissen.

»Er ist der König von Firnland«, antwortete ich nicht ohne Stolz. »Und mein Ehemann.«

Die Morchel hüpfte in unsere Richtung. Wie die meisten Pilzgnome besaß sie keine Beine, sondern sprang auf ihrem Stil über den Waldboden. »Vielleicht kann er tatsächlich helfen.«

Der Täubling schien nicht überzeugt.

»Wie wäre es, wenn ihr mir erst einmal verratet, was los ist, und dann sehen wir weiter?«, schlug Magnus vor. Es ließ es recht unverbindlich klingen. Ich legte ihm die Hand auf die Schulter. Ich wusste, wie sehr er das Rechtsprechen hasste. *Egal, wie ich mich entscheide*, hatte er mir gestanden, nachdem ich ihn das erste Mal zu einer Bürgeraudienz begleitet hatte. *Ich kann mir nie sicher sein, dass derjenige Recht bekommt, der auch im Recht ist. Allein die Vorstellung, einen Unschuldigen zu bestrafen. Es ist eine Bürde.*

Die der König trotz all seiner Ratgeber allein trug. Sie konnten ihm dabei helfen, die Wahrheit ans Licht zu bringen und über ein Strafmaß zu beraten. Das Urteil sprach er jedoch allein.

Die Pilzgnome entschieden sich, es auf einen Versuch ankommen zu lassen.

»Sie wollen sich hier ansiedeln«, ergriff der Zinnobertäubling das Wort. »Aber das geht nicht. Sie *stinken.*«

Seine Eröffnung wurde von Buhrufen seitens der Morcheln quittiert.

»Bitte Ruhe«, sagte Magnus. Obwohl er auf dem schmutzigen Waldboden saß, strahlte er eine Art sanfte Autorität aus.

»Wir stinken nicht«, sagte die Morchel entschieden, als er sich ihr zuwandte.

Die Täublinge begannen aufgeregt miteinander zu flüstern. Ein mahnender Blick von Magnus sorgte jedoch dafür, das Ruhe einkehrte.

»Aber ihr wollt euch hier ansiedeln?«

Die Morchel hüpfte noch etwas näher. »Wir sind zu viele. Bei uns zu Hause gibt es keinen Platz mehr.«

»Seht ihr«, ereiferte sich der Täubling. »Das gleiche Problem bekommen sie hier sicher ebenfalls. Und plötzlich ist es unser Problem. Und dann noch der Gestank. Er ist nicht auszuhalten. Falls …«

»Einen Moment bitte«, unterbrach Magnus ihn. »Du kommst auch gleich zu Wort. Nacheinander und geordnet.«

Er blickte wieder zur Morchel.

»Wir sind nur ein kleiner Clan«, erklärte diese. »Wir haben nicht vor, uns im gleichen Ausmaß zu vergrößern wie diese Rotköpfe. Und hier in der Senke ist doch wahrlich genug Platz.«

Magnus richtete seinen Blick auf den Täublingsanführer.

»Wir leben direkt hinter den Brombeerhecken«, widersprach

der. »Der Morchelgestank wird für uns unerträglich sein. Und überhaupt, der Wald ist groß genug. Sollen sie doch weiterziehen.« Er sprach die Morchel direkt an. »Der Boden hier ist für euch ohnehin nichts. Viel zu sauer.«

»Wir kommen mit saurem Boden sehr gut klar, vielen Dank auch«, schoss die Morchel zurück. »Und was unseren *intensiven Geruch* angeht: Der entfaltet sich nur, wenn wir direkt von der Sonne beschienen werden und zu sehr austrocknen. Hier ist es überwiegend schattig.«

»*Überwiegend!*«

Die Morchel fuchtelte mit ihren kurzen Ärmchen in der Luft herum. »Das sind doch alles nur Vorurteile. Ausreden!«

»Ist das so?«, fragte Magnus.

Der Täubling blinzelte unsicher. »Es bleibt dabei: Der Wald ist groß. Sie sollten sich lieber etwas suchen, wo sie sich ungehindert ausbreiten können.«

Die Gnome mit den roten Pilzhüten murmelten Zustimmung.

Die Morchel hüpfte noch näher an Magnus heran. Jetzt stieg auch mir ihr kräftiges Aroma in die Nase. Es war nicht direkt unangenehm, erinnerte allerdings an ein stilles Gewässer, das gekippt war. Bisher hatte ich es gar nicht wahrgenommen, aber vielleicht hatten Täublingsgnome bessere Nasen als Menschen.

»Auf ein Wort«, bat die Morchel meinen Ehemann. Er streckte die Handfläche aus, damit sie daraufhüpfen konnte, und hob sie bis vor sein Gesicht, ohne ob des Geruchs die Miene zu verziehen. Auch ich beugte mich näher, um zu verstehen, was die Gnomin zu erzählen hatte.

»Was ich Euch jetzt verrate, Majestät, muss unter uns bleiben, habe ich Euer Wort?«

Magnus nickte. Die Gnomin schielte zu mir. Ich nickte ebenfalls.

»Wir können nicht weiterziehen«, verriet sie dann. »Wir sind zu schwach. Wir wurden aus unserer Heimat von einem

Clan Grüner Knollenblättler vertrieben.« Sie warf einen Blick zurück zu den Täublingen. »Farbige Pilzgnome scheinen unser Untergang zu sein. Nun ja, sie haben uns arg zugesetzt und wir mussten unser altes Gebiet gänzlich aufgeben. Viele von uns sind verletzt. Wir brauchen dringend Rast. Und die Rotkappe hat recht: Wir sind etwas mäkelig, was den Boden angeht. Aber hier, in dieser schattigen Kuhle, würden wir uns wohlfühlen.«

Magnus warf mir einen nachdenklichen Blick zu.

»Warum sprecht ihr darüber nicht offen mit den Täublingen?«, fragte er. »Vielleicht hätten sie für eure Situation mehr Verständnis, als ihr glaubt.«

Die Gnomin schüttelte so heftig den Kopf, dass sich fast ihr Pilzhut löste. »Keinesfalls. Sie würden glauben, wir wären schwach. Wer schwach ist, wird leicht zum Opfer. Das haben wir auf bittere Weise gelernt. Besser, sie fürchten uns und unseren Duft.«

»Wie wäre es mit der Geheimniswahrerin der Täublinge?«, schlug ich vor, weil mir Berits Worte wieder einfielen.

»Aber die Wahrer schützen die Geheimnisse des eigenen Clans. Nicht das der anderen«, gab die Morchel zu bedenken.

»Wärst du bereit, einen Versuch zu wagen. Wenn der Täubling verspricht, auch euer Geheimnis zu wahren?«, fragte Magnus sie.

»Das kann ich nicht allein entscheiden.« Die Morchel hüpfte mit einem beachtlichen Sprung von seiner Hand und zu ihrem Clan zurück. Tuschelnd unterhielt sie sich mit drei weiteren Gnomen.

»Wir sind einverstanden«, teilte sie uns schließlich mit. »Wenn die Täublinge das auch sind.«

Sofort brach wieder Unruhe aus. Nachdem sie sich gelegt hatte, erläuterte Magnus seinen Plan und die Geheimniswahrerin der Zinnobertäublinge hüpfte auf ihn zu. Sie würde uns also zur Hüterin der Quelle führen. Sie sah noch recht jung aus, aber auch aufgeschlossen und interessiert. Geduldig lauschte sie Magnus, als er ihr ins Ohr flüsterte, was die Morchelgnomin ihm anvertraut hatte.

Als er fertig war, wackelte sie auf seiner Handfläche unruhig hin und her. »Jetzt haben wir ein Problem.«

»Welches denn?«, fragte ich neugierig.

Sie blickte zwischen mir und Magnus hin und her, warf einen Blick zurück zu ihrem Anführer und bedeutete uns dann, sie noch näher an unsere Ohren heranzuführen.

»Ich bin sicher, mein Clan würde den Morcheln gern helfen«, flüsterte sie. »Aber das ist nicht so einfach. Die Sache mit ihrem Gestank«, sie rümpfte die Nase, »ist nur die halbe Wahrheit. Was ich euch jetzt sage, muss jedoch unter uns bleiben.«

Magnus und ich versprachen es.

»Der Gestank der Morcheln war eine kleine Notlüge«, räumte sie ein. »In Wahrheit fürchten wir ihre Sporen.«

»Und dann wagt ihr euch so dicht an sie heran?«, frage Magnus skeptisch.

»Momentan sind sie uns nicht gefährlich. Wir erkennen es an ihrem Gestank. Wenn der sich intensiviert, sondern ihre Sporen ein Gift ab, das uns zusetzt wie Säure.«

»Wie oft geschieht das?«

Die Geheimniswahrerin schürzte die Lippen. »Zugegebenermaßen nicht oft. Aber es kommt vor. Und wenn sie in unserer unmittelbaren Nähe siedeln, trägt der Wind die Sporen über die Brombeerhecke direkt zu uns.«

Nachdenklich schloss Magnus die Lider und suchte nach einer Lösung.

»Was haltet ihr davon«, flüsterte er der Geheimniswahrerin schließlich zu: »Wir beziehen auch den Geheimniswahrer der Morchelgnome mit ein. Ihr versucht, euch gegenseitig zu vertrauen, behaltet aber die Geheimnisse des jeweils anderen Clans für euch.«

Die Gnomin rief den Täublingsanführer zu sich, um sich mit ihm zu beraten, ohne dabei die prekären Geheimnisse der Morcheln preiszugeben. Nachdem Magnus mit den Pilzgnomen in unterschiedlichsten Zusammensetzungen gesprochen hatte, schlug er ihnen eine Lösung vor: »Die Morchelgnome bekommen die Möglichkeit, sich hier in der Senke auszuruhen und zu Kräften zu kommen. Sobald ihr Geruch sich verändert oder der Sporenflug einsetzt, siedeln sie für eine Weile in anderen Gefilden, wo sie den Täublingsgnomen nicht schaden können. Ihr versucht es als Nachbarn auf Probe. Um welche Zeitspanne es sich dabei handelt, verabredet ihr gemeinsam.«

Tatsächlich erklärten sich beide Parteien mit seinem Richterspruch einverstanden.

»Seht ihr«, lobte Magnus sie, »Wahrheit schafft Vertrauen.«

Seine Worte versetzten mir einen Stich. Es mochte stimmen, dass Wahrheit Vertrauen schuf, aber konnte Wahrheit ebendieses nicht auch zerstören? Ich war nicht bereit, es ausgerechnet in der Stunde meiner größten Not darauf ankommen zu lassen.

Ich werde es ihm später sagen, schwor ich mir. *Sobald unser Kind in Sicherheit ist, sage ich ihm, dass in mir Feenblut fließt.* Und was meine Befürchtung anging, das Kind könne nicht von ihm sein ...

»Das hast du wahrlich königlich gelöst«, lobte die Sprecherin der Morchelgnome meinen Gemahl, als wir uns zum Aufbruch rüsteten. Die Geheimniswahrerin der Täublinge hatte sich bereit erklärt, uns zur Hüterin der Quelle zu bringen.

»Seltsam«, sagte Magnus, als wir uns Seite an Seite und mit der Täublingsgnomin auf seiner Schulter den Abhang hinaufkämpften. Ein Lächeln lag auf seinem Gesicht. »Mir war gar nicht bewusst, dass Recht zu sprechen nicht nur eine Last sein kann, sondern auch ein Privileg.«

33

Die Hüterin der Quelle

Über verschlungene Wege führte uns das Täublingsmädchen zur Hüterin der Quelle. Mächtige Farne streiften unsere Schultern und das Moos unter unseren Füßen leuchtete himmelblau. Berits Waschbär schielte neugierig von einer Seite des Weges zur anderen und leckte sich mit der Zunge über das Mäulchen, wann immer wir an appetitlich aussehenden Früchten vorbeikamen.

Schließlich folgten wir einem Pfad in eine schmale Schlucht. Glitzernde Felsen türmten sich zu beiden Seiten des Weges auf und schienen mit jedem Schritt mehr in die Höhe zu wachsen. Zur Quelle gelangten wir erst, als wir uns auf allen vieren durch ein Loch in den Felsen zwängten. Als wir uns auf der anderen Seite aufrichteten, standen wir in einem Talkessel. Felswände erhoben sich um uns herum. Selbst als ich den Kopf in den Nacken legte, konnte ich ihre Gipfel nicht erkennen, denn sie verloren sich im Nebel. Der Ort hätte trostlos wirken können, wäre das Gestein nicht über und über mit goldgrünen Flechten bewachsen gewesen. Aus Rissen plätscherte Wasser wie Sprühregen zu Boden und sammelte sich in einem kreisrunden Becken.

»Sieht tief aus«, sagte Thomas missmutig und blieb in großzügigem Abstand vom Ufer stehen. Dort wuchsen auf einem saftigen Moosbett purpurfarbene Pilze und zarte Maiglöckchen, deren weiße Blüten von der Gischt bestäubt wurden.

»Wir sind da.« Die Täublingsgnomin sprang von Magnus'

Schulter direkt in das türkisblaue Wasser. Kurz trieb ihre zinnoberrote Pilzkappe noch auf der Oberfläche, dann tauchte sie ab und verschwand in der leuchtenden Tiefe.

»Was …?«, begann Adil, doch da neigten die Blumen am Ufer ihre Köpfchen und das Läuten winziger Glöckchen erklang. Aus Löchern im Felsen, die ich bisher gar nicht wahrgenommen hatte, steckten Sperlinge ihre Köpfe. Sie schwangen sich in die Luft, vereinten sich zu einem Schwarm, umkreisten uns einmal und schraubten sich anschließend in die Höhe, bis sie im Nebel verschwanden. Das Maiglöckchenklingeln verstummte.

»Seht mal«, flüsterte Thomas.

Magnus ergriff meine Hand.

Am Ufer der Quelle stand eine Frau. Sie war aus dem Nichts erschienen. Nebel umwallte sie, und im ersten Augenblick glaubte ich, es sei der Geist meiner Mutter. Doch dann kam die Gestalt näher und der Nebel verzog sich. Sie trug ein fließendes Gewand, dessen Grün- und Blautöne die ungewöhnlichen Farben der Quelle und des Ufermooses aufgriffen. Es wogte bei jedem Schritt wie Wellen um sie herum. Purpurfarbene Blüten schmückten ihr blondes Haar. Honigsüßer Duft wehte zu uns herüber und zupfe an meinem Verstand. Ehe ich ihn zuordnen konnte, stand die Hüterin der Quelle, denn das musste sie sein, vor uns.

Ich erstarrte, denn erst da begriff ich, dass sie kein Gesicht besaß. Dort, wo ihre Augen, die Nase, ihre Wangenknochen und die Lippen hätte sein sollen, befand sich eine ebenmäßige Fläche, von zartrosa Haut überzogen, jedoch konturlos wie eine Murmel.

»Menschen im Herz des Feenreichs«, sagte sie, obwohl sie keinen Mund besaß. Ich hörte ihre Stimme direkt in meinem Kopf. Und ihr Klang ließ mich erzittern. »Wisst ihr nicht, wie gefährlich es für euch ist, sich so tief vorzuwagen?«

Ich kannte diese Stimme. Ich hatte sie so lange nicht mehr gehört, aber ich würde sie nie, nie, nie im Leben vergessen.

Mein Magen schlug einen Purzelbaum und ich wollte etwas sagen, doch die gesichtslose Frau deutete mit ihrem Zeigefinger auf mich und mein Mund klappte zu, als besäße er einen eigenen Willen. Und sosehr ich mich auch mühte, er ließ sich nicht mehr öffnen.

»Wir sind gekommen, um etwas zurückzuholen, das nicht hierhergehört«, antwortete Magnus und ich spürte den Druck seiner Hand in meiner. »Ein Menschenkind im Reich des Dunklen Volkes.«

Die Hüterin der Quelle blickte ihn lange an. »Ein Menschenkind?«

»Mein Sohn«, bestätigte Magnus und blickte zu mir. »Unser Sohn.«

Ich nickte, noch immer unfähig, Worte zu sprechen.

Die Herrin der Quelle griff nach meiner freien Hand.

Du bist gekommen, sagte sie. Ich weiß nicht, warum, aber ich war überzeugt, dass nur ich sie hören konnte. Und ihre Stimme zerschnitt mir das Herz. Ich mochte mich nicht mehr an den Geruch meiner Mutter erinnern oder an ihr Gesicht, doch ihre Stimme, diese Stimme: Tränen stiegen in mir auf.

Komm mit mir, sagte sie und wandte sie sich an die anderen: »Ich werde mit ihr sprechen. Nur mit ihr. Und wenn mich ihre Worte überzeugen, so werde ich sehen, was ich für euch tun kann.«

»Wir ...«, begann Magnus, doch ich drückte seine Hand fest und ließ dann los. »Schon gut. Sie wird mir nichts tun.«

Magnus blickte mich zweifelnd an.

»Seid Ihr die Hüterin der Quelle?«, fragte Thomas den Geist unserer Mutter arglos. Er war zu klein gewesen, um sich an sie zu erinnern oder ihre Stimme zu erkennen.

»Euch wird kein Leid geschehen«, versprach sie. »Nehmt am Ufer der Quelle Platz, gönnt euch Rast, aber trinkt nicht von ihrem Wasser.«

»Herrin«, Magnus deutete eine Verbeugung an. »Unsere Zeit drängt ...«

»So sollten wir nicht länger zögern.«

Ich hatte immer geglaubt, der Körper eines Geistes sei flüchtig wie Rauch, doch die Finger der Hüterin fühlten sich warm und fest an wie die meinen.

Mit klopfendem Herzen ließ ich mich von den anderen fortführen, um die Quelle herum, bis wir hinter einem Vorhang tief hängender Lianen verschwanden. Wir setzten uns auf zwei gegenüberliegende Steine, die sich weich wie Kissen anfühlten.

»Farah«, flüsterte die Hüterin, und für einen Moment glaubte ich, unter der formlosen Fläche ihres Gesichts die Andeutung umschatteter Augen zu sehen.

»Mutter?«, fragte ich zittrig.

Sie neigte den Kopf wie zur Bestätigung.

»Wie kann das sein?«, fragte ich. »Weshalb bist du hier?«

»Spielt es nicht eine viel größere Rolle, warum du nun hier bist?« Auch ihre Stimme klang brüchig.

Ja, wollte ich sagen. Und *Nein*.

Meine Mutter war die Hüterin der Quelle. Wie passte das zu der Geschichte, die Berit mir erzählt hatte? Und hatte sie mir nicht den Weg zur Quelle beschrieben? Bedeutete das, dass Berit genau wusste, wer die Herrin war?

Feenwesen lieben Spiele, hörte ich Berit flüstern, und mir war, als würde ein Blitz direkt neben mir einschlagen. Schaudernd wich ich von der Fee zurück. »Ist dies eine Illusion? Spielt Ihr mir etwas vor?«

Ich brauchte mehr Feensalbe. Vielleicht hatte ich nicht genug aufgetragen. Vielleicht …

Die Hüterin der Quelle beugte sich dicht zu mir. »Du kennst die Wahrheit. Vergiss nicht: Dein Herz kennt die Wahrheit.«

Sie berührte mich mit ihrem glatten Gesicht an der Stirn, und ich bildete mir ein, weiche Lippen zu spüren, die mich küssten. Wie Mutter es vor dem Schlafengehen immer getan hatte. Ein eigentümlicher Geruch, süß und frisch zugleich, hüllte mich ein.

Plötzlich sah ich Thomas und mich im wilden Ritt über die Feenlichtung mit dem efeuumwucherten Walnussbaum fliegen. Nur, dass ich nicht auf dem Rücken einer echten Ziege saß, jetzt erinnerte ich mich ganz deutlich! Ein Faun trug mich auf seinen Schultern. Ich hielt mich an den mächtigen Ziegenhörnern fest, die ihm aus der Stirn wuchsen. Er hatte meine Knöchel mit seinen Händen umfasst, zwei riesige Pranken, die denen eines Menschen glichen – sah man einmal davon ab, dass jede Hand nur einen Daumen und drei Finger besaß.

Kiron! Das war sein Name. Er trug nichts als einen Lendenschurz, der auch die Stelle verbarg, an der sein Oberkörper in fellbedeckte Beine überging, die aussahen, als gehörten sie einem Ziegenbock. Gemeinsam tobten wir über die Lichtung und jagten den regenbogenfarbenen Schmetterlingen nach, die sich nie fangen ließen.

Langsam, hörte ich Mutter mahnen. *Nicht so wild!*

»Du hast immer so gerne gespielt.«

Die Worte der Hüterin holten mich zurück in das Hier und Jetzt. »Doch manche Spiele gehen zu weit.«

Meine Nackenhaare stellten sich auf.

Drei Nächte gebe ich dir Zeit. Wenn du mir dann sagen kannst, wie ich heiße, ist das Kind dein.

»Ich habe mich auf ein schreckliches Spiel eingelassen«, gab ich schluchzend zu.

Mutter nahm mich in den Arm. »Mein Mädchen. Ich habe so sehr versucht, dich zu beschützen. Du hättest niemals hierherkommen dürfen«, murmelte sie in mein Haar.

»Ich musste herkommen. Er hat mein Kind!«

Sie wischte mir sanft mit den Fingern die Tränen vom Gesicht. »Weine nicht. Noch ist nicht alles verloren.«

»Du weißt, was geschehen ist?«, fragte ich hoffnungsvoll. Ich trug schwer an der Last, mit niemandem über das reden zu können, was sich zugetragen hatte.

»Meine Wasser sagen mir nicht, was geschehen ist. Nur, dass

nicht alle deine Begleiter diese Reise bis ans Ende gehen werden.«

Ich blinzelte ängstlich. »Was meinst du damit?«

»Das Feenreich ist kein guter Ort für Menschen ...«

Was hätte ich darum gegeben, jetzt ihr Gesicht sehen zu können. »Ich bin kein Mensch. Und Thomas auch nicht.«

Aber Magnus und Adil waren es.

»Und auch in deinem Kind fließt das Blut des Lichten Volkes. Berit hat mir erzählt, dass du geheiratet hast, schwanger geworden bist und einen Sohn bekommen hast. Du hast mich lange nicht mehr besucht.«

Trotz meiner ausweglosen Lage wurde mein Herz leichter. »Dann warst du bei mir, wenn ich auf der Lichtung war? Ich wusste es! Die Goldmünzen!«

»Feengold«, antwortete sie und ich hörte das Lächeln in ihren Worten. »Um euer Auskommen zu sichern, in schwierigen Zeiten. Ich habe mich gefragt, warum du es nie verwendet hast.«

Blut stieg mir ins Gesicht. Es war für meine Familie gedacht gewesen, und ich hatte es selbstsüchtig für mich behalten.

»Ich hätte es deinem Vater gegeben«, sagte Mutter. »Aber er kam nie an die Grenze.«

»Er hat dich so sehr geliebt. Er hat es nicht einmal mehr ertragen, dein Grab zu besuchen.«

»Es gibt kein Grab, Farah«, sagte Mutter da. »Ich bin nicht gestorben.«

34

Das Geheimnis der gesichtslosen Frau

Ihre Worte trafen mich wie Schläge.

»Was?«, fragte ich, weil ich nicht verstand.

Wie oft hatte ich an Mutters Grab gesessen, im Schutz der Trauerweide Tränen um sie vergossen und ihrem Geist meine Geheimnisse zugeflüstert.

»Ich bin nicht gestorben«, wiederholte sie und griff mit warmen Händen nach mir.

Ich zuckte zurück. »Du lebst?«, fragte ich. *Warum hast du uns dann verlassen?*

Die gesichtslose Frau nickte.

»Ich musste euch verlassen, um zur Herrin der Quelle zu werden«, sagte sie. »Ich musste euch verlassen, um euch zu schützen.«

Ich saß auf einem Stein inmitten des Feenreichs und krallte meine Fingernägel in das zarte Moos unter mir, damit ich nichts Unüberlegtes tat. Am liebsten hätte ich geschrien. Stattdessen begann ich, meine Arme um mich zu schlingen und auf dem Stein vor- und zurückzuwippen.

Feenwesen lieben Spiele, schoss es mir wieder und wieder durch den Kopf. War das ein Spiel? Eine Prüfung. Stimmte überhaupt irgendetwas von dem, was die gesichtslose Frau mir erzählte? Mir vielleicht vorgaukelte? Warum besaß sie kein Gesicht?

»Ich besitze ein Gesicht«, antwortete sie.

Hatte ich meine Gedanken laut ausgesprochen oder konnte sie sie lesen?

»Du kannst es nur nicht sehen«, fuhr sie fort, »weil du es aufgegeben hast.«

»Aufgegeben?« Ich spukte ihr das Wort vor die Füße. »*Ich* habe *dich* aufgegeben?«

»Du musstest tun, was du tun musstest. Und ich musste tun, was ich tun musste.«

Mein Herz brach. »Warum?«

Mutter seufzte tief. »Ich habe einen furchtbaren Fehler gemacht. Ich habe mich in das Feenreich verliebt.«

»Und deshalb bist du gegangen? Und hast uns zurückgelassen?«

»Nein, bitte, Farah. So war das nicht. Hör mir zu.«

Ein Teil von mir wollte sich die Hände auf die Ohren pressen, die Augen verschließen und zurück zu Magnus, Thomas und Adil rennen, fort von hier, fort von ihr, fort aus dem Feenreich. Aber mein Kind brauchte mich.

Und dann war da noch ein anderer Teil in mir, der Teil, der hören wollte, was Mutter dazu gebracht hatte, uns im Stich zu lassen.

»Ich wäre niemals von euch weggegangen, wenn ich eine Wahl gehabt hätte«, behauptete sie.

Ich wollte ihr so gern glauben.

»Ich habe mich zu tief in das Herz des Feenreiches vorgewagt, habe mich zu sicher gefühlt. Ich dachte sogar, für euch Kinder wäre es sicher. Doch das war falsch.« Jetzt war sie es, die die Arme um sich schlang. »Ich habe einen furchtbaren Fehler gemacht und etwas Schreckliches ist geschehen.«

»Was?«, fragte ich, als sie nicht weitersprach.

»Das hier ist der Lichte Teil des Feenreiches«, antwortete sie. »Doch es gibt auch einen Dunklen.«

O ja: Das Dunkle Volk. Der Spinnenmann. Die Beutezüge der Feenwesen in Neumondnächten.

»Ich habe immer geglaubt, wir seien bis auf die Neumondnächte sicher vor ihnen. Nur dann, so hatte man mir versichert, verlässt das Dunkle Volk sein Reich.«

»Aber das stimmt nicht«, murmelte ich. Der Spinnenmann war meinem Ruf gefolgt, obwohl kein Neumond war. Wie hatte der Mond gestanden, als er mein Kind geraubt hatte?

»Es gibt ein Portal, das aus ihrem Reich in das unsere führt. Uralten Gesetzen zufolge steht es dem Dunklen Volk frei, es zu durchqueren, wenn in der Menschenwelt Neumond herrscht. Es gibt jedoch auch andere Wege, gefährlichere Wege und manche Feenwesen nutzen diese auch außerhalb der vereinbarten Zeit.«

»Und das ist geschehen?«

»Das Portal wurde außerhalb der vereinbarten Zeit von außen geöffnet. Ein Angehöriger des Dunklen Volkes kroch in unsere Welt und erschlug die Hüterin des Portals.«

Mich fröstelte.

»Das Lichte Volk konnte den Angreifer bannen und das Portal wieder schließen, doch es brauchte eine neue Hüterin.«

»Die Quelle«, flüsterte ich und blickte auf das türkisfarbene Wasser. »Sie ist das Portal.«

»Ja, Farah. Sie bildet den Übergang zwischen den Reichen. Meine Aufgabe ist es, ihn verschlossen zu halten, bis auf die Neumondnächte. Überleg dir, was geschähe, wenn das Dunkle Volk zu jeder Zeit in das Reich der Menschen eindringen könnte.«

Bei dem Gedanken erschauderte ich. Alle Bernsteinkerzen der Welt konnten uns dann nicht retten.

»Die Menschen würden sich wehren, wie sie es in Zestásia getan haben«, sagte Mutter. »Ströme von Blut würden fließen, auf beiden Seiten. Indem ich zur neuen Hüterin der Quelle wurde, konnte ich dies verhindern.«

»Warum du?«, fragte ich.

»Weil es meine Schuld war, dass das Portal geöffnet wurde.«

»Wie?«, fragte ich. »Was hast du getan?«

»Ich war jung, dumm und nicht vorsichtig genug.« Sie griff nach meiner Hand. »Verstehst du? Deshalb wollte ich nicht, dass Thomas und du die Wahrheit kennt. Das Reich der Feenwesen hat mir großes Unglück gebracht. Dein Vater, Berit und ich, wir dachten, wir könnten euch am besten schützen, indem wir euch erzählen …« Sie stockte.

»Indem sie uns erzählten, du wärest gestorben«, vollendete ich den Satz für sie.

Sie nickte. »Ich wollte, dass ihr euch vom Feenreich fernhaltet. Ich wollte nicht, dass euch ein ähnliches Unglück ereilt wie mich.«

Vater und Berit hatten also davon gewusst. Sie hatten uns Lügen erzählt. Es fühlte sich an, als habe jemand mein Inneres nach außen gekehrt.

»Wenn Thomas und ich gewusst hätten …«, begann ich, doch Mutter ließ mich nicht aussprechen.

»Was dann, Farah? Hättet ihr nach mir gesucht? Weißt du, wie schwer es war, mich von euch fernzuhalten? Ihr wart noch so klein! Und was, wenn ihr im Dorf erzählt hättet, dass ihr Feenblut in euch tragt? Du weißt, wie die Menschen sind. Nein, es war viel zu gefährlich.« Glasklare Tränen liefen über ihr glattes Gesicht. »Ich war nicht stark genug. Manchmal habe ich mich dir gezeigt, am Seerosenweiher, obwohl ich wusste, wie gefährlich es ist und dass ich dich dadurch anzog. Doch meine Sehnsucht war so groß … Ich habe Berit gebeten, mir alles über euch zu erzählen, sie selbst war jedoch vollkommen ahnungslos, dass ich dir heimlich Münzen zusteckte. Der Einzige, der sich an unseren Schwur gehalten hat, euch Kindern nichts zu verraten, ist euer Vater.«

»Und er ist daran zerbrochen.« Ich dachte an die vielen Nächte, die er im Wirtshaus seinen Schmerz mit Bier zu ertränken versucht hatte, und an seine Weigerung, je über Mutter zu sprechen.

»Manchmal gibt es Entscheidungen, die sind richtig und gleichzeitig falsch«, sagte Mutter dumpf.

Ich dachte an den Spinnenmann und wusste genau, was sie damit meinte.

»Alles, was ich wollte, war, meine Kinder zu beschützen.«

Ich ballte die Fäuste. »Das will ich auch. Und deshalb brauche ich deine Hilfe.«

35

Das Portal ins Schattenreich

»Mein Blutschwur bindet mich an die Quelle«, verriet mir Mutter, nachdem ich ihr erzählt hatte, was ich auch Magnus und den anderen gestanden hatte. Ich wagte nicht, ihr mehr zu erzählen, aus Angst, damit den Handel zu brechen, den ich mit dem Spinnenmann geschlossen hatte. Oder das Gold zu verlieren, das aus Stroh gesponnen worden war, und damit mein Land ins Unglück stürzen, weil es sich ohne das Licht der Bernsteinkerzen nicht gegen das Dunkle Volk verteidigen konnte.

»Dich an der Grenze unserer beiden Welten zu besuchen, damit habe ich meinen Schwur bereits verletzt«, sagte Mutter. »Und sieh, was für Unglück es über uns gebracht hat.«

»Hättest du dich nicht gezeigt, hätte der Spinnenmann mich nicht gefunden. Meinst du das?«, fragte ich.

»Zumindest wärst du nicht so häufig zur Lichtung gekommen«, vermutete sie und ich widersprach nicht, auch wenn ich glaubte, dass sie damit keineswegs recht hatte. Ich *hätte* ihr Grab besucht. Auch ohne die Münzen aus Feengold.

»Ich weiß nicht, woher dieses Monster kommt und wie es dich gefunden hat«, sagte sie und wieder fühlte ich mich versucht, ihr zu gestehen, dass ich ihn auf Giebelstein beschworen hatte. Doch ich wagte es nicht.

Zu diesem Zeitpunkt glaubte ich noch, ich könne alles haben: das Zaubergold und mein Kind. Und die Liebe meines Ehemanns.

So deutlich mir Mutters Geschichte doch vor Augen führte, was Lügen bewirkten: Ich hatte meine Lektion noch nicht gelernt.

»Seinen Namen jedoch«, fuhr Mutter fort und die Haare in meinem Nacken stellten sich auf, »kannst du vielleicht von meiner dunklen Schwester erfahren.«

»Du hast eine Schwester?«

»Sie ist nicht von meinem Blut. Aber sie hütet wie ich das Portal. Auf der Schattenseite.«

»Und sie kennt den wahren Namen des Spinnenmannes?« Ich hielt den Atem an.

»Wenn ihn jemand kennt, dann sie.«

»Wie finde ich sie?«

Mutter zögerte. »Man nennt sie die Mottenfrau«, sagte sie schließlich, »und sie lebt im Herzen des Schattenreiches. Vielleicht wartet sie auf dich auf der anderen Seite des Portals. Vielleicht musst du nach ihr suchen. Falls es so ist: Verlass auf keinen Fall die Wege. Nur dort bist du den alten Gesetzen nach vor den Wesen sicher, die in der Dunkelheit lauern.«

»Wie viel Zeit bleibt mir noch?«, fragte ich, weil ich jegliches Gefühl für Stunden und Tage im ewig sommerlichen Licht des Feenreichs verloren hatte.

Mutter blickte in das türkisfarbene Wasser der Quelle, als könne sie darin die Antwort auf meine Frage lesen. »In der Menschenwelt dämmert der Abend heran. Ihr seid bereits einen ganzen Tag hier bei uns.«

Ich spürte, wie meine Hände kalt wurden. So viel Zeit war verstrichen? Wie konnte das sein? Seit wir hier waren, hatten wir kaum gegessen oder getrunken. Wir hatten nicht einmal geschlafen, und dennoch fühlte ich mich nicht müde. Wenn Mutter die Wahrheit sprach, blieben mir nur noch diese Nacht und ein weiterer Tag, um den Namen des Monsters herauszufinden, das mein Kind gestohlen hatte.

»Wie durchschreiten wir das Portal?«, fragte ich.

Mutter begleitete mich nicht zu den anderen zurück.

»Dein Mann hat keinen Augenblick stillsitzen können«, sagte Thomas zu mir, der an einem Felsen lehnte und den Waschbären mit Haselnusskernen fütterte. Adil saß neben ihm und half ihm dabei.

Magnus eilte mir entgegen. »Was hast du erfahren?«, fragte er und die Aufmerksamkeit aller konzentrierte sich auf mich.

Ich erzählte ihnen, was mir die Herrin der Quelle über das Schattenreich, die Mottenfrau und unseren Weg offenbart hatte, behielt aber für mich, wer sie in Wirklichkeit war. Die Wahrheit würde uns nur aufhalten. Das redete ich mir wirklich ein.

Sie stellten mir keine Fragen. Stattdessen machten wir uns daran, ins Schattenreich einzutauchen.

Die Quelle selbst war das Portal ins Reich des Dunklen Volkes. Magnus, mein Bruder, Adil und ich standen Seite an Seite am Uferrand.

»Bist du immer noch sicher, dass du mitkommen willst?«, fragte ich Thomas. Er war blass um die Nasenspitze und betrachtete das leuchtende Wasser, als sei es das Tor zur Unterwelt. Seine Farbe war so intensiv, dass wir nicht erkennen konnten, was sich unter der Oberfläche verbarg.

»Wird schon gehen«, sagte er.

»Kannst du nicht schwimmen?«, fragte Adil besorgt.

»Doch«, antwortete Thomas. »Ich mag Wasser nur nicht sonderlich.« Seufzend fügte er hinzu: »Ich weiß: *Arbeitet in einer Wassermühle, aber hat Angst, nass zu werden*. Ein schöner Müller bin ich.«

Das hatte Vater früher ein paarmal zu ihm gesagt. Ich wollte zu ihm gehen und ihm versichern, dass es in Ordnung war, wenn er zurückblieb, doch Magnus hielt mich auf. Er deutete auf Adil, der meinem Bruder beruhigend den Arm streichelte.

»Kein Grund, sich zu schämen«, hörte ich ihn flüstern.

»Manchmal ist das so. Ich zum Beispiel habe Angst vor Spinnen. Obwohl ich ganz genau weiß, wie unsinnig das ist.«

Auweia. Ich verschluckte mich und musste so stark husten, dass Magnus mir auf den Rücken klopfte.

»Geht's wieder?«, fragte er.

»Ja.«

Vielleicht war es das Beste, wenn Thomas und Adil hierblieben. Doch noch ehe ich etwas sagen konnte, trat mein kleiner Bruder zu mir ans Ufer. »Ich komme mit«, sagte er entschieden und rückte sein Gepäck auf dem Rücken zurecht.

Dankbar lächelte ich ihn an.

»Bevor ich dich da reinspringen lasse«, rief Adil und zupfte ihn am Hemd, »musst du das hier ausziehen.«

Wir alle legten so viel Kleidung wie möglich ab und stopften sie in unsere Lederbeutel in der Hoffnung, so besser tauchen zu können und sie im besten Fall sogar halbwegs trocken zu halten.

»Ich hoffe, *du* kannst schwimmen«, sagte ich zu dem Waschbären. Als Antwort holte er so tief Luft, dass seine Backen sich in zwei Kügelchen verwandelten, und presste Lippen und Augen zusammen. Anschließend öffnete er eines der Lider und nickte eifrig.

Ich blickte meine drei Begleiter an. »Bereit?«

»Ja«, antworteten Magnus und Adil wie aus einem Mund. Thomas hob nur den Daumen.

»Dann los«, drängte Magnus.

Wir sprangen kopfüber in die Quelle.

Das Wasser fühlte sich überraschend warm an.

Um ins Schattenreich zu gelangen, müsst ihr auf den Grund der Quelle tauchen. Dort findet ihr den Weg hinaus, hatte Mutter mir verraten. Ich ließ zu, dass mein eigener Schwung und der Griff des Wassers mich nach unten zogen.

Als ich die Augen öffnete, sah ich Luftblasen wie ein Strom

Glasperlen an mir vorbei nach oben strömen, der Oberfläche entgegen, während ich tiefer sank. Alles um mich herum leuchtete. Die anderen konnte ich nur als Schemen ausmachen. Ich schloss die Augen; am liebsten hätte ich tief eingeatmet, doch ich konnte mich zurückhalten. Entschlossen breitete ich die Arme aus, machte Schwimmbewegungen, durch die ich schneller dem Grund der Quelle entgegenstrebte. Bereits jetzt begann die Luft in mir die Reise durch das Wasser zu verlangsamen.

Ich war eine passable Schwimmerin, aber keine besonders gute Taucherin. Es war die Angst um meinen Sohn, die mich antrieb.

Tiefer, Farah, redete ich mir Mut zu. *Nur noch ein Stück, du hast es fast geschafft.*

Hoffentlich hielt Thomas durch. Je tiefer ich tauchte, desto mehr fiel die Temperatur ab. Erst wurde es kühl, dann kalt. Schließlich eisig. Auch das Leuchten wurde matter, das Wasser trüber, bis es sich von türkisfarben in dunkelblau verfärbte.

Ich presste die Lippen zusammen, ignorierte die Kälte und zwang mich, tiefer zu tauchen. Meine Lungenflügel brannten. Sie wollten Luft. Es wurde zum Kampf, den Drang, einzuatmen, zu ignorieren.

Beim nächsten Schwimmzug streiften meine Fingerspitzen etwas Schleimiges, Hartes. Ich riss meinen Arm zurück und hätte beinahe geschrien. Aus der Dunkelheit schälten sich die verdrehten Äste eines Unterwasserwaldes. Ich hielt inne. Magnus, Thomas und Adil, ja selbst der Waschbär taten es mir gleich. Wir schwebten im Wasser und blickten auf das seltsame Gebilde unter uns. In seiner Form erinnerte es an eine gewaltige Mistel. An ihren schwarzen Stöckchen hingen Algen. Sie trieben im Wasser wie Hautfetzen.

Entschlossen streckte ich die Arme aus und schwamm weiter, hin zum Gebilde, direkt auf eine Lücke zwischen seinen Ästen zu. Ich musste meinen Körper strecken und winden, um zwischen den Zweigen der Unterwassermistel hindurchzutauchen. Mit schneckenschleimigen Fingern berührten sie meine Haut. Ekel stieg in mir auf.

Folgten mir die anderen noch? Was war mit meinem Bruder? Ich blickte nach hinten, doch ich sah nichts als meine Beine, die Wasser traten, Äste über Äste und wirbelnde Dunkelheit.

Etwas riss an meinem Hals. Der Schwung meines letzten Beintritts trieb mich ins Geäst und ich spürte, wie das Lederband mit dem Lochstein schmerzhaft in meine Haut schnitt. Ich versuchte, danach zu greifen, doch meine tauben Finger glitten über die Schnur hinweg.

Etwas prallte gegen mich. Jemand. Ich spürte eine Hand an meinem Oberschenkel und betete zum Säenden Gott, dass es eine menschliche war. Die Hand schob mich vorwärts, der Druck um meinen Hals wurde unerträglich. Ich schrie und verlor so die letzten Reste kostbarer Luft.

Da gab der brennende Schmerz nach und mein Körper wurde in die Tiefe gedrückt.

Nun ging alles ganz schnell. Wurde die Dunkelheit unter mir heller? Ja! Ich zwang mich, mit den Beinen zu strampeln. Der Unterwasserwald blieb über mir zurück, das Wasser verfärbte sich von dunkelblau zu hellgrau und nahm schließlich eine schlammgrüne Färbung an. Und dann, als ich es kaum mehr für möglich gehalten hatte, brach mein Kopf durch die Wasseroberfläche und ich schnappte nach Luft.

Luft.

Luft.

Neben mir brachen weitere Köpfe durch die Oberfläche: Adil. Thomas! Der Waschbär. Während wir gierig unsere Lungen füllten, fielen wir uns erschöpft in die Arme. Wir trieben in brackigem Wasser.

»Wo bleibt Magnus?« Meine Stimme klang schrill.

»Irgendetwas stimmt nicht«, rief Adil.

Entschlossen atmete ich aus und wieder tief ein und tauchte in die trübe Dunkelheit ab.

Der Unterwasserwald schien weiter entfernt als gerade eben

noch. Aus der Ferne sah ich Magnus an Zweigen reißen, zwischen denen er sich verheddert hatte. Im dunklen Wasser konnte ich außerdem blassweiße Schemen erkennen, die uns aus der Ferne beobachteten. Zwei von ihnen schlängelten sich langsam näher.

Meine Hand tastete nach dem Messer an meinem Gürtel. Magnus' rechtes Bein hatte sich auf unmögliche Weise in den Mistelästen verheddert. Es sah so aus, als hätte sich die Pflanze selbst um seinen Knöchel gewunden und sei an ihm emporgewachsen.

Als ich das Messer aus der Schlaufe löste, glitt es mir aus der Hand und verschwand in der Tiefe. Nein!

Magnus hatte die Augen weit aufgerissen und sah erschreckt und völlig fertig aus. Luft, dachte ich. Er braucht Luft. Ich schwamm auf ihn zu und nahm sein Gesicht in beide Hände. Er begriff sofort, öffnete den Mund und ließ die Luft aus seinen Lungen entweichen. Ich drückte meine Lippen auf seine und überließ ihm etwas von meinem Atem.

Es war nicht viel, doch ich hoffte, es würde reichen.

Adil tauchte neben uns auf. Er grub seine Fingernägel in das glitschige Holz und riss daran, vergeblich. Auch der Waschbär tauchte auf und schlug seine Zähne in das algenbewachsene Holz.

Ich musste umdrehen, zurück an die Oberfläche schwimmen und nach Luft schnappen.

»Was…?«, hörte ich Thomas rufen, doch da tauchte ich bereits wieder ab. Als ich zurückkehrte, sah ich, dass die bleichen Wasserwürmer durch das Gewirr des Unterwasserwaldes auf meinen Liebsten zuschwammen. Adil hatte Magnus' Schwert gezogen und schlug mit dem Knauf auf die Ranken ein. Das Wasser verlangsamte seine Bewegung, doch das Heft blitzte hell und die Ranken lockerten ihren Griff. Ich zerrte und riss an den Ranken und auf einmal war Thomas neben mir und tat es mir gleich.

Endlich zogen sich die Äste des Unterwasserwaldes zurück

und ließen Magnus frei. Gemeinsam tauchten wir an die Oberfläche. Wir alle husteten und schnappten verzweifelt nach Luft. Meine Lunge brannte, als hätte ich Rauch eingeatmet. Magnus' Gesicht war rot angelaufen.

Thomas' hingegen war schreckensbleich. Adil stützte ihn, so gut er konnte.

»Geht es?«, fragte ich Magnus, als ich halbwegs sprechen konnte. Er nickte, konnte aber noch nicht antworten, sondern nur husten.

Der Waschbär schwamm auf mich zu, und ich erlaubte ihm, auf meine Schulter zu klettern, obwohl ich selbst völlig fertig war.

»Wir müssen aus dem Brunnen«, drängte ich, weil ich mich nur allzu gut an die seltsamen Wesen erinnerte, die sich durch das Astgewinde bewegt hatten.

Um uns herum bildeten muschelverkrustete Wände einen runden Schacht. Wenn ich den Kopf in den Nacken legte, konnte ich hoch über uns einen wächsernen Vollmond am Himmel stehen sehen.

Adil deutete auf die Brunnenwand. »Dort sind Trittlöcher in den Stein gehauen.«

Tatsächlich konnte ich in regelmäßigen Abständen dunkle Löcher ausmachen. Algen und Moos überzogen sie wie ein grüner Teppich.

»Du zuerst«, sagte ich zu Thomas.

Er schwamm auf die Löcher zu, griff in eines und fluchte.

»Was ist?«, fragte Adil.

»Scharfe Kanten«, murmelte er zwischen zusammengebissenen Zähnen, begann aber zu klettern.

Ich fummelte unter Wasser Magnus' Schwertgurt von seinen Hüften, damit ich ihn mir wie einen Beutel um die Schultern hängen konnte. Adil steckte das Schwert hinein.

Dann überredete ich Magnus, als Nächstes aus dem Schacht zu klettern. Ihm folgte Adil mit dem Waschbären. Ich ging als Letztes.

Zerbrochene Muschelschalen klebten in den glitschigen und glatten Löchern. Wenn man nicht aufpasste, schnitt man sich an ihnen die Hände auf. Meine Muskeln zitterten und brannten, als ich mich nach dem kräftezehrenden Tauchgang und der anstrengenden Kletterpartie endlich über den Rand des Brunnes zog und mich auf der anderen Seite zu Boden fallen ließ.

»Geht es dir gut?«, fragte Magnus sofort. Sein Atem ging so stoßweise wie meiner.

»Das fragst du mich?«

»Danke«, sagte er. »Euch allen.«

Der Waschbär kletterte über unsere Schultern und schmiegte sich an ihn. Es dauerte nicht lange, und wir lehnten Schulter an Schulter an der rauen Brunnenmauer. Thomas lag flach ausgestreckt auf dem Rücken zwischen Adil und mir und starrte hinauf in den Nachthimmel. Im Zwielicht besaß seine Haut einen leichten Grünstich.

Jetzt, wo ich hier war, verstand ich auch, warum meine Mutter die Welt des Dunklen Volkes als Schattenreich bezeichnet hatte. Der Finsternis haftete etwas Bedrohliches an. Blattlose Baumriesen streckten ihre verkrüppelten Äste dem knochenbleichen Mond entgegen. Die Pilzschwämme, die sich an ihnen festklammerten, erinnerten an eitrige Wunden, und in das Rascheln im Unterholz schlichen sich schmatzende Geräusche, die mir eine Gänsehaut bescherten.

Müde suchte ich in meinem Beutel nach etwas, mit dem ich die Wunde meines Bruders verbinden konnte.

Berits Heiltrank fiel mir in die Hände, und ich war einen kurzen Moment versucht, ihn zu benutzen, aber dafür war er gewiss nicht gedacht.

»Gib mir deine Hand«, bat ich Thomas, nachdem ich ein Tuch gefunden hatte. Er reichte sie mir, und ich war sehr froh, dass er nicht den starken Mann spielte und mich abwimmelte. Als ich den Verband angelegt hatte, griff ich nach dem Wasserschlauch, trank und reichte ihn an die anderen weiter.

»Glaubst du, das sollte auch verbunden werden?«, fragte Magnus leichthin.

Mit gerunzelter Stirn drehte ich mich zu ihm um. Er deutete auf seinen Unterschenkel, auf eine Stelle dicht über dem Ende seines Stiefelschafts. Vier grellrote Einstichstellen hoben sich gut sichtbar von seiner Haut ab. Ihre Ränder wirkten geschwollen.

»Die Unterwasserwürmer«, entfuhr es mir.

»Eines dieser Biester hat mich erwischt«, bestätigte er.

Die Wunden bluteten nicht, doch die dunklen Flecken um die Bisse gefielen mir nicht.

Entschlossen suchte ich die Silberphiole.

»Was ist das?«, fragte Magnus sofort.

»Ein Heilmittel«, erklärte ich. »Von Berit. Für Notfälle.«

»Glaubst du …«, begann mein Mann.

»Ja«, schnitt ich ihm das Wort ab.

Wenn ich etwas nicht brauchen konnte, dann, dass sich Magnus hier im Schattenreich eine Blutvergiftung zuzog.

»Wir haben einen Heiltrank von Berit dabei und du erzählst uns das nicht?«, fragte Thomas gekränkt.

»Ich habe nicht dran gedacht«, behauptete ich und träufelte glitzernde Flüssigkeit aus der Phiole auf die Bissstelle. Seltsam gefärbter Rauch stieg auf, im düsteren Licht konnte ich seine Farbe jedoch nicht erkennen. Die vier Wunden verkleinerte sich, verschwand jedoch nicht ganz. Ich tropfte noch etwas Flüssigkeit darüber. Es heilte nur langsam. Als ich die Silberphiole zum dritten Mal kippen wollte, merkte ich, dass ihr Inhalt fast verbraucht war. Nur noch ein winziger Rest schwappte in dem Behältnis hin und her. Wie konnte das sein? Jetzt schon? Immerhin schlossen sich Magnus' Wunden endlich. Nur noch vier weiße Punkte zeigten, wo das Wassermonster die Zähne in sein Bein gegraben hatte.

»Wenn wir ein Heilwasser haben, können wir uns dann auch noch einmal hierum kümmern?« Thomas winkte mir mit seiner verbundenen Hand zu.

»Das sind nur Kratzer«, sagte ich zu ihm und verkorkte die Phiole.

»Der Biss an Magnus' Bein hat noch nicht einmal geblutet«, protestierte er.

Ich traute meinen Ohren nicht. »Ist das dein Ernst?«

»Ist es deiner? Was ist, wenn sich meine Wunde entzündet?«

»Dann bekommst du den Rest davon.« Ich steckte den Heiltrank zurück in den Beutel. »Versprochen.«

Das besänftigte Thomas.

»Wird auf jeden Fall anstrengend, wieder zurückzukommen«, sagte Adil und schielte zu Thomas.

Ich nickte. Und erinnerte mich jäh an den Ruck unter Wasser; Adil, der mich nach vorne stieß, der Druck um meine Kehle und wie er mit einem Mal nachgelassen hatte. Ich hob meine Hand an den Hals und glaubte, die Stelle ertasten zu können, wo das Lederband in mein Fleisch geschnitten hatte.

Doch jetzt war es verschwunden.

Das Lederband. Das Amulett.

Unser Weg nach Hause.

36

Der Blutbirkenweg

Die Schnur mit dem Lochstein musste gerissen sein. Die schleimigen Gliederäste des Unterwasserwaldes schienen einen Weg in mein Inneres gefunden zu haben und kratzten jetzt an meinen Magenwänden.

»Nein«, flüsterte ich entsetzt.

Magnus richtete sich auf und blickte sich angespannt um. Ich legte meine Hand auf seine. »Das ist es nicht. Es … Ich habe den Lochstein verloren.«

»Im Wasser?«, fragte Adil, noch immer so erschöpft, dass es völlig ruhig klang, ohne den geringsten Anflug von Panik.

Anders als bei meinem Bruder. »Verdammt!«, fluchte der. »Und jetzt?«

Die Blicke der anderen richteten sich auf mich. Selbst der Waschbär verharrte in seiner Bewegung.

»Wir können jetzt nicht noch einmal in den Brunnen. Was, wenn diese Monster auf uns warten?«

»Irgendwann müssen wir zurück«, sagte Adil schwach.

»Aber nicht, bevor ich mein Kind gefunden habe.«

Ich versuchte, ruhig und selbstbewusst zu sprechen. »Hört zu: Ich wüsste noch nicht einmal, wo ich den Lochstein suchen muss. Wir müssen darauf vertrauen, dass uns die Herrin der Quelle ein weiteres Mal hilft. Oder die Pilzgnome.«

Wenn ich ehrlich zu mir selbst war, wusste ich noch nicht einmal, wie ich mit einem Baby im Arm den Rückweg durch das Wasserportal bewältigen sollte. Das alles waren jedoch Probleme, mit denen ich mich auseinandersetzen würde, wenn ich meinen Sohn vor dem Spinnenmann gerettet hatte. Ich atmete tief durch die Nase ein und durch den Mund aus.

»Zeit, nach der Mottenfrau zu suchen.«

Kahle Bäume umgaben uns, wohin wir auch blickten. Nur an einer Stelle gab es eine Lücke und durch diese führte ein Weg aus schwarzem, feuchten Laub. Das Reich des Lichten Volkes hatte in allen Farben des Regenbogens vibriert, Feenstaub war durch die Luft geschwirrt. Hier hingegen schienen die fröhlichen Farben aus der Landschaft herausgeblutet zu sein. Alles war bleich oder schwarz und voller Schatten.

Dunkle Schwester hatte meine Mutter die Hüterin des Portals auf dieser Seite genannt, doch sosehr ich auch versuchte, eine Spur von ihr zu entdecken: Mein Blick glitt nur über verknotete Äste und vermoderte Blattskelette. Eine vereinzelte Motte taumelte durch die Luft und verschwand zwischen dornigem Buschwerk. Ich fragte mich, ob sie den Weg zur Hüterin kannte, wagte jedoch nicht, ihr zu folgen. Mutter hatte mir eingeschärft, keinesfalls vom Pfad abzukommen.

Wir schlüpften in unsere Kleidung, die die Lederranzen weniger trocken gehalten hatten, als ich mir das gewünscht hätte, und schulterten unser Gepäck. Magnus trug sein Schwert wieder um die Hüften gegurtet. Als wir den Laubweg betraten, hob der Waschbär das Köpfchen, um zu schnüffeln, doch was sein Näschen kitzelte, gefiel ihm offenbar nicht. Ich konnte es ihm nicht verübeln. In der Luft lag ein saurer Geruch. Der Weg vergrößerte sich bald zu einer Allee, deren Seiten von schlanken Birken gesäumt wurden. Wie Tänzer auf einem Fest streckten sie sich ihre filigranen Äste entgegen und bildeten einen natürlichen Laubengang, der uns das Sehen erschwerte. Anders als ihre knorrigen Geschwister, die rund um den Brunnen wuchsen, trugen diese Bäume hier ein Blätterkleid. Es war nicht grün-silbern wie in unserer Welt, sondern bestand aus glitzernden Rubinsplittern, schwach glimmend, wie rote Wolfsaugen im Dickicht.

»Regnet es?«, fragte Adil unvermittelt.

Da spürte ich es auch. Ein Tropfen traf mein Gesicht. Als ich mich zu Magnus umdrehte, sah ich, dass dieser mich aus geweiteten Augen anstarrte. Ich öffnete den Mund, da zerplatzte ein weiterer Tropfen auf meinem Arm und auch Magnus wurde getroffen – allerdings nicht von Regen, sondern von einem Birkenblatt. Es zersprang auf seiner Haut wie ein Wassertropfen und färbte seine Stirn dunkel. Ich starrte auf meinen Arm, auf dem sich ebenfalls ein Fleck ausgebreitet hatte.

Zu meinen Füßen protestierte der Waschbär ungehalten. Offensichtlich hatten ihn die Rubintropfen auch erwischt. Immer mehr Blätter regneten auf uns herab.

»Das ist *Blut!*«, keuchte Thomas. Ich drehte mich um und wich vor dem Anblick zurück, den er und Adil boten. Ihre hellen Hemden wiesen dunkle Flecken auf und ihre Gesichter glänzten nass, als kämen sie aus einer Schlacht.

»Beim Säenden Gott!«, entschlüpfte es Magnus.

Blätter trafen mich auf der Schulter, auf dem Kopf, auf dem Arm. Ich wischte mir mit dem Handrücken über die Stirn, um zu verhindern, dass mir das seltsame Birkenblut in die Augen lief. Als ich die Hand senkte, stieg mir der Geruch von Kupfer in die Nase.

Über mir erklang das Krächzen von Raben.

»Weg hier«, rief ich, griff nach dem Waschbären und rannte auf das in den Schatten liegende Ende der Allee zu. Die Blätter fielen inzwischen so zahlreich und schnell von den Bäumen, dass es mir vorkam, als seien wir in einen Regenschauer geraten. Meine Kleidung, meine Haut, mein Haar, alles verfärbte sich, der Laubweg wurde schlüpfrig.

Die Allee nahm kein Ende. Je rascher ich mich bewegte, desto weiter schien sich mein Ziel zu entfernen. Dort, wo die Bäume mit ihren Ästen hin- und herwogten, glaubte ich, eine helle Gestalt zwischen den Birken zu sehen, wie in Schleier oder Nebel gehüllt. Ich blieb abrupt stehen, da prallte Thomas in mich hinein, der Schwung trug uns weiter, ich musste blinzeln, und als ich mich umschaute, war die Erscheinung verschwunden.

»Farah!«, brüllte Magnus, schnappte sich meine Hand und zerrte mich weiter.

»Ich glaube, ich habe sie gesehen«, rief ich über das Prasseln der Birkenblätter hinweg und versuchte, in der Dunkelheit jenseits der Birkenbäume etwas zu erkennen, während ihr Blut mich bis auf die Knochen durchnässte. »Die Hüterin.«

Doch sosehr ich mich auch anstrengte, die Gestalt blieb verschwunden. Hatte ich sie mir nur eingebildet?

»Komm!« Magnus drängte mich vorwärts. Beinahe wären meine Finger aus seinem Griff herausgerutscht, so glitschig waren sie vom Blut.

Inzwischen fielen die Birkenblätter in solchen Mengen, dass ich mich ernsthaft sorgte, allein durchs Einatmen zu ertrinken.

Und dann, von einem Augenblick auf den anderen, war es vorbei. Der metallische Geruch in der Luft ebbte ab und wir stolperten von der Lauballee auf steinigen Untergrund. Der furchtbare Blutschauer hörte auf, als habe es ihn nie gegeben. Die Äste der Birken hinter uns waren kahl. Kein einziges Rubinblatt hing mehr an ihnen.

Dass wir dieses bizarre Schauspiel erlebt hatten, ließ sich nicht leugnen. Alle fünf wirkten wir, als hätten wir uns in einem Trog Schweineblut gewälzt. Wolfsartiges Heulen erklang und ich zuckte zusammen. Der Waschbär kletterte auf meinen Rücken. Als ich Thomas, Adil und Magnus in die rotglänzenden Gesichter blickte, wusste ich, dass sie das Gleiche dachten wie ich: Blut lockte Raubtiere an. Und welche Raubtiere lauerten in den Schatten dieses Reiches?

37

Dornen

Wir zogen in Erwägung, zum Brunnen zurückzukehren und zu versuchen, das klebrige Blut mit der schlammigen Brühe abzuwaschen. Immerhin waren die Birkenkronen jetzt so kahl wie alle anderen Bäume um uns herum. Doch die Zeit drängte, also griffen wir nach Tüchern, mit denen Berit unsere Vorräte eingewickelt hatte, tränkten sie mit Wasser aus unseren Trinkschläuchen und wischten unsere Gesichter und Hände notdürftig ab. Dann stillten wir selbst unseren Durst. Wir sahen immer noch aus, als hätten wir gerade ein furchtbares Gemetzel überstanden, aber ein bisschen besser fühlten wir uns.

Ich griff nach dem Ende meines Zopfes und begutachtete die verklebten Strähnen. Sie wirkten im geisterhaften Licht fast schwarz. Auch das Fell des Waschbären hatte sich zu stacheligen Zäpfchen verfilzt.

Das Heulen der Wölfe und das Krähen von Raben erklang um uns herum. Wir sahen weder Vögel noch Vierbeiner, hatten jedoch das Gefühl, sie beobachteten uns und warteten nur darauf, dass wir einen falschen Schritt machten. Während unserer Rast blickte ich die Allee hinunter, zurück zum Brunnen. Obwohl der Ort, an dem wir jetzt standen, von dort aus im Nebel gelegen hatte, konnte ich von hier den gemauerten Rand des Portals genau sehen. Vermutlich musste ich mich damit zufriedengeben, dass die Gesetze der Welt, wie ich sie kannten, hier nicht zwangsläufig galten.

»Wohin jetzt?«, fragte Magnus und blickte auf die beiden Pfade, die von der Birkenblutallee wegführten. Einer sah aus wie ein gewöhnlicher Waldweg, allerdings wohl lange Zeit unbenutzt. Dornige Ranken wanden sich an seinen Seiten entlang und kletterten hier und da auch über ihn hinweg.

Der Pfad zu unserer Rechten sah breiter aus. Statt Dornenranken wuchsen an seinen Seiten hohe Nadelbäume. Ab und an lagen Fichtenzapfen auf dem Weg und in einigen Schritten Entfernung kreuzte ihn ein rasch dahinfließender Bach. »Lasst uns den Dornenweg nehmen«, entschied ich.

»Wieso das?«, fragte Thomas.

»Ein Gefühl«, antwortete ich.

Seine Augen wurden groß und rund wie Münzen. »Ein Gefühl?«

»Ja.«

»Der andere Weg sieht einladender aus.«

Ich rückte meinen Wasserschlauch zurecht. »Und genau das macht mich misstrauisch.«

»Misstrauisch?«

»Thomas«, entfuhr es mir, vielleicht ein bisschen zu heftig. »Willst du jetzt immer das letzte Wort wiederholen, dass ich sage?«

»Streitet euch nicht«, bat Adil.

»Wir gehen den Dornenweg entlang«, sagte ich fest. »Das sagt mir mein Instinkt.«

»Dein …« Thomas bremste sich gerade noch und verschränkte die Arme vor der Brust. »Warum stimmen wir nicht ab?«

»Schluss jetzt«, entschied Magnus. »Wir versuchen es mit dem Dornenpfad.«

»Es geht um meinen Sohn«, fügte ich hinzu. »Ich bin dir dankbar, dass du mitgekommen bist, Thomas. Aber die Entscheidung liegt bei mir. Verstanden?«

Thomas blinzelte zweimal, dreimal. Dann nickte er. Er sah nicht glücklich aus, aber er fügte sich.

Das Vorankommen gestaltete sich leider als so schwierig wie befürchtet. Ranken verhakten sich in unserer Kleidung, aber immerhin blieb das Heulen der Wölfe hinter uns zurück. Allein die Raben verfolgten uns laut krächzend und im Unterholz raschelte es, als schlängelte sich ein Reptil durch trockenes Laub.

Immer wieder schielte ich zu Magnus' Hand, die auf seinem Schwertgriff lag, und hoffte, er würde sich zurückhalten und die Klinge nicht ziehen. Als mir die Dornen das dritte Loch in den Ärmel rissen und mir dabei auch die Haut verletzten, musste ich mich beherrschen, nicht selbst nach der Waffe zu greifen und uns einen Weg frei zu hacken.

Irgendwann standen die Hecken so dicht, dass ein Weiterkommen unmöglich war. Sicherheitshalber trugen wir eine weitere Schicht Feensalbe auf. Doch auch das half nichts. Wir steckten fest. Falls sich die Mottenfrau hinter den Dornen verbarg, so war sie nicht bereit, sich zu zeigen. Uns blieb nichts anderes übrig, als den Weg bis zur Gabelung der Pfade zurückzugehen.

»Sag nichts«, warnte ich Thomas, als wir umdrehten. Mein Bruder hob das Kinn, ein überlegenes Lächeln lag auf seinen Lippen, doch er hielt den Mund.

Auf halber Strecke blieb er plötzlich stehen. »Hört ihr das?«

»Nur dein lautes Schnaufen«, sagte Adil.

»Sehr witzig«, antwortete Thomas säuerlich. »Ich meine es ernst.«

Wir spitzten die Ohren. Bis auf das Rascheln in der Hecke und dem Krähen der Raben fiel mir nichts auf.

»Da, wieder!« Thomas deutete nach vorne. »Es klingt wie ...«

»... eine Katze«, sagte Magnus überrascht. »Ich höre es auch.«

Alle lauschten. Und tatsächlich, jetzt konnte ich es auch vernehmen. Leise, jammervoll, fast wie das Wimmern eines Kindes! Ich rannte los.

»Farah!« Magnus versuchte, mich am Handgelenk zu ergreifen, doch ich war zu schnell. Die anderen folgten mir fluchend. Ranken drohten mir ins Gesicht zu peitschen, doch ich wehrte sie mit den Unterarmen ab. Der Waschbär klammerte sich erschrocken an mich. Das Jammern wurde lauter, und je näher ich ihm kam, desto mehr stellte ich zu meinem Bedauern fest, dass es tatsächlich eher nach einer unglücklichen Katze klang als nach einem Kind.

Als ich mich um eine Biegung schob, sah ich das Wesen, das so kläglich jammerte. Ein junges Glimmerkätzchen lag halb verborgen unter einer Hecke. Statt Fell besaß es einen Körper aus schwarzen Kohlen, die hier und da orangefarben glühten. Das Kätzchen hatte sich in den Ranken verfangen. Und diese zogen sich enger zusammen, je mehr es strampelte.

»Was ist das?«, fragte Adil ein bisschen zu laut. »Brennt es?«

»Es glimmt«, antwortete Thomas. »Das ist eine Glimmerkatze. Es gibt viele Geschichten über sie.«

»Wenn die Ranke nicht aufpasst, wird sie sich selbst abfackeln«, vermutete Adil.

»Das wird nicht geschehen.« Magnus ging in die Hocke und versuchte, die Feenkatze aus der Hecke zu befreien. Sie fauchte ihn an und er zog schnell seine Finger zurück.

»Was machst du da?«, fragte Adil.

»Ich versuche sie zu befreien.«

»Ist das klug?«

Magnus blickte über die Schulter hinweg zu uns. »Was sollen wir denn sonst machen, wir können sie doch nicht einfach so hier liegen lassen.«

Adil schien nicht überzeugt. »Was erzählen denn die Geschichten so über Glimmerkatzen? Sind sie friedlich? Das Fauchen der Kleinen gefällt mir jedenfalls gar nicht.«

Ich betrachtete das gefangene Kätzchen. Es blinzelte mich aus seinen schwarzen Kohleaugen mitleiderregend an. »Es gibt solche und solche Geschichten über sie«, gab ich zu. »Aber ich glaube, sie wird uns nichts tun. Sie hat nur Angst.«

»Sagt dir das auch dein Instinkt?«, fragte Thomas zynisch.

Nun reichte es mir. »Wenn du Angst hast, warum bist du dann überhaupt mitgekommen?«

»Weil du meine Schwester bist, verdammt«, antwortete er mir im gleichen harschen Tonfall. »Und weil ich dich liebe. Und …«, er wurde leiser, »weil du immer für mich da warst.«

Das ließ mein Herz schmelzen. Ich zog Thomas in die Arme und er umarmte mich fest.

»Lass uns nicht streiten«, bat ich ihn.

»Sag ich doch auch«, warf Adil ein. »Gemeinsam sind wir stark. Wisst ihr noch?«

Er kam auf uns zu und wir zogen auch ihn in unsere Umarmung.

»Es ist dieses verdammte Zwielicht«, gestand Thomas. »Es macht mich ganz nervös.«

Ich wusste, was er meinte. Als ich die beiden losließ, sah ich, dass sich Adils Hand mit Thomas' verschränkt hatte.

Ich drehte mich zu Magnus um und sah, dass es ihm gelungen war, das Dornengespinst so weit auseinanderzuziehen, dass die Glimmerkatze sich daraus befreien konnte. Sie sprang auf den Weg, wedelte so kräftig mit dem Schwanz, dass sich drei Funken lösten, und verschwand maunzend mit riesigen Sprüngen auf der anderen Seite des Weges. Die Funken stiegen in die Höhe und verglühten in der kühlen Nachtluft.

»He«, rief Thomas ihr hinterher. »Noch nicht einmal ein Danke?«

»Keine Dankesbekundungen von und zu Feenwesen«, erinnerte ich ihn und wappnete mich bereits gegen eine schnippische Bemerkung.

Stattdessen sagte er: »Stimmt ja. Entschuldigung.« Er klang gelöster als gerade noch.

In deutlich friedlicherer Stimmung kämpften wir uns den restlichen Weg zurück zu unserem Ausgangspunkt.

Als wir den zweiten Pfad betraten, bereitete ich mich innerlich darauf vor, von den Bäumen mit Zapfen beworfen zu werden. Nichts geschah. Am Bach überprüfte ich schnuppernd, ob ich fauligen Fischgestank wahrnahm. Doch bis auf das säuerliche Aroma, das an allem klebte, roch es auch hier nur nach Pilzen und Holz. Über den Bach sprangen wir dennoch äußerst misstrauisch, weil wir befürchteten, Nixenhände würden nach uns greifen.

Als wir alle auf der anderen Seite standen, atmete ich erleichtert auf. Da hörte ich etwas: ein rhythmisches Hämmern, ein Knacken und Klopfen wie von einer Armee von Spechten. Das Geräusch vibrierte in der Luft, ein Surren, das lauter wurde, je weiter wir gingen, doch was auch immer es verursachte, es zeigte sich uns nicht. Ein schmaler Weg, ganz ähnlich dem, auf dem wir uns befanden, zweigte linkerhand von uns ab.

»Wartet mal«, rief Adil über das Surren hinweg.

Er riss einen Streifen Stoff von seinem Hemdsaum ab und band ihn um den tief hängenden Zweig eines Holunderstrauchs. »Weil wir den Lochstein nicht mehr haben«, erklärte er. »Damit wir den Weg finden, aus dem wir gekommen sind.«

Magnus klopfte ihm auf die Schulter. »Gute Idee.«

»Ja«, sagte auch ich.

Thomas blickte mich an. »Wohin jetzt, Farah? Was meinst du?«

Ich deutete auf den Hauptweg. Doch mein Instinkt ließ mich auch diesmal wieder im Stich. Der Weg wurde immer enger, und als wir eine weitere Abzweigung erreichten, entdeckten wir Adils Stoffstreifen um den Holunderstrauch.

»Wir sind im Kreis gelaufen«, erkannte ich. »Tut mir leid. So ein Mist!« Der Waschbär stieß ein erschrockenes Keckern aus.

»Schon gut«, versuchte Magnus mich zu beruhigen und streichelte meinen Oberarm.

»Nein, ist es nicht«, fuhr ich ihn an. »Wir haben dafür keine

Zeit. Und was soll das. Warum zeigt sich die Mottenfrau nicht? Das ist kein Spiel!«

»Stimmt«, sagte Adil da. Sein Gesicht leuchtete aufgeregt. »Kein Spiel. Aber was ist, wenn es ein Rätsel ist?«

»Was meinst du damit?«, fragte Thomas ihn.

»Ich glaube, wir befinden uns in einem Labyrinth.«

Magnus blickte in die Richtung, aus der wir gekommen waren. »Du könntest recht haben.«

»Wie schön, dass wir das herausgefunden haben«, murmelte ich. »Falls es so ist. Aber nutzt uns das irgendetwas?«

Adil wirkte ganz aufgeregt. »Ja. In Zestásia lieben wir Labyrinthe, nicht wahr, Magnus?« Er wartete nicht auf eine Antwort. »Es gibt sie aus Stein, aus Hecken, manche sind nicht mehr als Kreidestriche auf dem Boden. Und jedes Kind lernt, dass es einen ganz einfachen Trick gibt, aus einem Labyrinth wieder herauszukommen.«

Er wackelte mit seiner rechten Hand.

Ich schielte zu Magnus, der über das ganze Gesicht grinste. »Man muss nur mit der rechten Hand die ganze Zeit an der Wand entlangfahren, dann findet man seinen Weg hindurch«, erklärte er. »Es stimmt, ich habe es ausprobiert.«

»Wir müssen allerdings am Eingang beginnen«, ergänzte Adil. »Am Brunnen.«

Wir wählten den Weg zurück bis zu der Stelle, an der der Blutbirkenweg begann. Oder endete. In ihren Kronen glänzten nun wieder unzählige Rubinblätter.

»Von dort bis hierher führt eine gerade Linie«, sagte Adil. »Wir können also auch hier beginnen.«

Ich verschränkte die Arme. »Aber wenn wir dem Weg rechts von uns folgen, laufen wir wieder im Kreis.«

»Nicht ganz«, widersprach er. »Wir sind nicht richtig abgebogen.«

Gerade, als ich Adil fragen wollte, was er meinte, fragte Thomas: »Der Bach?«

Er grinste. »Was, wenn er selbst auch ein Weg ist? Dann sollten wir ihm so lange folgen, bis wir auf die nächste Abzweigung zu unserer Rechten stoßen.«

»Noch mehr Wasser«, stöhnte Thomas. Doch wir machten uns auf den Weg.

Der Bach war eiskalt und wir sanken bis zu den Knien in ihm ein. Ich hatte gehofft, an seinem Ufer entlanggehen zu können, doch das wurde nichts, denn aus dem schnurgeraden Gewässer wurde bald ein sich windendes Bett, an dessen Ufern Disteln, Giftefeu und brusthohe Brennnesseln wuchsen. Hier und da entdeckte ich im dunklen Grün auch blassweißen Oleander.

»Haltet euch von den Blumen fern«, riet ich den Männern. »In unserer Welt sind sie giftig. Der Säende Gott allein weiß, was sie im Schattenreich auszurichten vermögen.«

»Keine Sorge, ich bleibe schön in der Mitte des Bachbetts«, versicherte mir Thomas. »Schau mal dort.«

Zuerst glaubte ich, er deute auf die Pflanzen. Dann jedoch entdeckte auch ich die Nester daumengroßer Raupen, die sich mit gewaltigem Appetit am Blattwerk labten. Mit ihrer glänzenden Haut erinnerten sie an ausgehungerte Blutegel. Allein ihr Anblick sorgte dafür, dass ich alles, was ich am Morgen gegessen hatte, am liebsten wieder losgeworden wäre.

»Achtet einfach nicht auf sie«, schlug Magnus pragmatisch vor. Diesmal ging er voran. Zur Sicherheit hatte er sein Schwert gezogen. Thomas und Adil hatten sich Äste und Steine vom Waldboden geschnappt. Berits Rat, im Feenreich nichts zu verletzen, ob Lebewesen oder Pflanze, war schön und gut. Falls wir jedoch angegriffen wurden, würden wir uns verteidigen müssen. Der Waschbär saß erneut auf meiner Schulter. Mit jedem Schritt schien er an Gewicht zuzunehmen, doch seine Anwesenheit spendete mir ein bisschen Trost.

Schritt für Schritt arbeiteten wir uns voran. Das Klopfen und Surren der unsichtbaren Spechtarmee blieb hinter uns zurück.

Der Boden des Bachlaufs bestand aus glitschigen Steinen. Das und die schnell dahinfließende Strömung machten es schwer, nicht auszurutschen. Im Zwielicht war es schwierig auszumachen, ob sich außer Schlick, Steinen und Astwerk noch etwas auf dem Grund des Baches befand, allein die Raupen an seinem Ufer leuchteten wie Schnee auf einem Ebenholzrahmen.

Beunruhigt schielte ich hinauf in den sternenlosen Himmel, von wo uns der Vollmond wie ein geisterhaftes Auge beobachtete. Wie viel Zeit war seit unserer Ankunft im Schattenreich vergangen? Wie viel Zeit blieb uns noch?

Wir folgten dem Bach Biegung um Biegung, und trotz des eisigen Wassers, das meine Füße und Unterschenkel umspülte, trat mir der Schweiß auf die Stirn. Die Raupen am Ufer wurden seltener. Dafür entdeckten wir fingerlange Puppen, die an Strauchästen hingen, die sich unter ihrer Last bogen. Je weiter wir uns vorwärtsbewegten, desto mehr wurden es. Als der Bach endlich einen Pfad kreuzte, schlüpfte gerade eine handtellergroße Motte aus einer der Puppen. Sie breitete ihre blassgrauen Flügel aus und flatterte den Pfad in die Richtung entlang, in die wir uns nach Adils Rat bewegen sollten. Ich beschloss, das als gutes Omen zu sehen.

»Ich gehe zuerst«, bestimmte Magnus, als wir auf das Ufer zuwateten. Ich wollte nach seiner Schulter greifen, verlor auf dem schlüpfrigen Untergrund jedoch den Halt und fiel der Länge nach in den Bach. Erbarmungslos rauschte das Wasser über mich hinweg und versetzte mir einen Schock. Nach Luft schnappend tauchte ich wieder auf. Wasser und Blut rannen mir aus den Haaren, über Gesicht und Körper. Magnus zog mich hoch, während Adil den fiependen Waschbären rettete.

»Ich habe genug«, stieß ich zwischen den Zähnen hervor und merkte, wie die Wut in meinem Bauch dem Klammergriff des Schattenreichs etwas entgegensetze. »Wenn das ein Spiel sein soll«, brüllte ich in den Wald, »so wird es Zeit, dass uns jemand die Regeln erklärt!«

Magnus wollte mich in die Arme nehmen, doch ich schüttelte seinen Griff ab und kämpfte mich zum Ufer vor, zum Weg, der aus lauter kleinen, mondhellen Steinen bestand.

»Dein Sieg ist gar nichts wert, wenn du betrügst«, rief ich in die Nacht. »Zeig dich!«

Ich meinte die Mottenfrau, doch noch während ich die Hände auf den spitzen Kieseln abstützte, um mich aus dem Bachbett zu ziehen, erkannte ich in einiger Entfernung vor mir einen Schatten im Nebel: einen gewaltigen, rundlichen Leib auf astdürren Beinen.

38

Der Pfad der Knochen

Hatte ich den Spinnenmann gefunden? Wusste er, dass ich hier war? Die Kiesel drückten sich unangenehm spitz in meine Hände und Knie, doch ich achtete nicht darauf. Alles, woran ich denken konnte, war: Ist dort der Spinnenmann? Und wo ist mein Baby?

»Farah!«, riefen mir meine Begleiter hinterher.

»Er ist hier!«, rief ich gehetzt, während ich mich auf die Beine kämpfte. »Dort vorne im Nebel.«

Jemand kletterte hinter mir ans Ufer.

»Wir dürfen ihn nicht verlieren!« Ich begann, den Kieselpfad entlangzurennen. Ich hörte Thomas hinter mir fluchen. Alles, was zählte, war, den Spinnenmann einzuholen, den Nebelschleier mehr und mehr verhüllten. Wenn ich ihm folgte, fand ich mein Kind.

Jedenfalls hoffte ich das.

Je näher ich der dunklen Gestalt kam, desto unsicherer wurde ich allerdings. Diese astdünnen Beine, gehörten sie wirklich dem Spinnenmann? Die Proportionen schienen nicht zu stimmen. Gaukelte mir mein Verstand etwas vor, das gar nicht da war?

Die Gestalt drohte um eine Biegung zu verschwinden. Ich biss die Zähne zusammen und holte alles aus meinem Körper heraus. Ein schrecklicher Schrei schlug auf mich ein wie eine Peitsche. Ich kam aus dem Tritt.

Der Schrei riss nicht ab. War das Adil? Im Rennen drehte ich meinen Kopf. Es war Adil, der da schrie. Und er schrie zum Steinerweichen.

Ich wurde langsamer, blickte nach vorne, zum Spinnenmann, dann zurück.

»Farah!«, brüllte Magnus mir hinterher.

Die anderen waren stehen geblieben. Etwas war nicht in Ordnung. Ganz und gar nicht.

Adil steckte mit dem linken Bein bis zum Oberschenkel *im* Kieselpfad. Er hörte nicht auf zu schreien.

Fluchend blieb ich stehen.

Das Wesen, das vielleicht der Spinnenmann war, das Monster, das mich dazu gebracht hatte, diese Reise überhaupt zu unternehmen, entfernte sich mehr und mehr von mir.

Der Feenmann und mein Kind?

Oder Adil? Der sich, ohne mit der Wimper zu zucken, dazu bereit erklärt hatte, uns ins Schattenreich zu begleiten.

Thomas kauerte neben ihm, umklammerte seine Schultern und versuchte, ihn aus der Erde zu ziehen.

Magnus stand auf halber Strecke zwischen ihnen und mir und schien ebenso hin- und hergerissen wie ich.

Wir trafen gleichzeitig und ohne uns abzusprechen unsere Wahl und rannten zu den anderen zurück.

»Was ist passiert?«, hörte ich Magnus atemlos fragen, der vor mir bei ihnen ankam.

»Das sieht man doch«, fauchte Thomas.

»Der Boden hat plötzlich unter mir nachgegeben«, keuchte Adil. Die Angst in seiner Stimme verursachte mir eine Gänsehaut.

Als ich neben ihm in die Hocke ging, sah ich, dass ihm Schweiß und Tränen übers Gesicht liefen.

»Wir sind hier«, versicherte ihm Magnus. »Wir helfen dir. Versuch einfach, ruhig zu bleiben.«

Ich legte meinen Beutel ab, da weiteten sich seine Augen und er sackte ruckartig tiefer in den Pfad ein.

»Etwas zieht an mir! Es zieht! Hilfe! Helft mir!«

»Adil …«, begann Magnus.

»Tut doch was!«, brüllte Thomas. Er schob seine Hände unter Adils Achseln hindurch und versuchte, ihn in die Höhe zu ziehen.

Adils Schreien wurde so laut, dass es mir fast das Herz zerriss.

»Vorsichtig«, versuchte ich meinen Bruder zu warnen und zugleich die Ränder des Loches, in denen das Bein steckte, mit den Fingern zu vergrößern.

»Keine Zeit«, murmelte auch Magnus und kam Thomas zu Hilfe. Die Gesichter der beiden liefen rot an. Irgendetwas hielt dagegen.

In Adils Schreie mischten sich verzweifelte Schluchzer.

Als es Thomas und Magnus gelang, das Bein aus dem Loch zu ziehen, verzerrte sich Adils Gesicht zu einer gequälten Fratze und sein Schreien brachte die Bäume zum Beben.

Ich dachte, er würde in Ohnmacht fallen, doch so gnädig meinte es das Schicksal nicht mit ihm. Als mein Blick auf seinen Oberschenkel fiel, wurde mir kurzzeitig schwarz vor Augen und ich musste mich mit beiden Händen auf den spitzen Steinen des Weges abstützen und die Luft anhalten, um mich nicht zu übergeben.

Nicht nur Adils Hose hing in Fetzen an seinem Bein herunter. Fleisch klaffte auseinander und ein großer Hautlappen hing an seinem Oberschenkel wie ein Stück Stoff an einem einzigen Faden. Alles war nass von dunklem Blut, das pulsierend aus der hässlichen Wunde spritzte.

»Ihr Götter!«, brüllte Adil, als er erkannte, wie schwer verletzt er war. Thomas presste sich entsetzt die Hand auf dem Mund, um nicht selbst zu schreien.

Magnus schnürte sofort das Bein mit seinem Gürtel ab.

»Schau nicht hin!«, befahl ich Adil und gab meinem Bruder ein Zeichen. Thomas umfasste Adils Kopf schraubstockartig und bettete ihn auf seinen Schoß. Dann suchte sein Blick den meinen: *Hilf ihm.*

Fieberhaft durchwühlte ich unser Gepäck. Hatten wir etwas außer dem Heilwasser dabei? Ich hatte getrocknete Kamillenblüten, Pappelrinde und Minzblätter eingepackt. Aber nichts, um Wasser für einen Aufguss zu erhitzen. Und was nutzte der schon, wenn wir die Blutung nicht stoppten? Mit zitternden Fingern griff ich nach dem kleinen Stoffsäckchen, in das ich Nadel und Faden eingeschlagen hatte.

»Wir brauchen ein Stück Holz, auf das er beißen kann«, sagte ich zu Magnus.

»Ist gut.« Er beugte sich über Adil. »Farah wird dir helfen«, versprach er und ich spürte, wie der Druck in meinem Inneren anschwoll.

»Halt ihn fest«, wies ich Thomas an.

»Was hast du vor?«, fragte Adil ängstlich.

»Dir helfen. Es wird wehtun.«

Adil lachte schmerzverzerrt. »Tut es jetzt schon.«

Magnus kam mit einem Ast zurück, der etwa so lang war wie mein Unterarm.

»Beiß darauf«, wies er Adil an und der tat sofort wie ihm geheißen.

»Bring mir den Wasserschlauch«, befahl ich Magnus, als ich den weißen Kiesel entdeckte, der in der blutenden Wunde steckte. Warum nur hatten wir keinen Alkohol mitgebracht? Damit hätte ich Adils Bein desinfizieren können, ein paar Schlucke hätten ihn betäubt und ich hätte mir Mut antrinken können.

»Soll ich es über die Wunde schütten?«, fragte Magnus.

»Ja. Und über meine Hände.«

Sobald Magnus fertig war – und ich zu viel Angst bekommen konnte –, griff ich mit Daumen und Zeigefinger nach dem Kiesel und zog ihn aus Adils Bein. Es verursachte ein saugendes Geräusch, Blut spritzte heiß auf meinen Handrücken, Adil stöhnte und, den Geistern des Waldes sei Dank, verlor endlich das Bewusstsein.

Das war gut.

Ich wollte den Kiesel schon achtlos beiseitewerfen, als ich erkannte, um was es sich dabei in Wahrheit handelte. Ein spitzer, scharfkantiger Stein, der gar kein Stein war, sondern ein Knochensplitter. Aber nicht von Adil. Ich starrte auf den Weg, auf dem ich kniete. Knochenreste. Überall. Der ganze Weg, der sich in weiter Ferne verlor, bestand aus nichts anderem als gesplitterten Gerippen.

Ich musste würgen.

»Farah?«, fragte Thomas ängstlich.

Magnus führte den Wasserschlauch an meine Lippen. »Trink«, befahl er.

Ich schluckte. Für Furcht war keine Zeit. Auch nicht für Zögern. Nicht, wenn wir Adil retten wollte.

»Such nach meiner Silberphiole«, wies ich Magnus an, während ich mich zwang, ruhig zu bleiben, um einen starken Faden aufzufädeln. Das rote Fleisch, die herabhängende Haut, der Anblick war so furchtbar, dass ich am liebsten die Augen geschlossen hätte. Doch ich musste sehen, was ich nähte. Ich dankte dem Schicksal, dass es mir meine goldenen Hände geschenkt hatte, hielt den Atem an und stach die Nadel durch Adils Fleisch.

Nach dem dritten Stich wurde es leichter, und natürlich half es auch, dass Adil ohnmächtig war. Thomas hielt seinen Oberkörper fest im Arm und weinte. Magnus saß hinter mir, stützte mich und war da, wenn ich etwas brauchte. Die Silberphiole hatte er gefunden. Ich setzte die Stiche erst grob und schnell, um das Fleisch zusammenzuziehen, dann nähte ich noch einmal eng und feiner. Während ich arbeitete, kam leichter Wind auf und helle und dunkle Motten umflatterten uns. Intensiver Blutgeruch lag in der Luft. Alles, worauf ich mich konzentrierte, war der nächste Stich. Meine Finger waren nass und dunkel, als ich die Nadel zum letzten Mal durch das feste Fleisch stacht und die Wunde vollends schloss. Ich betrachtete mein Werk und wusste, es würde nicht reichen.

»Die Phiole«, flüsterte ich Magnus zu.

Er gab sie mir und ich beträufelte die Wunde mit der glitzernden Flüssigkeit. Sie begann zu schimmern, aber nicht zu heilen.

»Warum funktionier es nicht?«, fragte Thomas.

»Es ist zu wenig übrig«, antwortete ich.

»Adil braucht Hilfe!«

»Ich weiß«, antwortete ich leise und schielte auf Magnus' Bein. War es ein Fehler gewesen, den Heiltrank für die Bissstellen zu verwenden?

Nein. War es nicht gewesen. Ich ballte die Hände zusammen. Ich durfte jetzt nicht an jeder meiner Entscheidungen zweifeln. Zumal daran ohnehin nichts mehr zu ändern war. Aber mein Bruder hatte recht: Adil brauchte Hilfe.

Oder ein Wunder.

Oder Magie.

Ich dachte zurück an die Nacht von Thomas' Fieber vor so vielen Jahren. Ich hatte nie jemandem erzählt, was Berit damals getan hatte. Oder zu was ich selbst imstande war.

»Ich brauche ein paar Krumen Brot«, sagte ich entschlossen.

Magnus hob eine Augenbraue.

»Gib sie mir bitte einfach, ja?«

»Hast du Hunger?«, fragte er.

»Nein.«

Ich griff nach den Kräuterbündeln in unserem Gepäck und suchte nach der getrockneten Kamille. Eisenhut hatte ich nicht mitgebracht, aber Tollkirschen. Ich biss mir auf die Unterlippe und spuckte mein Blut in die Schale, die ich mit meinen Handflächen bildete und in der schon die Kräuter lagen.

»Leg die Brotkrumen hinein und füll dann Wasser dazu«, bat ich Magnus.

»Was hast du vor?«, fragte Thomas.

Ich antwortete nicht.

»Farah«, verlangte er zu wissen.

»Kümmere dich um Adil«, sagte ich grob.

Auch Magnus sah mich seltsam an, kam jedoch jeder meiner Bitten nach. Ich schloss die Augen und suchte nach meiner Magie. Es fiel mir nicht leicht, denn überdeutlich war ich mir der Anwesenheit meines Mannes und meines Bruders bewusst. Ich spürte den Kuss des Windes auf meiner schweißnassen Haut, während ich versuchte, die Magie zu beschwören. Ich versuchte es wirklich, doch alles, was ich zustande brachte, war ein winziges Flämmchen in meinem Innern.

»Bitte«, flüsterte ich und mühte mich, die Flamme zu nähren, sie wachsen zu lassen. Doch inzwischen war ich so schwach. Nur langsam wuchs sie, sandte Licht durch meine Glieder und in meine Hände.

Thomas keuchte auf, und als ich meine Augen öffnete, sah ich, dass meine Fingerspitzen sanft glühten.

Ich versuchte, mehr Magie emporzulocken, doch als meine Sicht an den Rändern schwarz wurde und ich Kopfschmerzen bekam, verstand ich, dass mir heute Nacht nicht mehr zur Verfügung stand.

Eine schneeweiße Motte setzte sich auf meine blutverschmierte Hand. Ich hatte noch nicht einmal die Kraft, den Falter abzuschütteln. Vorsichtig legte ich Zeige- und Mittelfinger auf die Naht und ließ meine Magie in Adils Bein hineinsickern. Eine zweite Motte setzte sich zur ersten. Diese hatte dunkle Flügel.

Mach schon, trieb ich mich selbst an. *Mehr!*

Doch das goldene Leuchten der Magie verschwand. Die Kopfschmerzen verschlimmerten sich. Frustriert zog ich die Hand zurück und die Motten flogen auf. Adil stöhnte und blinzelte verwirrt.

»Was hast du gemacht?«, wollte nun auch Magnus wissen.

Ich blickte auf die wulstige Naht, auf das Blut, das aus Adils Bein sickerte. »Die Schmerzen gedämpft.«

Ich suchte in unseren Bündeln nach einem Stück Stoff, das halbwegs sauber war. Magnus wartete, bis ich es um Adils

Bein geschlungen hatte, dann sagte er: »Deine Finger haben geleuchtet.«

»Ja.«

»War das …?«

»Keine Hexerei«, antwortete ich, weil mir Iolanthes Worte allzu heftig in den Ohren klangen. Ich schob das Kinn vor. »Ich bin keine Hexe, aber ich kenne ein paar … Dinge.«

»*Dinge?*«

»Magische Rituale.«

Magnus runzelte die Stirn. »Und das sagst du mir jetzt? Einfach so?«

Erschöpft strich ich mir eine Strähne aus dem Gesicht, die sich aus meinem Zopf gelöst hatte. »Magie ist ganz anders, als deine Stiefmutter dir dein halbes Leben lang erzählt hat. Sie kann auch Gutes bewirken, wenn man sie richtig einsetzt. Sie hat Adil vielleicht das Leben gerettet.«

Magnus' Stirn bewölkte sich nur noch mehr. Vermutlich fragte er sich bereits, ob meine *Fähigkeiten* auch bewirkt hatten, dass wir jetzt hier waren.

»Adil braucht Hilfe«, sagte ich deshalb schnell zu Thomas. »Mehr Hilfe, als ich ihm geben kann.«

Mein Bruder wirkte verunsichert. »Wie meinst du das?«

»Was ist passiert?«, fragte Adil schwach.

Ich zwang mir ein Lächeln auf das Gesicht. »Du bist verletzt, erinnerst du dich?«

Er betastete den Verband an seinem Bein. »Es tut kaum noch weh.«

»Der Schmerz wird zurückkehren, schon bald. Für einen Moment habe ich ihn jedoch gelindert.«

Er blinzelte. »Der Spinnenmann«, sagte er dann. »Du hast ihn entdeckt. Du hast ihn verfolgt. Ist er entkommen?«

Magnus griff nach Adils Hand. »Wir werden ihn wiederfinden.«

»Ihr habt wegen mir seine Verfolgung abgebrochen?«, fragte er ungläubig. »Aber … euer Kind!«

»Du hast Hilfe gebraucht«, sagte Magnus schlicht.

»Freilich haben wir dich nicht im Stich gelassen! Wir sind eine Familie. Und eine Familie steht füreinander ein.«

In Adils Augen schimmerten Tränen. Ich wusste nicht, ob das daran lag, dass ihn die Worte berührt hatten, oder ob der Schmerz zurückkam. Thomas streichelte sanft über sein dunkles Haar.

»Du musst zurück zur Herrin der Quelle«, sagte ich und versuchte, bei der Vorstellung nicht allzu bitter zu werden. Wie viel Zeit würde uns das kosten? Wir waren schon so lange hier und hatten noch nichts erreicht. Wenn überhaupt, hatte sich unsere Situation verschlimmert. Und bei dem Gedanken, den Bach zurückzustapfen, die Blutbirkenallee noch einmal zu durchqueren, in den verfallenen Brunnen zu springen und ins Reich des Lichten Volkes zu tauchen, wurde mir schwindelig.

»Wir bringen dich zurück«, sagte ich trotzdem, weil wir gar keine andere Wahl hatten. Bitterkeit machte sich auf meiner Zunge breit. Ich würde einen Weg finden, den Spinnenmann in seinem Spiel zu schlagen. Oder – ich blickte mich um, ließ die kahlen Bäume mit ihren schwarzen Stämmen und verdrehten Äste und das graue Zwielicht auf mich wirken – ich würde wie mein Kind ins Schattenreich ziehen. Als Gefangene des Spinnenmanns.

»Was ist mit deinem Sohn?«, fragte Adil. Seine Stimme klang schwach.

»Er hat recht«, sagte Thomas. Seine Stimme klang plötzlich ganz dunkel und bestimmt. »Ihr müsst euer Kind finden. Es geht um die Familie.«

»Adil braucht Hilfe«, wiederholte ich. »Wenn …«

Thomas straffte die Schultern. »*Ich* bringe ihn zurück. Den Weg finde ich schon. Es ist nicht allzu weit. Wir schaffen das.«

Ich sah, dass Adil nach seiner Hand tastete und sie drückte.

»Ihr beiden, nur zu zweit? Bist du sicher?« Magnus war offenbar ebenso hin- und hergerissen wie ich.

»Das ist meine Aufgabe, das kann ich tun«, sagte Thomas schlicht. »Bisher habe ich mich immer auf dich verlassen, Farah. Ich wollte mit dir kommen, um dir zu zeigen, dass ich von nun an immer da sein werde, wenn du Hilfe brauchst.«

Ein Kloß bildete sich in meiner Kehle. »Thomas, du ...«

»Bitte, lass mich aussprechen. Ich wollte dir helfen, deinen Sohn zu finden. Ich will das immer noch. Aber Adil braucht auch Hilfe. Und wie es aussieht, kann ich dir am besten helfen, wenn ich deinem Mann und dir wenigstens diese Last abnehme. Sucht nach eurem Sohn, bringt ihn zurück. Ich werde dafür sorgen, dass die Herrin der Quelle Adil hilft.«

Mein Herz begann schneller zu klopfen.

»Schaffst du es denn durch die Quelle?«, fragte Magnus besorgt. »Wir könnten alle zurückgehen und dann wieder hierherkommen.«

»Es tut mir so leid, dass ich mich verletzt habe«, flüsterte Adil.

»Sprich keinen Unsinn«, antwortete ich. »Ich bin dir dankbar, Adil. Für alles, was du getan hast. Ohne dich wäre Magnus vielleicht nie aus dem Brunnen gekommen – und das Labyrinth haben wir auch nur dank dir bezwungen. Du hast deinen Teil beigetragen. Das werde ich dir nie vergessen.«

»Du sagst das, als würdest du mich zum letzten Mal sehen. Steht es so schlecht um mich?«

Die Wahrheit war, dass ich nicht wusste, ob *ich* in der Lage sein würde, das Schattenreich wieder zu verlassen.

»Du bist stark«, antwortete ich fest. »Du wirst nicht aufgeben, verstanden?«

Er schaute mir direkt in die Augen. »Du auch nicht.«

Ich holte zitternd Luft und unsere Hände umklammerten einander. »Versprochen.«

»Gut«, murmelte er zufrieden.

»Du wirst ihn einen Großteil des Weges tragen müssen«, warnte Magnus Thomas.

»Das macht mir nichts aus«, behauptete der. »Adil wiegt

weniger als so mancher Mehlsack, den ich bereits geschleppt habe.«

Es war eine Lüge, dennoch stahl sich ein schwaches Lächeln auf unsere Gesichter.

»Hilf mir nur, ihn huckepack zu nehmen«, bat Thomas.

Ächzend kämpfte ich mich auf die Füße. »Thomas.«

»Ja?«

Ich holte tief Luft und versuchte, nicht durchzudrehen. »Bevor ihr euch auf den Weg macht, muss ich dir noch etwas sagen.«

39

Geheimnisse, Wahrheiten und Lügen

»Was ist?«, drängte Thomas. »Wir müssen los. Alle beide. Die Zeit rennt.«

Ich schluckte. »Es geht um … um Mutter.«

Er runzelte die Stirn. »Jetzt willst du darüber sprechen?«

»Sie ist …« Wie sollte ich es ihm nur sagen?

»Die Lichtung. Der Geist. Ich weiß. Wir haben seit dem Sommer nicht mehr darüber gesprochen. Aber jetzt …«

»Sie ist kein Geist«, sagte ich schnell, bevor ich es mir anders überlegen konnte. »Und auch nicht tot. Ich meine: Sie lebt. Sie … Sie ist die Hüterin der Quelle.«

Thomas blinzelte. »Hast du dir den Kopf gestoßen? Mutter ist vor Jahren gestorben – und diese Hüterin ist ein …«

»Feenwesen«, vollendete ich. »Ich weiß, das klingt unglaublich. Ich wusste es ja selbst nicht bis vor Kurzem. Also, dass sie noch lebt, meine ich.«

»Warte, Farah, ich komme nicht mit …«

»Ihre Mutter – unsere Großmutter – war eine aus dem Lichten Volk, die sich in einen Menschen verliebt hat. Als beide starben, zog Berit sie auf.«

»Berit? Sie weiß davon?«

»Vater auch.«

Er wich vor mir zurück. »Alle wissen es? Außer mir?«

»Ich wollte mit dir sprechen, wirklich. Sobald …«

»Das hast du schon einmal gesagt«, unterbrach er mich kalt. Dann hob er die Hand. Erst sah es aus, als wollte er nach mir schlagen, doch er zeigte nur anklagend auf mich. »Du hast mit ihr *gesprochen?* An der Quelle, vor ein paar Stunden erst. Ihr habt gesprochen – und mich ignoriert?«

»Ich habe sie erkannt, deshalb hat sie …«

»Mich ignoriert«, murmelte er und schlang die Arme um sich, die Lippen so weiß wie die Knochen unter uns.

»Ich wusste nicht, dass sie hier sein würde«, beteuerte ich. »Ich schwöre es beim Säenden Gott und seinen Geschwistern. Ich dachte, sie wäre tot.«

Er begann zu wanken, schlug meine Hand jedoch weg, als ich ihn stützen wollte. »Noch mehr Lügen und Geheimnisse.«

»Ich wollte es dir erzählen, Thomas. Wirklich. Es war nur alles so …«

»Was? Unbequem für dich?« Seine Stimme wurde ätzend.

»Nein, ich …«

»Lass gut sein.«

Ich blinzelte ein paarmal. »Bitte, ich …«

»Ich sagte: Lass gut sein. Ich habe genug von deinen Lügen.«

»Ich habe nicht gelogen«, protestierte ich.

»Dann eben von deinen Geheimnissen. Sie ist auch *meine* Mutter, Farah. Begreifst du das nicht? Wie oft muss ich es noch sagen? Auch ich habe ein Recht darauf, zu wissen, wer sie ist oder wo oder ob sie noch lebt! Ich bin ihr Sohn, Farah, aber ich bin *kein* Kind mehr!«

Meine Ohren wurden heiß. »Das weiß ich doch, wirklich. Ich …«

»Warum dann? Warum behältst du immer alles für dich? Traust du mir nicht?«

»Das ist es nicht«, behauptete ich, obwohl ein leises Stimmchen in meinem Kopf flüsterte, dass genau das der Grund war.

»Wir rennen hier seit Stunden zwischen Dornenhecken und Bachbetten herum und du hast keine Minute gefunden, mir *das* zu erzählen?«

Ich wollte erneut protestieren, aber er ließ mich gar nicht erst zu Wort kommen.

»Wie würde es dir gehen, wenn die Situation umgekehrt wäre?«

»Nicht gut«, gestand ich. »Aber …«

»Nicht gut?« Er lachte böse. »Aber was, Farah?«

»Ich schwöre, wir sprechen in aller Ruhe darüber, sobald wir zu Hause sind.«

»*Falls* wir nach Hause kommen.«

»Sag das nicht.«

»Ich muss jetzt los«, entschied er. »Adil braucht meine Hilfe.«

Meine Augen wurden feucht. »Bitte, Thomas, lass uns so nicht auseinandergehen.«

Mutter hatte es mir prophezeit: *Nicht alle deine Begleiter werden die Reise mit dir zu Ende gehen.* Ich hatte Angst, zu sehr über die Bedeutung ihrer Worte nachzudenken. Adils Verletzung war schwer, und der Weg zurück ins Reich des Lichten Volkes vielleicht nicht weit, aber gefährlich.

»Ich weiß nicht, was ich dazu sagen soll«, gestand Thomas. »Ich weiß nicht einmal, was ich denken soll.«

»Mir geht es genauso«, versuchte ich, eine Verbindung zu ihm aufzubauen. Doch er sperrte mich aus. Sein Blick schien durch mich hindurchzugehen. Wie ein Schlafwandler zog er Adil auf die Füße.

Magnus half dabei, ihn bis zum Bach zu tragen, wo ihn Thomas huckepack nahm. Gemeinsam blickten wir ihnen nach, bis sie um die Biegung verschwanden. Ich hoffte von ganzem Herzen, dass sie den Weg zurück überstanden. Sie durften nur den Pfad nicht verlassen.

»Wird Adil es schaffen?«, fragte Magnus leise. Er kraulte den Waschbären, der sich auf seinen Arm geflüchtet hatte.

»Wenn sie es rechtzeitig zur Hüterin zurück schaffen, dann bestimmt.«

An diese Hoffnung klammerte ich mich. Die beiden mussten heimkehren, und ich musste eine Gelegenheit bekommen, mich mit Thomas richtig auszusöhnen.

»Zu deiner Mutter?«, fragte Magnus.

Ich hob den Blick, suchte in seinem Gesicht nach einer Regung, die mir verraten würde, was er darüber dachte. Über Mutter – und mich.

»Du hast es wirklich nicht gewusst? Auch nicht, dass du ein Feenwesen bist?«

Ich zuckte zusammen. »Ich bin *kein* Feenwesen. Ich bin ein Mensch. In mir fließt nur ein wenig Blut des Lichten Volkes.«

»Kommt daher deine *Gabe*, Stroh zu Gold zu spinnen?«

Ich wurde rot.

Magnus setzte den Waschbären auf unseren Bündeln ab, wo er sich in einen der Beutel verkroch. »Warum sind wir hier, Farah?«

»Wegen unserem Kind.«

»Und warum ist unser Kind hier?«

Das war sie, die Frage, deren Antwort ihn quälte. Ihn und mich. Doch ich konnte, nein, durfte nicht antworten. »Du hast in Berits Hütte versprochen, keine Fragen zu stellen, auf die ich nicht antworten kann. Du kennst den Preis.«

»Kenne ich eben nicht!« Magnus rieb sich den Kopf. Er ging ein paar Schritte auf und ab. »Ich weiß nicht, was auf dem Spiel steht, was passiert, wenn du mir alles sagst. Und mit *alles* meine ich auch alles, Farah!«

»Vertraust du mir nicht?«

Die Frage hing zwischen uns in der Luft, ein Schwert, dessen scharfe Klinge uns entzweien konnte, sollte es heruntersausen.

»Ich liebe dich«, antwortete Magnus.

»Das habe ich nicht gefragt.«

»Vertraust *du* mir denn?«

Verzweifeltes Gelächter stieg wie eine Luftblase in mir auf. Als ich es abwürgte, klang es wie Schluchzen. »Wie kannst du das überhaupt fragen?«

»Hast du das Gesicht deines Bruders gerade gesehen? Wie verletzt er war? Ich weiß genau, wie er sich fühlt. Weil du mit mir das Gleiche machst. Du sperrst uns aus. Ihn und mich.«

»Tue ich nicht!«

»Ach nein? Warum hast du mir nicht verraten, dass Feenblut in dir fließt?«

Ich riss die Arme in die Höhe. »Weil ich Angst hatte! Glaubst du etwa, für mich ist es leicht, zu begreifen, was das bedeutet?«

Magnus runzelte die Stirn. »Warum machst du dann alles immer mit dir selbst aus? Warum lässt du nicht zu, dass wir solche Dinge gemeinsam durchstehen?«

»Weil immer ich es bin, die die Kohlen aus dem Feuer holen muss. Mein Leben lang habe ich dafür gesorgt, dass in der Mühle etwas zu essen auf dem Tisch steht und ...«

»Du lebst nicht mehr in einer Mühle«, unterbrach er mich und aus irgendeinem Grund machte mich das wütend.

»Ihr alle werft mir vor, dass ich Dinge für mich behalte. Gleichzeitig wird aber von mir verlangt, dass ich alles Mögliche verschweige: Farah, verrate niemandem, dass du das Grab deiner Mutter im Feenreich besuchst! Lass niemanden wissen, dass du Magie wirken kannst! Selbst Thomas habe ich versprechen müssen, sein Geheimnis zu wahren. Und weißt du was? Das habe ich verstanden! Ich habe all diese Geheimnisse bewahrt, so gut ich konnte. Denn jedes Mal, wenn ich mich doch jemandem anvertraut habe, bin ich in Schwierigkeiten geraten.« Ich breitete die Arme aus, um meinen Punkt zu unterstreichen. »All das hier begann doch damit, dass ich Thomas vom Grab *erzählt* habe. Hätte ich das nicht getan, wären Mutters Münzen kein Laub geworden – und wir beide ...«

»Wir hätten uns trotzdem getroffen.«

»Darum geht es nicht!«

Magnus schüttelte mitleidig den Kopf. »Es ist nicht die Wahrheit, die dich in Schwierigkeiten bringt, sondern deine Verschlossenheit und deine Lügen.«

Der Schlag saß.

War ich zu verschlossen? Wären wir jetzt hier, wenn ich ihm viel früher vom Spinnenmann erzählt hätte? Wann hätte ich das tun sollen? Im Turm an jenem ersten Tag, als er mir etwas zu essen brachte? Da hatte ich ihn noch nicht gekannt – wie hätte ich ihm da vertrauen können?

»Ich frage dich also noch einmal«, sagte Magnus ruhig, den seine Gedanken wohl in eine ähnliche Richtung getragen hatten. »Vertraust du mir?«

Ich nickte, unfähig, etwas zu sagen.

Seine nächste Frage überrollte mich.

»Hast du mit deinen Feenkräften Stroh zu Gold gesponnen?«

»Ich besitze keine Feenkräfte«, sagte ich müde.

Jetzt lachte Magnus bitter. »Ich habe gesehen, was du für Adil getan hast. Iolanthe hält dich sogar für eine *Hexe.*«

»Iolanthe glaubt auch, du hättest mich nur geheiratet, weil ich schwanger war«, sagte ich matt. »Hör zu«, bat ich ihn. »Ich weiß, dass du die Krone nie wolltest, dass du sie teilweise deshalb genommen hast, um mich zu schützen. Daran habe ich nie gezweifelt. An deiner Zuneigung, meine ich. Und ich habe dich geheiratet, weil ich dich liebe. Weil du versprochen hast, mich zu beschützen.«

»Wovor?«

Eine weiße Motte umschwirrte uns und ließ sich auf meiner Schulter nieder. Ich ließ sie gewähren.

»Vor deiner schrecklichen Stiefmutter«, log ich und senkte den Kopf, weil ich meinem Gesicht nicht traute. Ich konnte ihm nicht alles sagen.

»Ist das alles?«, fragte Magnus.

Warum nur konnte er nicht aufgeben?

»Farah?«

Ich holte tief Luft und schaute ihn an. Weitere Motten tanzten um uns herum. »Ich kann nicht darüber reden, Magnus, verstehst du das nicht?« Ich wies den Knochenpfad entlang, in die Richtung, in die das dunkle Wesen verschwunden war, das der Spinnenmann gewesen sein könnte oder auch nicht.

»Nein«, sagte er.

»Magnus, ich kann es dir nicht sagen, weil …«

»Weil?«

»Wenn ich es tue«, stieß ich endlich die Wahrheit hervor, »verwandelt sich das ganze Gold zurück in Stroh! Willst du das?«

»Aber … das Gold? Wieso?«

»Alles wird weg sein. Der ganze Schatz! All die Spulen, die ich gesponnen habe.«

Wir standen uns auf dem Knochenpfad gegenüber, einen halben Meter voneinander getrennt, und starrten uns an. Immer mehr Motten zogen ihre Kreise um uns. Mein Herz klopfte so laut, dass ich glaubte, es hören zu können.

»Glaubst du, das Gold ist mir wichtig?«, fragte er schließlich und in seinen Augen glomm das Leuchten, das ich bereits bei unserer ersten Begegnung bemerkt hatte. Einen Wimpernschlag lang befand ich mich mit ihm auf der Wiese mit den Feenblumen unter dem Sternenzelt.

»Auf Giebelstein wolltest du mich dazu zwingen, noch mehr zu spinnen.«

»Überreden«, stellte er klar. »Nicht zwingen. Ich bin nicht meine Stiefmutter.«

»Entschuldige«, murmelte ich. »Es tut mir leid, du hast recht. Aber ich spreche auch von dem Gold, das jetzt in den Schatzkammern von Zestásia liegt. Und wir brauchen die Bernsteinkerzen. Ich versuche doch nur, uns alle zu beschützen!«

Magnus streckte mir die Hände entgegen und ich ergriff sie nach kurzem Zögern. »Deine Absicht in allen Ehren, Farah, aber bitte, lass uns diese Last gemeinsam tragen. Lass mich dich schützen wie du mich.«

Seine Worte versetzten meinem Herzen einen Stich. »Ich habe es noch nicht einmal geschafft, unseren Sohn zu beschützen.«

Er zog mich in die Arme. »Hab keine Angst. Wir werden ihn finden.«

Ich klammerte mich an ihn und wünschte mir so sehr, dass er recht hatte. Dass wir unseren Sohn rechtzeitig fanden und aus dem Wald brachten ... Unseren Sohn. Oder meinen. Plötzlich fühlte es sich so falsch an, mich an ihn zu klammern. Ihm weiter vorzumachen, dass zweifellos feststand, dass er der Vater dieses Kindes war. Mir wurde kalt und ich begann zu zittern.

»Vergiss das Gold«, murmelte Magnus in mein Haar. »Wir werden einen anderen Weg finden, Zestásia zu bezahlen.«

Ich wollte Magnus die Wahrheit erzählen. Die ganze Wahrheit. Ich wollte es so sehr. Aber was, wenn er es nicht verkraftete? Wenn er sich umdrehte und ging und ...

»Sprich mit mir, Farah. Was ist geschehen? Warum hat dieses Feenwesen unseren Sohn entführt? Wenn ich es weiß, kann ich dir viel besser helfen.«

»Du wirst mich hassen«, murmelte ich.

Er nahm mein Gesicht in beide Hände und küsste meine Stirn. »Ich könnte dich niemals hassen.«

»Du wirst es, wenn du die Wahrheit kennst.«

Er küsste mich noch einmal.

Ich holte tief Luft. »Also gut.«

Motten mit hellen und dunklen Flügeln ließen sich auf den weißen Knochensplittern nieder, als wollten sie mir ebenfalls lauschen.

»Die Wahrheit ist, dass ich kein Stroh zu Gold spinnen kann«, gab ich schließlich zu. Meine Stimme zitterte ebenso wie meine Hände. Magnus' Augen weiteten sich bei meinen Worten, aber er sagte nichts. Er bleib stumm und reglos und wartete ab, gab mir Zeit.

»Die Wahrheit ist, dass Berit mir beigebracht hat, einige einfache Zauber zu wirken. Aber Stroh in Gold zu verwandeln, das war nicht dabei. Der Säende Gott hat mich auch nicht mit einer Gabe bedacht. Also habe ich ... ich habe jemanden zu mir gerufen, der das bewerkstelligen kann.«

»Den Spinnenmann«, vermutete Magnus.

Mein Körper verkrampfte sich. »Iolanthe hat gedroht, mir den Fuß abzuschlagen. Und Vater die Hand. Um uns zu retten, habe ich mich auf einen Handel mit dem Dunklen Volk eingelassen.«

Magnus schluckte. »Und unser Kind? Was hat unser Sohn mit all dem zu tun?«

Eine große, helle Motte ließ sich auf seiner Schulter nieder. Ich betrachtete ihre hauchdünnen Flügel. *Flieg weg*, dachte ich. *Hier findest du nur Trauer*. Doch vielleicht labte sie sich ja genau davon.

»Der Spinnenmann hat es nicht umsonst getan. Für seine Hilfe musste ich zahlen. Mit Silber – und mit Erinnerungen. Weißt du noch, als ich dir sagte, ich könne mich nicht mehr an den Duft meiner Mutter erinnern? Er hat ihn mir genommen. Als Preis für die erste Nacht.«

Mitleid verdunkelte seine Züge. »O Farah ...«

»Die zweite Nacht kostete mich die Erinnerung an ihr Gesicht.« Das Sprechen fiel mir jetzt schwer. Die Flügelränder der Motten begannen zu verschwimmen, als mir Tränen in die Augen traten. »In der dritten Nacht hatte ich kein Silber mehr. Aber der Spinnenmann bestand auf einer Bezahlung.«

Nun zitterte auch Magnus Stimme: »Was hat er von dir verlangt?«

Er weiß es, dachte ich. *Er ahnt es*.

Dennoch zwang er mich dazu, weiterzusprechen. »Ich kann mich nicht daran erinnern. Ich weiß nichts mehr von der dritten Nacht. Es ist, als habe er alles, was passiert ist, aus meinem Gedächtnis gelöscht. Du hast mich aufgeweckt und alles Stroh war zu Gold versponnen. Der Spinnenmann war verschwunden und ich habe geglaubt ... ich habe so sehr gehofft, ihn nie wieder zu sehen. Ich dachte ...« Schaudernd erinnerte ich mich an die Umarmung des Monsters. »Es ist unwichtig, was ich dachte. Vorgestern Nacht tauchte er plötzlich im Schloss auf. Trotz der Bernsteinwachssiegel. Er hat behauptet, ich habe ihm als Preis für seine Hilfe mein Kind versprochen.« Nun flossen die Tränen, ich konnte sie nicht aufhalten. Alles, was ich noch hatte sagen wollen, ging in den Schluchzern unter.

Da spürte ich, wie er mich fest in die Arme zog.

»Es tut mir leid«, sagte er und wiegte mich sanft hin und her. »Es tut mir so leid, dass du das allein durchstehen musstest. Dass ich nicht früher da war, um dich zu schützen.«

Ich schluchzte auf. »Wie kannst du das sagen, nach dem, was ich getan habe? Wie kannst du mich nicht verachten? Ich habe unser Kind verloren!«

»Ich verachte dich nicht, Farah. Der Spinnenmann hat einen Preis beansprucht, den er niemals hätte verlangen dürfen. Er hat kein Recht auf unseren Sohn. Dass er dich zu diesem Handel gezwungen hat, dafür wird er bezahlen, das verspreche ich dir.« Es klang hart und unerbittlich.

Während ich mich in ein schlaffes Häufchen Elend verwandelte, wurde Magnus zu Stahl. Er wollte mir beistehen, obwohl ich so lange vor ihm geheim gehalten hatte, was in meinen ersten drei Nächten auf Burg Giebelstein geschehen war. Er wollte mir beistehen trotz des furchtbar falschen Handels, auf den ich mich eingelassen hatte. Seine Liebe war selbst jetzt noch unerschütterlich.

Das hatte ich nicht verdient.

Doch er hatte verdient, die Wahrheit zu kennen. Die ganze Wahrheit. Auch wenn mich das alles kosten konnte.

»Magnus«, murmelte ich und löste mich aus seiner Umarmung. Mit dem Handballen wischte ich mir die Tränen aus dem Gesicht. »Da gibt es noch etwas, dass du wissen solltest ...«

Erzähl es ihm nicht, schrie alles in mir.

»Es geht um unseren Sohn«, zwang ich hervor, obwohl mein Geständnis alles zerstören konnte. Unsere Liebe, unser gerade gefundenes Vertrauen, sogar diese Reise, die wir einzig und allein für unser Kind bestritten.

Mein Kind.

»Was ist mit ihm?«, fragte er heiser.

Mein Herz fühlte sich an, als stoße man einen heißen Schürhaken hinein. »Das Kind«, gestand ich endlich. »Du bist vielleicht nicht der Vater.«

40

Die Mottenfrau

Um uns herum flatterten die Motten auf, ihre hellen und dunklen Flügel wie Blätter in einem Sturm, doch Magnus' Gesicht blieb unbewegt, als sei es aus Stein gemeißelt. Mein Herz klopfe wie wild in meiner Brust. Am liebsten wäre ich mit den Motten aufgestiegen und im Zwielicht verschwunden.

»Es könnte auch dein Sohn sein«, schaffte ich es endlich, fortzufahren, die Stimme kehlig und schwach. »Ich hoffe, dass er es ist. Aber der Preis des Spinnenmanns ... Ich kann mich nicht an die Nacht erinnern ... Ich weiß nur noch, dass er mich umarmt hat, nicht aber, was danach geschah.«

So wie ich nicht weiß, was jetzt geschehen wird.

»Du warst Jungfrau«, murmelte Magnus. »In der Nacht auf den Sumpfwiesen.«

»Ich weiß nicht, wie es ist, sich mit einem vom Dunklen Volk zu vereinigen«, antwortete ich rau, weil mir dieser Gedanke schon so oft im Kopf herumgespukt war. »Ob es auf dieselbe Art geschieht wie bei uns. Er ist nicht wie wir. Er ist ... Er ist ...« Die Stimme versagte mir. Ich konnte es nicht aussprechen, wollte es mir nicht einmal vorstellen.

»Schon gut«, flüsterte Magnus.

»Du ahnst ja nicht, wie sehr ich mir wünsche, dass er dein Sohn ist.«

»Er *ist* mein Sohn.«

Zunächst glaubte ich, das sage er, um sich selbst zu überzeugen. Doch Magnus verschränkte seine Finger fest mit den meinen. »Egal, was in dieser Nacht im Turm geschehen ist, Farah, es ändert nichts zwischen uns.«

Das Herz schlug mir bis zum Hals.

Sein Blick flackerte nicht. »Dieses Kind ist unser Kind, deines und meines. Du hast es geboren und ich bin sein Vater. Egal, wer ihn … egal, wer ihn gezeugt hat. Er ist unser Sohn. Nichts kann das ändern. Nichts wird das ändern.«

Er schlang seine starken Arme um mich und hielt mich fest. Er hielt mich so lange, bis ich mit dem Zittern aufhörte und wieder Luft bekam. *Er* war der Mann, in den ich mich verliebt hatte.

Ich schmiegte mich an ihn. »Das …«, begann ich, doch eine hohe, fremde Frauenstimme unterbrach mich: »… sind mutige Worte für einen Menschensohn im Feenreich.«

Ein halbes Dutzend Schritte von uns entfernt war eine hochgewachsene Gestalt auf dem Weg erschienen. Motten umschwirrten sie wie ein Vogelschwarm und sie war in weiße Schleier gehüllt, die an das Gespinst der Eichenspinnerraupen erinnerten. Ein seltsames Strahlen ging von ihr aus, als habe man einen verblassenden Stern aus dem Nachthimmel gepflückt und ihn in eine Frau verwandelt.

»Die Hüterin«, flüsterte ich und die Feenfrau neigte den Kopf. In ihr grauschwarzes Kleid kam Bewegung, und da erkannte ich, dass es nicht aus Stoff bestand, sondern aus Abertausenden kleinen Faltern, die sich darauf niedergelassen hatten.

»Was sucht ihr in meiner Welt? Mit kaltem Eisen an eurer Seite?« Sie deutete auf Magnus' Schwert.

»Wir sind gekommen, weil uns etwas gestohlen wurde«, antwortete er.

Die Motten, die auf der Hüterin saßen, schlugen mit den Flügeln und plötzlich war ihr Gewand nicht mehr dunkel, sondern weiß.

»Meine Kinder haben mir von eurer Suche berichtet«, antwortete sie so ausdruckslos, dass ich unmöglich sagen konnte, ob sie zornig war oder nicht. »Sie haben nichts von einem Diebstahl erzählt, sondern von einem Handel, freiwillig angeboten und freiwillig eingegangen.«

Ich trat einen Schritt auf sie zu. »Ist ... der Spinnenmann eines Eurer Kinder?«

»Der Spinnenmann?«, fragte sie und ich glaubte, ein Lächeln in ihren Worten zu hören. Das Gespinst um ihren Kopf bewegte sich raschelnd. »Nennst du ihn so?«

Meine Ohren wurden glühend heiß. Hoffentlich verdeckte das Zwielicht meine Scham. »Ich kenne seinen wahren Namen nicht.«

»Kehrt nach Hause zurück. Außer in Neumondnächten sollten sich unsere Wege nicht kreuzen.«

»Der Spinnenmann kam nicht an Neumond in meine Welt, um mit mir Handel zu treiben«, widersprach ich.

Als würden die Falter, die ihr Kleid bildeten, sie in die Luft heben, kam die Mottenfrau auf mich zu. Sie umschwebte mich im Kreis und ich spürte den spröden Kuss ihres Schleiers, als er über meine Haut streifte. »Weil du ihm ein Portal geöffnet hast«, flüsterte sie mir ins Ohr. »Du hast ihn zu dir gerufen auf die eine uralte Weise, die es dem Dunklen Volk erlaubt, auch dann zu dir zu kommen, wenn Vollmond herrscht oder Halbmond, Tag oder Nacht. Du hast mit deinem Zauber die Grenzen durchlässig gemacht und ihm erlaubt, seinen eigenen Weg in deine Welt zu finden.«

»Als er mir mein Kind genommen hat, habe ich ihn nicht gerufen.«

Mit einer Armbewegung wischte sie meinen Einwand zur Seite. »Er hat dir seinen Preis genannt, du hast ihn angenommen. Bis zur Bezahlung blieb das Portal zu dir geöffnet und er konnte zu dir kommen, egal zu welcher Stunde, egal an welchem Ort.«

Motten flogen von ihrem Arm auf und setzten sich auf meinen Hals, in mein Haar, auf mein Gesicht. Ich zwang mich, flach durch die Nase zu atmen, weil ich Angst hatte, eine davon zu verschlucken.

Magnus' Hand schob sich in meine. »Es war unmenschlich, diesen Preis von ihr zu verlangen«, sagte er. Seine Stimme kam mir so unnachgiebig vor wie die Klinge des Schwertes.

Die Mottenfrau lachte und tanzte auf den Knochen zurück, von uns fort. Ihre Falter folgten ihr, dem Säer sei Dank. »Aber wir sind keine Menschen. Geht nach Hause, solange ihr noch könnt.«

Magnus ließ sich nicht einschüchtern. »Und wenn wir bleiben, was dann?«

Ich erwiderte den festen Druck seiner Finger.

»Dann widerfährt euch vermutlich, was mit allen Menschen geschieht, die zu lange im Zwielicht wandeln.«

»Was meint Ihr damit?« Ich dachte an die Worte des Spinnenmanns: Ich würde ihm gehören, wenn ich seinen Namen nicht rechtzeitig erriet; ich musste dann bei ihm und dem Kind im Schattenreich bleiben. Was würde hier mit mir geschehen? Mit mir und meinem Sohn.

Mein Magen zog sich zusammen, als die Mottenfrau mit ihren blassen, langen Fingern Knochensplitter aufklaubte und sie wieder fallen ließ. Die Bruchstücke verursachten ein unheimliches Klackern. Wollte sie uns mit dieser Geste etwa zu verstehen geben, dass sie alle von Menschen stammten, die im Schattenreich gestrandet waren? War es das, was uns erwartete?

»Ich gehe nicht ohne meinen Sohn!«

»Dein Sohn ist für dich verloren«, sagte die Mottenfrau kalt. »Du warst es, die ihn aufgegeben hat.«

Tränen des Zorns brannten in mir, doch ich hielt sie zurück. Einen Trumpf hatte ich noch: »Der Spinnenmann hat sich auf ein Spiel mit mir eingelassen!«

Wind kam auf. Er zerrte an Magnus' Kleidern, an meinen Haaren und peitschte der Mottenfrau die Schleier aus dem Gesicht. Zum Vorschein kamen die glatt geschliffenen Knochen eines kalkweißen Totenschädels. In den leeren Augenhöhlen leuchteten eisblaue Lichter, die an den Blick des Spinnenmanns erinnerten.

»Geh nach Hause, Farah«, sagte die Mottenfrau kalt und das helle Gespinst verhüllte wieder ihr Antlitz. »Du hast nichts in unserem Reich verloren. Du hättest nie zurückkehren dürfen.«

Doch ich war nicht bereit, aufzugeben. »Wenn ich seinen wahren Namen errate, darf ich mein Kind behalten.«

Du bist auch Mutter, flehte ich sie in Gedanken an. *Hab Gnade mit mir.*

Statt mir zu helfen, legte die Mottenfrau den Kopf in den Nacken und lachte. Es klang schauerlich und hohl.

»Dann hast du bereits verloren«, rief sie.

Eine Faust legte sich um mein Herz. »Wie meint Ihr das?«

»Weil«, die Mottenfrau dehnte ihre Worte genüsslich, »der, den du Spinnenmann nennst, keinen wahren Namen mehr besitzt.«

Nur Magnus' schnellem Handeln war es zu verdanken, dass ich nicht zu Boden fiel. Sein fester Griff hielt mich aufrecht. »Wenn er keinen Namen *mehr* besitzt, heißt das aber, er hatte einst einen«, schlussfolgerte er.

Hoffnungsvoll blickte ich zur Mottenfrau. Sie drehte sich langsam im Kreis. Bildete ich es mir ein, oder neigten sich uns die verkrüppelten Baumgerippe entgegen? Streckten sie ihre knorrigen Äste wie Arme nach uns aus?

»In meinem Reich kennt man keine Namen«, sagte die Mottenfrau. Sie drehte sich schneller und schneller, und mit jeder Drehung stiegen mehr Falter von ihrem Kleid auf und bildeten um sie herum eine Wolke.

»Wenn er einen Namen besaß, dann in einer anderen Zeit, in einem anderen Leben«, rief sie über das Pfeifen des Windes hinweg. »Wenn er einen besaß, so ist er lange vergessen. Nicht einmal mehr die Knochen und Steine erinnern sich an ihn. Und selbst das Dunkle Volk besitzt nicht die Macht, in der Zeit zurückzureisen und einen verlorenen Namen zu finden.«

Die Mottenwolke vor uns explodierte regelrecht. Die Falter wurden auseinandergerissen. Helle und dunkle Flügel zischten wie Wurfgeschosse durch die Luft und segelten dann in einem wilden Tanz zu Boden, wo sie in Fetzen auf den weißen Knochen liegen blieben. Der Weg vor uns lag einsam im Mondlicht.

»Wohin ist sie verschwunden?«, fragte Magnus nervös und schaute sich nach allen Seiten um. Ich stellte mich eng an die Seite meines Mannes und ließ meinen Blick über die kahlen Baumriesen gleiten, denen das Zwielicht fast alle Farbe genommen hatte. Die Nacht war kälter geworden.

»Kehrt um«, ertönte hoch über uns die körperlose Stimme der Mottenfrau. »Verlasst unser Reich. Ihr seid den Pfaden gefolgt, deshalb ist euch bisher nach den alten Gesetzen nichts geschehen. Meine Geduld ist jedoch endlich. Geht, solange ihr noch könnt.«

Ihre letzten Worte hingen wie ein Echo in der Luft, doch obwohl wir schweigend abwarteten, blieb die Hüterin des Schattenreichs verschwunden.

Ich blickte zu der Stelle, an der Adil durch den Boden gekracht war. Sein Blut hatte dunkle Flecken auf dem Knochenbett hinterlassen. Er hatte sich verletzt und Magnus war zuvor fast ertrunken. Auch Thomas war *auf* dem Weg angegriffen worden: von den Würmern im Teich.

Trotzdem gaben wir nicht auf.

Wir würden nicht weichen, was auch immer uns drohte.

Der Mottenfrau mochte ein geraubtes Menschenkind egal sein, für mich bedeutete es jedoch die Welt.

»Wir schaffen das«, versprach Magnus. »Auch ohne ihre Hilfe.«

»Du hast sie gehört«, sagte ich. »Der Name des Spinnenmanns ist verloren.«

»Nichts ist verloren«, widersprach er.

»Manches schon.«

Er zog sein Schwert aus dem Heft. Die Klinge glitzerte unheilvoll im Zwielicht. Sie war so scharf, dass sie Mottenflügel zerschneiden konnte. Spinnenbeine.

»Der Feenmann hat dich betrogen«, sagte Magnus. Seine Stimme klang noch dunkler als sonst. »Wenn wir nach seinen Regeln nicht gewinnen können, schaffen wir unsere eigenen.«

41

Der letzte Zauber

Der Pfad aus Knochen nahm kein Ende. Wir folgten ihm Stunde um Stunde, während uns ein schneidender Wind ins Gesicht blies. Hatten wir eine Abzweigung übersehen? Lag Adil mit seiner Vermutung, dass die Wege hier wie ein Labyrinth angelegt waren, überhaupt richtig?

Immer wieder zuckte mein Blick nach links und rechts. Eine scharfkantige Steilwand löste zeitweise die unheimlichen Baumriesen ab. Aus schmalen Rissen im Granit blutete schwarzes Wasser und versickerte in den Knochen, über die wir schritten. Wir kamen an einem Waldschlag vorbei, in dem ein Stürm gewütet hatte: Stämme waren gespalten oder verrotteten am Boden unter Teppichen aus Pilzen. Sie besaßen nichts von dem niedlichen Charme der Morchel- und Täublingsgnome. Ihre breitkrempigen Hüte waren von weißen Knötchen überzogen und leuchteten in einem so seltsamen Blau, das Übelkeit in mir hervorrief. Ihr Anblick erinnerte an geisterhafte Fliegenpilze.

Ab und an kreuzten Motten unseren Weg, doch ihre Herrin zeigte sich nicht. Ob sie uns durch die Augen der Falter beobachtete?

An den Stellen, an denen nichts als Rosenhecken und Heidelbeersträucher den Knochenpfad begrenzten, fragte ich mich, ob es nicht doch sinnvoll wäre, den Weg zu verlassen. Konnten wir wirklich den Spinnenmann finden, wenn wir allein den Pfaden durch das Reich des Dunklen Volkes folgten? Immerhin begegneten uns auch sonst keine Feenwesen.

Was nicht bedeutete, dass sie uns nicht beobachteten. Oft genug hatte ich das Gefühl, fremde Blicke würden sich in meine Schulter bohren. Doch wann immer ich mich umdrehte, konnte ich niemanden entdecken. Und das leise Gekicher im Wind, das sich unter das Rascheln der Blätter mischte, bildete ich mir vielleicht auch nur ein.

Mit jedem Schritt wurden meine Beine steifer und auch Magnus' Gang wurde zusehends schwerfälliger. Wir sprachen nur wenig, um unsere Kräfte zu schonen. Wie würde unser Leben weitergehen, wenn wir das alles hier wie durch ein Wunder überstanden? Selbst wenn es uns gelang, mit unserem Sohn in die Welt der Menschen zurückzukehren, so bedeutete dies nicht das Ende unserer Probleme. Hatte Zestásia bereits entdeckt, dass sich unser Gold in Stroh verwandelt hatte? *Ich kann nicht mehr,* ging es mir durch den Kopf.

Ich lief trotzdem weiter.

Irgendwann kreuzte ein Weg den Pfad. Er bestand aus feuchtem Erdreich, in das unsere Stiefel einsanken. Wir folgten Adils Rat und hielten uns rechts. Das, was ich erst für faulende Blätter gehalten hatte, entpuppte sich als Maden. Sie wanden und fraßen sich durch den Humus, so dicht, als bestünde der ganze Pfad einzig aus sich windenden fleischigen Würmern. Immer wieder schüttelte ich die Füße, um das Stiefelleder von den glibberigen Wesen zu befreien, die daran emporzuklettern schienen. Immer häufiger gesellten sich Spinnen und Käfer zu den Maden, und so schauderhaft ich diese Kreaturen auch fand, so weckten sie in mir doch die Hoffnung, dass wir uns auf dem richtigen Weg befanden.

An einem von rostroten Flechten überzogenen Findling machten wir Rast. Auf ihm kletterten keine Maden, deshalb setzten wir uns darauf und teilten unseren schwindenden Proviant mit dem Waschbären, der sich jetzt wieder aus dem Beutel wagte, in dem er sich hatte tragen lassen. Eingedenk Berits Rat drängte ich Magnus, ordentlich zu trinken.

Als ich unseren letzten Kanten Brot im Schulterbeutel verstauen wollte, streiften meine Finger das kleine Schächtelchen mit den getrockneten Blütenblättern. Ich holte es heraus und klappte es auf. Eine einzelne Tollkirsche lag noch darin, Silbernesselblätter, Kamille und Salbei.

»Denkst du darüber nach, den Spinnenmann zu rufen?«, fragte Magnus. Er sah müde aus.

»Welche Möglichkeit bleibt uns sonst noch? Wer weiß, wie lange wir diesem Pfad schon folgen? Die Zeit vergeht hier anders. Schneller und zäher, alles zugleich. Was, wenn wir zu spät kommen? Jede Minute könnte es bereits so weit sein. Wir haben nur diese drei Tage, nur diese eine Chance, um ihn zu retten ...«

Er strich sich die Haare aus der Stirn. Ich befürchtete schon, er würde mich mahnen, dass man von Magie lieber die Finger ließ, doch stattdessen sagte er nur: »Musst du ihn rufen oder kannst du die Magie auch bitten, uns den Weg zu ihm zu zeigen?«

Seine Frage, so schlicht, erschütterte mich. Konnte ich die Magie bitten, mir einen Weg zum Spinnenmann aufzuzeigen?

Oder besser noch: zu unserem Kind?

Konnte es so einfach sein?

Warum war ich nicht selbst darauf gekommen?

»Ich kann es versuchen, doch womöglich bewirkt mein Zauber nichts anderes, als ihn zu warnen. Es ist eine Chance, aber auch ein Risiko ...«

»Er weiß sicher längst, dass wir kommen.«

»Mcinst du?«

»Die Mottenfrau hat uns beobachtet, bevor sie zu uns sprach. Überall im Geäst«, er zeigte in die kahlen Gerippe um uns herum, »kreucht und fleucht es. Wenn die Feenwelt auch nur ein bisschen wie die der Menschen ist, so wird sich unsere Wanderschaft bereits bis in die letzten Ecken herumgesprochen haben.«

»Dann tue ich es.«

Er nickte. Das Risiko war es wert. Es stimmte, der Spinnenmann musste längst wissen, dass wir auf dem Weg zu ihm waren. Hatte ich ihn nicht auf dem knöchernen Pfad entdeckt, kurz bevor Adil seinen Unfall hatte?

War dieser Unfall überhaupt ein Unfall gewesen?

Mit zitternden Fingern entnahm ich die getrockneten Kamillenblüten. Der Waschbär schnupperte daran, beschloss jedoch offenbar, dass er sie für nicht appetitlich hielt.

Ich lächelte schwach und brach ein Stück von unserem letzten Brotkanten ab. Diesen ließ ich zur Tollkirsche, dem Salbei und den Silbernesseln fallen, dann hielt ich das Kästchen Magnus hin, damit er Wasser aus dem Schlauch hineinschütten konnte.

Ich stellte es zwischen uns auf den Stein. Der Waschbär schlich auf das Kästchen zu.

»Halt ihn bitte für mich fest«, bat ich Magnus, da ich nicht wollte, dass unser kleiner Begleiter in seiner Neugier mein Ritual störte.

Er griff nach dem Waschbären, ich nach einer Dornenranke am Wegrand. Schnell drückte ich meine Finger zusammen.

»Was …?«, ächzte Magnus entsetzt, verstummte jedoch, als ich das Blut in das Kräuterwasser tropfen ließ. »Deshalb deine verletzte Hand«, verstand er. »Nach dem Goldspinnen. Es war nicht der Draht. Freilich war es nicht der Draht.«

Ich schenkte ihm ein mattes Lächeln. »Magie wird aus Schmerz geboren. Aus Opfern. Und aus Blumen und Pflanzen und schlichten Lebensmitteln. Jedenfalls die Zauber, die ich kenne.« Ich betrachtete die Wunde. »Keine Sorge, ich habe mich schon schlimmer verletzt.«

Trotzdem presste ich die Hand fest zusammen und konzentrierte mich auf das Kästchen vor mir, suchte nach meiner Magie. Wie schon auf dem Knochenpfad dauerte es lange, bis ich einen Funken in mir fand. Und es dauerte noch länger, ihn an die Oberfläche zu locken. Die Sehnen unter meiner Haut brannten, als das magische Leuchten an ihnen entlangstieg, und als mir die Magie von den Händen in das Kästchen tropfte, hatte ich das Gefühl, auch meine Fingerspitzen mit dem Messer aufgeschlitzt zu haben. Das schwache Leuchten vermischte sich mit dem Gebräu und die Silbernesselblätter und der Salbei begannen, sich auf der Oberfläche zu drehen. Die Tollkirsche war verschwunden, als habe sie sich aufgelöst.

Schweißtropfen bildeten sich auf meiner Stirn, als ich versuchte, wie im Turmzimmer einen Leuchtfaden zu spinnen, den ich auf die Suche schicken konnte.

»Hilf mir«, flüsterte ich. »Hilf mir, mein Kind zu finden. Und, bitte, verbirg uns vor dem Spinnenmann, wenn du kannst.«

Magnus' Blick lastete schwer auf mir, als ich mich tief über das Kästchen beugte und auf das Wasser darin blies. Glitzernder Nebel stieg von der Oberfläche auf und spann sich von selbst zu einem Faden, der so dünn war, dass ich mich sorgte, der leiseste Lufthauch könnte ihn zerreißen.

Bitte, flehte ich in Gedanken, ohne zu wissen, zu wem ich sprach: zu meiner eigenen Magie, dem Schattenreich oder der Mottenfrau.

Wie ein Spinnenfaden wurde das dünne Band vom Wind emporgetragen, quer über den schlammigen Weg geweht und durch eine Lücke zwischen den dornigen Hecken getragen.

»Bitte«, sagte ich noch einmal laut. Magnus nahm meine Hand, der Waschbär löste sich von ihm und kuschelte sich an mich. Dann warteten wir.

In einer Welt, in der der Mond nicht über den Zenit wandert und immer voll und bleich am Himmel steht, ist es unmöglich, abzuschätzen, wie die Zeit vergeht. Das Zwielicht dämpfte meine Gefühle ebenso wie die Farben um uns herum.

Was, wenn die drei Nächte, die mir der Spinnenmann gewährt hatte, um seinen Namen zu erraten, inzwischen vergangen waren?

»Es ist noch Zeit«, versuchte Magnus mich zu beruhigen, als ich diesen Gedanken laut aussprach. Überzeugt klang er aber nicht. Er riss einen Stoffstreifen von seinem Hemd ab, der ohnehin bereits herabhing, und begann, damit die Klinge seines Schwertes zu polieren.

»Vielleicht sollten wir einfach weiter dem Weg folgen«, murmelte ich und stiefelte nervös den Pfad auf und ab.

»Glaubst du wirklich?«

»Ich weiß nicht«, rief ich aus und entschuldigte mich gleich darauf für meinen Ausbruch. »Es ist dieses verdammte Nichtstun! Wir stehen hier herum, während unser Sohn …«

»Ich weiß, Farah.«

Ich spähte frustriert den Pfad hinunter. Er verlief schnurgerade einfach immer weiter und weiter. Scheinbar endlos.

»Wenn du willst, brechen wir auf.« Magnus steckte das Schwert in die Scheide.

»Nein!«, protestierte ich sofort.

Er stöhnte. »Was nun, Farah? Bleiben oder gehen?«

»Wie soll ich das wissen?« Ich raufte mir die Haare.

Aufbrechen? Oder bleiben?

Magnus stellte sich neben mich. »Was sagt denn dein Bauchgefühl?«

»Mein Bauchgefühl?« Ich lachte schrill. »Das uns schon mehrfach in die Irre geführt hat?«

In diesem Moment sprang der Waschbär vom Findling und auf die andere Seite des Weges. In das Blattwerk dort kam Bewegung.

»Siehst du das?«, rief Magnus, als eine Glimmerkatze unter den Büschen hervorkroch. Sie tänzelte auf die Mitte des Weges und musterte uns.

»Bist du gekommen, weil ich dich gerufen habe?«, fragte ich atemlos.

Die Katze legte den Kopf schief. Unter ihren Pfoten stieg Rauch auf.

»Ist das die gleiche, die wir aus den Ranken befreit haben?« Magnus ging vor ihr in die Hocke. Sie tapste zutraulich auf ihn zu und streckte ihm das Köpfchen entgegen. Mit seinen Fingernägeln kratzte er sie zwischen den Ohren.

»Bist du uns gefolgt?«, fragte er sie.

»Ich glaube eher, mein Zauber hat sie gerufen«, sagte ich.

»Du meinst, sie will uns den Weg zeigen?«

»Immerhin hast du sie gerettet.«

Etwas blitzte auf ihrem glimmenden Kohlerücken auf.

»Magnus, sieh nur, der Goldfaden! Es war meine Magie! Sie weiß den Weg!« Ich sprang vom Felsen und lief auf die beiden zu. Dabei beeilte ich mich so sehr, dass ich umknickte und direkt vor den beiden auf die Knie fiel. Die Katze fauchte empört, entfernte sich allerdings nicht. Stattdessen leckte sie sich mit einer glühend orangen Zunge über den Rücken, dort, wo eine Scharte in den Kohlen erkennbar war, die die Dornen gerissen hatten.

»Weißt du, wo mein Kind ist?«, fragte ich und hielt ihr meine Hand hin, damit sie daran schnuppern konnte. »Bitte führ mich zu ihm.«

Die Augen der Glimmerkatze verwandelten sich in Schlitze, sie schritt elegant näher und drückte mir ihr Köpfchen gegen den Handrücken. Ihr Kopf fühlte sich warm, aber nicht heiß an.

»Bitte hilf uns«, flehte ich.

»Frag sie, welchen Preis sie dafür haben will«, forderte Magnus.

»Das ist doch egal.«

»Aber genau diese Sorglosigkeit hat uns doch erst hierhergebracht.«

Die Katze miaute, als wollte sie zustimmen. Dann jedoch drehte sie sich um, bedeutete uns mit einem Zucken ihres Schwanzes, ihr zu folgen, und verschwand im Gebüsch.

Magnus und ich blickten uns an. Mein Herz klopfte schnell. »Sie will, dass wir den Weg verlassen.«

Der Griff um sein Schwertheft verstärkte sich. »Wenn wir weiter brav den Wegen folgen, finden wir unser Kind nie.«

Er ließ sich auf alle viere nieder, um sich wie die Katze durch die Wegbegrenzung hindurchzuschieben.

»Ihnen nach«, befahl ich dem Waschbären, der verwirrt blinzelte, dann folgte ich meinem Mann und der Glimmerkatze.

Meine Hände sanken tief in den schlammigen Untergrund ein. Ich spürte, wie mir die Maden zwischen den Fingern hindurchquollen oder mit einem lauten Ploppen unter mir zerplatzten. Ich versuchte, nicht darüber nachzudenken, welche glibberigen Dinge ich gerade berührte. So schnell ich konnte schob ich mich durch das Buschwerk. Ich ignorierte auch die Ranken, die wie Hornissen auf mich einstachen, und wurde erst langsamer, als ich auf der anderen Seite der Heckenlandschaft freie Sicht hatte.

Magnus und die Glimmerkatze standen auf einer Waldlichtung, die im Vergleich mit den Orten, durch die wir bisher auf unserer Reise durch das Schattenreich gekommen waren, fast heimelig wirkte: Echtes Laub lag auf dem Boden, die Luft duftete nach Harz und Tannennadeln. Ein paar Meter entfernt wuchsen die größten Fliegenpilze, die ich je gesehen hatte.

Der Waschbär hüpfte aufgeregt auf und ab und streckte sein Näschen in die Luft. Behutsam trippelte er auf einen majestätischen Laubbaum zu.

»O nein«, warnte ich und hob ihn vom Boden auf, ehe er sich einige der Eicheln schnappen konnte, die auf dem Waldboden verstreut lagen.

Die Katze maunzte und führte uns zwischen den Bäumen hindurch, deren Äste so von Moos behangen waren, dass es fast wie Vorhangstoff wirkte. Nichts geschah, nicht eine einzige Motte ließ sich blicken – bis dicker Rauch um uns herum aufwallte.

Er konnte nicht natürlichen Ursprungs sein, denn er wehte von allen Seiten auf uns zu und ballte sich wie Wolken. Er roch nach Feuer und Asche und machte das Atmen schwer. Magnus begann zu husten. Die Glimmerkatze sah ich nur noch aufgrund ihres orangefarbenen Glühens. Magnus und ich fassten uns an den Händen.

Durch den Rauch bewegten sich Schemen. Ich erkannte die Umrisse gewaltiger Vogelschwingen und zottiger Beine, hörte das Rascheln von Hufen im Laub und heiseres Zischen und Wispern. Es erinnerte mich an die Stimme des Spinnenmannes, doch nirgends machte ich seine Gestalt aus.

Während wir der Katze durch den Qualm folgten, wurden die Schemen um uns herum immer zahlreicher, ihr Flüstern schwoll an, als würden dunkle Feenwesen uns einkreisen.

Etwas zerrte an meinen Haaren. Als ich mich losriss und umdrehte, sah ich gerade noch, wie gewaltige Vogelkrallen im fettigen Rauch verschwanden.

»Magnus«, flüsterte ich.

Wir rückten enger zusammen und folgten der Katze, die uns einen unsichtbaren Berg hinaufführte. Äste unter unseren Füßen zerbrachen mit schauerlichen Geräuschen, die nicht an das Knacken von Holz erinnerten, sondern an das Zerreißen von Fleisch. Für den Bruchteil einer Sekunde tauchte direkt vor mir das Gesicht eines aschgrauen Mannes auf, der mich mit weit aufgerissenen Augen anstarrte und mir die Zunge herausstreckte. Sie wirkte lang, spitz und vernarbt.

»Sie leuchtet. Seht, wie sie leuchtet«, raunte es neben mir.

»Komm«, sagte Magnus und zog mich weiter.

Als sich erneut eine Krallenhand nach uns ausstrecken wollte, fauchte die Katze sie warnend an und das Wesen zog sich mit einem zornigen Zischen zurück. Unsere Führerin legte den Kopf in den Nacken und stieß ein Geräusch aus, das mich mehr an das Jaulen eines Hundes erinnerte als an den Ruf einer Katze. Wind kam auf. Der Waschbär drängte sich zitternd zwischen Magnus und mich.

Der dunkle Rauch wurde in Fetzen gerissen und davongeweht und wir fanden uns auf der Spitze eines Hügels wieder. Hinter uns lag ein Waldstück, das dicht mit Dornenhecken und Kiefernschösslingen bewachsen war. Keinesfalls hatten wir das gerade durchschritten.

Im kleinen Tal vor uns wuchsen die Bäume ganz absonderlich: Wie Speere sprossen kahle Äste aus ihren Stämmen. Sie waren absurd lang und streckten sich wie Pfeile in den Himmel. Äste sollten weder so schnurgerade noch so gleichmäßig nach oben wachsen. Sie ähnelten gewaltigen, vielarmigen Kerzenleuchtern. Bei ihrem Anblick stellten sich mir die Nackenhaare auf.

Auf einer kreisrunden Lichtung inmitten dieser Bäume brannte ein Lagerfeuer. Das Prasseln der Flammen und das Knacken der Holzscheite wurden vom Wind bis zu uns getragen.

Die Kohlenaugen der Glimmerkatze leuchteten jetzt so orangerot auf wie das Herz des Feuers im Tal.

»Meinst du, wir sind hier richtig?«, fragte ich Magnus.

Er zog sein Schwert. »Finden wir es heraus.«

42

Tanzende Schatten

Der Hang verlief steil und ich musste meine Stiefelsohlen fest aufsetzen, um nicht ins Tal hinunterzuschlittern. Fremdartige dunkelgrüne Winden krochen über den Boden. Hier und da steckten im dunklen Erdreich Steine, die mich an die gesplitterten Knochen des Pfades erinnerten, dem wir so lange gefolgt waren. Ich wollte sie mir lieber nicht genauer ansehen. Die Glimmerkatze blieb auf dem Hügelkamm zurück.

Als wir die ersten Baumgerippen erreichten, konnten wir den Rauch des Lagerfeuers riechen, beißend und süßlich zugleich, als verbrenne jemand zu feuchtes Holz und duftende Blumen. Der Qualm reizte meine Augen.

»Siehst du ihn?«, flüsterte Magnus, und ich fragte mich, ob er den Spinnenmann meinte oder unseren Sohn.

Ich schüttelte den Kopf.

Langsam bewegten wir uns von Baumstamm zu Baumstamm auf den Feuerschein zu. Hinter mir raschelte es und ich fuhr herum, doch es war nicht der Spinnenmann, sondern eine dicke Kreuzotter, die sich über den Waldboden schlängelte.

Je näher wir dem Feuer kamen, desto deutlicher spürten wir seine Hitze. Die Flammen warfen tanzende Schatten, die sich auf dem Waldboden wie die Abbilder irrer Kobolde um sich selbst drehten.

Etwas Kaltes berührte meinen Nacken. Ich zuckte zusammen und hätte beinahe laut aufgeschrien. Doch es waren nur Magnus' Finger, die mich gestreift hatten.

»Dort«, flüsterte er so leise, dass ich ihn kaum verstand. Mit dem Zeigefinger deutete er auf das Lagerfeuer. Ich kniff die Augen zusammen und sah durch eine Lücke zwischen den Flammen, was er meinte. Auf der gegenüberliegenden Seite der Lichtung, in einer Lücke zwischen den seltsamen Bäumen, stand eine gedrungene Holzhütte. Efeu überwucherte ihr flaches Dach und baumelte wie Girlanden vom First. Eine kleine Tür hing schief in den Angeln, doch vom Spinnenmann keine Spur.

Vielleicht hatte uns die Glimmerkatze in die Irre geführt. Oder aber der Feenmann erwartete uns bereits in dieser traurigen Behausung.

Magnus und ich schlichen uns am Rand der Lichtung entlang auf die Hütte zu. Der Waschbär huschte neben uns her. Wir waren dem Feuer mittlerweile so nah, dass ich zu schwitzen begann. Oder war das die Aufregung?

Als wir den Großteil unseres Weges hinter uns gebracht hatten, brach im Lagerfeuer ein Ast entzwei und schleuderte einen Funkenregen gen Himmel. Im Hüttchen begann ein Baby zu weinen.

Ich merkte gar nicht, dass ich hinaus auf die Lichtung rannte, bis ich halb zwischen dem Baumkreis und dem Lagerfeuer stand.

Mein Kind schrie. Und ich war in den Feuerschein getreten. Entschlossen ballte ich die Fäuste und hielt auf die Tür der Hütte zu. Hinter mir hörte ich Magnus fluchen und ebenfalls die Deckung verlassen.

Etwas packte meinen Fußknöchel, zerrte daran und ich schlug der Länge nach hin. In Erwartung des Spinnenmanns trat ich mit dem anderen Fuß nach hinten, doch ich traf nur Luft. Als ich mich umblickte, sah ich, wie sich die Schatten des Lagerfeuers wie zuckende Finger von mir entfernten. Schnell zog ich die Beine an den Körper. Magnus kam auf mich zu, die Hand ausgestreckt, um mir aufzuhelfen, ich wollte bereits nach ihm greifen, als mein Blick in den Himmel über unseren

Köpfen fiel. Auf das nachtschwarze Spinnennetz, das sich über die ganze Lichtung spannte, die Fäden so dünn und dunkel, dass wir sie vom Hügel aus nicht gesehen hatten.

Sie vibrierten, und es war nicht der Wind, der mit ihnen spielte. Eine mächtige Gestalt kletterte auf sechs Gliederbeinen über das Netz, der fassgroße Unterleib schwankend wie ein Schiff in den Wellen, der menschliche Oberkörper so tiefblau, dass er mit dem Nachthimmel fast verschmolz.

»Farah«, hörte ich den Spinnenmann flüstern, noch ehe ich Magnus warnen konnte. Fast schon elegant ließ er sich durch die Maschen des Netzes fallen, das er selbst gewoben hatte, und stürzte wie ein Armbrustbolzen auf Magnus zu. Er begrub ihn unter sich, sein Schwert schlitterte über den Waldboden.

»Nein!« Ich kämpfte mich auf die Füße.

Der Spinnenmann bleckte die Zähne und starrte Magnus hassverzehrt an, der unter ihm am Boden lag und ächzte. Sein Knurren erinnerte mich an einen Hund, der an Tollwut litt.

In der Hütte schrie immer noch mein Baby.

Magnus' Hände tasteten nach seinem Schwert, doch es lag zu weit entfernt.

Ich zerrte an der Schulter des Spinnenmannes, stieß und schlug auf ihn ein, doch der schüttelte mich einfach ab und versetzte mir einen Tritt mit einem seiner Gliederbeine, der mich auf die Flammen zutaumeln ließ. Ich schrie erschrocken auf – Magnus und der Spinnenmann drehten sich beide zu mir um, Angst auf den Gesichtern. Das Monster aus dem Feenreich war schneller. Seine sechs Beine trugen ihn wie ein Blitz zu mir, er ergriff mich mit seinen Menschenarmen und zog mich vom Feuer zurück.

»Farah«, flüsterte er und es klang beinahe zärtlich. Die Angst, die seit jener dritten Nacht im Turmzimmer ein bekannter Begleiter geworden war, drohte mich zu überwältigen.

Meine Kehle wurde trocken – und dann sah ich, wie der Spinnenmann die Augen aufriss und sich eine eiserne Schwertspitze aus seinem Oberkörper schob, dicht unter dem Jochbein.

»Gib uns unser Kind«, hörte ich Magnus rufen und die Schwertspitze verschwand wieder im tintenblauen Körper des Monsters. »Oder, ich schwöre, ich hacke dir jedes deiner Beine einzeln ab!«

Er hatte noch nie so hasserfüllt und grausam geklungen wie in diesem Moment. Für den Bruchteil einer Sekunde war er es, der mich frösteln ließ.

Dann fuhr der Spinnenmann zu ihm herum. Goldenes, zähflüssiges Blut lief ihm aus der Schwertwunde über den Rücken. Magnus stand ihm breitbeinig gegenüber, die Waffe in den Händen, die Augen ebenso hart und erbarmungslos wie die des Spinnenmannes.

Zischend bewegte sich dieser auf Magnus zu. Er brauchte kein Schwert. Er richtete sich einfach auf vier seiner Gliederbeine auf und hob die beiden anderen. Ihre Fußkrallen schimmerten tödlich im Feuerschein.

»Nicht!«, schrie ich.

»Hol das Kind, Farah«, rief Magnus. Langsam umkreisten die beiden einander.

Was konnte uns helfen? Ein schwerer Ast vielleicht oder ein spitzer Stein? Als ich mich danach umsah, bemerkte ich, wie sich ein Schatten vom Feuer löste und auf die Hüttentür zuhuschte. Mein Blut verwandelte sich in Eiswasser.

Eine flinke Gestalt hetzte auf das seltsame Wesen zu. Unser Waschbär! Er stürzte sich auf den Schatten, grub seine scharfen Zähne in ihn und schüttelte ihn kräftig hin und her.

Das Lagerfeuer spukte zwei weitere Schatten und drei kleine Flämmchen aus, die ebenfalls auf die Hütte zuhielten. Hinter mir ertönte ein metallisches Klirren, als der Spinnenmann die Breitseite des Schwertes mit einem seiner Beine zur Seite wischte. Noch in der Bewegung drehte sich Magnus herum, ließ seine Klinge nach vorne zucken und schnitt seinem Gegner in den Arm. Goldenes Blut spritzte. Der Spinnenmann brüllte.

Vor der Hütte stürzte sich der Waschbär auf den nächsten Schatten. Ich rannte los. Mit meiner Stiefelsohle, durchweicht und feucht von unserem Weg durch Morast und Schlamm, trat ich nach den Flämmchen. Flink wichen sie mir aus. Ich brauchte drei weitere Anläufe, dann trat ich eines aus. Das zweite Flämmchen war jedoch bereits durch den Türspalt in die Hütte entwischt.

»Was tust du?«, brüllte ich den Spinnenmann an, überzeugt davon, dass seine Magie dem Lagerfeuer befahl. »Willst du ihn verbrennen?« Ich blickte auf die prasselnden Flammen und fragte mich, weshalb er es überhaupt entzündet hatte.

Der Spinnenmann und Magnus beachteten mich jedoch nicht. Sie schlugen aufeinander ein. Magnus blutete inzwischen aus einer Wunde am Kopf, doch im Augenblick war er es, der den Spinnenmann zurückdrängte.

Bitte, flehte ich den Säenden Gott und sämtliche Waldgeister an, *helft uns!*

Bevor ich vor Angst ohnmächtig werden konnte, wirbelte ich herum und riss die Tür auf. Das Schreien meines Kindes schlug mir entgegen.

Es war stockfinster in der Hütte. Obwohl wir uns seit Stunden durchs Zwielicht bewegten, brauchten meine Augen einen Moment, um sich auf die neuen Lichtverhältnisse einzustellen. Ich konnte nur deshalb etwas sehen, weil das Mondlicht durch die Türöffnung und die Fensterscharten fiel und das Flämmchen hinter der Schwelle hin und her tanzte. Sonst tat es nichts. Die Hütte bestand aus einem einzigen Raum. Er war länglich und klein. Vor mir sah ich die Umrisse eines Tisches, der hintere Bereich der Hütte lag in tiefster Schwärze. Das Weinen führte mich genau dorthin. Ich ging in die Knie und kroch vorwärts, tastete mich durch die Dunkelheit und fand ein Körbchen, geformt wie die Hälfte einer Nuss.

Mein kleiner Junge lag darin und streckte die Arme nach mir aus. Mir liefen Tränen über das Gesicht, als ich ihn in die Arme schloss. Dann besann ich mich des Kampfes, den sich Magnus und der Spinnenmann lieferten. Mit dem Kind auf dem Arm ging ich auf den Ausgang zu, als ich das Fiepen des

Waschbären hörte. Es erklang aus der finstersten Ecke der Hütte.

»Was ist?«, rief ich. »Hast du etwas gefunden, das uns helfen kann?«

Der Waschbär fiepte noch einmal.

Mein weinendes Kind eng an mich gedrückt schob ich einen Fuß vor den anderen und wagte mich so tief und tiefer in die Hütte hinein. Ich stieß mir den Kopf an etwas Weichem, das von der Decke hing und daraufhin ins Schwingen geriet. Ein hoher, klingender Ton erschall, wie von einem Messer, welches man gegen ein Glasgefäß stößt. Der Waschbär stimmte mit seinem Fiepen in das Geräusch ein und auf einmal leuchteten Sterne um mich herum auf: strahlende Punkte, die in unterschiedlicher Höhe dicht unter der Decke baumelten und die Dunkelheit mit ihrem Silberlicht durchdrangen. Der Anblick erinnerte an die Schnüre, die Berit kreuz und quer in ihrer Hütte aufgespannt hatte, um Kräuter und Wildblumen zu trocknen. Nur, dass im Heim des Spinnenmanns nichts dergleichen hing, sondern tropfenförmige Gebilde. Sie waren an Fäden aus geflochtenem Gras und bunt gefärbter Wolle befestigt und bestanden aus Blättern und Moos, Ästchen, Bruchstücken von Muschelschalen und Schneckenhäusern, Fellstückchen und Rabenfedern. Das strahlende Licht kam aus ihrem Inneren. Es zog mich unwiderstehlich an.

Ich trat einen Schritt darauf zu und streifte dabei ein weiteres der absonderlichen Gebilde. Wieder erklang der silberhelle Ton. Der Waschbär keckerte aufgeregt. Im Licht dieses künstlichen Sternenhimmels sah ich, dass er sich auf die Hinterläufe gestellt hatte, die Pfoten nach oben ausstreckte und das Schnäuzchen weit aufriss, als wolle er in eine der Kugeln hineinbeißen.

»Das kann man nicht essen«, murmelte ich.

Aber vielleicht werfen!

Ich knüpfte mein Hemd ein Stück auf und legte mein Kind vorsichtig hinein. Dann verknotete ich den Stoff so fest, dass der Kleine nicht herausfallen konnte. Es schien ihm zu gefallen, denn mit einem Mal beruhigte er sich.

Als ich mir sicher war, dass meine provisorische Trage hielt, griff ich nach einem der Zaubergebilde. Kinderlachen ertönte. Erschrocken ließ ich los, das Lachen erstarb. Vorsichtig berührte ich erneut die Sternenkugel, und das Geräusch kehrte zurück: fröhliches Kinderlachen, glucksend wie ein Bach, der schnell in seinem Steinbett dahinfloss. Ich wollte mich gerade näher heranbeugen, als ich gegen ein anderes Gebilde stieß und dabei etwas aufblitzen sah. Statt Wollfäden war hier eine lange Silberschnur mit Grashalmen verflochten: eine Kette. Und inmitten der Kugel aus Moos, Blattwerk und getrockneten Feuerbeerenblüten steckte – mein Medaillon! Ruckartig zog ich an der Aufhängung, doch sie gab nicht nach. Ich biss mir auf die Unterlippe und versuchte mit beiden Händen, mein Schmuckstück aus dem Flechtwerk aus Pflanzen und Federn zu befreien. Das Sternenlicht im Inneren der Kugel leuchtete auf – und ich wurde in das Gebilde hineingezogen.

Ich saß in Mutters altem Schaukelstuhl am Feuer. Vater ging vor mir in die Hocke. Er sah jünger aus und seine Augen und Wangen waren nur vom Weinen rot und geschwollen, nicht vom Alkohol. Er legte mir Mutters Medaillon mit der Silberkette in den Schoß. Ich trug meine Lieblingsschürze, die dunkelblaue, auf der man Schmutzflecken nicht sofort sah und auf die ich mit Mutters Hilfe kleine Libellen und Schmetterlinge gestickt hatte.

Ich war sieben Jahre alt.

»Es gehört jetzt dir«, sagte Vater und streichelte über meine Hand. »Aber du musst gut darauf aufpassen, es ist sehr wertvoll.«

»Braucht Mutter es nicht?« Meine Stimme klang brüchig. Ich fragte mich, ob Schmuck an der Tafel des Säenden Gottes erlaubt war.

»Nicht dort, wo sie jetzt ist«, antwortete Vater.

Er öffnete das Medaillon. Als es aufklappte, sah ich, dass sich ein kleines Gemälde von Mutter darin befand: ihre wunderschönen Augen, das freundliche Lächeln, die hohen Wangenknochen und das schmale Gesicht, umrahmt von blonden Locken, die fast golden schimmerten. Ich …

… schnappte nach Luft. Mutters Gesicht! Ich konnte mich wieder daran erinnern! Als hätte sie einen Schleier vom Kopf gezogen, erkannte ich jetzt auch deutlich das Gesicht der Hüterin der Quelle als das von Mutter. Mit dem Medaillon war meine Erinnerung zurückgekommen. Aufgeregt befreite ich es aus dem Gebilde, nestelte am Verschluss der Kette herum und legte sie mir an. Ich wollte sie nie, nie wieder vergessen.

Der Ring! Ich nahm die Gebilde um mich herum in Augenschein. Es waren Dutzende. Ich blickte hierhin und dorthin, entdeckte einen silbernen Fingerhut in einem, einen funkelnden Saphir in einem anderen. Aber wo war der Ring?

Von draußen drangen Kampfgeräusche zu mir. Klirren, vom Aufprall des Schwertes auf den Panzer des Spinnenmanns; dessen Zischen; Magnus' Kampfschreie.

Ich suchte vergeblich. Ein Gebilde übte eine besondere Faszination auf mich aus. Es enthielt einen schwarzen Kristall. Aber es glitzerte kein Silber darin.

Der Waschbär fiepte erneut und sprang unter einem der Tropfen hin und her, der ganz am Rand des Raumes hing. Tatsächlich war mein Ring darin verknotet.

»Danke«, flüsterte ich atemlos, während ich nach dem Ring griff. Er war leichter zu lösen als das Medaillon, und als ich ihn zwischen den Ranken hervorzog, leuchtete das Sternenlicht in der Kugel hell auf und …

… Berits schwielige Hände teilten die tief hängenden Äste der Trauerweide für mich, damit ich hindurchtreten konnte. Ich hielt den Atem an, aufgeregt und ängstlich zugleich, was ich nun sehen würde. Erstaunt blinzelte ich. Da waren kein Grabhügel und auch kein Grabstein, nur Gras und Blumen zu Füßen des Stammes. So viele Blumen: Rittersporn und Schneerauten, Schwertlilien und Sonnenhut. Win-

zige Ringelblümchen, die zwischen den mächtigen Wurzeln der Weide wuchsen.

»Hier ist es?«, fragte ich verwundert.

»Ja«, bestätigte Berit. Sie tippte mir auf die Schulter, ich drehte mich zu ihr um und legte den Kopf in den Nacken, um zu ihr hochzuschauen.

»Du darfst auf keinen Fall allein hierherkommen, Farah«, schärfte sie mir ein. »Und du darfst niemandem davon verraten.«

»Warum?«, fragte ich.

»Es ist zu gefährlich. Hinter den Weißdornhecken endet unsere Welt und das Reich der Feen beginnt. Du weißt doch, was man sich über sie erzählt?«

Zögernd nickte ich. »Und wenn ich nur tagsüber herkomme? Und nie vor Neumond?«

»Nein«, sagte sie streng. »Es ist verboten.«

»Aber du kommst doch auch her!«

»Ich bin eine alte Frau. Du bist noch zu jung.«

»Ich bin schon elf«, protestierte ich. »Vater lässt mich oft allein im Wald Wurzeln und Beeren suchen. Und ...«

»Ich habe Nein gesagt, Farah. Denk daran, was du mir versprochen hast.«

Ich senkte den Kopf und spielte mit einer Haarsträhne. Dann fiel mir wieder ein, wo ich war, und ich drehte mich zum Grab meiner Mutter.

In diesem Moment kam Wind auf, spielte mit den Zweigen der Trauerweide und trug einen eigentümlichen Geruch zu mir heran.

»Wacholder und Geißblattblüten«, murmelte ich und drückte meine Hand so fest zusammen, dass sich der Ring ins Fleisch grub. Mein Kopf fühlte sich mit einem Mal leicht an und der Raum um mich herum begann, sich zu drehen.

Ich weiß es wieder, dachte ich. *Ich erinnere mich!*

Ich steckte mir den Ring an den Finger und drehte mich schnell atmend zu der Kugel um, die mich besonders angezogen hatte. Mir fehlte noch meine Erinnerung an die dritte

Nacht. Magnus mochte sagen, es sei ihm egal, ob er der leibliche Vater meines Kindes war oder nicht, doch mir ging es nicht so.

Hätte ich darüber nachgedacht, wäre mir vielleicht der Gedanke gekommen, dass Unwissenheit manchmal auch eine Gnade sein konnte. So jedoch ging ich ohne Zögern hinüber zu dem seltsamen Geflecht, das den schwarzen Kristall in sich barg, und tauchte in eine Erinnerung ein, die vielleicht die dunkelste Nacht meines Lebens war.

43

Was niemand weiß

Mit all meiner Kraft klammerte ich mich an die beiden wunderschönen Hörner, die Kiron aus der Stirn wuchsen, während er meine Unterschenkel gepackt hielt. Ich saß auf seinem Rücken, er tobte in so wilden Sprüngen über die Lichtung, dass mir fast schwindelig wurde. Die Welt drehte sich um uns. Ich hörte das Summen der Blauflügler, die vom nahen Bach gekommen waren und uns umschwirrten, und mein eigenes Lachen, in das sich das meiner Freunde mischte.

»Gut festhalten, Farah«, warnte mich Mutter und ich verdrehte die Augen. Ich war schon ein großes Mädchen und ritt nicht zum ersten Mal auf den Schultern eines Fauns.

»Nicht so wild!«, mahnte sie, als ich mit dem Kopf beinahe an einen der tief hängenden Äste des alten Nussbaums gestoßen wäre, weil Kiron zu hoch gesprungen war.

Schon hatten wir über die kleine Pilzkolonie hinweggesetzt, die im Schatten der Bäume wuchs, und ich streckte den Arm aus, damit sich eine Schmetterlingsfee auf meinen Finger setzen konnte. Sie flatterte angestrengt mit den Flügeln, doch Kiron war zu schnell, sie konnte uns nicht einholen.

Wir wirbelten noch einmal herum und ich sah Mutter im Schutz der Himbeersträucher sitzen. Sie hielt meinen kleinen Bruder im Arm und unterhielt sich mit einer Lichtnymphe.

»Schneller«, hörte ich Oran den Faun antreiben, auf dem er ritt. Ich drehte den Kopf und sah, dass die beiden direkt hinter uns waren. Oran streckte bereits seine Hand nach mir aus. Der Flugwind zer-

zauste seine orangeroten Locken und seine himmelblauen Augen blitzten siegesgewiss.

»Schneller«, trieb ich Kiron an und beugte mich nach vorne, um Orans Griff auszuweichen. Das brachte meinen Faun aus dem Gleichgewicht. Wir stürzten, unsere Verfolger stolperten über uns und bald rollten wir außer Atem, aber lachend durch das Gras, ein fröhliches Bündel, bestehend aus zwei Faunen, einem Feenjungen und mir.

»Noch mal!«, rief ich, als wir uns aufrappelten.

»Nein«, bestimmte Mutter. »Das reicht jetzt. Nicht, dass noch etwas passiert.«

Ich verdrehte die Augen und wollte protestieren, doch da schob Oran bereits seine Hand in meine und zog mich mit sich. »Komm, wir gehen zum Bach.«

Solange ich zurückdenken konnte, war Oran mein bester Freund und ich hätte ihn gern den Kindern aus dem Dorf vorgestellt, vor allem Giulietta, die meine beste Freundin war. Aber ich wusste, dass ich das nicht durfte. Mutter hatte es verboten. Sie hatte mir eingeschärft, dass ich außer mit Berit, Vater und ihr mit niemandem über Oran sprechen durfte – oder über das Feenreich. Und schon gar nicht darüber, dass ich selbst ein kleines bisschen Feenblut in mir trug. Ich war stolz darauf, aber die Menschen aus dem Dorf glaubten die schrecklichsten Dinge über das Feenvolk. Dabei war es doch nur das Dunkle Volk, vor dem man sich in Acht nehmen musste. Es lebte tief verborgen im Feenreich und konnte das Reich des Lichten Volkes nicht betreten, weil das Portal in ihre Welt von der Hüterin der Quelle beschützt wurde. Diese Quelle war ein geheimnisumwitterter Ort, und Oran und mir war es verboten, sie aufzusuchen. Natürlich taten wir es trotzdem.

»Wie es dort wohl aussieht, im Schattenreich?«, fragte ich Oran, während wir von einem Felsvorsprung aus weit hinunter in den Kessel blickten, in dem die Quelle wie ein türkisfarbenes Auge leuchtete.

Ab und an warfen wir Steine hinunter und lauschten ihrem Platschen, wenn sie den Wasserspiegel durchbrachen und in den geheim-

nisvollen Fluten versanken. Niemand hielt uns davon ab. Die Hüterin besuchte gerade den Rat des Lichts und Mutter wähnte uns am Bach. Wir hätten gar nicht hier sein dürfen, doch es war gerade erst Vollmond gewesen, und wir wussten, uns würde nichts geschehen.

Oran deutete auf die Quelle. »Es heißt, man muss bis zu ihrem Grund tauchen, um in die Welt des Dunklen Volkes zu gelangen.«

Ich stieß ihm meinen Ellenbogen in die Seite. »Du lügst doch«, rutschte es mir heraus, der Lieblingsspruch von Frieder aus dem Dorf.

Oran starrte mich empört an. »Feenwesen können nicht lügen!«

»Dürfen nicht«, korrigierte ich besserwisserisch.

»Wo ist denn da der Unterschied?«, fragte er und ich zuckte nur die Schultern, weil ich mich nicht streiten wollte.

»Lichte Feen dürfen nicht ins Schattenreich«, sagte ich schlicht. Dann zwinkerte ich ihm zu. »Aber ich bin ein Mensch.«

Ehe er reagieren konnte, sprang ich auf und lief den Weg entlang, der um die Felsen herum ins Tal führte.

»Farah!« Oran rannte hinter mir her. »Farah, halt!«

Ich wusste, dass es keine gute Idee war, aber die Verlockung war zu groß. Vom Rand der Quelle aus blickte ich ins undurchsichtige Wasser. Wir stocherten mit langen Ästen darin herum, und schließlich überredete ich Oran zu einer Mutprobe:

Wer von uns traute sich, länger den Kopf unter Wasser zu stecken?

Wer von uns traute sich, näher an den Mittelpunkt der Quelle heranzuschwimmen?

Wer von uns traute sich, tiefer in die Quelle hinabzutauchen?

»Siehst du?«, sagte ich zu ihm, als wir am Ufer lagen und uns und unsere Kleider von der Sonne trocknen ließen. »Es ist nur eine ganz gewöhnliche Quelle. Kein Portal.«

»Ist es sehr wohl«, widersprach Oran. »Warum sollte es sonst eine Hüterin geben?«

»Und warum ist dann, seit wir hier sind, niemand vom Dunklen Volk aufgetaucht? Obwohl die Hüterin nicht da ist?«

»Vielleicht ist das Portal magisch versiegelt«, überlegte Oran.

Ich drehte mich um und kniete mich ans Ufer. Ohne darüber nach-

zudenken, streckte ich meine Hände ins Wasser und suchte nach meiner Magie.

»Was machst du da?«, fragte Oran entsetzt.

»Ich versuche, das Portal zu öffnen«, antwortete ich unbekümmert, mir dessen sicher, dass das alles nur Blödsinn war und nichts geschehen würde.

»Farah«, murmelte Oran.

»Farah«, zischte der Spinnenmann. Ich stolperte einen Schritt zurück. Etwas stieß gegen mich, eine der glitzernden Kugeln. Ich befand mich wieder in der kleinen Waldhütte – und ihr Bewohner stand vor mir, die Augen in der Dunkelheit eisblau leuchtend und die Haut goldverschmiert.

Aus einem Schnitt auf der Stirn floss sein leuchtendes Blut über das halbe Gesicht, aus der Wunde über dem Jochbein und einer weiteren an seinem Arm tropfte es hinunter auf die Dielen. Auf seiner Schulter saß eine gelborangene Flamme, und um seine Beine streifte die Glimmerkatze.

Angst schnürte mir den Brustkorb ein. »Was ist mit meinem Mann?«

»Du gehörst mir«, zischte der Spinnenmann. »Nicht ihm!«

»Ich gehöre niemandem«, widersprach ich. »Nur mir.«

Der Spinnenmann kam langsam auf mich zu, es sah ungewöhnlich ungelenk aus, als würde er hinken. Jetzt sah ich, dass er sich nur noch auf fünf Beinen bewegte. Das sechste fehlte, es war am obersten Glied abgehackt worden.

Ich stürzte nach vorne, um an ihm vorbei nach draußen zu kommen, doch der Spinnenmann schnitt mir den Weg ab. Wir standen uns direkt gegenüber. Keiner von uns bewegte sich auch nur einen Fingerbreit.

Der Waschbär brach zwischen meinen Beinen hindurch, schnappte nach einem der Gliederbeine, doch die Glimmerkatze stürzte sich auf ihn und die beiden rollten fiepend und fauchend über den Boden.

Mein Sohn begann wieder zu weinen. Der Spinnenmann

streckte seine Hand aus und streichelte sanft über das Köpfchen, das aus meinem Hemd hervorlugte. Sofort wurde das Baby ruhig.

Mir wurde eiskalt.

»Jetzt wird alles gut«, säuselte der Spinnenmann mit seiner schnarrenden Stimme. »Dein König hat dich von mir ferngehalten. Jetzt können wir endlich zusammen sein.«

Ich ballte die Hände zu Fäusten, um die Übelkeit in mir zu bekämpfen.

»Magnus. Ist er tot?« Ich erstickte fast an den Worten.

»Noch nicht«, antwortete er.

»Was ...«

»Er muss nicht sterben, weißt du? Das Lagerfeuer lodert bereits. Ich war auf dem Weg zu dir. In seiner Welt bricht gerade die dritte Nacht an.«

»Das Lagerfeuer?«

Er grinste. »Seine Burg ist nur einen Wimpernschlag von uns entfernt.«

Der Kamin in meinem Zimmer. Die Fackeln im Nordturm!

»Das ist dein Portal aus dem Schattenreich? Feuer?«

»Die Schatten, die die Flammen werfen«, antwortete er. »Die Irrlichter und Schattenkobolde haben es mir beigebracht.« Er blickte liebevoll auf das Feuerwesen auf seiner Schulter und streckte eine Hand aus, um es zu kitzeln. Sofort loderte es höher.

Wenn ich nur etwas besäße, mit dem ich ihn bewusstlos schlagen könnte. Dann würde ich mit meinem Kind entkommen, und mit Magnus. Und wenn wir selbst durch Feuer und Schatten reisen mussten.

Der scharfkantige, schwarze Kristall in dem Gebilde aus Moos und Federn fiel mir ein.

»Hast du die Glimmerkatze geschickt, um uns zu dir zu bringen?«, fragte ich, um ihn abzulenken. Ich schielte zur Seite und sah, dass sie und der Waschbär sich feindselig belauerten.

»Sie ist eine treue Gefährtin«, bestätigte er. »Sie hat euch für mich beobachtet, seit ihr das Portal durchquert habt.«

Unauffällig schob ich mich einen Schritt zurück, zwei Schritte. Das Kugelgebilde mit dem Kristall stieß an meine Schulter. Aus den Augenwinkeln sah ich, dass es zu leuchten begann.

»Hast du damals nichts gelernt?«, fuhr er mich an und nahm mich wieder ins Visier. »Hat man dir nicht gesagt, dass du die Quelle meiden sollst?«

Ich drehte mich um und griff nach dem Kristall, doch das Kugelgebilde glitt mir durch die Hände.

Der Spinnenmann schnappte mit den Zähnen wie ein wildes Tier. »Willst du mir meine Erinnerungen stehlen?«

Mit dem Körper streifte er mehrere Gebilde, die daraufhin hell aufleuchteten und an ihren Pflanzen- und Wollsträngen hin- und herpendelten.

Ich deutete auf die Kugeln. »*Deine* Erinnerungen? Du hast sie gestohlen!«

»Nur manche von ihnen.«

In den Neumondnächten wagt sich das Dunkle Volk aus den Wäldern hervor und stiehlt die Seelen der Menschen.

»Ihr stehlt keine Seelen«, murmelte ich. »Ihr stehlt ...«

»Erinnerungen und Träume«, flüsterte der Spinnenmann. Einen Herzschlag lang schloss er die Augen und Frieden legte sich auf sein Gesicht. »Sie leuchten so wunderschön.«

»Sie sind nicht dein!«

»Dein sind sie auch nicht mehr. Du hast sie gegeben, erinnerst du dich? Freiwillig und als Strafe.«

»Als Strafe für was?« Meine Stimme brach.

»Für das, was an der Quelle geschehen ist«, fuhr er mich an und ließ den Kopf knacken. Nicht nur das Geräusch verursachte mir Gänsehaut.

»Was weißt du davon?«, fragte ich zitternd.

»Du hast das Portal geöffnet«, flüsterte er und sein Atem streifte mein Gesicht. »Ein kleiner, dummer Mädchenstreich.

Ein fataler Wunsch. Ein bisschen Magie. Und schon kam ein Angehöriger des Dunklen Volkes aus dem Portal gekrochen. Er hat Licht in Dunkelheit verwandelt.«

»Du«, flüsterte ich und mir wurde schlecht. Der Spinnenmann. Ich hatte ihn befreit! »Hat denn die Hüterin …«

»Er hat die Hüterin umgebracht«, sagte er emotionslos. »Doch die anderen Feenwesen haben ihn gebannt und die Mottenfrau hat ihn zurück in ihr finsteres Reich geholt und die Zwerge angewiesen, ihm eiserne Ketten zu schmieden.«

Die Hüterin war gestorben?

Weil …

Weil ich das Portal geöffnet hatte?

Das Monster vor mir betastete mit seinen langen Fingern mein Gesicht, beinahe zärtlich. Mitleid stand in dem seinen. »Du erinnerst dich nicht, Farah, natürlich nicht. Sie haben dir die Erinnerung genommen. Alle Erinnerungen.« Er spielte mit einer Strähne meines Haares. Dann beugte er sich dicht an mein Ohr. »Eigentlich wollten sie, dass *du* dein Leben aufgibst, als Opfer.«

»W…was? Nein!«

»Das Lichte Volk kennt nicht nur Gnade. Sein Zorn wiegt schwer.«

»Kannst du mir sagen, was geschehen ist?«

Er war mein Feind, aber ich zweifelte nicht daran, dass er die Wahrheit sagte. Feenwesen konnten nicht lügen.

»Ich wollte dich beschützen, doch sie glaubten mir nicht«, wisperte der Spinnenmann. »Die alte Hüterin der Quelle war tot und es brauchte eine neue. Du solltest ihren Platz einnehmen, dein Leben bei den Menschen hinter dir lassen und die Bürde tragen, auf ewig das Portal zwischen den Reichen der Lichten und der Dunklen Feen zu schützen.«

Mein Magen zog sich zusammen. Das Feenvolk hatte gewollt, dass ich meine Eltern verließ? Und Thomas? Und Berit?

»Deine Mutter ließ es nicht zu«, fuhr der Spinnenmann fort. »Sie hat deinen Platz eingenommen.«

»Aber … wieso habe ich dann geglaubt, sie wäre gestorben?«

»Das ist die Wahrheit, wie die Menschen sie sich erzählen. Die Feen nahmen dir deine Erinnerungen an all deine Zeit in ihrem Reich. Sie sperrten sie in den Kristall ein. Ich habe Jahre gebraucht, ihn zu finden.«

»Du?« Ich schob ihn von mir weg.

Er ließ es geschehen und blickte mir in die Augen. Das Eis darin schien zu schmelzen. »Ich habe dich so sehr vermisst. Ich konnte all die Jahre an nichts anderes denken.«

Ich schluckte. »Seit ich dich aus dem Schattenreich befreit habe?«

Die Augen des Spinnenmanns weiteten sich. »Nein«, antwortete er. »Seit ich für dich gelogen habe.«

44

Der wahre Name

Ich blinzelte verwirrt. »Du …?«

»Ich wollte nicht, dass sie dich strafen!«, wisperte der Spinnenmann. »Ich habe für dich gelogen, weißt du nicht mehr? Ich habe gesagt, *ich* hätte das Portal mit meiner Magie geöffnet.«

Ich fühlte mich in der Dunkelheit herumgewirbelt, wieder und wieder, bis ich nicht mehr wusste, wo oben und unten war.

»Du …«, flüsterte ich. »Du bist …«

Doch ich konnte es nicht aussprechen. Weil es alles änderte. Weil auf einmal alles viel furchtbarer und schrecklicher war als ohnehin schon.

»Ich kann es dir zeigen«, wisperte der Spinnenmann heißer. »Ich kann meine Erinnerung mit dir teilen.«

Ehe ich etwas erwidern konnte, drückte er seine rissigen Lippen auf meine und …

… »Ich war es!«, schrie ich und spürte, wie glühendes Feuer mein Innerstes zerriss. Der Schmerz war kaum auszuhalten, aber ich schaute hinüber zu Farah, die sich weinend an ihre Mutter klammerte. Ich wollte nicht, dass sie weinte, ich wollte nicht, dass sie bestraft wurde, vielleicht sogar verbannt. Ich wollte sie nicht verlieren!

»Ich habe das Portal geöffnet«, würgte ich deshalb hervor und Schmerz durchzuckte meinen Körper. Meine Gliedmaßen fühlten sich an, als würden sie auseinandergerissen. Die anderen starrten mich entsetzt an.

»Hast du gelogen, Oran?«, fragte mich Tzyrill, doch ich konnte

nicht antworten. Ich streckte meine Hand nach der alten Baumdryade aus und sah zu meinem Entsetzen, wie sich meine Haut dunkelblau färbte. Meine Glieder knackten, meine Rippenbögen brachen und meine Gelenke wurden gedehnt und gedehnt, bis sie schnalzend rissen. Mein Rumpf schwoll an, blähte sich stärker und stärker auf und alles in mir, was strahlend und hell war, wurde dunkel oder verlöschte, und ich schrie und Farah schrie und …

… ich riss mich von ihm los und stolperte zurück.

»Du?«, flüsterte ich, überwältigt von seiner Erinnerung, die mich geflutet hatte. »*Du* bist es?«

Der Spinnenmann lächelte traurig. »Feenwesen können nicht lügen, heißt es. Das ist die größte Lüge von allen.«

Seine Krallen scharrten über das Holz, als er zurückwich. Er hob beide Hände, stieg auf die Hinterbeine und präsentierte mir seinen aufgedunsenen Leib. »Das Lichte Volk und das Dunkle Volk ist eins. Ich bin das, was aus einem Feenwesen wird, wenn es lügt, jedenfalls wenn kein Tropfen Menschenblut in ihm fließt: Es verliert sein Licht. Ihr seid geborene Lügner. Aber in uns nistet sich die Dunkelheit ein und macht uns zu einer Abscheulichkeit.«

»Du bist nicht abscheulich«, sagte ich rau, obwohl er das war und auch wieder nicht. Nicht wegen seines Anblicks, der mich in Schrecken versetzte. Er war bloß deshalb ein Monster, weil er Kinder stahl und …

»Was war der Preis für die dritte Nacht?«, fragte ich. »Oran?«

Seine Augen weiteten sich. Seiner Kehle entstieg ein Geräusch, das mich an das Zischen eines Teekessels erinnerte. Er sackte zusammen, als sei sein Unterleib ein Blasebalg, aus dem die Luft entwichen war.

»Dein wahrer Name«, sagte ich tonlos und wusste nicht, was ich fühlen sollte. »Ich habe ihn erraten.«

Als er jetzt den Kopf hob, sah er mitleiderregend aus. Maunzend drückte sich die Glimmerkatze an ihn. Der Waschbär huschte über die Dielen zu mir.

»Ich wollte doch nur dich«, flüsterte er. »Du leuchtest wie ein Stern in dieser Finsternis, Farah. Und weil ich dich nicht haben konnte, so wollte ich wenigstens etwas von dir.«

Er schaute auf das Kind in meinen Armen, und mein klopfendes Herz erinnerte mich daran, dass er nicht mehr Oran war, mein Spielkamerad von früher.

»Er leuchtet so hell wie du«, flüsterte der Spinnenmann und neues Leben kam in seine Glieder. Umständlich richtete er sich auf.

»Ich habe unser Spiel gewonnen«, sagte ich fest. »Ich habe dein Rätsel gelöst. Dein wahrer Name ist Oran.«

»Lange hat mich niemand mehr so genannt«, sagte er und kroch auf seinen verbliebenen Spinnenbeinen in unsere Richtung. »Bitte, Farah. Du kannst noch immer mit deinem Sohn bei mir bleiben. Ich werde dich beschützen. Wir werden Freunde sein. Die besten Freunde! So wie früher.«

Ich schüttelte den Kopf.

»Ich werde dir nie ein Leid antun«, versprach er. »Ich würde nie ...« Er blickte auf meinen Sohn, dann in meine Augen. »Ich habe dich nicht berührt, wenn es das ist, was du fürchtest. In jener dritten Nacht. Ein kleiner Kuss auf die Wange, um dein Versprechen zu besiegeln.«

»Du hast mich erpresst ...« Ich fühlte mich verzweifelt und verraten, meines Hasses beraubt und gleichzeitig so unendlich wütend. Auf Oran, auf die Feenwesen. Auf meine Mutter und Berit. Auf mich, die ich vor vielen Jahren so dumm gewesen war. Die daran schuld war, dass ein unschuldiges Feenkind sich in ein dunkles, verdrehtes Wesen verwandelt hatte.

»Du hast etwas von mir verlangt, was ich nicht zu geben bereit war«, zwang ich mich schließlich zu sagen.

»Aber du warst dazu bereit«, antwortete er unerbittlich und ich wusste, dass er die Wahrheit sprach. »Du hast mir das Kind versprochen. Sicher, du hast mich gefragt, was geschehen würde, wenn du *kein* Kind bekommen würdest. Hast geglaubt, mich betrügen zu können mit Tränken und Zaubern, nicht wahr? Aber du hast nicht damit gerechnet, dass du vergessen würdest, was du mir in der Nacht versprochen hast! Du hast dich dabei in deinen eigenen Netzen verfangen.«

War das mein Plan gewesen? Ihm seine Bezahlung vorzuenthalten, indem ich mit Berits Hilfe dafür sorgte, niemals ein Kind zu empfangen? Ich blickte auf das kleine Wesen in meinen Armen und fühlte mich wie eine Verräterin. Wie hatte ich mir auch nur einen Herzschlag lang wünschen können, nicht seine Mutter zu werden?

»Es ist mir egal, dass es nicht mein Kind ist«, sagte Oran. Die Dunkelheit, die in ihm wohnte, brach an die Oberfläche. »Du und das Kind bleibt bei mir. Vergiss das Leben in der Burg. Du hast es nie gewollt. Du wolltest immer hier im Feenreich bleiben, erinnerst du dich?«

Und tatsächlich tat ich das jetzt.

»Ich würde am liebsten für immer hier bei dir bleiben«, hörte ich sie sagen, die sieben Jahre alte Farah, die neben dem rotlockigen Oran auf einem Bett aus Moos und Smaragdblumen lag.

»Das geht nicht«, hatte er geantwortet. »Du bist zu sehr Mensch.«

»Ich gehöre zu den Menschen«, sagte ich laut. »Und mein Kind auch. Du weißt das.«

»Du gehörst zu mir!«, brüllte Oran, nein, der Spinnenmann, und sprang auf mich zu. Gier loderte in seinen Augen. »Mir gehörst du, verstehst du das nicht? Alles habe ich für dich gegeben, alles! Sei du nun mein Stern in der Finsternis, Farah. Du wirst mich nicht allein in der Dunkelheit zurücklassen.«

Mit seinen zwei vorderen Spinnenbeinen streckte er sich nach den Kugelgebilden und stieß sie an. »In den Neumondnächten werde ich uns Träume und Erinnerungen jagen und wir werden uns an ihnen laben. Wir …«

Die Glimmerkatze schrie auf und Oran brach zusammen. Hinter ihm tauchte Magnus auf: in einer Hand ein Schwert und in der anderen einen brennenden Ast. Sein halbes Hemd war blutgetränkt.

Mit seiner Klinge hatte er Oran ein weiteres Bein abgehackt. Brüllend fuhr dieser zu Magnus herum, doch er schlug ihm brutal den Ast gegen den Schädel. Es knackte. Der Spinnenmann zischte, griff nach vorne, direkt in die Flammen, und riss Magnus das Holz aus der Hand. Achtlos schleuderte er es hinter sich. Ich musste mich ducken, damit es mich nicht an der Schulter traf.

Magnus schlug erneut mit dem Schwert zu. Goldenes Blut spritzte und der Spinnenmann stieß ein kehliges Jaulen aus.

Hinter mir prasselten Flammen. Ich drehte mich um und sah, dass der brennende Ast eines der Kugelgebilde in Brand gesteckt hatte. Das Feuer fraß sich knisternd die trockenen Pflanzenstränge entlang und sprang von einer Kugel zur nächsten.

»Nein!«, rief Oran. »Meine Erinnerungen!«

Er drehte Magnus den Rücken zu, als sei ihm dessen Schwert ganz egal, und sprang zu den Kugeln. Immer mehr von ihnen gingen knisternd in Flammen auf, als wirkten die Träume und Erinnerungen, die darin eingesponnen waren, wie Brandbeschleuniger. In Windeseile setzte das Feuer auf das Hüttchen über. Es bestand aus so trockenem Holz, dass es brannte wie Zunder. Rauch breitete sich in der Hütte aus und mein Baby begann wieder zu schreien.

»Oran!«, brüllte ich und wollte nach dem Stumpf seines abgehackten Beines greifen.

Sein Kopf flog zu mir herum. »Rette das Kind!«, zischte er.

Ich wollte antworten, doch Magnus war bei mir und zog mich mit sich. »Raus hier!«

»Flieh, Farah!«, rief mir Oran hinterher. Er selbst versuchte, die Flammen auf den Kugeln auszuschlagen und so viele wie möglich von ihnen zu retten.

»Lass sie«, brüllte ich ihm zu, ehe ich mit Magnus ins Freie stolperte. »Du wirst neue finden! Eigene!«

»Springt durch die Schatten!«, war alles, was er darauf erwiderte.

Ich wollte noch etwas sagen, doch in diesem Moment brach das Dach der Hütte ein.

»Nein!«

Der Waschbär und die Glimmerkatze taumelten gerade noch rechtzeitig zur Tür hinaus, ehe die Hütte einstürzte und einen Sturm Feuerfunken gen Himmel sandte.

»O nein! Oran!«

Das Feuer fauchte und tobte wie ein wild gewordenes Tier, allein Magnus' Griff hielt mich eisern aufrecht. Die unheimlichen Bäume um uns herum fingen Flammen. Das Feuer sprang von Ast zu Ast und zingelte uns ein.

»Wir müssen hier weg!«, drängte Magnus.

»Er ist noch da drin.«

Magnus zog mich unerbittlich fort. »Los, Farah! Wir müssen weg hier!«

Das Feuer zischte, peitschte durch die Luft und kroch näher. Da sah ich das Tor: ein tiefschwarzer Schatten inmitten des Lagerfeuers.

»Dort entlang«, rief ich.

Magnus starrte auf die Flammen, die sich zuckend nach allen Richtungen ausstreckten. Zwischen ihnen waberte eine pechschwarze Stelle, die unmöglich natürlichen Ursprungs sein konnte. Sie erinnerte in Form und Größe an die zweiflügelige Tür, die auf Burg Giebelstein in den Thronsaal führte.

Springt durch die Schatten, hörte ich Orans Stimme in meinem Ohr. Die Schatten, die die Flammen warfen, waren sein Portal ins Menschenreich.

Ich blickte noch einmal zu den lichterloh brennenden Überresten der Hütte. Waren es die Hitze und der Rauch, die mir Tränen in die Augen trieben?

»Oran«, flüsterte ich. Doch sosehr ich es mir auch wünschen mochte: Niemand kämpfte sich unter den Trümmern hervor. Die Glimmerkatze stand maunzend davor.

»Hilfe!«, brüllte ich in die Nacht. »Mottenfrau!«

Donner rollte über die Lichtung und der Zwielichthimmel wurde von einem glutroten Blitz gespalten. Es begann zu regnen, wolkenbruchartig. Die Flammen um uns herum fauchten wütend und weißer Qualm stieg auf.

»Verschwindet aus dem Schattenreich, solange ihr noch könnt«, erscholl die hohe Stimme der Mottenfrau. Braungraue Falter flogen wie eine Wolke auf uns zu.

Die Umrisse des Tores im Lagerfeuer begannen zu schrumpfen.

»Kümmere du dich um die deinen«, wies mich die körperlose Stimme der Herrin des Schattenreichs zurecht. »Ich kümmere mich um die meinen.«

Ich wollte es als Versprechen verstehen.

»Farah.« Magnus deutete mit der Schwertspitze auf eine Lücke zwischen den Baumgerippen, eine Stelle, die das Feuer noch nicht erreicht hatte. »Wenn wir uns beeilen, können wir dort …«

»Nein«, unterbrach ich ihn und fasste nach seiner Hand. Um uns herum ging die Welt in Flammen auf. Ich blickte Magnus tief in die Augen, während ich unser Kind – *unser* Kind – eng an mich drückte. »Vertraust du mir?«

»Ja«, antwortete er.

Trotz all des Wahnsinns um uns herum lächelte ich erleichtert. »Nimm du den Waschbären«, sagte ich.

Und als unser tierischer Gefährte auf seine Schultern geklettert war, sprangen wir durch die Flammen.

Epilog

Wir landeten nicht im Thronsaal oder auch nur in der Nähe von Giebelstein, sondern auf meiner Lichtung am Seerosenweiher, direkt in einer Ansammlung von Flammenblumen. Der Winter griff mit erbarmungslosen Klauen nach uns. Die Nacht war bereits hereingebrochen, doch im sternenklaren Himmel hing nicht der wächserne Vollmond des Schattenreichs, sondern eine schlanke silberne Sichel. Neuschnee lag in der Luft, Magnus atmete schwer, das Kind unter meinem Hemd wimmerte und die Tränen, die mir übers Gesicht liefen, gefroren auf meinen Wangen zu Eis.

Mit letzten Kräften schlugen wir uns zur Hütte von Berit durch. Sie und Vater wickelten uns in warme Decken, flößten uns Suppe und Unmengen heißen Tees mit Honig ein und kümmerten sich um unsere Wunden. Dass der Lochstein verloren war, darüber verzog meine Ziehmutter keine Miene.

»Hauptsache, ihr seid zurück«, murmelte sie und wiegte das Kind in ihren Armen. Dann gab sie mir einen Trank, der die Milch in meinen Brüsten wieder fließen ließ, und mein schreiender Sohn wurde endlich ruhiger. Mein Sohn, der auch Magnus' Sohn war.

In jener Nacht wichen uns Berit und Vater nicht von der Seite. Uns standen schwierige Gespräche bevor. Was ich im Feenreich erfahren hatte, war hart und schmerzvoll, doch ich war sicher, unsere Verletzungen würden mit der Zeit heilen.

Ich verstand die beiden sogar, denn ich war nun selbst Mutter und wollte nur das Beste für mein Kind.

Thomas und Adil trafen mit dem Morgengrauen ein. Sie hatten ihren Weg zur Hüterin der Quelle gefunden und Mutter hatte ihnen geholfen.

»Keine Geheimnisse mehr«, verlangte mein Bruder von mir.

Adil stand direkt hinter ihm und legte ihm eine Hand auf die Schulter. Da begriff ich, dass Thomas nicht nur die meinen meinte. Er würde seine Gefühle nicht länger verstecken, und das machte mich glücklich.

»Keine Geheimnisse«, versprach ich ihm. »Und keine Lügen.«

Ich hatte gesehen, was diese beiden Dinge anrichten konnten. Sie besaßen die Macht, etwas Unschuldiges und Schönes in etwas Hässliches und Schmerzhaftes zu verdrehen. Oran hatte sein Leuchten verloren. Eine einzige Lüge und die erbarmungslosen Mächte des Feenreichs hatten ihn gebrochen, seinen Körper und seinen Geist verdreht und ihn in eine Kreatur verwandelt, die mich gleichzeitig erschreckte und mein Mitleid erregte. Eine Kreatur, die Schatten brauchte, sich aber nach dem Licht sehnte, das es verloren hatte. Ein Wesen, das zwischen Recht und Unrecht, Gut und Böse nur noch schwer unterscheiden konnte.

Ich glaubte nicht, dass Oran meinem Sohn ein Leid angetan hätte. Er hätte für ihn gesorgt, ihn großgezogen, so gut er konnte, aber ein Leben als Mensch im Schattenreich war nichts, das ich mir für mein Kind wünschte. Wann immer ich an den Knochenpfad dachte und an all die Menschen, die gestorben sein mussten, um ihn zu erbauen, schauderte es mich.

Was aus dem Spinnenmann, aus Oran, geworden war, wusste ich nicht. Ich hoffte, die Mottenfrau hatte ihn gerettet. Wann immer die Flamme einer Kerze oder das Feuer im Kamin aufloderte, blickte ich auf, doch der Spinnenmann zeigte sich nie. Vielleicht würde ich eines Tages nach ihm suchen. Aber nicht heute. Und auch nicht morgen.

Zwei Tage nach unserer Rückkehr aus dem Reich des Dunklen Volkes kehrten Magnus, unser Sohn und ich nach Giebelstein zurück. Die Satteltaschen unserer Pferde waren vollgepackt mit einem Schatz, der nicht aus Feengold bestand. Mutter hatte Thomas und Adil den Weg zu einer Edelsteinhöhle gewiesen, die gut verborgen inmitten des Firnwalds lag, jedoch nicht im Reich der Feen. Das Lichte Volk konnte uns nicht helfen, das Dunkle Volk im Zaum zu halten. Doch zumindest besaßen wir nun den Reichtum, jeden Mann, jede Frau und jedes Kind in unserem Land mit genügend Bernsteinkerzen auszustatten, damit sie sich selbst schützen konnten.

Iolanthe wartete nicht das nächste Frühjahr ab, um nach Zestásia zu reisen, sondern verließ wenige Tage nach unserer Rückkehr die Burg. Magnus bestieg wieder seinen Thron.

Giulietta kehrte in den Gasthof ihrer Eltern zurück. Sie hatte genug vom Hof, auch wenn Iolanthe verschwunden war, aber sie besuchte mich oft. Und so verging Mond um Mond, aus Winter wurde Frühling, aus dem Frühling Sommer und der Tag rückte heran, an dem unser Sohn seinen Namen erhalten sollte.

Es gelang Magnus nicht oft, sich bereits am Nachmittag von den Regierungsgeschäften freizumachen, doch an diesem Sommertag begleitete er unseren Sohn und mich zum Seerosenweiher. Die Menschen mieden den Firnwald weiterhin, obwohl wir das Gesetz, das sein Betreten verbot, gelockert hatten. Mit Mutters Hilfe war es uns gelungen, das Einverständnis des Lichten Volkes dafür zu erhalten. Vielleicht würde es uns mit der Zeit gelingen, zumindest mit ihnen eine friedliche Koexistenz einzugehen. Die meisten Firnländer glaubten nicht daran. Noch immer verschwanden zu viele Menschen in den Neumondnächten und das Dunkel Volk stahl weiterhin Träume und Erinnerungen von jenen, die vergaßen, sich durch Bernsteinwachs und Johanniskraut zu schützen.

Als Magnus, ich und das Kind auf die Lichtung traten,

färbte sich der Himmel zartlila. Berit, Vater, Adil und mein Bruder waren bereits da und hatten eine grün-schwarz karierte Decke unter der Trauerweide ausgebreitet, dort, wo ich früher immer das Grab meiner Mutter vermutet hatte. Sie unterhielten sich fröhlich und aßen von den Speisen, die sie für das Abendpicknick mitgebracht hatten. Wir feierten die Namensgebung meines Sohnes. Offiziell würde sie erst morgen zur Mittagszeit im Thronsaal stattfinden, doch dieser Abend sollte nur unserer Familie gehören. Die zweite Lektion, die ich im Feenreich gelernt hatte, war, dass ich nicht alle Last allein tragen musste.

Als der Wind die Geißblattsträucher zum Zittern brachte und den Duft ihrer Blüten und den von Wacholder aufwallen ließ, sah ich hinüber zum Weißdorn, wo sich der Nebel zu der Gestalt einer Frau zusammenballte. Dann trat die Hüterin der Quelle auf die Lichtung. Vom Abendlicht illuminiert schritt sie auf uns zu, kein Geist, aber auch kein Mensch, sondern durch und durch ein Wesen des Lichten Volkes. Vaters Gesicht begann zu strahlen.

Die letzten Monate waren heilsam für uns alle gewesen und ich war froh, ihr jetzt wieder in ein Gesicht blicken zu können, das gewöhnliche Züge besaß und nicht nur aus einer glatten Fläche bestand.

»Morgen ist es also so weit«, sagte sie zu mir, als sie neben mir und Magnus auf der grün-schwarz karierten Decke saß und ihren Enkel in den Armen wiegte. »Habt ihr euch schon für einen Namen entschieden?«

Magnus griff nach meiner Hand, ich lächelte Mutter an und nickte. »Ja. Wir nennen ihn Oran.«

Danke an …

… die Menschen, die meine Liebe zu Märchen geweckt haben und immer noch füttern, allen voran meine fantastischen Eltern.

… die Kolleg*innen und Freund*innen und Verwandten, die Wind unter meine Flügel pusten oder einfach nur für mich da sind.

… Karin Pauluth vom Verlag, die den Nährboden für diese Geschichte bereitet hat und ihr half, zu wachsen und zu gedeihen.

… Elisa Daum und auch alle anderen Mitarbeiter*innen des Piper Verlags.

… Julia Adrian für das, was in der Widmung steht – und überhaupt.

… meine Agentin Anna Mechler für das Aufnehmen mit offenen Armen und die großartige Unterstützung.

… Barbara Romeiser, ohne die »das hier« vielleicht nie passiert wäre.

… meine wunderbaren Patrons für Motivation und Unterstützung (und viel Spaß!).

… die Buchhändler*innen, Presseleute, Blogger*innen & Co., die sich mit mir über meine Geschichten freuen und sie weiterempfehlen.

Danke auch an *dich*, dafür, dass du dich mit Farah in den Feenwald getraut hast.

Falls du mehr über mich und mein Schreiben erfahren möchtest, besuch mich gern auf www.christianhandel.de oder auf Instagram @christian.handel. Solltest du dich fragen, warum ich Rumpelstilzchen als Feenwesen betrachte, was Frau Holle und die Baba Yaga gemeinsam haben und aus was Cinderellas Pantoffel wirklich bestand, besuche mich gern auf www.patreon.com/christianhandel. Dort findest du Roman-Outtakes, Kurzgeschichten und viele Hintergrundartikel zu Märchen.

Es würde mich freuen, von dir zu hören.

Liebe Grüße,
Christian Handel, Herbst 2022